As telas de Aurélio

As telas de Aurélio

Joffre Rodrigues

© 2012 by herdeiros de Joffre Rodrigues.

Direitos de edição da obra em língua portuguesa no Brasil adquiridos pela EDITORA NOVA FRONTEIRA PARTICIPAÇÕES S.A. Todos os direitos reservados. Nenhuma parte desta obra pode ser apropriada e estocada em sistema de banco de dados ou processo similar, em qualquer forma ou meio, seja eletrônico, de fotocópia, gravação etc., sem a permissão do detentor do copirraite.

EDITORA NOVA FRONTEIRA PARTICIPAÇÕES S.A.
Rua Nova Jerusalém, 345 — Bonsucesso — 21042-235
Rio de Janeiro — RJ — Brasil
Tel.: (21) 3882-8200 — Fax: (21) 3882-8212/8313

CIP-Brasil. Catalogação na fonte
Sindicato Nacional dos Editores de Livros, RJ

R613t   Rodrigues, Joffre, 1941-2010
          As telas de Aurélio/ Joffre Rodrigues. — Rio de Janeiro: Nova Fronteira, 2012.
          21 cm

             ISBN 978.85.209.2550-8
             1. Romance brasileiro. I. Título.

CDD: 869.93
CDU: 821.134.3(81)-3

Cheguei ao aeroporto Fiumicino. Parecia estar vivendo um conto de fadas. Eu nunca tinha viajado pra fora do meu país. Era a primeira vez. Claro, tudo que eu via era novo, diferente. Estava nervoso com aquela coisa de passaporte e principalmente da *dogana*, já que trouxera a minha tela premiada sem moldura, é claro, para poder caber na minha mala. Fiz até questão de declarar. Não tive problema nenhum.

Descobri depois que não tinha importância alguma entrar com arte na Itália. Na alfândega italiana existia só uma preocupação no que tangesse à arte: a saída de qualquer peça do território italiano. Aí sim, a burocracia era incrível, se não quase impossível.

Tinha terminado a Escola Nacional de Belas Artes no Rio de Janeiro. Logo em seguida me inscrevi num concurso de artes patrocinado pelo Ministério da Cultura. O prêmio do concurso era para mim, naquela ocasião, mirabolante: dois anos de uma bolsa de estudos no valor de dois mil dólares mensais a serem convertidos em euros e recebidos na embaixada brasileira no país europeu de preferência do vencedor. No meu caso escolhera a Itália.

Finalidade: um choque de cultura europeia no beneficiado. Isso para mim não deixava de ser uma forma de pós-graduação. Precisava desse alento. Estava sozinho no mundo. Tudo o que meus pais me deixaram quando morreram gastei nos meus estudos. Agora tinha que vender quadros. Me especializara em pintura que eu classificava como semiabstrata. Apesar de a tela que apresentei estar bem cotada no concurso, não podia de jeito nenhum perder essa oportunidade, essa janela de ir avante. Circulei, andei, percorri corredores, perguntei, tratei de descobrir os nomes dos jurados. Eram sete. Três tinham sido meus professores, e eu até me dava bem com eles. Os outros quatro eram pintores já rodados e de boa qualidade. Como dizia o edital: "de grande saber". Procurei um dos meus antigos mestres. Poderia até dizer que éramos bons amigos. Perguntei com discrição num bar em Copacabana como funcionava aquela coisa de jurados. Depois de uns chopes ele se abriu comigo. Para vencer eu precisava de um voto, já que ele e os meus outros dois professores que estavam também no júri achavam que eu tinha um grande futuro e aquela bolsa faria um grande bem a mim e à cultura brasileira. (Era impressionante como eles gostavam de falar da cultura brasileira.) Eles votariam em mim. Achei tudo bonito, mas queria saber mesmo quais seriam minhas chances com os outros quatro. Ele me afirmou que ali estava o grande mistério. Meu ex-professor confessou conhecê-los apenas de meros encontros. Enquanto não se reunissem para a votação propriamente dita, não poderiam discutir seus votos. Eles vinham de outros estados. Mas a chave da questão estava com a jurada que viera de Brasília. Ela era o maior nome entre os jurados e, além de grande artista, por viver em Brasília, deveria ser uma grande política também. Por tudo isso, era a presidente do júri e tida como uma mulher difícil. Disse para eu tentar falar com ela. Aproveitando, me avisou o que eu já sabia: os jurados se reuniriam para os votos finais em dois dias e eu só precisava de mais um voto entre quatro votantes. Aquilo me animou. Ele por acaso não teria o nome do hotel em que ela estava, teria? Tinha. Deu-me. Pedi mais dois chopes, tomamos, claro que paguei a conta, e nos separamos como velhos amigos. Eu, com pressa, me dirigi para o tal hotel que por acaso ficava ali perto. Conhecia a presidente do júri só de rosto. Sua fotografia saiu acompanhando uma matéria sobre seu trabalho numa revista de cultura importante. Ao contrário do que disse meu ex-professor, ela na foto parecia ser simpática. Não via como podia ser difícil. Pelo menos não a via assim. Cheguei ao hotel da presidente do júri. Falei com um, falei com outro, aliás devo dizer que eu me achava muito extrovertido e simpático. As pessoas sempre me recebiam bem. Até me lembro do que meu pai me dizia: "Meu filho, sempre que você tiver problema com alguém, sorria. Seu sorriso sempre quebra qualquer obstáculo". Acho que é por isso que todo mundo sempre me recebeu bem. Acabo sendo informado, com um certo ar de mistério, por um dos recepcionistas do hotel que ela fora à praia. Conversei com ele.

Eu — Amigo estou com um probleminha. Você vai ter que me ajudar. (a curiosidade no rosto dele aumenta quando vê que eu, nada sutilmente, colocara a mão no bolso) Dona Telma, a que foi à praia, eu não conheço pessoalmente. Conto com você para que me faça um sinal quando ela entrar. Tá? Vou me sentar ali naquele sofá. Tá bem?

Com o "tudo bem" dele, sentei-me no saguão do hotel. Não era de luxo o hotel, mas bem-arrumado. Fiquei ali esperando pela senhora do meu destino. O tempo passou, eu pensava na viagem e na mulher que poderia determiná-la. Pela fotografia que eu vira no jornal, era uma quarentona. Para mim que tinha só vinte e cinco anos, quase todo adulto era no mínimo quarentão. De vez em quando olhava para o recepcionista do balcão. Na última vez que olhei, ele me fez um sinal com a cabeça. Parecia um sinal em código de espiões. Ela estava chegando. Atravessou o umbral da espaçosa porta do hotel e se encaminhou para a recepção. Porra! A fotografia que vira no jornal não retratava ela bem. Melhor dizendo, de forma alguma retratava aquela mulher. Era ela, eu sabia, mas de forma alguma parecia uma quarentona. Caminhava graciosa como uma gazela, saltitando suavemente por cima de arbustos imaginários ou móveis de hotel, sei lá. Estava de biquíni preto. Por cima do corpo, jogada, uma transparente canga dessas que as mulheres usam para ir ou sair da praia. Sem pintura nem nada, era agradável de se ver. Estava só. Agora era comigo mesmo. Nunca tive medo de mulher. Me dirigi à recepção. Cheguei lá junto com ela. Pareceu coincidência. Era para parecer mesmo. Mostrando um agradável susto "a reconheci".

Eu	— Você não é...?
Ela	— (com toda a simpatia do mundo) Telma Brandão? Sou sim e você é...?

Pronto. Deu-se a melódia. Não me tinha preparado para aquela receptividade tão simples, direta e simpática. Ou seja, o óbvio. Por que ela me trataria diferente? Estávamos em público, numa recepção de hotel, gente que entrava e saía. Ela não estava sendo atacada nem nada. Por que não agiria com naturalidade? Eu que não antecipara o natural, saí com o que achei ser uma resposta perfeita.

Eu	— Meu nome não significa nada para você. Mas sou o Aurélio. Minha mãe, que Deus a tenha, me chamava de Linho. Mas a importante aqui é você. Sempre segui sua carreira. Acho incrível o que você cria com as cores, como você desenvolveu sua obra.

Ela	— (quase inflada com o elogio) Muito obrigada. Mas até que ultimamente não tenho produzido muito.
Eu	— (feliz comigo mesmo pela acolhida ao meu elogio) É, senti isso. Mas o que você não pode é parar. Ainda tem muito a dizer. Sabe, seu trabalho em Brasília é importante, eu sei, tem que ser feito, mas atrapalha muito a sua arte. Acho que o artista tem que ter a dedicação de vinte e quatro horas do dia à sua arte. Ele tem que fazer arte até dormindo.
Ela	— (curiosa) Como assim?
Eu	— (empolgado) A sua obra fala. Diz coisas que só as almas ouvem. Isso fica faltando a muitos de nós. Nós que precisamos tanto do que você sussurra quando faz uma tela. Melhor ainda, o que suas telas sussurram. (caprichando na entonação) Você entende o que quero dizer, não entende? É o som, o clamor, o sussurro de suas linhas, suas cores e o movimento dos seus traços que inspiram tanta gente. Eu me incluo nesse grupo.
Ela	— Como é mesmo o seu nome?
Eu	— (contrafeito, pois não queria dizer que eu era um candidato à bolsa e que dependia dela) Já disse, minha mãe me chamava de Linho.
Ela	— (feliz com os elogios sofisticados) Vamos sentar, Linho. É uma conversa interessante essa sua.

Me indicou o mesmo sofá em que eu estivera sentado esperando por ela. Ela ia na frente, eu seguia atrás. Caminhava com a leveza elegante e mágica que me impressionou quanto cruzara o saguão do hotel vinda da praia. Sentou-se e cruzou com elegância as pernas. Bonitas suas pernas. Sentei-me no mesmo sofá. Tirado de uma bolsinha de praia, ela acendeu um cigarro, não sem ter me oferecido um. Recusei. Não fumava.

Ela — Você dizia... Aliás Linho, onde aprendeu a dizer essas coisas que você disse. Parece até um estudante de arte.

Eu — Que estudante que nada. Fui, mas não sou mais. Leio muita crítica de arte. Vou a muitos *vernissages*. Amo tudo que se refere a arte. Mas garanto Telma, a última coisa que você pode fazer na vida é parar de produzir. Faz falta. A ausência dos seus quadros emudece a nossa cultura. (olha eu falando de cultura também)

Agora quem emudeceu foi ela.

Ela — Mas Linho, você é quase uma criança e está me dizendo coisas nas quais sempre acreditei, mas parece que ninguém percebe. Ninguém entende. Até que eu me lembre, nenhuma pessoa me disse ou escreveu isso sobre a minha obra. Não mesmo. Sobre o som das minhas cores, o movimento das minhas linhas, das minhas telas.

Eu	— Me desculpe, Telma. Talvez sejam tímidas as minhas observações sobre sua arte, em frente a autora e uma mulher bonita como você.
Ela	— (como que reconhecendo um fato notório) O que é isso, Linho? Não me sinto bonita nem um pouco. Me sinto até meio passada.
Eu	— (já me esquentando) Telma, suas pernas cruzadas do jeito que estão, esse biquíni preto disfarçado por esta canga transparente, nada me leva a pensar que você esteja meio passada. Nada disso, muito pelo contrário, (minha voz tornara-se mais grossa, soturna) você é uma mulher muito desejável. Muito mais do que eu poderia imaginar ou, pelo que estou vendo, você mesmo pudesse crer.
Ela	— (meio sem jeito e ao mesmo tempo modesta e excitada) Linho, você diz cada coisa. Você assim até me encabula.
Eu	— Telma, nunca fui tão direto na minha vida. Estar perto de você assim, uma pessoa que admiro tanto, acordou o meu lado animal.
Ela	— Linho, eu sou casada.
Eu	— Como casada? Seu marido está aqui?
Ela	— Não. Ele está em Brasília, onde trabalhamos e moramos.
Eu	— Isso quer dizer que aqui no Rio você é solteira! Não é?

Ela — Claro que não! Ser casada é ser casada em qualquer lugar. Estando ou não acompanhada pelo marido.

Eu — (arriscando e cada vez mais tentando seduzir, coloquei minha mão com suavidade no braço dela) Claro, claro, está bem então. Não estou nem lhe segurando. Só coloquei minha mão sobre o seu braço. Vá. Vá casada e me deixe aqui sozinho. (claro que não tirei a minha mão)

Ela me olhava no fundo dos meus olhos. Pensava. Não se movia. Não dizia nada. Até eu estava acreditando nas minhas palavras. Estava desejando aquela mulher. Do seu lado, o cérebro dela dardejava, através dos seus olhos, dúvidas irrigadas de desejo. Não confessava, mas passara a desejar também. Do meu lado, eu mostrava o meu sorriso mais charmoso. Aquele que meu pai me aconselhou.

Eu — (cada vez mais petulante) Ué, Telma. Você não se mexe. Não vai embora. Por quê?

Pensava. Não parava de pensar olhando pra mim. Então, ela delicadamente tirou a mão que eu colocara sobre o seu braço. Não disse nada. Levantou-se e dirigiu-se à portaria. Lá em voz alta pediu as chaves do apartamento 506. Como se o funcionário não tivesse ouvido, repetiu mais alto.

Ela — Eu disse 506, por favor.

Dirigiu-se aos elevadores. Antes de entrar na cabine de um deles com a porta aberta, virou-se e me olhou nos olhos.

Olhar profundo e penetrante. Me chamava, assim cri. Finalmente entrou no elevador que, com sua porta automática, se fechara em seguida e subiu. Juro, segui cada lampadinha que acendia até o quinto andar. O elevador parou. Passou um tempo. Àquela altura ela estava começando a esperar por mim, pelo menos achava eu. Ia esperar mais um pouco. Ia deixá-la esquentar mais, imersa que estava nas dúvidas miscigenadas pelo desejo que eu notara nos seus olhos quando ia entrar no elevador. Naquele momento eu não podia saber. Mas estava dando o primeiro passo para uma louca, absurda e inimaginável aventura na minha vida. Depois ficaria sabendo. A aventura não tinha nada a ver com a Telma. Mas ainda não sabia de nada, nem sobre a própria aventura. Agora o que eu sabia é que a estava desejando. Deixei passar uns quinze minutos. Me levantei do sofá e fui em direção à recepção. Lá cumprimentei o funcionário com um aperto de mão. Quando apertei, minha mão tinha algum dinheiro, depois do cumprimento estava vazia e a dele não. Não dissemos nada, nem precisava. Aliás ele disse sim, repetiu por segurança, 506. Peguei o elevador até o quinto andar. Lá fui até a porta do 506. Dei dois toques. Pareceu-me demorar a resposta. Já ia bater outra vez quando a Telma abriu. Estava de calcinha e sutiã. Por cima desse perfeito visual, um *peignoir* transparente como a canga. Tinha tomado uma chuveirada. Posto perfume. Se maquiara um pouco. Em suma, convidava. Juro, estava atraentíssima, incrível. A presidente do meu júri se deu inteira àquele que seria seu julgado dali a dois dias. Claro, ela não sabia. Eu não disse nada nem me fiz de rogado. Houve de tudo entre nós. Quase não falamos durante nossa relação. Se falávamos eram mais grunhidos ou uma palavra ou outra relativa a essa ou aquela posição na cama. Tudo não passou de sexo, grande sexo. À noite, depois de um beijinho e um rápido até logo, fui embora. Na rua o que eu notei foi que estava cansado à beça. Puxa, a Telma acabara comigo. Eu levava comigo o meu segredo de candidato. Ela julgaria arte, só ela, a minha arte. O que eu fiz foi muito melhor do que pedir seu voto. Lhe dei o meu. E muito bem dado. Ela jamais esqueceria de mim. Foi uma grande trepada.

Dois dias depois, todos os finalistas ao prêmio se reuniram no auditório da Escola Nacional de Belas Artes. Haveria um encontro *sui generis*, pelo menos para mim. Cada artista com sua obra inscrita e o júri, tudo em frente àquela plateia de estudantes e entendidos em arte. Tentei me esconder lá no fundo, numa das últimas filas. Temia que a Telma me visse antes do tempo. Os jurados estavam reunidos no palco. Um por um foram chamados os finalistas, cada um apresentava sua obra a eles. Quando chegou a minha vez, quase sem graça, me apresentei. Meus antigos professores sorriam, os outros se mostraram simpáticos. Telma não. Parecia querer dizer que tinha sido enganada. Mas manteve a pose. Até esboçou um sorriso. Após o último finalista, foram anunciados os prêmios.

E ela, ela mesma, anunciou o de pintura. Eu vencera. Aplausos da plateia. Nem agradeci direito. Meus olhos estavam como que agrilhoados aos dela. Me deu uma estatueta e um beijo no rosto, além da documentação que me ensinava os passos que eu deveria dar para iniciar o melhor do prêmio. A viagem para a Itália.

Após a cerimônia, fomos para o saguão da Escola, onde foi servido um coquetel. Recebi os tradicionais parabéns de muita gente. Garantia, ou pelo menos supunha, a maioria morrendo de inveja. Àquela altura da minha vida já sabia. O sucesso alheio machuca. Quase no final, ela veio até a mim. O coquetel estava terminando. A Telma se aproximou com a intimidade que nos cabia. Tranquila, a gazela de sempre. Chegou segura de si. Estávamos sós.

Ela	— Parabéns, Linho. Você merece. Sua arte é incrível. Parabéns também pela

sua performance do outro dia. Mas nem precisava. Eu já tinha decidido pela sua tela. Aliás, todos do júri concordaram. Você venceu por unanimidade. Você mereceu. Espero que aproveite bem a sua bolsa. Mas não precisava me enganar como fez. Eu não merecia todas aquelas mentiras.

Eu — Que mentiras? Quem disse que menti? Você não percebeu, Telma? Realmente expressei minha honesta opinião sobre a sua arte. O resto todo foi prazer entre nós.

Ela — Mas você foi lá no hotel atrás do meu voto. Não foi?

Eu — Fui. Mas não pedi nada. Troquei o meu pedido por você. Você me desejou também. Trepamos e foi genial, não foi?

Ela — (irritada) Mas agora como volto para o meu marido? Vou acabar contando tudo a ele. Temos filhos, sabe? Como é que vou olhar para eles agora?

Eu — Não conta. Contar para quê? Deixa ficar no passado.

Ela — E a minha memória? Você acha que se pode deixar a memória no passado? Não se pode não Linho. (disse Linho como se cuspisse) A memória é o passado refletido no presente. Você pensa que é só isso? Desligar o interruptor e pronto? Só isso? Vai para a Itália e vê se me esquece, tá bem?

	(ela estava me odiando) Eu aqui vou decidir o que fazer. Como encarar o meu marido, os meus filhos.
Eu	— (sem graça e insensível) Mas a trepada valeu, não valeu?
Ela	— Senhor bolsista, tente ir à merda e não aparecer nunca mais. Meu marido não vai gostar nem um pouco de lhe conhecer depois que eu contar o que aconteceu. Ele está vindo ao Rio passar o fim de semana comigo. Suma da minha vista!

Deu as costas e se foi. Me retirei também. Comecei no dia seguinte mesmo a preparar a minha viagem. Fiz tudo o que tinha que fazer o mais rápido possível. Não queria de jeito nenhum conhecer o marido dela e nenhum outro marido de quem quer que fosse.

Acordo. Através da janela do meu quarto de hotel em Roma, vejo logo que já era tarde. A noite já vinha querendo se assenhorear da tarde. Puxa, penso, como dormi. Me espreguiço, não uma, mas diversas vezes. Gozado, me lembrei do filme *E o vento levou* e do acordar da Scarlet O'Hara após sua primeira noite de amor com o herói do filme, o Clark Gable. Aquele sim foi um acordar. Gostoso, espreguiçado, cheio de recordações e lembranças eróticas. O meu não teve nada de erótico, mas os acontecimentos que tinham me animado na noite anterior toda e a lembrança deles nos sonhos me faziam espreguiçar. Tinha sonhado a noite toda com eles, por isso estava feliz. O meu espreguiçar estava sendo bem menor do que o da Scarlet, mas nem por isso menos gostoso.

Foram tantos rostos novos, olhares ávidos, curiosos. Mas também, que noite! Inesquecível. Nunca pensei que festa oficial de embaixada fosse assim. Todas as pessoas muito bem-vestidas. Até eu, que era eu, informado por um conhecido da chancelaria, alugara um *black tie*.

As mulheres deslumbrantes e deslumbradas esvoaçavam seus vestidos da última moda pelos salões, acompanhadas por perfumes provavelmente feitos sob encomenda. Atrás delas, seus pares, cheios de desejos e sequiosos delas, iam enciumados *a priori*. Seguiam por segurança. Não quereriam voltar para casa sem os encantos e/ou as promessas feitas ou não, com ou sem os desejos das mulheres que acompanhavam e agora seguiam.

Pela primeira vez na vida fui a uma festa como aquela. Durou a noite toda. Depois dela um grupo, eu incluído, foi tomar chocolate quente com *croissant* em um bar lá no Termini de Roma.

Mas como estava dizendo, assim que acordei e caprichei no espreguiçar, parti para o chuveiro. Me sentia bem. Também, aos vinte e cinco anos, quem não se sentiria bem depois daquela festa? Abri a água quente direto. Já era outono e estava frio em Roma. Me lembrei que quando saltei do carro lá no Termini com o grupo, deveriam ser seis da manhã. O frio cortava a gente. E olha que eu estava até de sobretudo e todo o resto. Além do que, tinha bebido muito mais do que estava habituado, aliás, nunca fui de beber muito, mas o frio estava mesmo grande. No chuveiro eu me ensaboava e pensava em comer. Estava com fome. Pô, como o estar bem com a gente mesmo dá fome. Era até para estranhar. Na festa eu tinha comido à beça e bebido além de qualquer conta. Já vestido após o banho, fechei as luzes do quarto e desci. O hotel que morava era pequeno e estava mais para uma pensão que para um hotel de verdade, apesar do nome: Hotel Union. Mas era limpo, bem mantido e barato. Além de ter ficado amigo da família proprietária, o hotel era central. De lá eu ia praticamente a pé para todos os lugares que me interessavam em Roma. Adorava caminhar por aquelas ruas, a maioria das quais sem calçadas.

Escutava as histórias de cada paralelepípedo da cidade eterna e, de tanto escutar, minha imaginação chegava a vê-las acontecer. A cada dia que eu passava por eles se tornavam mais e mais amigos meus. Ouvia os lamentos dos escravos, quase testemunhava os adultérios da Messalina, seguidos da morte de cada um de seus amantes de cada noite, escolhidos por ela a dedo, entre seus guardas pretorianos. O meu hotel ficava na via del Boschetto, a mesma rua tão usada pela Imperatriz viúva negra para seus encontros e crimes extraconjugais. Isso me inspirava sempre que caminhava pela rua. As outras ruas, que não tinham assistido às idas e vindas da Imperatriz, amante e assassina, contavam outras coisas, mas sempre históricas verdades ou com sabor de verdadeiro. Nunca faltava sangue nas histórias. Sangue e as várias dores de todos os escravos, homens e mulheres mortos por esse ou aquele motivo, cada um mais frívolo que o outro. Em Roma, capital do mundo naquela época, aconteciam, naquelas ruas mesmas, estupros seguidos de morte e cadáveres de gladiadores, que passavam carregados por outros acorrentados, em direção à vala comum de todos eles, comum para os mortos e os que morreriam. Ainda vivos, eram mercadorias e portanto descartáveis e assim iam de um lado para o outro, passando acorrentados sobre os paralelepípedos, pensando em seus futuros que seriam a morte brutal ou a brutal morte.

Naquele domingo de outono, distante em tempo daqueles que tentaram defender suas vidas nos combates, diversão preferida dos romanos, eu saí feliz pela via del Boschetto. A festa tinha enchido todas as cotas de felicidade a que eu tinha direito. Mesmo com fome, não me dirigi a nenhum lugar específico. Caminhar já estava bom, a fome podia esperar. Degustava as coisas que me aconteceram naquela longa véspera.

Eu era um artista plástico. Ganhei aquele prêmio no Brasil que me dava direito ao equivalente a dois mil dólares por mês em euros recebidos todo dia trinta na embaixada do Brasil na Itália. A finalidade da bolsa era colocar o bolsista frente a frente com as outras escolas de arte do mundo. Um tipo de choque com as artes mais modernas ou as mais antigas, talvez ainda desconhecidas pelos bolsistas premiados, como eu, por exemplo.

Como sou muito falador e extrovertido, no terceiro mês lá na Itália, a cada cheque que ia pegar, eu parava lá na embaixada conversando com todos os funcionários sobre tudo e qualquer assunto que me viesse à cabeça ou na deles. Já me dava com gente à beça lá. Usava muito o tal sorriso que meu pai falara. Desde o início, um funcionário me apresentava ao outro. Os funcionários, quero dizer. Mas em seguida eles começaram a me apresentar aos diplomatas, afinal de contas, eu era um artista e, além disso, premiado.

Para quem não é, ser um artista, e ainda por cima premiado, era ser uma pessoa especial, que tinha alguma mensagem a passar. Tinha algo a dizer. Daí, para começar a ser convidado para jantares, coquetéis, passeios dominicais com as famílias dos diplomatas e nas Mercedes deles, foi um pulo só. Fui ficando quase íntimo de cada um, de quase todos. Claro, às vezes convidava dois diplomatas de uma vez só, com as famílias, e os levava para visitas a museus onde eu os emudecia com o meu "saber" artístico. Fazia o papel de guia cultural deles. Depois desses passeios ilustrados, invariavelmente, eu era chamado para uma *pizza*. Forma tradicional de se encerrar uma noite em família na Itália. Essa boca-livre tornara-se para mim uma forma de economizar. Claro, sempre astuto, fazia o gesto de quem queria participar das despesas, chegando a tocar na carteira. Mas nunca as esposas dos diplomatas ou os próprios me permitiam finalizar o gesto. Afinal de contas, todos sabiam que eu era um bolsista e, como tal, um semiduro. Educadamente agradecia e colocava de volta a carteira no bolso. O que ninguém percebia era que eu nem tinha tocado nas notas. Tudo fora só um gesto que eu ensaiara à exaustão na busca do truque perfeito de um mágico de circo. A exatidão era tudo. O gesto tinha que ser preciso. Mas não considerava um golpe, não. Eu era um artista e não um larápio. Ao menos, eu dava a eles um pouco do meu "saber" e eles me pagavam com uma boca-livre. Eu achava tudo legal. Eles também (sem saber do truque da carteira ensaiado à exaustão, está claro).

Pouco tempo depois fui convidado a um coquetel na casa de um diplomata do qual me tornara amigo. Imagina só. Lá conheci o Embaixador do Brasil na Itália. Agora sim, tudo o que eu dissesse, todas as minhas palavras seriam repetidas com letras maiúsculas. O melhor de tudo é que ele, já entrado nos sessenta, foi com a minha cara. Sabia quem eu era e tudo. Afinal, os cheques que eu recebia todo mês na embaixada eram assinados por ele. Conversamos quase de igual para igual. Falei quase em monólogos. Ele mais perguntava do que dizia. Afinal de contas, ele era o Embaixador, eu era só um artista. Pintor premiado, mas sempre um bolsista.

As coisas foram indo. Com o passar dos tempos, eu era cada vez mais uma *persona grata* na embaixada. Convidado para tudo, quero dizer, as festas, os coquetéis nas casas dos diplomatas e até mesmo em festas maiores no Palazzo Doria Pamphilj. Só os afrescos do palácio onde ficava a embaixada já mereceriam um livro luxuoso de fotografias. Estudos elaborados de perspectivas, cores, volumes etc. Garanto que seriam só elogios.

Foi numa dessas sofisticadas festas, talvez a mais chique de todas, a de ontem, que eu fui apresentado a tanta gente que nem me lembro direito quantas ou quais foram. Ora era o Embaixador a me apresentar, ora um ou outro dos diplomatas. Quero deixar claro, a minha simpatia não se descuidava dos mais humildes, dos funcionários sem *ranking*. Afinal de contas, nunca se sabe, né?

Durante a festa, o Embaixador me apresentou até a um futuro candidato à Presidência da República do meu país. Na festa tinha também muita gente de todas as nações. Acho que era uma comemoração do Quinze de Novembro. Acho não, era. O homenageado era meu país, está claro. Mas por vezes me senti o homenageado maior, de tanto que todo mundo me elogiava para os novos conhecidos. Para os novos rostos. Eu não ligava, não. Mas até dava a impressão de que eu tinha inventado a roda. A cada grupo que eu me juntava, logo chegava um fotógrafo. Eram necessários mais sorrisos e depois, fotografia feita, o grupo me agradecia como se eu fosse uma diva. Diva homem, mas diva.

Foi nessa festa que o Embaixador, no meio de gente à beça e num grupo que incluía o adido cultural e a esposa, declarou em voz solene que a pinacoteca da embaixada se sentia orgulhosa. Receberia um *vernissage* feito pelo grande artista (apontou para mim), o Aurélio. Colocou seu imenso braço em torno de mim, afastou-nos um pouco do grupo enquanto declarava.

Embaixador	— Claro, você poderá vender as obras para quem quiser comprar. (baixou ainda mais o rosto e me disse no ouvido) Afinal de contas, não entendo como alguém pode viver só com dois mil dólares por mês em Roma.

Não estava brincando, não. Chamou na hora o Monteiro, adido cultural que estava no seu grupo, também conhecido meu, e disse para que ele combinasse comigo a data da mostra e que as despesas e os convites seriam por conta da embaixada. Ah! E claro, o coquetel também. Além disso, teria que ser antes das férias dele em janeiro. Se despediu de mim e voltou para o grupo onde estava. Eu e o adido, sempre com a esposa indo atrás dele, com um cabelo tão armado e cheia de maquiagem que mais parecia uma perua, afastamo-nos e começamos a conversar sobre como seria a mostra. A esposa, a quem fui apresentado, a Helena, concordava com tudo e sorria. Ele, antes de mais nada, me parabenizou, ela também, é claro. Depois, ele me explicou como tudo seria feito. Afinal, marcamos para dez de dezembro, bem antes das férias do Embaixador. Sua mulher achou a data perfeita. Que chata aquela perua.

A Telma lá em Brasília, que não tinha nada de chata, não poderia ter a menor ideia do que me estava acontecendo. E imaginar que eu nem teria precisado do voto dela. Com o dela, devo dizer, um pouco embaraçada ao me dar a estatueta, eu ganhei o prêmio e tudo que vinha agregado a ele. A Telma votou em mim também. Deve ter votado na trepada. Não, não podia ser. Quando da nossa trepada eu era só o Linho. Ela não tinha a menor ideia de que eu fosse um candidato ao prêmio. Foi a minha arte que venceu mesmo. Quando fui dormir após o chocolate quente com o *croissant* daquela manhã, estava feliz. Depois da mostra é que a turma ia mesmo me respeitar, me tratar melhor ainda. Eu acreditava muito na minha arte. Resolvi que no dia seguinte, um domingo, ia só passear, já que segunda-feira era minha intenção começar a pintar para o meu primeiro *vernissage* europeu. Tinha que começar a trabalhar logo. Pensei comigo. Ainda bem que eu já tinha umas quinze telas prontas. Desde que cheguei a Roma pintava como exercício. Era exercício, mas o fazia a sério e com prazer. Caminhei muito e como. Até esqueci a fome que veio com o meu despertar. Lá pelas tantas ela voltou. Entrei numa *trattoria* que conhecia naquelas bandas da via del Corso. Escolhi uma mesa e me sentei. Já imaginava um *spaghetti alla bolognese*, um *quartino* de vinho e um *tiramisu* de sobremesa. Sentei-me em frente a uma janela que dava para ver a rua. As pessoas que passavam por ali num domingo à tarde eram principalmente turistas. Enquanto aguardava a comida, pensava. Um *vernissage* em menos de quatro meses chegado a Roma era um passo gigantesco. Isso só porque eu tratava todo mundo bem. Era falador, extrovertido, e estava convencido, por tudo que vivi, que aquelas eram qualidades somatórias à minha vida. Elas e aquele sorriso, que o meu pai observou, eu tinha. Se não somassem, como eu teria chegado ali há quatro meses e teria aquela mostra já encomendada? É, tinha que considerar também a qualidade da minha arte. Fora o prêmio, o reconhecimento geral, eu gostava e muito das minhas telas. Com as que eu já tinha feito a título de exercício, faltavam poucas para a grande noite. Estava excitado, reconheço, e não era para menos. Com a minha idade e tudo, não poderia querer mais.

O *camariere* já havia trazido o *quartino di vino aperto* que eu ordenara e bebericava bem devagar e com prazer, satisfeito comigo mesmo. Do lado de fora já estava escuro e se percebia cada vez mais frio. Aqui dentro, bem mais quente, as lâmpadas da *trattoria* já estavam acesas. Aguardava o *spaghetti*. Um homem alto e grande entrou. Absorto nos meus pensamentos nem percebi quem poderia ser, quero dizer, nem sequer olhei para ele. Só o vi entrar e passar. Olhar por quê? Estava tão satisfeito comigo que eu mesmo, só o Aurélio, já bastava. De repente uma voz grossa falando português, com pesado sotaque americano, dirige-se a mim. Sabia até meu nome. Quase surtei. Me desagradou. Queria ficar sozinho naquela noite.

Ele	— Você é o Aurélio, o pintor, não é?
Eu	— (surpreso) Sou. E você quem é? Como é que sabe?
Ele	— (sorrindo e gentil) Conheci você ontem na festa da embaixada.

Disse com um incrível e pesado sotaque americano.

Ele	— Meu nome é Alan. Estou de passagem aqui em Roma e ontem estive na festa da embaixada.

Com toda a intimidade do mundo, puxou a cadeira não ocupada da minha mesa e cheio de simpatia perguntou: "Posso?" Juro que passou pela minha cabeça dizer um sonoro NÃO. Achei tudo muito estranho e principalmente fora de propósito, aquela intrusão na minha tão desejada solidão. Este Alan então, juro que não me lembrava quem pudesse ser. Também, fui apresentado a tanta gente ontem que ele deveria ser uma daquelas pessoas.

Eu — Não estou me lembrando. Quem foi que nos apresentou?
Ele — (rapidamente mudando o assunto) Foi um amigo comum, nem me lembro quem.

Já não gostei. Que eu não me lembrasse dava até para entender. Foram tantas caras novas. Fui também um dos maiores alvos das apresentações na festa, repito, dava pra eu não me lembrar. Aliás, eu não tinha me sentado à mesa dele. Ele sim é que se sentou à minha. Ele é que tinha que se lembrar. É, não ia dar certo.

Seu sotaque americano agredia, imperial, a língua dos meus ancestrais. Eu estava curioso. Está bem, fomos apresentados na festa por um amigo comum. Mas por quem? E por que, naquela hora (era início de noite, eu sei, mas tinha quase acabado de acordar) ele estava já ali, do meu lado, sentado à minha mesa como se fosse meu amigo de infância ou convidado por mim? Olhei mais a fundo para ele. Estava bem vestido de terno, gravata, bons sapatos, aliás, ótimos calçados italianos. O que ele poderia querer comigo? Logo hoje que eu gostaria tanto de ficar sozinho. Jantar tendo só a mim mesmo como companhia. Mas eu disse com toda a educação do mundo.

Eu — O que posso fazer para lhe ajudar?

Sem um pingo de hesitação, ele respondeu:

Ele — Soube que você é um grande artista e ouvi quando o Embaixador lhe convidou para fazer uma mostra lá na embaixada brasileira. Você vai mesmo fazer? Você me desculpa, o mercado de arte está muito difícil. Quanto custam seus quadros? Quantos trabalhos você vai apresentar na mostra? Vou querer estar lá na inauguração! Se forem bons como o Embaixador deixou implícito, vou querer comprar pelo menos um quadro.

Eu — Mas você nem conhece minha obra, meu estilo. Como você pode saber que quer comprar "pelo menos um"? Pelo convite do Embaixador?

Ele — Já me disseram que seu trabalho é genial. Que você é premiado e tudo.

Só que o sotaque dele estragou o elogio. O genial dele soou tudo, menos genial. Pensei cá comigo, elogio é bom e eu gosto. Mas elogio por referência, por ouvir dizer, é dúbio, no mínimo estranho. Principalmente quando quem elogia, ainda por cima, pretende comprar um trabalho do elogiado. Aí mesmo é que elogio soava muito esquisito. Pelo menos no meu ramo. Eu não estava entendendo nada. Enquanto isso, o Alan mandou levar o meu *quartino* embora e pediu o melhor vinho da casa e também queria comer o que eu fosse comer. Nem perguntou o quê. Se ajeitou melhor na cadeira e foi colocando o guardanapo por dentro do colarinho. Parecia estar morrendo de fome. Pelas atitudes, só tinha medo mesmo de sujar a gravata com o molho vermelho do *spaghetti alla bolognese* que eu pedira. Mas ele nem sabia o meu pedido. Agora estava ficando curioso. Que cara metido.

> Ele — (continuando a perguntar) Aurélio, onde você vai preparar sua mostra? Tem algum lugar para trabalhar? Espaço? Tem tudo que precisa?

Tudo muito irritante. Agora a figuraça estava a fim de bancar um mecenas para mim. Resolvi, nem sei por quê, tranquilizá-lo. Tudo estava sob controle. Não precisava de nada. Já tinha tudo para preparar a exposição.

Chegou o vinho. Era um dos meus preferidos. Um Barbera d'Alba de excelente safra.

> Eu — Espera aí, Alan. Não posso pagar este vinho, não. É muito caro. Claro que gostar eu gosto, mas não dá para o meu bolso.
>
> Ele — (me interrompendo) Esquece esta garrafa e o jantar. Tudo é por minha conta. Não é sempre que tenho a honra de jantar com um verdadeiro artista. Reconhecido como tal até pelo seu próprio Embaixador. E prestes a apresentar sua primeira mostra.

Enquanto isso, o garçom serviu-nos o vinho, dando a rolha para o americano cheirá-la. Eu pensava, este Alan está mesmo a fim de inflar o meu ego. Será que era um gay? Mas não tinha cara, não. Devia mesmo ter gostado de mim ou quem sabe se impressionou como eu fora tratado lá na festa. Concordo, fora tratado bem. Mas o que isso tinha a ver com aquele americano. Começamos a beber. Chegou o *spaghetti*. Eu agora estava mesmo com fome. Ele se comportou como se estivesse também. Atacamos os pratos e o vinho. Enquanto jantávamos, ele logo pediu uma segunda garrafa. Derrubada a segunda garrafa daquele esplêndido vinho, estávamos conversando sobre minha arte, meu prêmio e a mostra que eu iria realizar. Perguntou até o que eu pretendia da minha vida. No fim, até que ele era bem simpático. Mas comecei a ficar com sono, ainda estava muito cansado da noite anterior, e o vinho só ajudou o sono a chegar mais cedo. Informei a ele que tinha que ir. Amanhã teria que começar a trabalhar para a mostra. Aquiesceu na hora. Pagou a conta e, ao invés de se despedir, resolveu me acompanhar até o Union. Achei que aquela súbita amizade estava ficando por demais invasiva, mas, meio tonto devido ao vinho, topei. Cruzamos aquelas ruas que eu tanto amava até chegarmos ao meu hotel. Lá, com toda a simpatia me desejou boa noite e foi embora, assim como chegara, de repente. Fui para o meu quarto, desejando boa noite ao Gianni, o porteiro noturno, um dos filhos da família proprietária do hotel.

Reconheço, estava aturdido com a simpatia do Alan. Esperava mesmo que ele fosse convidado pela embaixada para o meu *vernissage*, ainda mais porque ele disse que iria comprar uma das minhas telas. Cheguei no meu quarto, me despi e me joguei na cama. O vinho me empurrou para o sono. Adormeci logo.

De manhã acordei cedo. Meu relógio biológico sempre funcionava bem e, além disso, tinha que pintar mais umas dez telas para somar às outras quinze que já tinha quase prontas. O Monteiro, adido cultural da embaixada, me disse que vinte e cinco telas grandes seria o número ideal, e eu não queria fazer a menos. Não queria decepcionar meus amigos lá da embaixada. O meu universo conhecido lá em Roma.

Desci para o pequeno *salotto* que ficava no térreo do hotel e onde eu tomava o meu primeiro expresso do dia e um pão com manteiga, às vezes um brioche. A refeição era assim frugal porque nunca dei muita atenção ao café da manhã. Além do que, quando vou ou estou trabalhando, nem fome tenho. Terminei logo. Me despedi do Gianni diurno — me esqueci de dizer que era gêmeo do noturno. Cada um tinha seu nome. Eu é que de brincadeira chamava os dois de Gianni. No início eles fingiam não aceitar. Agora nem ligavam mais. Eram Giannis e se conformaram com a ideia.

Do hotel fui direto para o estúdio que tinha alugado ali perto. Era modesto, mas com uma luz natural que durante o dia dava a impressão que eu estava pintando na rua. Lá tinha um banheiro e o salão em que eu trabalhava. O salão era composto de uma mesa grande e quatro cadeiras. De resto, prateleiras onde eu colocava as minhas tintas, um bocado delas, e meu cavalete de trabalho. Tinha também uma pequena cozinha. O ateliê não era bem organizado nem nada, mas eu sabia exatamente onde encontrar o que precisava. A santa bagunça que todo o artista precisa. Quanta cor espalhada por tudo. Sacrossanto Arco-íris!

Entrei. Tirei o sobretudo e o paletó, colocando-os em um cabide que tinha lá também. Me enfiei no avental multicolorido de restos de tinta e um pouco da sujeira geral. Escolhi uma tela ainda em branco e comecei a rabiscá-la para um primeiro esboço. Comecei a trabalhar. Devo dizer que quando eu me encontrava com minhas telas esboçando, pintando ou dando um ou outro arremate final nelas, a parte do mundo onde existem as coisas concretas sumia. Lá no estúdio, primeiro eram as janelas, depois as paredes, cada cadeira, cada panela da minicozinha e o resto todo. Acho que até o chão que eu pisava desaparecia. Sobrávamos eu, o cavalete, a tela, a minha querida paleta, os pincéis e as tintas. O resto não existia. Só eu e o meu material de trabalho. Não sei por que colocava música. Sempre a mesma. Colocava o *tape* e não ouvia. Trabalhando, nunca conseguia ouvir nem a música que era a minha preferida. Como já disse, o mundo sumia, não só o visual mas o auditivo também. O tempo foi indo. Minha produção progredia bem. Às vezes esboçava uma nova tela. Outras vezes dava toques em alguma quase pronta. Outras vezes chegava a repintar uma que já tinha considerado pronta. Nada ordenado. Era o caos funcionando. Não tinha ordem nem disciplina. Mas existia a arte.

De repente a campanhia começou a tocar. Se não ouvia nada quando trabalhava, eu ouvi por quê? É que o som dela era estridente, enervante. Insistia. Se havia uma coisa que me aborrecia chamava-se interrupção. Principalmente quando eu estava pintando. Porra, logo agora então que eu estava focado no trabalho para a minha primeira exposição europeia. Fiquei irritado. Que merda! Fui a uma das janelas que voltaram a existir e olhei para a rua. Melhor dizendo, na direção da porta do prédio onde eu tinha o estúdio. Levei o maior susto. Não podia acreditar. Era o Alan. O americano, meu companheiro do jantar da véspera. Me viu. Carregava uns pacotes. Lá debaixo acenou para mim. O que fazer? Respondi ao aceno e fui abrir a porta pelo interfone. Como sempre, não funcionou. Não me acostumava a esse anômalo mal-estar que aquele interfone me causava. Nunca funcionava. Ele só servia mesmo de campainha. Sua única qualidade. E como ela era chata. O interfone nunca funcionava para abrir a porta ou falar, apesar do nome terminar em fone. Desci para abrir a porta. Disse que o estúdio era modesto, não disse? E pequeno também era o prédio onde ele se encontrava. Só a escada parecia grande. Mas com vinte e cinco anos de idade, cinco lances de escada não eram nada. Descia e pensava o que o Alan poderia estar querendo comigo já hoje de manhã. Ele sabia que eu estaria trabalhando. Aquela visita só poderia me incomodar. Assim não dava. Não haveria chance para um foco prolongado, estágio do meu trabalho em que eu sempre rendi melhor. Cheguei junto à porta. A maçaneta era velha e só funcionava quando queria. Tinha personalidade. Só com força ela acatava à vontade alheia. Virei e empurrei a porta. Lá estava o Alan e seus embrulhos. Sorria. Era simpático o sorriso dele com seus dentes hollywoodianos. Com esforço sorri de volta.

Ele	— Como está essa força, Aurélio?
Eu	— Tentando trabalhar, Alan. Tentando...
Ele	— Estou atrapalhando? Só vim aqui querendo ajudar. Se estou atrapalhando...
Eu	— (tentando ser simpático, afinal de contas ele disse que ia comprar pelo menos um dos meus quadros no *vernissage*) Deixa disso, Alan. Vamos subir. Me deixa ajudar com estes embrulhos. (dividimos os pacotes)
Ele	— (temeroso) O.k.! Vamos lá então.

Começamos a subir em silêncio. Passamos por um apartamento onde um casal brigava, em italiano, é claro. Estavam excitados. Era uma briga e tanto. Pelo sotaque e a briga, pareciam ser napolitanos. Sempre em silêncio, subimos. Finalmente chegamos. Paramos em frente à porta.

Eu	— É aqui que me escondo para poder trabalhar em paz. (não conseguia camuflar muito bem minha contrariedade) Você é o meu primeiro conhecido a vir aqui! Por falar nisso, como é que você descobriu este endereço?
Ele	— Perguntei na embaixada. Fui lá no balcão da chancelaria e me deram.

Eu	— Assim e tão cedo? Mas quem te deu? Poucos sabem do meu segundo endereço.
Ele	— Não foi difícil. O funcionário pegou num livro grande que eles têm lá.
Eu	— (sem graça) Puxa, já botaram meu nome e meus endereços no livro da colônia brasileira na Itália. Estou ficando chique. (ele riu)

Abri a porta. Aparentemente ele adorou a bagunça.

Ele	— Já vi que a sua produção está a todo o vapor. (olhou com curiosidade para aquele imundo salão e em seguida para as telas em que eu estava trabalhando) Puxa, como as telas são boas. (demonstrou um autêntico espanto) São lindas mesmo. Parabéns Aurélio ou deveria dizer Mr. Talento?
Eu	— Deixa disso, Alan. A maioria nem pronta está. Estou terminando algumas hoje.

Ele já tinha deixado os embrulhos na mesa (eu também). Olhava boquiaberto para o meu trabalho.

Ele	— (com aquele sotaque horrível e se aproximando das telas) Me diz uma coisa, Aurélio. Como é que você trabalha? Já vi que não é tela por tela. Você tem várias prontas, outras semiprontas e uma porção de esboços. Como é que você faz?

Eu — É igual a poesia, quando você faz muitas. Algumas vezes uma metáfora feita para a poesia A fica melhor na B. Você troca. Aí você procura uma nova ideia, novas palavras para preencher a lacuna deixada na A. Assim, quando você se dá por satisfeito, tem duas poesias prontas. É simples, não é? Assim se dá com a minha pintura.

Ele — Parece ser. Dito por você então, parece facílimo.

Eu não queria perder mais tempo. Me dirigi a uma tela aparentemente pronta, apaguei uma determinada mancha e apliquei uma mancha idêntica a uma outra tela. Em seguida, no lugar da mancha retirada, apliquei um grupo de curvas e ondas. Olhei para ele e professoral perguntei:

Eu — Entendeu agora? Não é simples?

Ele — Muito. E me deixa dizer, Aurélio: ficaram até melhores. Vai. Reinicia o seu trabalho. Vou correr as telas. Vista essa beleza toda, acho que vou escolher uma mesmo.

Eu — Mas são para o *vernissage*.

Ele — Eu compro hoje e você me entrega depois.

Assustei. Ele já ia escolher uma. Tentei trabalhar. Mas cadê concentração para isso? Imagina trabalhar com um eventual cliente visitando as minhas telas para escolher uma e quem sabe comprar. Deixei ele olhar mais. No fundo, observava o Alan enquanto ele analisava. Meu trabalho parara. Eu só fingia trabalhar, mas no fundo estava mesmo interessado naquela visita, que eu não quisera mas agora não conseguia tirar os olhos dela. O Alan olhava, mas para mim ele parecia mesmo era saborear. Até que resolvi me aproximar. Ele sentiu.

Ele	— São maravilhosas. Todas elas. Mas sabe, Aurélio, já escolhi.
Eu	— (com espanto na voz) Já?
Ele	— Claro.
Eu	— Qual?
Ele	— A A e a B. As duas que eu vi o gênio terminar. Elas vão virar história. A coisa das manchas então, vou contar para todos os meus colegas lá da embaixada.
Eu	— Você tem colegas na embaixada brasileira?
Ele	— Não! Na americana. Tenho amigos à beça lá.
Eu	— Mas você não me disse ontem que estava de passagem por aqui?
Ele	— Claro. Mas tenho amigos lá. Aliás, você sabe, Aurélio, quando receber o convite para sua exposição, vou falar com eles todos para irem comigo. Não posso me privar de fazer isso. Tenho que convidar todo mundo que puder. Quanto é Aurélio? Quanto devo?
Eu	— Ainda não tenho a menor ideia, Alan. Mas tem uma outra coisa. Ainda não posso vender. Vou precisar das telas para a mostra.
Ele	— Mas eu já disse. Você entrega depois da mostra. Eu pago e as telas fi-

	cam aqui com você. Quando arrumar a mostra, você já exporá as duas com o selo de vendidas. Fica bem. Como vocês dizem lá no Brasil, cai bem.
Eu	— Está bem. Então fica assim.
Ele	— Só falta agora você me dizer quanto valem. Aliás, você aceita cheque, não aceita?
Eu	— Claro, Alan, principalmente seu. Porra, Alan, ainda por cima você vai deixar as telas comigo. Mas quanto a preço, eu não sei. Nunca vendi uma só tela na Europa. Só vendi no Brasil. Aqui eu não sei. Vou precisar da ajuda do Monteiro, o adido cultural.
Ele	— Nada disso. Você é novo, eu sei. Mas também sei reconhecer um gênio. Sou colecionador. Meus melhores negócios sempre foram com jovens artistas. Não vou explorar você, não. Não vamos precisar do Monteiro. Ele quer mais é fazer da exposição um sucesso para ele, o Embaixador e a pinacoteca da embaixada. Vamos fazer o seguinte: vou preenchendo o cheque e deixo a quantia para colocar depois. Enquanto isso, você pensa no valor das suas telas.

Eu não sabia o que dizer, o que pensar. Como avaliar assim de repente o meu trabalho, já que, pra mim, pintar estava mais para diversão que trabalho propriamente dito. Mas eu tinha que fazer alguma coisa. Tinha que dizer algo. Claro, passar a bola pra ele.

Eu	— Alan, você mesmo me disse que é um colecionador. Você entende mais de preço de arte do que eu. Faz o preço você. Você mesmo disse que não me exploraria, não disse?
Ele	— Claro que disse. Então vamos lá. (olhou por mais tempo as telas, finalmente disse) Seis mil dólares. O que é que você acha?
Eu	— Seis mil? Eu pensava que você quisesse comprar. Não quero ajuda, não.
Ele	— E quem disse que eu estou ajudando? Quem disse que um colecionador não revende as obras que compra? Quero deixar claro: estou pagando o que eu acho que elas valem. Nunca pensaria em revendê-las. Vou querer as duas nas paredes lá de casa. Fique tranquilo e se baseie nesse preço para a sua mostra.
Eu	— Então está bem. Vá lá.

Não deu para recusar, principalmente depois da segunda parte de sua frase.

Ele voltou a preencher o cheque. Ou melhor, terminá-lo. Me afastei, já pensando no que fazer com aqueles seis mil dólares. Logo em seguida veio atrás com o pedaço de papel esticado para mim. Olhei. Fiquei estatelado. Quase tropecei, apesar de estar parado. Olhei para o Alan, assombrado com aquele americano até que simpático, mas agora mais louco do que simpático. Gaguejava.

Eu	— Alan, você está ficando maluco?
Ele	— Por quê?

Eu	— Você não disse seis? Aqui no cheque você escreveu doze mil dólares!
Ele	— Claro, seis cada uma.
Eu	— (ficando até sem graça) Mas isso é demais. Você não acha demais? É muito, Alan.
Ele	— Aurélio, nunca compro nada que seja barato. O que é barato será barato para sempre. Além disso, não sou nenhum bobo. Suas telas valem isso que eu paguei. No mínimo. Agora guarda esse cheque e vamos parar um pouco para comer umas coisas que eu trouxe. Espero que você goste.

Começou a abrir os embrulhos. Parecia um anfitrião ansioso por agradar. Ajudei a abrir os pacotes. Pelo jeito deles, aparentavam ter sido comprados numa *delicatessen* finérrima que ficava no corso Vittorio Emanuele. Era mesmo. Tudo o que ele trouxera era de primeiríssima. Frios, algumas massas frias, queijos, pães, e para regar tudo isso, duas garrafas do mesmo vinho que tomamos ontem. Mesmo ano e tudo, só que a casa vinícola era a melhor de todas. Parecia um banquete para um exército, só que, como ele me disse, era um lanchinho para comemorarmos a qualidade da minha arte. Aquele talento raro que eu tinha. Até copos de plástico fino ele trouxera. Como se fosse o dono da casa, pegou duas cadeiras e as colocou na parte mais limpa da mesa. Aproveitou os papéis dos embrulhos para forrar a mesa e me convidou para sentar.

Ele	— Você deve estar com fome, não está?
Eu	— Sabe, Alan, quando trabalho não sinto nada, nem dor.

Ele	— (e o seu sotaque) Vamos começar com um *brindisi*. (em português ou italiano, sotaque em tudo)
Eu	— Está bem. Como você quiser.

Serviu-nos. Tocamos os copos, ou seja, fizemos o tal brinde. Bebi o copo todo, nada me faria ficar mais tonto do que eu já estava.

Ele	— À sua arte e aos grandes negócios que você vai fazer na exposição.
Eu	— Será, Alan, que você não está entusiasmado demais com a minha arte?
Ele	— Eu nunca me engano quanto a isso. Reconheço na hora a boa arte. Fique tranquilo. Vai ser um grande sucesso a sua exposição. Se você for tímido, como já vi que é, posso lhe ajudar. Ser uma espécie de seu agente lá no *vernissage*. Usar minha experiência para fazer preço por você. E não tem isso de comissão, não. Só pela amizade. A única coisa que quero é ser seu amigo.
Eu	— Mas Alan, ponha-se no meu lugar. Você não estaria achando tudo isso muito estranho?
Ele	— Claro que estaria. Aliás, você deve estar e muito. Concordo com você. Eu estaria achando tudo muito estranho.
Eu	— Espera aí que eu vou pegar alguns pratos e talheres de metal.

Me levantei e fui à minicozinha. Lá peguei pratos e talheres. Tinha que pensar longe daquela figura tão inesperada que aparecera na minha vida. Se fosse o marido da Telma, eu já deveria estar correndo dali. Mas não era. Seria o quê? O que poderia fazer na vida esse americano alto, falando português correto, com aquele sotaque terrível e que, apesar de estar de passagem em Roma, parecia conhecer tudo, todos os hábitos e pessoas daquela cidade. Frequentador da embaixada brasileira e com amigos à beça na americana. Eu estava zonzo de tanto pensar. Quando voltei à mesa, o Alan já separava e cortava os queijos com talheres de plástico. Quando olhei, ele já ia enchendo nossos copos outra vez. Interrompi o seu gesto.

Eu	— Me deixa trocar esses copos de plástico por estes aqui de vidro. Estão limpos.
Ele	— Ótimo. Assim fica muito melhor.

Coloquei os pratos e talheres sobre a mesa. Os copos também. Peguei a garrafa de vinho e versei o líquido neles. Ele parecia uma criança transbordando felicidade.

Ele	— Ah! Ótimo. Pratos, talheres e copos de vinho de verdade. Afinal somos civilizados, não somos? Vamos fazer outro brinde. Tem de tudo um pouco aí. (me apontando os comes e bebes)
Eu	— Você é louco, eu não como isso nem em uma semana.
Ele	— Mas você tem uma geladeira aqui, não tem?
Eu	— Tenho.
Ele	— Então, o que sobrar você guarda para amanhã ou enquanto durar.

Após o segundo brinde, continuei com o copo na mão. Enquanto eu bebia, ele com uma das mãos pegava uma fatia de presunto de Parma e com a outra e uma das facas já cortava o *parmeggiano* macio. Parecia um faminto. Eu, bem mais discreto, me contentava com um naco de pão e uma fatia de mortadela, a melhor que experimentara na vida. A partir daí, até minha chateação por ter parado de trabalhar cessou. Até a eterna música que não parava nunca, voltei a ouvir. Afinal de contas, tinha vendido duas telas e por um preço que parecia mais um milagre que uma quantia num cheque. Conversamos até ele parecer satisfeito. As duas garrafas de vinho foram inteiras. Já a comida, sobrou tanto que eu nem sabia se o espaço na geladeirinha seria suficiente. Mas já estava ficando impaciente. Já gozara demais a venda das duas telas. Agora queria voltar ao trabalho. Fazer mais telas. Acho que ele percebeu. Levantou-se com uma cara feliz, de homem realizado.

Ele	— Vou indo, Aurélio. Já te ocupei demais com a minha presença e você precisa trabalhar. (pegou seu paletó, sobretudo e se despediu) *Ciao*, Aurélio. Não deixe de pensar na minha proposta.
Eu	— Proposta? Que proposta?
Ele	— Aquela de eu vir a ser seu agente! Agente sem comissão. Agente amigo.
Eu	— (já indo em direção à porta do estúdio) Tá bem. Vou pensar. Mas quando eu decidir, como faço para entrar em contato com você?
Ele	— (tirando do paletó um cartão) Ligue para o meu celular. Sempre atendo.
Eu	— (pegando) Assim que eu decidir, ligo para você.

Ele	— Ótimo. Agora vê se trabalha. Vamos precisar de muitas telas.
Eu	— Pode deixar. Estará tudo pronto antes da data.

Foi embora. Não fosse o cheque garboso no meu bolso, eu até agora estaria chateado com a interrupção. Mas aquele cheque mudava muita coisa na minha vida, nas perspectivas do meu futuro. Foi o cheque, aquele cheque que se encontrava no meu bolso, que me fez pensar no futuro. O preço das minhas telas. Teria que falar com o Monteiro sozinho. Sei lá. Se o adido fosse avisado antes, que Deus me livre, a chata da mulher dele até poderia aparecer. Ele não estava pensando em nada parecido com os valores que o Alan pagara. Acho mesmo que seria um choque na história da própria pinacoteca. Um recorde pinacotécnico. Botei o avental e, como sempre, vesti a magia do trabalho. Tudo sumiu, inclusive os comes e bebes que o Alan trouxera, e, claro, sumiram também meus pensamentos. Pintava. Só pintava ou fazia novos esboços. Em suma, finalmente trabalhava. A música que eu voltava a não ouvir continuava a tocar. O *tape* não parava.

Em dez dias, longas horas de trabalho, afinco e muita inspiração, estava pronto para enfim apresentar minhas telas ao Monteiro. Mas antes resolvi fotografá-las. Fotografei com carinho uma por uma. Acabado o trabalho fotográfico, liguei pra ele e marcamos às onze e meia do dia seguinte. Ele se surpreendeu. Normalmente os artistas, ao prepararem uma exposição, disse, principalmente a primeira, trabalhavam às vezes até mesmo no próprio dia do *vernissage*.

Ele	— (surpreso) Mas já está tudo pronto? Você jura?
Eu	— Você acha que eu ia brincar com você?

Ele	— Está satisfeito com o trabalho que vai apresentar?
Eu	— Claro, Monteiro. Senão, eu não apresentava nada.
Ele	— Então está bem. Chego aí às onze e meia em ponto. No estúdio, não é?
Eu	— Claro.

Cheguei a conclusão que o endereço secreto do meu estúdio era mais conhecido que o Colosseo. Despedimo-nos. Eu estava no meu quarto de hotel. Lá eu tinha telefone, coisa que eu jamais me permitiria no ateliê. Telefone interrompendo, jamais. Comecei a pensar. Devia chamar o Alan? Afinal de contas, tinha sido sempre gentil comigo. Nunca entendi a razão daquela gentileza toda, mas ele tinha sido o primeiro a comprar telas minhas na Europa. Aliás nem disse ao Monteiro que duas já tinham sido vendidas. E nem por quanto. É, o Alan merecia ser o primeiro a ver todas as vinte e cinco telas. Ele já deveria ter ido embora, mas mesmo assim fui no meu paletó e peguei o cartão que ele me dera com o número do seu celular. Peguei. Voltei pra minha cama e liguei. Adorava falar ao telefone deitado. Liguei por obrigação moral. Achava que ele já tinha ido embora de Roma. Afinal de contas, ele estava só de passagem. Mas não! Caramba, ele atendeu logo, como se estivesse ocupado em algum trabalho. Falava apressado.

Ele	— *Hello?*
Eu	— Alan sou eu, o Aurélio.
Ele	— (o sotaque no telefone era até pior) Como está você? (amaciou a voz) Que surpresa agradável.
Eu	— (já vinha a incompreensível gentileza) Cheguei a pensar que você já ti-

	vesse ido embora. Você não me disse que estava só de passagem?
Ele	— Estava mesmo. Mas aqui na minha embaixada me pediram um favor e eu vou ficar aqui num emprego, digamos, temporário.
Eu	— Ainda bem. Olha, já terminei as vinte e cinco telas e se você quiser... (nem me deixou terminar de falar)
Ele	— Claro que quero. Onde e quando?
Eu	— Como quero que você seja o primeiro a vê-las, tem que ser às dez horas amanhã de manhã. O Monteiro vem às onze e meia. E, como uma homenagem a você, eu queria vê-lo aqui às dez.
Ele	— (mostrando preocupação) O Monteiro vai, é? Você não tratou nada com ele, tratou? Como preço etc. Você já pensou na minha proposta do agente amigo, sem comissão?
Eu	— Pensar, eu não pensei, não. A gente conversa amanhã lá no estúdio. Está bem para você?
Ele	— Olha Aurélio, a minha proposta baseou-se em dois fatores: a minha experiência com arte e meu conhecimento do ser humano. Isso é fundamental para ser um bom agente, para vender arte. Sem falar, é claro, na sua timidez em sequer mencionar o preço de uma tela sua.
Eu	— A gente conversa tudo isso amanhã, o.k.?

Ele	— Está bem, Aurélio. Mas pensa bem. Aliás, vai até ser bom eu estar aí quando o Monteiro chegar. Não quero deixar ele aí sozinho com você.
Eu	— Calma, Alan, o Monteiro só quer ajudar. E não se esqueça: você ainda nem meu agente é. Amigo ou não. Agora tenho que ir.

Despedimo-nos. Eu fui menos gentil que o habitual. Detestava entradas invasivas na minha vida, e o Alan há muito já passara do meu limite de aceitação. Coloquei o fone no receptor e, mesmo chateado, comecei a pensar na proposta dele. Não via mal nenhum. Mas por que ele faria isso? Gentil ele era, mas ser agente, com ou sem comissão, era uma outra coisa. Era quase casamento. Isso é que eu não estava entendendo. Se fosse outro, eu até diria que havia qualquer tipo de interesse inconfessável. Será que tinha? Ora, claro que não! Me levantei. Estava com vontade de comer carne. Agora podia. Não precisava comer barato, nem economizar. Depositei o cheque do Alan na Banca Nazionale e o dinheiro já estava na minha conta. Olha que, enquanto trabalhei para a exposição, nem fui pegar o meu já famoso cheque de dois mil dólares. Me vesti melhor que o habitual e saí, sem sequer me despedir do Gianni noturno, o que não era hábito meu. Tinha terminado hoje a última tela. Podia relaxar. Saí. De lá fui a um restaurante que servia uma *bistecca alla parmeggiana* fantástica. Um amigo diplomata me levara lá. Era elegante o restaurante. Sentei-me. Fiz o meu pedido e ordenei o vinho que gostava sem sequer olhar o preço. O garçom obsequioso me serviu muito bem. Terminei com um gostosíssimo *tiramisu*. Pedi um expresso, deixei uma boa gorjeta e fui fazer o que adorava em Roma, caminhar. Caminhei algo como uma hora ou hora e meia. Se padre fosse, diriam que eu tinha feito o quilo. Fui para o hotel. Pensei o tempo todo na proposta do Alan. É, mas eu queria mesmo era falar com ele amanhã, antes do Monteiro chegar. Aí sim, faria sentido conversar. Fui para o meu quarto. Tudo estava indo bem na minha vida. Deitei e dormi como um bebê.

Acordei às sete em ponto. Tomei banho. Ao descer, tomei o meu expresso de sempre e, para variar, um *croissant*. Na saída, tomei o cuidado de não me esquecer de nenhum cumprimento como o de ontem. Dei um *ciao* ao Gianni de plantão e fui devagar para o estúdio. Estava frio mas tinha sol. Gostava assim. Era uma harmonia só. Fui chegando ao meu local de trabalho, poderiam ser nove horas ou pouco mais. Quem me esperava? O Alan, seu incrível sotaque e um outro homem. Antes que eu chegasse até ele, o outro cara colocou um chapéu na cabeça para cobrir a careca e foi, com uma rapidez mal disfarçada, embora. O Alan agia como se eu estivesse atrasado. Estava agitado. Obviamente ansioso.

Ele	— Que bom que você chegou. Já estava morrendo de frio.
Eu	— Bom dia. A que horas chegou aqui? Você chegou cedo. Quem era o sujeito que estava com você e saiu daqui quase correndo? Que pressa!
Ele	— Um cara que conheci de passagem aqui em Roma. É sempre melhor chegar cedo. Tarde nunca, Aurélio.
Eu	— Por acaso atrasei? Marcamos às dez e ainda são nove e quinze. (disse olhando o meu relógio) Nós dois chegamos cedo. Mas por que você chegou tão cedo assim? Eu por acaso conheço o seu amigo cheio de pressa?

Ele	— Não é meu amigo. É só um conhecido italiano. Procurava um endereço aqui por perto. (falava sem querer esticar o papo) Não vamos entrar?
Eu	— Calma, Alan. Você está muito assanhado.
Ele	— O que é assanhado? Não entendo.
Eu	— (no meu tímido inglês) Quer dizer *excited*.
Ele	— Ah sim. Agora entendo. É porque estou assanhado mesmo. Estou louco para ver todas as telas. Vamos, abre logo a porta. (comandou) Precisamos conversar.

Abri a porta. Subimos os cinco andares.

Eu	— (enquanto abria a porta) Calma, Alan, vamos lá.
Ele	— (entrando depois de mim) E aí já pensou? Já pensou como posso ajudar você? Já se decidiu sobre a minha ajuda?

Olhou para as vinte e cinco telas prontas. Abiu os olhos até os limites das pálpebras.

Ele	— Aurélio, que maravilha! Vai ser o mais incrível *vernissage* que Roma já viu. Que coleção de telas incrível! (após fazer um giro por todas) Obrigado por me convidar para eu ser o primeiro a vê-las. Finalmente, sou ou não sou seu agente amigo?

Eu	— Ainda não. Como é que vai ser isso?
Ele	— Simples. Vem alguém. Ele se interessa por uma determinada tela, me aproximo e começamos a conversar. Até chegar a hora do preço, que eu direi sem pestanejar, ao contrário de certos tímidos que conheço. (claro, aludindo a mim) Na hora de fazer o cheque mando botar em seu nome e claro lhe chamo para apresentá-lo ao mais recente e feliz comprador de uma tela sua. Depois da exposição o Monteiro manda entregar. Claro, existem variações tipo (imitando um imaginário cliente) "Quero sim mas vou trazer minha mulher amanhã para ver também." Ao que eu direi — funciona sempre — bem, não sendo uma venda garantida a tela continua exposta e à venda. Normalmente basta isso para o cliente dizer: "eu deixo um sinal de compra". Eu direi, depende de quanto. E por aí vai.
Eu	— Você acha que vai funcionar assim?
Ele	— Acho não. Vai!
Eu	— Mesmo aos preços que você julgou que elas valem.
Ele	— É aí que é mais fácil. Estaremos falando de algo de valor. Com telas já vendidas e os selos presos nelas informando. (consigo mesmo, mas em voz alta) Boa ideia! Os selos têm que ser vermelhos. Vermelho chama atenção.

Eu — É o que você acha, Alan? É de bom gosto?

Ele — Mas não estou falando em beleza não, Aurélio. Beleza é com você. Estou falando é de venda. Comércio. Disso, Aurélio, eu entendo.

Eu — Então isso é ser agente? Acreditar no selo de vendido em vermelho aplicado em cima de uma tela que por acaso pode ser de fundo vermelho?

Ele — Puxa, Aurélio, você pensou bem. Mas eu não abro mão do vendido em cima do selo vermelho. Podemos trocar a posição do selo. Já sei! Vamos colocá-los na lateral inferior de cada tela, sem tocá-las. Os selos de vendido ficam junto, mas fora das telas. O que você acha?

Eu — Assim está bem. Fica muito melhor. E como seriam esses selos?

Ele — Aurélio, isso é com você. Até eles têm que ter bom gosto, e bom gosto é com você mesmo.

Eu — Então tá. Vou criar uns pra dar para o Monteiro.

Ele — Uns não. Vinte e cinco. Você tem que mandar fazer vinte e cinco. A gente nunca sabe.

Mal ele terminava a última frase, toca a estridente campainha. Vou direto à janela ver quem era. Devia ser o Monteiro. Mas estava muito cedo. Abro a janela e olho. Levo um baita susto.

Eu	— Já vou descer para abrir. (gritei) Merda, Alan, é o Monteiro. Ele está adiantado. Mas, além disso, está acompanhado. O Embaixador veio com ele.

Pareceu que um raio tinha caído na cabeça do americano. Ficou pálido. Olhava de um lado para o outro. Inteiramente inseguro. Nunca tinha visto o meu "agente" assim.

Eu	— O que foi, Alan? O que aconteceu?
Ele	— O Embaixador. Ele não pode me ver aqui. Aqui com você assim, sozinho. Ele já me conhece de outros negócios.
Eu	— E por que não?
Ele	— Porque não! Depois eu explico. Quero dizer, ele vai pensar que eu tenho interesse comercial em você. Que quero explorar você. Agora me arranja um lugar para eu me esconder ou sair daqui sem que o Embaixador me veja. E nem menciona meu nome com ele, está bem?
Eu	— (o nervosismo dele passou para mim) Tá, tá. Depois você me explica o que está acontecendo. Vem comigo. (levei-o até o corredor) Você sobe vai pelas escadas até o sexto andar, fica por lá até eu entrar com os dois no ateliê. Vou bater a porta com força para você ouvir. Aí você desce. Vai embora. Tá bom?
Ele	— Ótimo. (nervosíssimo) Então vamos logo.

Enquanto ele subia para o sexto andar eu descia para abrir a porta do prédio. Na descida fui pensando em como fora estranha a reação do Alan com a visita do Embaixador e como foi pior ainda sua explicação. No mínimo chula. Cheguei à porta temperamental, fiz a força devida e abri para o Embaixador e o Monteiro entrarem.

Embaixador	— Desculpe a hora, Aurélio. Tenho um almoço marcado para hoje e quis vir, de qualquer maneira, ver essa surpresa. Quando o Monteiro me contou que a mostra já estava pronta nem acreditei. É trabalho dele, mas como eu estava doido para ver suas telas, quis vir aqui ver também. (sempre sorridente)
Eu	— Mas é verdade, Embaixador. As vinte e cinco telas que eu e o Monteiro concordamos estão prontas.
Embaixador	— Pois é. Vinte e cinco e já prontas. Quantos dias foram? Dez?
Eu	— Acho que sim.
Monteiro	— Mas o número é esse mesmo, Aurélio. O que nos impressionou foi sua rapidez.

Começamos a subir. Devagar. O Embaixador era sessentão e não exatamente magro. Chegamos. A porta do ateliê estava aberta. Eu mesmo deixei assim. O Embaixador e o Monteiro arfavam, eu não. Estava acostumado. Entramos. Fechei a porta com certo barulho para que o Alan não tivesse dúvida alguma.

Eu	— Aí estão elas, as vinte e cinco. Prontinhas.

Embaixador	— Maravilha! Meu Deus, são grandiosas. Nunca a pinacoteca lá da embaixada apresentou um *vernissage* como esse que vai apresentar agora. O seu, Aurélio. Que maravilha! Extraordinário! Eu tinha ótimas referências suas, Aurélio, o prêmio e tudo mais. Mas suas telas ultrapassaram em muito a minha melhor expectativa.
Monteiro	— (que até então, talvez por disciplina, não dissera quase nada) Impressionante, Aurélio. O Embaixador (ele tinha se afastado analisando tela por tela) está extasiado. Conheço o homem. Nunca o vi assim! Meu jovem amigo, estou mais que chocado. Estou surpreso, comparando a tudo que eu já vi até hoje de pintura moderna. Sabe, Aurélio, eu acho que hoje, pela primeira vez na minha vida, conheci um gênio. E que gênio!
Eu	— Também não exagera, Monteiro. Não é para tudo isso.
Monteiro	— É sim, Aurélio. Mas por favor não vai cortar nenhuma orelha não. (disse sorrindo) Acho que você vai vender bem, muito bem.
Eu	— É exatamente sobre isso que eu quero falar com você. Os preços das telas.
Monteiro	— Teremos tempo para isso depois. Agora deixa eu dar uma assistência ao Embaixador.

O Monteiro foi ficar com o Embaixador, e eu, pasmo com aqueles elogios todos e vindo daquelas autoridades e conhecedores de arte, tão importantes na minha vida. Não era o Monteiro que estava chocado, não. Era eu. Estava nas nuvens. Não sabia nem o que pensar. Enquanto eles continuavam a analisar as telas, eu me lembrei do Alan. Que loucura a reação dele também. Não compreendi nada. Os diplomatas me chamaram. Estavam em frente a uma das telas que o Alan comprara. Fui.

Monteiro	— Aurélio, o Embaixador adorou esta aqui. Ele vai querer comprar para ele. Eu depois trato com você o preço.

Não tive coragem de dizer nada.

Embaixador	— Adorei essa maravilha. Você está de parabéns. São todas fantásticas.

Ainda tentei.

Eu	— Sabe, Embaixador, eu soube que o senhor era colecionador de arte e sempre comprava uma peça das apresentadas lá na pinacoteca. Aí eu tinha pensado em oferecer ao senhor aquela ali (apontei para a premiada pela Telma), aquela que me trouxe aqui na Itália, a que foi premiada.
Embaixador	— Obrigado pela intenção, Aurélio. É linda também. Mas eu adorei essa aqui. A premiada eu até já conhecia de fotografia que veio com a sua papelada. Mas esta aqui me conquistou. Não sei. Me apaixonei por ela. Tem mais uma coisa. (virando-se para o Monteiro) Acho que dá tempo, não dá Mon-

	teiro? Essa obra do Aurélio é muito importante para nós brasileiros. Vamos fazer dois *vernissages*. Um para a crítica especializada e diplomatas, e depois o outro previsto, o mais geral. A cultura brasileira merece. Faça isso, Monteiro. É importante.
Monteiro	— Eu também acho, Embaixador. Começo as providências assim que chegar na embaixada.
Embaixador	— Então estamos indo, Aurélio. Me dê um abraço aqui. (abraçamo-nos)
Eu	— Mas vocês não querem tomar nada? (disseram que não) Então vou levar vocês lá embaixo.
Embaixador	— Não precisa não, Aurélio. Apesar de você ser quase uma criança, essa escadaria não é brincadeira. Subi porque estou seguindo um conselho médico. Ele diz que entre elevador e escada, sempre que forem três ou quatro andares, devo escolher a escada.
Eu	— Então está bem. Vou aproveitar para começar a arrumar as telas. Tudo está tão bagunçado.

Eles foram. Eu fiquei lá, hirto. E agora? Já tinha até começado a gastar o dinheiro que o Alan pagara pelas telas. Como é que eu ia fazer? Como ele reagiria? Pensei no sexto andar e no medo que ele demonstrou quando soube que o adido viera com o Embaixador. Juro, não sabia o que dizer. Esperei um pouco. Foi aí que tive uma ideia. Satisfeito, fechei a porta do estúdio e desci as escadas quase correndo. Fui a um telefone público. Liguei para o celular do Alan.

Ele	— *Hello?*
Eu	— Alan, aconteceu um desastre!
Ele	— O que foi? (com o sotaque pior do que nunca)
Eu	— O Embaixador comprou uma tela.
Ele	— Mas é esse o desastre?
Eu	— Claro que é. Ele escolheu precisamente a tela que você chama de A. Logo aquela.
Ele	— (mostrando desprendimento) Quanto você cobrou?
Eu	— Não cobrei nada.
Ele	— (gritando) Nada!
Eu	— Não é bem isso. O Monteiro ficou de tratar o preço depois comigo.
Ele	— Isso nós vamos ver. Deixa comigo. Sou seu agente ou não sou? Fique tranquilo, nem puxe o papo do preço com o Monteiro.
Eu	— E nós? Como nós ficamos?
Ele	— Depois eu escolho outra tela.
Eu	— Obrigado, Alan. Você é uma mãe.
Ele	— Para ser seu amigo, faço qualquer negócio. Mas queria encontrar você para lhe apresentar a minha mulher. Você aceita almoçar conosco no Principi às treze horas amanhã?
Eu	— (aliviado) Claro, Alan. Claro. Como é o nome dela?
Ele	— (como se não tivesse ouvido direito) Como? Ah, o nome dela. Ela se chama Mary. O nome dela é Mary. Então amanhã às treze horas lá no Principi. O.k.?
Eu	— O.k.!

Relaxado, graças à reação do Alan, levei a latinha com o negativo que usei na véspera para ser revelado e ampliado. Encomendei as cópias (pedi duas de cada) e resolvi voltar para o meu hotel. Estava menos frio, eu acho. Mas não sentia nada. Nem frio nem calor. A comoção tinha sido grande. Cheguei no hotel e fui para o meu quarto. Cumprimentei um dos Giannis. Nem me lembro qual. Caí na cama, estava nervoso. A calma do Alan me ajudara, mas ainda estava meio trêmulo. Fui no meu armário e lá peguei uma garrafa que tinha guardado para as minhas raras noites de insônia. Era um *scotch* desconhecido como marca, mas conhecido como bom pelo meu paladar. Pensava. Meu destino estava se configurando. E que destino? Não sabia qual. Era uma roleta. Ele pendia para onde a bolinha fosse. Mas no momento, aparentemente, estava indo para o meu número. Puxa vida, pessoa após pessoa que via meu trabalho me considerava no mínimo um jovem gênio, mas sempre um gênio. Eu já estava me sentindo um verdadeiro Van Gogh moderno. Espera aí, isso era só uma forma de dizer. Que Van Gogh que nada! Ainda tinha que comer muito arroz com feijão ou *pastascciuta*. Me servi do *scotch*. Virei meu copinho de uma vez só. Só o calor do *scotch* entrando garganta abaixo já tirou as dúvidas que tivera após a visita do Embaixador. Dúvidas que tinham a ver com eu estar ou não atropelando meu futuro com essa pressa do Alan em me agenciar. Eu, eu mesmo tinha que tomar cuidado, eu mesmo no controle dos trabalhos do Aurélio. Com o *scotch* me senti melhor. Durante os últimos dias de trabalho, me alimentara dos restos do festim do Alan. Apesar de agora estar financeiramente bem, resolvi, por uma questão estrita de paladar, comer na *trattoria* que existia em frente ao meu hotel. A freguesia dela era formada principalmente de operários que trabalhavam ali no bairro. Mais cedo estaria cheia. Parecia restaurante de beira de estrada com uma porção de caminhões parados na porta e os motoristas comendo lá dentro. Mas agora, quase na hora de fechar, seria fácil encontrar lugar. Era uma *trattoria* familiar. A mãe cozinhava, o pai era o caixa e dava uma mão no salão, e um garçom. E era só. A *signora* fazia um *fettuccine al sugo* fantástico. Era irresistível. Era o abre-alas da *trattoria*. Servido em prato fundo com uma porção imensa. O preço ridículo. Atravessei a rua e fui lá. Como previ, estava quase vazio. Almocei com prazer. Tomei meu *quartino* de vinho habitual, paguei, deixei a gorjeta e fui.

Resolvi pegar um cinema. Caminhei para a via Nazionale e me dirigi diretamente ao cinema do Partido Comunista. Era do partido, diziam. Mas nunca vi ninguém fazendo propaganda lá. Gostava daquele cinema porque tinha uma característica que me cativou desde a primeira vez que fui lá. Aliás, duas. Primeira, o preço do ingresso custava 10% do preço dos outros cinemas da região e, a melhor, passava um filme por dia. Um filme começava às quatorze horas e sua última apresentação era ao meio-dia do dia seguinte. Aí eles começavam outro filme. Se você fosse ao meio-dia, pagava o ingresso barato e poderia sair de lá as quatro da tarde tendo visto dois filmes. Os filmes em geral eram geniais. Foi assim que eu vi toda a obra de Fellini, Antonioni, Kubrick, Bergman, Resnais, Eisenstein, Jacques Tati e outros gênios da cinematografia mundial. Até *Os Fuzis* do Ruy Guerra e uns dois do Leon Hirszmann. Uma certeza eu tinha: quando finalmente fosse deixar Roma, seria quase um perito em cinema, um Rodrigo Fonseca que sabia tudo de cinema e o que não sabia, sabia ao menos criticar com tudo o que sabia. Mas naquele dia fui mesmo a sessão das dezesseis horas. Só veria mesmo um filme. Estavam passando *Roma Città Aperta* de Rossellini. Que filme maravilhoso! Valia até dois ingressos. Poderia ver outra vez sem pagar mais nada. Mas mesmo assim fui embora. Queria era caminhar pelos meus amigos paralelepípedos, conversar com eles sobre o meu *vernissage*, sobre o sucesso que ele faria, (eu agora estava seguro disso) e o que viria depois. Aliás, não tinha pensado ainda no dia seguinte. Mas sabe, ficaria mesmo para o dia seguinte. Agora seríamos eu e as emoções que o filme do Rossellini me provocariam. Depois do cinema caminhei muito. Cheguei a ficar cansado. Resolvi voltar para o hotel. Passei num bar, comprei dois brioches, um *camparisoda* e voltei para o meu quarto. Lá chegando, me senti muito cansado. Como comi os brioches pelo caminho assim como bebi o refresco, andando e cansado, só me lembrei de tirar a roupa e deitar. Antes de dormir me lembrei. Tinha que comprar roupas mais apropriadas para os *vernissages*. É, agora seriam dois. Me cobri, virei de lado e fechei os olhos. Ainda pensei no filme. Bonito à beça. A Telma devia estar trabalhando lá em Brasília. Comecei a dormir. As roupas teriam que ser duas.

Acordei. Poderiam ser dez da manhã. Cumpri meu ritual. Me lembrei que tinha almoço marcado com o Alan e sua mulher. Sem problemas, dava mais que tempo. Poderia até caminhar. Ah, depois do almoço tinha que comprar as roupas. É, para o meu padrão, seria um dia bem agitado e ainda tinha que ligar para o Monteiro. Com esse *vernissage* a mais, o tempo encurtara. Um *vernissage* para a crítica especializada. Talvez o Embaixador tivesse exagerado. Logo depois do almoço eu tinha que ligar para o Monteiro. As roupas poderiam esperar. Terminei de me preparar com mais cuidado que o habitual. Afinal de contas, teríamos uma senhora à mesa.

Finalmente me aprontei. Me olhei no espelho do armário e consegui gostar do que vi. Fui embora. Caminharia devagar e chegaria cedo. Aí me veio a ideia. Por que não ligar para o Monteiro agora? Ganharia tempo e ainda dava para ir para o almoço levando novidades para o Alan. Parei num telefone público. Liguei para o número do Monteiro na embaixada. Ele atendeu.

Eu	— Monteiro, sou eu, o Aurélio.
Ele	— Que bom que você ligou, Aurélio. Daria para você vir aqui na embaixada hoje à tarde?

Eu	— Quatro horas está bom?
Ele	— Não dá para ser mais cedo?
Eu	— O que aconteceu, Monteiro?
Ele	— O seu *vernissage* criou um tumulto único aqui.
Eu	— Por quê?
Ele	— O Embaixador se envolveu de corpo e alma. Não me dá um minuto de sossego. Se mete em tudo. Mudou até o lugar do *vernissage*. Não será mais na pinacoteca e sim nos salões nobres da embaixada. Dependendo da pessoa, ele até faz questão de convidar pessoalmente.
Eu	— Mas isso não é bom?
Ele	— Até certo ponto sim. Mas ele não está habituado, às vezes até atrapalha. Se você vier aqui talvez ele se acalme um pouco. Aí então posso desenvolver o meu trabalho. Por favor, Aurélio, venha assim que puder.
Eu	— Tá bem, Monteiro. Vou assim que puder.
Ele	— Obrigado, amigo. Estou aguardando.

Desliguei e fui em direção ao Principi. Caminhei mais rápido e mais feliz com as novidades. Não queria chegar atrasado. Logo após via o restaurante. Me aproximando, vi o Alan no setor interno sentado à mesa com a sua mulher. Era deslumbrante a mulher dele, deveria dizer. Me aproximei, o Alan levantou-se, me cumprimentou e me apresentou à Mary. Inclinei a cabeça. Foi assim que me ensinaram. Não se deve esticar a mão para cumprimentar a quem já está sentado para comer.

Ela	— Não me cumprimenta, Aurélio? Não gostou de mim?

Levantou-se e me sapecou um beijo no rosto enquanto o Alan, com um copo de *scotch* na mão, sorria.

Eu	— (quase gaguejando) Claro que gostei. (olhando) Você é linda.
Ela	— (seu sotaque era muito mais suave, tinha até uma certa leveza italiana) Obrigada. Vamos sentar.

O Principi é até hoje um restaurante muito chique. Assim que nos sentamos, logo se aproximou o nosso garçom para saber se eu queria um *drink*. Pedi o que o Alan estivesse tomando. O garçom retirou-se para providenciar. Enquanto isso, um garçom mais jovem se apresentou com os *couverts* e com imberbe elegância serviu a nós três. Em seguida chega o nosso garçom com o meu *drink* e nos apresentou os cardápios, colocando-os com tato no lado não ocupado da mesa, indicando não ter nenhuma pressa. Queria nos deixar à vontade.

Eu	— O velho Principi continua com classe não é? (me dirigindo à Mary, como se eu fosse frequentador de lá)
Ela	— Eu acho. Ele é lindo, clássico e chique. Acho ainda, Aurélio, que é o melhor serviço em Roma. Dou muito valor ao serviço.
Alan	— Eu também.

Calamo-nos enquanto bebíamos nossos *drinks*. O silêncio estava já ficando constrangedor quando a Mary o quebrou.

Ela	— O Alan me disse que sua pintura é genial. Estou doida para vê-la. Ela ainda está no seu ateliê ou já foi para a pinacoteca da embaixada?
Eu	— Ainda está no ateliê.
Ela	— Poderíamos ir depois do almoço lá para eu ver, o que é que você acha?
Alan	— Seria ótimo.
Eu	— Hoje não posso. Daqui vou direto para a embaixada. O Monteiro pediu pelo amor de Deus pra que eu fosse lá o mais rápido possível.
Alan	— (com uma curiosidade assustada) Por quê?
Eu	— Aliás me desculpe, Alan, eu nem falei para você. Quando o Embaixador foi lá no estúdio com o Monteiro, ficou extasiado com a telas. Até comprou a tela que você chamou de A. Fato que eu já lhe contei. Lembra? (anuiu) O entusiasmo dele foi num crescendo tão grande que, ali mesmo na minha frente, mandou o Monteiro fazer dois *vernissages* ao invés de um. O primeiro seria só para a crítica italiana. No dia seguinte, então, o *vernissage* geral.
Ela	— Que bom, Aurélio. Isso vai facilitar muito o meu trabalho.
Eu	— Que trabalho?
Alan	— Eu já ia dizer. Aurélio, eu não vou poder estar nos *vernissages*. Fui chamado a trabalho lá nos Estados Unidos. Meu patrão precisa de mim,

	imagina, logo na véspera de seu *vernissage*.
Eu	— No dia da crítica.
Alan	— Exatamente. Mas você não vai ficar sozinho não. O nosso trato de agenciamento amigo continua de pé. Só que quem vai estar do seu lado agora é essa bela mulher que está aí. A minha esposa, a Mary.

Acho que pela minha cara de surpresa ele resolveu explicar.

Alan	— Fique tranquilo. Sou colecionador por causa dela. Foi ela que me ensinou a conhecer arte. A avaliá-la. Ela se formou nisso. Ela se especializou em avaliação de arte. Nos States é consultora de vários museus. Ela vai dar a você muita força.
Ela	— Pode contar comigo, serei sua agente amiga. O Alan gosta muito de você. Passei a gostar também.
Eu	— Puxa, Alan, cada dia você tem uma surpresa pra mim. Não economiza nunca. É uma atrás da outra.
Alan	— E aí, sua ida na embaixada hoje? Você não terminou de contar.
Eu	— Sim, sim. O Monteiro pediu para que eu fosse lá porque o Embaixador está tão entusiasmado que está fazendo questão de convidar quem ele quer pessoalmente por telefone. Mudou até o local reservado para o *vernissage*. Não será mais na pinaco-

teca e sim nos salões nobres da embaixada. (o interesse deles aumentou no que eu estava contando, rapidamente se entreolharam) Segundo o Monteiro a coisa está ficando caótica. Ele está sem saber quem convidar. Se a pessoa ou pessoas já foram ou não convidadas. No seu entusiasmo, o Embaixador está misturando o pessoal que ele gosta com o pessoal da crítica. (se entrelhoaram outra vez) A minha ida seria para distrair um pouco o Embaixador, e o Monteiro então poder fazer o trabalho dele.

Alan — Parabéns, Aurélio. Isso é que é amizade.

O Alan aproveita o curto espaço no que eu dizia e chama o garçom. Enquanto o profissional se aproxima, o Alan pergunta:

Alan — A Mary eu sei que gosta, e você Aurélio gosta de flor de abóbora à milanesa?
Eu — Adoro.
Alan — Depois eu vou pedir ossobuco com polenta.
Eu — Também quero.
Ela — Eu prefiro um linguado com legumes.
Alan — Mas Mary, nós vamos comer carne e o vinho será tinto.
Ela — Não faz mal. Só vou tomar água mesmo.

O Alan ordenou tudo o que queríamos, inclusive o nosso vinho preferido. O velho Barbera d'Alba de guerra que vinha dando cor a todos os nossos encontros.

O Principi tinha uma característica especial. O serviço, sem se autodenunciar e não sei como, era de uma rapidez rara. Qualquer prato que se pedisse lá era servido de tal forma que até dava a impressão que já estivesse pronto. Era espantosa a velocidade. Enquanto esperávamos, bebericávamos o vinho já servido pelo garçom em impecáveis copos de cristal.

> Eu — Ainda não lhe perguntei, Alan, mas o que é que deu em você quando soube que o Embaixador estava lá embaixo e iria subir com o Monteiro?

Ele meio que sem jeito ia responder quando o garçom chegou com os primeiros pratos. Disse que a rapidez era espantosa, não disse? O garçom nos serviu com classe e elegância, assistido pelo garçom mais jovem que segurava a bandeja que trouxera os pratos, o mesmo jovem dos *couverts*. O mais velho nos serviu do vinho, desejou bom apetite e se retirou seguido do mais jovem. Pareciam formar um formidável exército de dois, um tipo de exército Brancaleone elegante, mas Brancaleone de espírito também. Caminhavam no mesmo passo. Começamos a comer. Só faltava eu ouvir o ruído dos pensamentos no cérebro do Alan, mas que ele pensava, a isso ele pensava, e muito. O seu rosto denotava toda a seriedade que ele dava ao que pensava. Não era aquele Alan alegre de sempre que eu estava acostumado.

> Eu — Como isso é bom! Vocês não acham?
>
> Ela — São maravilhosas essas flores de abóbora feitas assim, tão crocantes, tão gostosas.

Alan	— São boas mesmo.
Eu	— Então Alan, o que deu em você no outro dia? No dia das telas. No dia da visita do Embaixador.
Alan	— (respondendo sem jeito) Sabe, Aurélio, achei que ele pensaria que eu estava explorando você. E ainda por cima ele me conhece de outros negócios. Como eu me apresentaria como seu agente? Ele não entenderia. Você não acha?
Eu	— (chocado com a resposta) Me desculpe, Alan. Você me acha algum imbecil? Algum pensante paleolítico? Eu vi, assisti tudo. Naquele dia por alguns instantes você hirtou. Ficou branco. Eu diria até com medo. Achei tudo patético. (Estava me achando um anjo vingador. Aquela resposta dele fora absurda.) E me desculpe outra vez, esta sua resposta transcende os limites da estupidez humana. O receio que ele visse com maus olhos nossa relação comercial está bem aquém do que eu li no seu rosto anteontem. Não sei o que foi. Mas foi bem diferente. Eu mereço uma resposta melhor, menos obscurantista ou, melhor dizendo, menos mentirosa. (eu estava bem zangado e demonstrava)

Chocado com a minha agressão verbal e querendo salvar nosso relacionamento, ele disse:

Alan — Talvez eu tenha exagerado no medo que ele nos visse juntos. É, na hora errei, exagerei no meu medo. Mas a razão foi essa mesmo. (sem jeito)

Pela primeira vez, desde que o conhecera, senti claramente uma raiva contida pelo Alan.

Eu — Será que você me julga um atrofiado mental, Alan?
Ela — (interrompendo e sorrindo) Isso é tão típico do Alan. Ele às vezes parece uma criança e reage completamente fora de proporção.

Tínhamos acabado de comer *il primo piatto*. Como se nos estivesse olhando, o garçom mais jovem apareceu para recolher os pratos. Recolheu-os com a sua quase juvenil elegância e se foi na direção da cozinha. Fiquei calado. Esperava alguma coisa que viesse dele explicando melhor o que dissera. Eles também se calaram. Sentiram que a resposta do Alan não me convencera nem um pouco. De certo modo fora criado um mal-estar. De certo modo, não. Fora criado mesmo. Devo melhorar a minha impressão sobre a situação: estava instalado um imenso mal-estar.

Ela com todo o charme resolveu intervir naquele impasse.

Ela — (suavemente tentando quebrar o gelo) O que você me diz se eu for amanhã de manhã no ateliê, para ter minha visão das suas telas?
Alan — (muito sério ainda e mostrando desanimação) Fique tranquila. As telas são boas mesmo como eu disse.

Eu	— (atropelando o que ele dizia) Tudo bem. Vamos marcar às onze horas. Não sei a que horas o Monteiro vai mandar buscá-las, nem se será amanhã. Só saberei hoje. De qualquer forma direi a ele que amanhã de manhã não posso. Ainda faltam três dias. Tem tempo. Está combinado! E você, Alan, vê se arranja uma desculpa melhor do que aquela que você tentou antes, tá bem? Vou querer conhecê-la. Ouvi-la com toda a atenção.
Ela	— Amanhã pela manhã às onze horas. Fica na via dei Serpenti não fica?
Eu	— Porra! Todo mundo sabe o endereço do meu estúdio. Parece ser uma coisa de domínio público.
Ela	— O que é isso, Aurélio? Que reação é essa? Sei seu endereço porque o Alan me disse.
Eu	— (movido de raiva pelo americano misterioso) Ah, o Alan, né? Sempre ele.

Lá vinha nosso garçom outra vez. Simpático, bem-posto e acompanhado pelo restante da tropa. A imberbe elegância que o seguia trazendo os nossos pratos cobertos. Em seguida, no meio daquela reunião bizarra, a falta de som serviu com perfeição. Os dois pares de mãos, numa estudada reverência, levantaram as coberturas prateadas dos nossos pratos já colocados sobre cada um dos nossos respectivos *sous-plat*. Sorriram, desejaram bom apetite e se foram. Não sem o garçom chefe nos servir de mais vinho. Nós, imersos em nós mesmos, começamos a comer. A comida estava ótima, de certa maneira agrediu o silêncio sepulcral daquela mesa bem posta. Eu comia com pressa. O Alan calado, pela desculpa estúpida que dera para a minha legítima pergunta. Enquanto a Mary, cuja beleza e simpatia foram empanadas por aquele mal-estar geral, até que tentava quebrar o *iceberg* ali instalado.

> Ela — A comida de vocês está boa?
> Eu — A minha está.
> Alan — (grunhiu) Boa.
> Ela — (ainda tentando aniquilar o silêncio) Meu peixe está fantástico.

Não obteve resultado algum. A impressão que tive foi a de que só os talheres ou os guardanapos ouviram. No trajeto daquele silêncio até o rosto do Alan, só tinha mesmo a chamada terra arrasada. Ele tinha percebido tardiamente a debilidade da resposta mentirosa. E se mentira fosse, qual seria a verdade? Não tinha a menor ideia. O que eu sei é que, antes de terminado, aquele almoço acabou.

> Eu — Está na minha hora. Tenho que ir. O Monteiro está me esperando. Então está marcado. Espero você amanhã, Mary, às onze horas. Onde você sabe. (disse tudo olhando para ela)

Com o Alan obviamente passado e sem ter o que dizer, a iniciativa da resposta coube a ela.

> Ela — Estarei lá, sem falta. Depois então do que o Alan falou, não vejo a hora de ver seu trabalho.
> Alan — (com o rosto devastado por cicatrizes de arrependimento) Ela vai estar lá, sem falta.

Me despedi. Fui embora deixando atrás meio *ossobuco* não comido e o casal mudo. Aliás ninguém comera tudo. Até vinho sobrou. O imenso mal-estar que deixei para trás era óbvio.

Fui em direção à piazza Navona, onde fica a embaixada. Chegando lá, na recepção, pedi pra falar com o Monteiro. Inédito! Não se passaram nem cinco minutos e já estava lá na recepção, o adido cultural. Isso de diplomata vir atender alguém na recepção era inaudito. Nunca ouvira falar disso. Veio e esbaforido.

Monteiro — Que bom que você chegou, Aurélio. Fui avisar que você viria aqui hoje e o homem não para de perguntar que horas você vem ou se já chegou. Ele está louquinho para ver você. Está animadíssimo com o *vernissage*. Acha que será o maior evento da embaixada este ano. Vamos lá, direto pro gabinete dele.

Subimos as imensas escadarias do palácio. O Monteiro era de uma cordialidade única. Sentia-se mais do que nunca responsável pelo sucesso da mostra. Com a devida autorização do chefe, mandara até melhorar o nível dos comes e bebes do coquetel. Parecia que toda a imprensa italiana percebera a magnitude da coisa e a especializada inteira estaria presente. Pareciam ter entendido que seriam apresentados à obra de um gênio. (eu, um gênio, nunca imaginara tal qualificativo agregado ao meu nome) Também, depois que o Embaixador mudara o local do *vernissage*, não era para menos. Quando S. Ex.ª mudou o *vernissage* da pinacoteca para os salões nobres da embaixada foi para a imprensa especializada quase um aviso de grandeza.

Eu — Puxa, Monteiro, parece coisa grande mesmo.

Monteiro	— É o primeiro caso. Nunca os salões principais da embaixada foram abertos para um *vernissage* de um pintor novo ou famoso. E agora todo mundo da embaixada está envolvido na sua mostra Aurélio. (disse-me entusiasmado) O Embaixador mandou um memorando para todos os diplomatas, oficiais de chancelaria e todos os outros funcionários de forma geral. O memorando era ao mesmo tempo um convite e uma intimação, expressos e categóricos. Ninguém poderia faltar!
Eu	— E agora, o que devemos fazer?
Monteiro	— Estamos chegando. Ele está no gabinete dele.
Eu	— Já?
Monteiro	— Claro, o Embaixador me mata se souber que você chegou aqui e eu não o levei imediatamente ao seu gabinete.

Fomos. O Monteiro abriu a porta do gabinete. A secretária se levantou, viu o Monteiro e olhou para mim. Seus olhos brilharam ao me ver. Me senti um astro de cinema. Mandou a gente entrar que seu chefe estava impaciente pela nossa chegada.

Chegando ao gabinete dele, o Embaixador, que estava ao telefone falando sobre o *vernissage*, abriu seu imenso sorriso para mim. Tratou de despachar seu interlocutor, se levantou e com toda a alegria do mundo me abraçou.

Embaixador	— Já soube das novidades? Claro que já. O Monteiro jamais perderia a chance de ser o primeiro a lhe contar.

Você me paga Monteiro. (disse com uma cara peralta de paizão ao adido) Eu queria fazer a surpresa ao Aurélio. (me pegou pelo braço) Vamos Aurélio, venha conhecer como será realizado o seu primeiro *vernissage* europeu. E você, Monteiro, vai trabalhar. Tudo tem que dar certo. Me comprometi com todo mundo. Não quero desapontar ninguém, principalmente o nosso artista aqui, o Aurélio.

Começamos a nos dirigir para os salões nobres da embaixada. O movimento estava intenso e excitado. O pessoal da embaixada estava retirando os móveis. Após o que, segundo o Embaixador, as paredes nuas receberiam minhas telas. Percorremos os três salões que estavam sendo preparados. De vez em quando eu via e cumprimentava um ou outro dos funcionários que, no meu início de frequentador da embaixada, tinham sido os meus primeiros amigos. Agora os via trabalhando para o meu *vernissage*, acompanhado pelo patrão de todos nós, o Embaixador. Pensei comigo mesmo que passo gigantesco eu tinha dado. Educadamente e agradecido sorria para cada um deles.

Da primeira vez que conversamos, eu monologava e o Embaixador só perguntava. Agora tudo era ao inverso. Ele perorava e eu só perguntava, perguntinhas mínimas. Ele, cada vez mais simpático, não parava de falar. Percorremos tudo. Já tinha até iluminador se preparando para iluminar as telas. Ao vê-lo, o Embaixador me perguntou onde estavam elas. Disse que após o meu "passeio" com ele ia combinar com o Monteiro a data para a retirada delas lá do meu ateliê. Imediatamente ele parou a excursão que fazíamos e voltamos pelo mesmo caminho que viemos. Lá do teto, os afrescos, desacostumados àquele movimento todo, espiavam com um certo incômodo o aquebrantar dos seus eternos descansos. Fomos direto para a sala do Monteiro.

Embaixador	— Está entregue. (dirigindo-se para o adido) Monteiro, marque logo com o Aurélio para pegar as telas no ateliê dele. O iluminador está aí, mas não tem nada para fazer. Não vamos perder tempo! (retirou-se, não antes de me dar um grande abraço)
Monteiro	— (após a saída do chefe) Não disse? O homem está atacado.
Eu	— É, me parece bem satisfeito.
Monteiro	— Bem, se você prefere assim, Aurélio. Eu conheço o homem, ele está muito satisfeito. Mas temos de marcar o dia para eu mandar pegar as telas lá no ateliê da via dei Serpenti.
Eu	— Claro. Uma coisa eu tenho que lhe dizer, Monteiro. Além da tela vendida para o Embaixador, duas outras também serão apresentadas com o selo de vendidas.
Monteiro	— Você está brincando! Nem anunciamos nada ainda. Só os convites já foram mandados e entregues por correio especial. Como é que pode?
Eu	— Sei lá. Duas pessoas que conheci aqui na festa de gala foram lá no ateliê e cada uma comprou uma.

Na hora não quis dizer o preço, nem quem foi que comprou.

Monteiro	— (mais excitado do que eu já o vira) Quanto pagaram?
Eu	— (encabulado) Preferiria não dizer. Você não acreditaria. Assim mesmo só sei o preço de duas. A do Embaixador...
Monteiro	— Fora a do Embaixador. Claro que vou acreditar. Vamos lá, Aurélio, tenho até que saber para a confecção da lista. Aliás, você tem que preparar a lista das telas com os seus respectivos nomes, tamanhos e preços para amanhã, está bem?
Eu	— Não sei se vai dar para amanhã. Depois de amanhã, sem falta.
Monteiro	— Mas quanto foi que pagaram? Você tem que me dizer. Você já vendeu três. (estava surpresíssimo) Me diz, Aurélio. Quanto pagaram?
Eu	— Seis mil dólares.
Monteiro	— (espantadíssimo) Seis mil dólares... duas telas.
Eu	— (sem graça) Não, Monteiro. Seis cada uma.
Monteiro	— (ficou sem fala, mudo) Ma... ma... co... Como é que eu vou comprar uma para mim a esse preço? E quando eu informar ao Embaixador, como é que vai ser? (repetiu) Seis mil cada. Mas você é novo, Aurélio. Estreante. Estamos preparando o seu primeiro *vernissage*. Como é que pode?
Eu	— Foi assim: um cara que conheci naquela última festa aqui apareceu lá

Monteiro	— São os piores!
Eu	— (continuando) Ela avaliou a que ele escolheu. Ele comprou e, imagine você, ela também. Comprou uma outra. (mentira bem contada era bom assim, assombrava logo)
Monteiro	— Mas isso não é possível! Não pode ser! Se não fosse você a me contar, eu nem acreditaria.
Eu	— É, meu amigo. Eu achava que elas, dependendo do tamanho, valeriam entre mil e mil e quinhentos dólares. Juro que eu não tinha a menor ideia que valessem tanto. Do fundo do coração.
Monteiro	— (quase refeito) E eu que ia oferecer meus préstimos para colocar preço nas suas telas.
Eu	— Ainda bem que não foi você, né Monteiro?

no estúdio, eu nem tinha terminado as vinte e cinco telas. Levou com ele uma avaliadora de museus americanos.

Enquanto ele sem jeito ia falando aquelas coisas mais ou menos sem nexo, eu usava a minha *expertise* de puxar a carteira com rapidez, e quando queria mostrava mesmo. Peguei a minha que estava no bolso do paletó. De lá puxei um papel. Apresentei ao boquiaberto Monteiro o depósito bancário que fizera com o cheque do Alan. Ali estava o comprovante de depósito equivalente em euros a doze mil dólares. Cada vez mais o Monteiro me olhava como se eu fosse uma exceção. Um gladiador romano imortal. Às vezes (mudando o olhar) um predestinado. Olhou outra vez para o recibo de depósito bancário da *Banca di Roma* onde estava escrito: *deposito bancario — dodecimilladollari.*

Eu	— (estiquei a mão para pegar o recibo, ele me devolveu) Disse ou não disse? Acredita agora?
Monteiro	— Um momento, Aurélio. Nunca disse que não acreditava. Só fiquei um pouco chocado. Como é que eu vou fazer? Preciso comprar uma tela sua. Prometi lá em casa.
Eu	— Vamos fazer o seguinte. Das que não forem vendidas você escolhe uma. Será meu presente para você, um cara que sempre me tratou bem.
Monteiro	— Assim não pode! Não posso pagar seis mil dólares mas alguma coisa eu posso. Quero dizer...
Eu	— (interrompendo-o e esbanjando o perdulário que existia dentro de mim) Deixa estar. Prefiro que seja assim.
Monteiro	— Mas, Aurélio, ninguém pode saber. Menos ainda o Embaixador.
Eu	— Só se você contar. Nem me lembro mais desta nossa conversa. Esquece!

Ele pegou minha mão e começou a apertá-la. (agradecia) Só faltava mesmo dar um beijo nela. Pensei nisso por um segundo. Imediatamente após, ele a beijou. Nem levei susto nem nada. Quase, quase já aguardava o gesto como se eu fosse um imperador.

A partir daí conversamos sobre a mostra. Pegaria os quadros amanhã às quinze horas de acordo com o meu desejo.

Depois de amanhã então, ele queria que eu fosse lá ajudar na colocação das telas e aprovar a iluminação delas. Tudo bem para mim.

Quando fui embora lá da embaixada, já era tarde, e o Monteiro era um homem feliz. Teria condições de ganhar uma tela desse gênio que aparecera na embaixada. Eu, pela primeira vez, entrevia a possibilidade de vender a exposição inteira. O que ele sentiria? O que diria? Eu prometera que ele poderia escolher uma entre as telas não vendidas. Mas se todas fossem vendidas, o que ele teria para escolher? Até ri da situação que criei para ele na minha cabeça. Mas era melhor nem pensar nisso, não criar essa expectativa. Me veio na cabeça como um raio uma pergunta importante. O que eu faria com aquele dinheirão todo. Não estava acostumado. Na minha vida inteira eu tivera só para viver o essencial. Nada que se comparasse a ter grana no banco. Controlá-la, investir, me preocupar se a bolsa subiu ou desceu. Não, de forma nenhuma. Não queria aquele tipo de vida para mim. Não queria mesmo. É, mas bem que um carrinho cairia bem. Bem, também tinha a questão do sucesso, do dinheiro por causa dele e das mulheres que eu poderia até escolher. Afinal das contas, já se passavam quase cinco meses que estive com a Telma. Parei de pensar. A minha vida estava tomando um rumo que nem eu nem a Telma teríamos imaginado para o bolsista. Ao pensar nela, o sangue desceu. Me veio vontade de fazer sexo. De lá pra cá foi um furacão só. Entre a viagem para a Itália, minha instalação em Roma, os solitários exercícios de pintura que valeram muito e mesmo as festas etc., eu não tinha tido tempo de me dedicar ao fantástico esporte que era satisfazer o meu desejo sexual. Daí, eu vira e mexe pensava na Telma e até a desejava, apesar do marido. Fui para o hotel. Antes de entrar, porém, dei uma olhada na *trattoria* ali em frente. À noite os operários iam para casa. E a frequência era composta das famílias que moravam no bairro, alguns hóspedes lá do meu hotel e, eventualmente, eu.

Resolvi atravessar a rua. Me lembro agora o porquê da fome que me surgira tão de repente: foi o almoço inacabado com o Alan e a Mary. Que figura era o Alan. Além do mistério do medo dele ao ouvir falar do Embaixador. Entrei na *trattoria*. Estava semivazia. Fui cumprimentado pelo proprietário. Já era conhecido lá. Mas mulheres, que era bom, lá não tinha, não. Sentei-me e fui logo ordenando o *fettuccine* da casa. Adorava aquele prato. Ordenei o *quartino* também. Tudo chegou logo. Comi. Paguei. Agradeci e fui para o hotel. Como sempre um dos Giannis estava lá. Só cumprimentei. Subi, entrei no quarto, me despi, me joguei na cama. Pensava na Mary e ao mesmo tempo, sem querer me levantar outra vez, posterguei os dentes para amanhã. É, a Mary era uma mulher linda. Casada com o Alan, chamava-se Mary mas parecia ser uma italiana, e seu sotaque americano denotava uma musicalidade italiana. Amanhã, às onze horas era nosso encontro. Mas se tinha Alan no meio, tinha mistério também. Voltei a pensar na Telma. Adormeci.

Às onze horas em ponto cheguei na porta do prédio onde eu tinha o ateliê. Lá estava ela. A Mary estava lá, calma, tranquila, só e loura. Realmente se destacava em frente aos prédios velhos que a cercavam. Brilhava. Os transeuntes passavam por ela. Alguns que olhavam eram homens, outros não, eram mulheres provavelmente com ciúmes dela. Mas todos olhavam a Mary. Sua solidão, se era mesmo solidão, se dava porque nem o Alan nem o sotaque dele estavam lá. Me aproximei dela. Elegantíssima e perfumada, me viu, sorriu, esticou a face para eu beijar. Beijei. Sorrimos.

Eu	— O Alan já foi?
Ela	— Não. Está se preparando para viajar. Ele sempre fica tenso quando tem que viajar. E olha que ele viaja sempre.
Eu	— Que viagem súbita é essa?

Ela — Foi chamado ao seu escritório central em Nova York para uma reunião.
Eu — Reunião. Tão de repente? Bem, vamos lá? (disse abrindo a fechadura)

Fiquei satisfeito com a ausência do Alan.

Ela — Vamos.

Subimos os cinco lances de escada. Para ambos foi fácil. Lá pelo terceiro lance, o casal de napolitanos tinha recomeçado a brigar ou, quem sabe, ainda era a briga de ontem. Mas era difícil dizer. Eles estavam sempre brigando. Chegamos ao quinto andar. Abri a porta do ateliê. Entramos.

Eu — Desculpe a bagunça. Mas quando trabalho nunca tenho tempo para arrumação.
Ela — Mais do que justo. Com aquelas telas ali, para que arrumação?!
Eu — Fique à vontade. Olhe o que quiser, o quanto quiser, o pessoal da embaixada só vem mesmo à tarde. (puxei uma cadeira enquanto vagarosamente ela ia caminhando através das telas)
Ela — Boas. São boas mesmo.

Continuou a caminhar. Olhava. Analisava. Teve uma hora que pegou uma lupa na bolsa e começou a olhar mais de perto. Quando terminou, voltou às primeiras que não havia analisado com a lupa e reiniciou a caminhada. Levou tempo, mais do que eu esperava, para ela dizer — genial! Quando terminou, demorou a dizer alguma coisa. Sentou-se perto de mim.

Ela	— São boas. Muito boas mesmo. São inventivas, criativas. Mas Aurélio, ainda falta algo.
Eu	— (estupefato) O quê?
Ela	— A técnica está perfeita. A mistura das cores também. As telas têm movimento. Mas falta alguma coisa, Aurélio.
Eu	— (sem saber o que falar) O quê?
Ela	— Você pode viver delas por muito tempo, Aurélio. Talvez a vida toda. Mas, se você quiser deixar sua marca no mundo das artes plásticas, você precisa buscar uma coisa: o lampejo. O brilho do gênio.

Só não caí porque estava sentado. Não sabia o que dizer. Quase fui à janela e pedi aos transeuntes que chamassem o Alan.

Eu	— Você disse lampejo?
Ela	— Está faltando isso nas suas telas, Aurélio. O toque do gênio. O que eu chamo de lampejo. É só o que falta para serem geniais.
Eu	— Mas o Alan me garantiu. Ele me disse...
Ela	— Aurélio, o Alan aprendeu tudo o que sabe de arte comigo. Antes que eu entrasse na vida dele, o Alan não sabia nada de arte. Não sabia o que era vermelho, verde ou azul.
Eu	— E o que vou fazer agora? O *vernissage* é depois de amanhã. Eu estava tão tranquilo. Agora...

Ela	— Me diga, Aurélio, você conheceu na história da arte algum gênio tranquilo? Que estivesse tranquilo quanto ao seu trabalho? Cuja cabeça não estivesse sempre cheia de dúvidas? Um, talvez, que não tivesse cortado a própria orelha? Outro que não tivesse se suicidado? Me diga. Você prefere a tranquilidade a ser artista? Você tem tudo para ser um gênio. Falta pouco. Vá em frente. Viva as inseguranças da vida. As suas inquietudes. Os seus insucessos.
Eu	— Mas eu nunca tive insucessos.
Ela	— Viu. Se você nunca teve insucessos, como você vai mensurar seus sucessos? Me responda, como? Sentimento, paixão, entrega, nada disso é possível sem fracassos. As dores deles. E nem eu sei mais o quê. Você tem que sofrer. Pintar sofrendo. Viver o caos, sobreviver a ele. Ultrapassá-lo. Me desculpe, Aurélio, mas isso tudo é o que sinto vendo suas telas. É o que noto que você precisa sentir. É o que vejo estar faltando.
Eu	— Como é que fica? Meu *vernissage* é depois de amanhã. Não dá tempo de lampejo algum.
Ela	— Não faz mal. Faça o *vernissage*. Vão adorar. Eu é que sou uma exigente incompreendida. Suas telas estão ótimas como estão. Ninguém vai pretender o lampejo ou notar a falta dele. Sua exposição será um sucesso!

Eu	— E como é que eu vou me explicar? Você me encheu de dúvidas, de questionamentos.
Ela	— Ótimo. Já é um primeiro passo. Ser um artista genial implica pagar um preço. Seja ele qual for. Esse preço só você pode pagar! Ninguém mais. Aurélio, você chegou na Itália e se instalou em Roma, não foi? Nunca viajou pela Itália, viajou?
Eu	— Ainda não.
Ela	— Saindo de Roma, a três horas daqui, tem uma cidade chamada Firenze. Lá viveu, segundo a minha modesta opinião, o gênio de todos os gênios. O maior pintor de todos os tempos. Seu nome era Leonardo da Vinci. Além disso, engenheiro, cientista e não sei nem mais o quê.
Eu	— Mary, o que você está pensando de mim? Claro que eu sei quem é o Leonardo da Vinci.
Ela	— Sabe o que ele dizia da pintura?
Eu	— Não. Não li nada que ele tenha escrito. Só vi milhares de vezes seus quadros, afrescos, estudos de fisiologia e suas plantas de helicóptero e outras coisas mais, submarino, paraquedas, metralhadora giratória e outras plantas que ele fez. Só conheço sua obra, que por sinal é fantástica. Mas ler o que ele escreveu, não li, não.
Ela	— Vou tentar repetir o que ele escreveu no seu *Tratado da pintura*. "A ciên-

cia da pintura estende-se a todas as cores das superfícies dos corpos e às formas dos corpos encerrados nessas superfícies" e disse mais, "A pintura por meio de especulações sutis e filosóficas considera todos os atributos das formas e ela é de fato ciência, filha legítima da natureza, porque a pintura foi gerada por ela".

 Entrei numa depressão instantânea. Um sofrimento inexplicável tomou conta de mim. Não era dor física não. Era muito pior. Sentado estava e sentado fiquei. Baixou em mim uma incrível vergonha da Mary e do Leonardo da Vinci. Do conhecimento deles. A segurança dela, nas críticas que fez do meu trabalho. Tudo me deixou completamente inseguro. Não conseguia nem pensar direito. Agora então, depois do que ela disse do Leonardo da Vinci. Me senti um total imbecil. Jamais eu entenderia bem o que ele quis dizer. Nunca conseguiria repetir de memória o seu *Tratado da pintura*. Também o que pensar depois de ter sido arrasado da maneira que fui pela crítica, naquele momento achava, perfeitamente arrazoada da Mary? Como é que eu podia ter achado que já no meu primeiro *vernissage* o mundo se dobraria à minha genialidade artística? Fui levado a essa impávida segurança pelo Alan, pelo Embaixador, pelo Monteiro e até pelas primeiras palavras da própria Mary. Como é que eu iria estar no *vernissage* sabendo que todos estariam vendo um quase gênio ou comprando uma quase arte? É, eu não iria.

   Eu — Sabe Mary, acho que não vou ao *vernissage*, não. Não quero enganar ninguém. Mas também não acredito em nada disso que você acabou de dizer. É muito complicado entender uma coisa que nem li ou entendi. Só ouvi e uma vez só. Para mim, a pintura é técnica, inspiração, muito trabalho, suor e talento. Mata a minha curiosidade: quando foi mesmo que o Leonardo disse essas coisas?

Ela — Ele não disse. Escreveu. O Leonardo da Vinci escreveu a duas horas daqui, em Florença cidade onde ele morava e por acaso uma das mais bonitas do mundo.

Eu — Pode até ser. Mas vou ter que pensar nisso. Mas cheguei à conclusão de que não vou ao meu *vernissage*. Não quero ser testemunha ou vítima do meu próprio engodo. Não quero participar de nenhum estratagema para depenar quem quer que seja. Aliás, temos que ligar para o Alan. Tenho que devolver o dinheiro dele.

Ela — Aurélio, por que você teria que devolver o dinheiro ao Alan? Suas telas valem o que ele pagou. Ele pensa mesmo que você seja um jovem gênio. Está feliz com a compra que fez. Não é por aí. Eu não disse que suas telas não valem. Vim para ver as obras de um gênio. Não encontrei. Mas você está no caminho. Tenho certeza de que o lampejo vai encontrar você. Vai à mostra sim. Estarei lá com você. Mais uma coisa: quando o Alan não estiver junto me chame de Maria.

Esse "Mary" que o Alan tanto insiste, me aborrece muito. Outra coisa ainda, Aurélio: eu sou italiana. Estive alguns anos nos Estados Unidos, por isso ainda tenho esse sotaque que agrada tanto ao Alan, mas para você sou Maria, italiana e sem sotaque. Tá bem? Comecei a gostar de português por causa das músicas que vocês fazem. Fiz cursos, assisti muitos filmes brasileiros e aí está. Também falo português. Vem, vamos sair. Vamos pegar um pouco de ar fresco. Você e eu merecemos. Você por ter suas esperanças esmaecidas e eu por esmaecê-las.

Saímos do ateliê. Teria que voltar às três horas para receber o Monteiro. Mas ainda era cedo. Eu estava até enjoado com toda aquela experiência e estava mesmo precisando de ar fresco. Silêncio no apartamento dos napolitanos. Achei que tinham saído, já que não cria na possibilidade da briga entre eles terminar algum dia. Chegamos à rua. Lá, para minha surpresa, a Maria me deu o braço. Juntos como um casal formal caminhamos. Caminhamos por quase todas as belezas da vizinhança. Não era um passeio programado, não. Andávamos alheios aos nossos destinos ou de quem quer que fosse. Por um tempo quase não falamos. Ela puxou o assunto.

Ela — Então, que conclusão você tomou a respeito de ir ou não ir ao *vernissage*? Eu quero ir com você. Quero viver com você o seu sucesso. Sei que venderá muito. Ficará famoso. Espere,

	sofra e o lampejo chegará logo. Você tem qualidade para isso.
Eu	— Está querendo levantar o meu moral abalado?
Ela	— Não. Você não precisa disso. Você vai superar sozinho. Fique tranquilo. Vai e logo. (sem mudar a entonação) Estou com fome. Vamos comer?

Eu me senti vendido. Não tinha fome nenhuma. Mas como dizer não à perita em pintura, Maria? De braços dados, entramos no primeiro *ristorante* que encontramos. Como um casal normal, ocupamos uma mesa vazia. Ordenamos. Comemos. Bebemos. Quase não falamos. Terminado o almoço, ela quebrou o silêncio.

Ela	— Aurélio, nem sei o que você decidiu. Mas tenho certeza de que iremos juntos. Depois de amanhã, vou pegar você no hotel às vinte horas. Assim dá tempo para você chegar atrasado. (olhei demonstrando estranheza) É isso mesmo. O pintor tem que chegar sempre atrasado.
Eu	— Mas por que você vem me pegar e não eu vou te pegar?
Ela	— Simples. Eu tenho carro e você não. Você é um andarilho sem cura e eu não quero ter que caminhar até lá. Está explicado?
Eu	— Explicadíssimo!

Nada mais foi dito. Nada perguntado. Eu deprimido com aquela crítica dada pela Maria, especialista de arte. A opinião é sempre opinião. Sempre cheia de furos, de talvez. A crítica não. Era baseada em estudos, pesquisas, conhecimento. Impressionava ainda mais e principalmente acompanhada pelo *Tratado da pintura* do da Vinci dito com o avassalador conhecimento da Maria. Pelo menos para mim, a Maria, a partir de hoje, era o grande saber da pintura. Tínhamos um encontro marcado para irmos juntos ao meu enganoso *vernissage*. Saímos do restaurante. Ela pegou um táxi. Foi. Agora eu tinha que ir para o estúdio me encontrar com o Monteiro. Entregar as fraudes que tinha pintado. Mas comecei a pensar. Pera aí. Tinha sido uma crítica só. Aquela história de lampejo, de sofrimento, que eu ainda era jovem, que tinha muito tempo pela frente. É, tudo isso era crítica de uma pessoa só. Era válida como todas as opiniões, mas era uma só. Melhor seria ver a reação da crítica especializada italiana. Boa ideia aquela do Embaixador. Se os críticos especializados gostassem, eu ia querer ver a cara da Maria. O que ela diria. Ia ser bom. Estava na via Nazionale já chegando na rua do meu ateliê. De repente ouço as sirenes de dois carros de bombeiros. Estavam a toda a velocidade e diminuíram para entrar a estreita via dei Serpenti, a rua onde criara minhas telas. Comecei a correr também. Meu coração começou a apertar junto com a minha correria.

Ao virar a rua vi uma mulher que, com as roupas em chamas, pulava lá do alto do prédio que queimava. Me deu a impressão de que aquela queda estivesse esperando por mim. Apavorei. Quanto mais eu corria em sua direção, mais o incêndio parecia crescer. A plateia também. No momento em que a mulher bateu no chão, a turba se horrorizou, mas ao mesmo tempo reagiu como tivesse visto um gol do seu time. Ainda correndo me veio na cabeça uma ideia estapafúrdia. Os bombeiros eram para mim. Estava na cara. De uma forma ou de outra vinham me salvar de um grande embaraço pictórico. Percebi então toda a insegurança que a Maria passou para mim. Eu estava com medo do *vernissage* especial para a crítica italiana. Pensava isso e corria. Os meus pensamentos embaralhados. Chegando mais perto, tudo se me confirmou. Estava claro. O foco do incêndio vinha do meu andar. Mais precisamente vinha do meu ateliê. Violentíssimo o fogo. As fagulhas incandescentes mais pareciam pequenas estrelas em fuga para o infinito. E junto, o meu futuro, em chamas como aquelas fagulhas, fugia para um destino incerto ou, quem sabe, destino algum. Em mim ficara só o medo, um grande medo do incerto futuro ou de futuro nenhum. A única certeza que tinha era a de ser agora um pintor sem telas. Mas o presente estava ali. Tinha que tratar dele. Ao chegar nem olhei para o cadáver já sem fogo da mulher que pulara. Nunca fez meu gênero esse tipo de curiosidade. Sempre me chocaram as turbas que não resistiam a ela.

Foi voraz o incêndio. Já se espalhara pelos pavimentos superior e inferior do prédio onde eu tinha o meu ateliê. Pela força do fogo, o incêndio começara lá mesmo. Cheguei confuso pelos meus sentimentos pessoais e pelo caos que faziam lá os carros dos bombeiros, com algumas de suas mangueiras furadas. A multidão extasiada como se estivesse no Colosseo numa tarde de domingo, assistindo os gladiadores, aqueles que matavam e os que morriam, ou como espectadores de uma partida de futebol. A impressão que passava era a mesma. A multidão via uma outra mulher na dúvida de pular ou não pular e já com a saia em labaredas. Ela estava desesperada. Notei que tinha no colo um bebê. O bebê com sua roupinha também pegando fogo. Naquele instante, a turba em uníssono uivou. Pouco depois, delirou com cada ruído maior que vinha de dentro do prédio em chamas. Seriam, acredito, coisas a desabar. Neste instante, vi um Monteiro horrorizado junto a um caminhão de mudanças e alguns carregadores. Tudo rodeado pela multidão naquele momento empolgada. Prevendo, quem sabe, a morte de um dos gladiadores, e a vida de um outro. Quando chega um terceiro caminhão dos bombeiros o

Monteiro consegue chegar a mim. E a turba, cruel, insensível começou a gritar para a mulher: "PULA. PULA." E ela, sem aguentar as chamas que lambiam suas pernas, saltou com o bebê que queimava também.

Monteiro	— Que coisa horrível. Começou tudo no seu estúdio, você notou?
Eu	— Claro. Vim de um almoço na via Nazionale. Quando estava chegando vi dois caminhões dos bombeiros entrando aqui na rua. Corri, virei a esquina e logo vi o incêndio e não tive dúvidas. Vinha do meu ateliê. Vi a primeira mulher pulando com o vestido em chamas. Trágico, Monteiro. A multidão não deixou de gritar gol como da outra queda.
Monteiro	— É. Foi horrível. E agora como é que nós vamos fazer? A exposição, quero dizer.
Eu	— Porra, Monteiro, não tenho a menor ideia. O que você acha? Eu tinha vinte e cinco telas lá. Tudo meu estava lá. Todo o meu trabalho. Todo o meu futuro. O que é que você quer que eu diga? Que vá a merda? (apesar de arrasado, estava estourando com o adido) A minha situação é horrível, Monteiro, eu sei. Ainda por cima tenho que pagar de volta doze mil dólares aos compradores das duas telas que vendi. Mas dá para você pensar um pouco naqueles três que caíram lá de cima? Dá para você pensar no

	bebê que a segunda mulher trouxe com ela? Eu, do meu lado, garanto que, se não fossem os mortos, eu estaria muito mais perdido nesse momento. Os cadáveres de certa maneira anestesiaram o meu sofrimento. Da vergonha de uma pseudomostra.
Monteiro	— Que história é essa de pseudomostra?
Eu	— A Maria analisou minhas telas e arrasou com elas. Estou absolutamente envergonhado delas.
Monteiro	— Você está louco, Aurélio. As telas eram lindas, geniais. Eu disse a você: os peritos em arte são os piores.

E no meu eu, dentro da minha ex-inexistente insegurança, minha cabeça totalmente enxovalhada sofria menos pensando na crítica da Maria e na vergonha que não passaria por causa do incêndio.

Monteiro	— (chegando a recuar) Eu sei. Eu sei, Aurélio. Por isso mesmo, estou preocupado com você que está muito confuso. Meu querido, com tudo isso, não é para menos.

Enquanto falávamos, a multidão tinha aumentado. A imprensa já estava lá. Os caminhões das televisões, cinegrafistas *freelancers*, fotógrafos. Um dos repórteres conversava com alguém que eu nunca vira, mas mesmo assim apontou seu dedo para mim. Sentei-me no meio-fio da calçada que não existia naquela rua. O repórter veio célere. Chegou junto a nós, armado de um pequeno gravador.

Repórter	— *Ciao signore*, o senhor morava lá onde começou o incêndio?
Eu	— Não. Trabalhava lá.
Repórter	— Trabalhava? Como assim?
Eu	— Eu pinto. Aluguei aquele apartamento para poder pintar. Era o meu ateliê.
Repórter	— Seu nome, por favor.
Eu	— Aurélio Salles.
Repórter	— O senhor não é italiano! De onde é?
Eu	— Brasil.
Repórter	— O senhor estava aqui quando o fogo começou?
Eu	— Estava almoçando aqui perto.
Repórter	— Onde exatamente?
Monteiro	— Meu nome é Monteiro. Sou adido da embaixada brasileira. Me permita pedir um pouco mais de sensibilidade. O senhor não vê que o Aurélio está arrasado?

Automaticamente tirei do bolso o recibo do restaurante, como se sentisse necessidade de provar alguma coisa. Me isentar de alguma culpa. Nele tinha data, hora e até o tempo que eu e Maria ocupamos a mesa. Apresentei o papel sem nem pensar.

Repórter	— (cuidadosa, discreta e investigativamente olhou o recibo desapontado) É! (satisfeito com a prova e mudando o assunto) O senhor tinha muita coisa lá no seu estúdio?
Eu	— Tinha vinte e cinco telas que seriam expostas depois de amanhã na embaixada brasileira.

Repórter	— Meu Deus. Todas estavam lá?
Eu	— Todas as vinte e cinco. O adido cultural (apontei para o Monteiro) já estava aqui para levá-las para a embaixada.
Repórter	— Obrigado e sinto muito. Uma última coisa: onde o senhor mora?
Eu	— Hotel Union, ali na via del Boschetto.
Repórter	— Outra vez, sinto muito.

O repórter retirou-se com uma rapidez que não entendi o porquê? Foi pegando o seu celular.

A multidão não diminuía. O incêndio sim. Desde a chegada do terceiro caminhão dos bombeiros, mais novo e maior, o fogo começava a ceder. Peguei o braço do Monteiro e quase chorando solicitei para irmos embora. Naquele momento eu queria ficar com alguém conhecido. Só de ter visto a violência do incêndio, já sabíamos que o *vernissage* se fora junto com as fagulhas. Não podia ter sobrado nada. Quis ir para o meu hotel que era perto, mas o Monteiro insistiu em levar-me para a embaixada onde eu tinha amigos, a começar pelo Embaixador, que, por falar nisso, ainda não sabia do acontecido. O Monteiro estava preocupado com a demora em informá-lo. Insistiu, como eu, que queria ir embora logo. Abriu sua luxuosa Mercedes-Benz e, enquanto eu entrava, instruiu os operários para irem para a embaixada. Fomos embora. Não foi fácil. Com a rua estreita, a multidão nela, tomamos o destino: a embaixada. Finalmente chegamos na piazza Navona. O Monteiro parou seu carro no pátio interno do majestoso prédio e nos dirigimos pela escadaria para o gabinete do Embaixador. Cada passo que eu dava parecia estar carregando uma tonelada em cada pé. Fomos devagar. Chegamos lá. Ele abriu a porta da secretária e pediu para sermos anunciados. Frisou: o Aurélio e ele. A secretária nos anunciou. Deixou a porta aberta. Eu tinha me sentado compungido na sala dela. O Monteiro lépido entrou primeiro na sala do Embaixador.

>Embaixador — As telas chegaram? (antes da resposta) O Aurélio está aí? Eu e a Leonor gostaríamos de convidá-lo para jantar conosco.

Eu continuava, desanimado, na sala da secretária, ouvindo tudo sem vontade sequer para um palito de dentes, que dirá jantar.

>Monteiro — (vindo até a porta do Embaixador) Entra, Aurélio. O Embaixador quer falar com você. (entrei)

O velho diplomata recebeu o herói dele com toda a alegria. Me abraçou como sempre. Então notou nossos humores, do Monteiro e meu.

>Embaixador — O que foi que houve com vocês? Parecem ter voltado do enterro do seu melhor amigo.
>Monteiro — Aconteceu uma tragédia, sr. Embaixador. (o velho diplomata fechou a cara)
>Embaixador — O quê?
>Monteiro — Um incêndio.
>Embaixador — Onde?
>Eu — (sentando-me num sofá cabisbaixo) No meu ateliê, Excelência.
>Embaixador — (foi automático) E as telas? Vocês... as telas já estavam a salvo? Não estavam?

Silêncio. Olhei para o Monteiro. Ele olhou para mim. Ninguém conseguia responder. O rosto do Embaixador demonstrou que ele afinal percebera o que o Monteiro quis dizer com seu silêncio.

Embaixador	— Nenhuma?
Monteiro	— O incêndio foi muito violento. Não sobrou nada naquele prédio. E, Excelência, o fogo começou onde estavam as telas, no ateliê. Elas foram as primeiras a sofrer. A serem destruídas. Para o senhor entender bem a coisa, até duas mulheres se jogaram do prédio com os vestidos em chamas. Uma delas com um bebê no colo. Foi um desastre.

O Embaixador soçobrou. Caiu na sua poltrona. Estava lívido. O Monteiro sentou-se. Ouviu-se um silêncio cósmico. Tudo parecia ter deixado de existir. Menos os pensamentos de cada um. De repente a secretária abriu a porta e interrompeu.

Secretária	— Sr. Embaixador, a imprensa está aí na recepção da embaixada. Querem falar com o senhor. O que digo a eles?
Embaixador	— O que eles querem?
Secretária	— É sobre um incêndio.
Embaixador	— Me dê um instante. Diga a eles que você não me achou, mas está me procurando. (para nós) O que eu vou dizer?
Monteiro	— Se me permite, senhor, só a verdade. Qual é o problema? A embaixada

	está dando todo o apoio ao Aurélio e já tratando que ele faça novas telas para o outro *vernissage* que vamos patrocinar. Nada mudou, a não ser a data.
Embaixador	— Ótimo, Monteiro. Simples, mas uma grande ideia. (para a secretária) Mande alguém trazê-los aqui, no meu gabinete, imediatamente. Alguém não. Pede ao Arruda para trazê-los aqui.

Tudo parecia resolvido. Mas eu pensei na Maria e o medo voltou. Acho que nunca mais eu voltaria a ser o Aurélio de ontem, seguro, crente da própria genialidade. Aquela segurança que só a ignorância podia dar. Ficamos lá esperando a imprensa. Chegaram. O Arruda, o conselheiro da embaixada, os apresentou. Não era a imprensa em geral, não. Era a imprensa cultural dos jornais, da RAI, da CNN e *freelancers*. Tinha até um repórter da Associated Press. Era gente à beça. Foi aí que eu entendi a pressa do primeiro repórter que me entrevistou na rua e logo se afastou usando o celular. Tratou de chamar o departamento cultural do jornal dele, imaginei.

Embaixador	— Meus caros, que surpresa. (estava ao mesmo tempo satisfeito com a atenção e triste por mim) O que posso fazer por vocês?
1º Jornalista	— É sobre o incêndio. Soubemos que uma importante coleção de telas que seria apresentada aqui na embaixada foi queimada no incêndio da via dei Serpenti. Inclusive, eu recebi um

	convite para depois de amanhã. É verdade?
2º Jornalista	— O pintor, pelo menos ouvi dizer, é um gênio. Sua arte é supermoderna. É um tal de Salles.
Embaixador	— (sem se fazer de rogado) Eu também acho ele um gênio. Seu nome é Aurélio Salles. (aponta para mim inteiramente destruído) Ele se encontra sentado ali. (aponta)

As luzes de refletores se acenderam e apontaram pra mim. Um jornalista da RAI, que eu já tinha visto em seu programa semanal sobre arte, se aproximou.

RAI	— Seu Aurélio, quais telas foram destruídas no seu ateliê? As telas que seriam expostas na sua mostra aqui na embaixada do Brasil?
Eu	— (sem me levantar e com cara de funeral) Sim. Todas as vinte e cinco.
RAI	— Tudo isso? Elas estavam no seguro?
Eu	— Não. Isso nunca me passou pela cabeça.
Monteiro	— Quando o incêndio começou eu estava lá para pegar as telas. (a câmera virou para ele)
RAI	— O senhor é...?
Monteiro	— Sou Aderbal Monteiro, o adido cultural da embaixada.
RAI	— (com a câmera já voltando para mim) Então o prejuízo foi total.
Eu	— Mais do que isso. Além da perda material e das horas trabalhadas, a

	minha carreira sofreu um abalo grande. Eu estou arrasado. Não sei nem o que fazer da vida. Ainda por cima, os saltos daquelas duas mulheres, com uma delas levando o bebê, riscaram o meu olhar e marcaram para sempre a minha vida.
Embaixador	— (interrompendo) Mas lá para janeiro ou fevereiro faremos um *vernissage* ainda maior para o nosso pintor, já premiado no Brasil, o Aurélio Salles.
Eu	— Não sei não, Embaixador. Agora, nesse momento não sei nada. E se vocês me derem licença me despeço. Sr. Embaixador, (com um pequeno gesto de pescoço) senhores e senhoras, caro Monteiro, estou indo.

Algumas insistências para que eu ficasse, mas nem ouvi direito. Fui embora. Minha intenção era cair na minha cama lá do hotel e chorar muito. Chorar pelo ateliê, pelo *vernissage* que o Embaixador queria que eu fizesse e pelo *vernissage* que eu não teria. Depois, então, fazer o que nunca fiz, chorar por mim, explodir em lágrimas. Me lembrei dos cadáveres. Comecei a andar na direção do Union com lágrimas nos olhos. Encararia, antes de subir, um dos Giannis. Talvez tivesse que explicar alguma coisa. Sei lá. Em Roma as notícias correm. Voltei ao meu esporte primordial: caminhei. Os ruídos de Roma rugiam como feras a me perseguir como o ruído e o cheiro de madeira queimando. Eu, de repente, passara de caçador a caça do meu próprio destino. O meu fado estava, a cada passo, se tornando pesadíssimo fardo. E o fardo, somado aos grilhões dos pesados passos, me faziam sofrer cada vez mais. A vontade de chorar estava crescendo. Num derradeiro esforço, segurei as lágrimas e as economizei para o meu quarto. Finalmente cheguei no hotel. Entrei. O Gianni me olhava como se eu fosse um estelar.

Ele	— *Ciao signore* Aurélio. Vi o senhor na televisão!
Eu	— (não querendo humilhá-lo) Viu é?
Ele	— Nem sabia que o senhor pintava. O senhor passou uma impressão de desespero. O incêndio foi aí do lado, não foi? Na via dei Serpenti.
Eu	— Foi. Lá mesmo, onde eu tinha meu ateliê.
Ele	— *Dio mio*, pertinho daqui.
Eu	— Foi um desastre, Gianni, pra mim e para as duas mulheres que morreram. E aquele bebê que nem chorar chorou. Morreu sem lágrimas. Morreu seco.
Ele	— É. Eu vi tudo.
Eu	— Agora vou subir, Gianni. Estou muito cansado.
Ele	— *Va bene. Buona notte signore* Salles.

Nem me lembrei de responder. Subi logo. E realizei minha vontade e necessidade engolidas e trancafiadas desde que eu saíra da embaixada. Caí na cama e as lágrimas explodiram. Chorei e chorei muito. As minhas lágrimas doloridas de decepção chegaram a me molhar e ao lençol. Faltava uivar. Eram emoções mistas. A dor do incêndio, a dor pelas pessoas que morreram junto com as minhas telas. As minhas telas queimadas, defuntas também, como hereges na época da Santa Inquisição. A impotência de pensar no futuro que eu não sabia se existiria ou se viria a existir, se seria nada mais nada menos que um futuro meramente medíocre. Continuei chorando muito. Chorei como nunca tinha chorado antes e, garanto, nunca choraria igual outra vez. Não iria jamais me entregar àquela abominável dor outra vez. Dor que ia e vinha de mim aos borbotões. Estava assim, jogado na cama, castrado de todas as minhas vontades. Impotente. Toca o telefone do meu quarto. Na hora nem entendi o que era. O toque do telefone, naquele momento, não significava nada. O meu diurético choro me fazia sentir mais magro, fraco. Nem quis me levantar para atender o aparelho. Mas lá debaixo o Gianni insistia. O telefone não parava de tocar. Finalmente decido atender. Levanto o fone. Claro era o Gianni.

Gianni	— Seu Aurélio, tem uma senhora aqui que quer falar com o senhor.
Eu	— Quem é?
Ele	— O nome dela é Maria. O senhor conhece?
Eu	— Gianni, eu estou passando mal. Pede a ela para voltar amanhã.

Passam-se alguns segundos.

Ela	— (no telefone) Aurélio, sou eu. Vi na televisão o incêndio e depois vi você lá na sua embaixada. Você agora está passando mal. Óbvio. Mais do que nunca, você precisa de uma amiga.
Eu	— Estou querendo ficar sozinho, Maria.
Ela	— Não posso concordar com isso. Qual é o número do seu quarto. Vou até aí. (falava decidida)
Eu	— (não resisti) 404.

Ela	— Vou passar ao porteiro. Autorize a ele que eu suba.
Eu	— Tá bem. Passe pra ele. (Gianni ao telefone) Gianni, deixe a senhora subir, tá?

Passaram-se alguns minutos nos quais tentei me recompor. Lavei o rosto. Me penteei, me arrumei o melhor que pude. Mas meus olhos denunciavam tudo pelo que eu passara. Todas as lágrimas, uma por uma. Toda a angústia que sofri e que também deixara no meu rosto rastros de cansaço. Fui para a porta. Esperei algum sinal da Maria. Batidas. Eu, já de pé e esperando, abri. Ela estava estonteante. O dourado do seu cabelo refletia a luz do corredor e o corredor, agradecido, mais claro se tornou.

Ela	— Posso?
Eu	— (dando mais espaço para ela passar) Claro.
Ela	— (sem tirar seus olhos azuis de mim) Como você está?
Eu	— O que é que você acha?
Ela	— Um destroço de si mesmo.
Eu	— Destroço? Você disse destroço, Maria? Estou me sentindo um reles estilhaço. Um estilhaço após uma explosão e que logo após todos pisotearam. Aliás, não sou nada disso. Até sofrer eu sofro sem lampejo.
Ela	— Mas fora o que estamos vendo, será que poderíamos sair. Andar, sei lá. Irmos a um bar. Tomar qualquer coisa e conversarmos. O que você acha?

Eu — Não sei não, Maria. Estou muito cansado. Agora, neste momento, a única coisa que gostaria era sumir, desaparecer. (me atirei na cama)

Ela — Você não pode ficar assim. Você não pode ceder. Está sofrendo muito, não está? (nem respondi) Claro que está. Mas não pode se entregar. Foi o seu primeiro sofrimento. Agora você tem que reagir. Muita coisa vai acontecer ainda. (sentou-se ao meu lado na cama e tocou nos meus cabelos) O lampejo já vai te alcançar. Você tem que lutar. Precisa superar os sofrimentos. Ir avante. Vem. Respire fundo. Amanhã será outro dia. Vamos sair.

Eu — Neste momento, Maria, quero que o lampejo se foda.

Olhei para ela. Era forte a Maria. Me fazia sentir melhor. Na fraqueza em que eu me encontrava, ela me dominava. Eu diria que me controlava. Mas olhando para aquela linda mulher ali no meu quarto de uma forma ou de outra me senti melhor.

Eu — Tá bem, vamos.

Me ajeitei. Saímos do quarto. Chegamos à rua sem calçadas. Caminhamos. Os paralelepípedos já dormiam. A cidade adormecia. Calados andávamos. Eu, trêmulo, pensava no futuro e temia as minhas lágrimas. Só ela, aquela Maria, que me trouxera tanta insegurança, agora me fazia caminhar como a um bebê. Eu, em total insegurança, trôpego, deixava que ela me guiasse. Nela comecei a confiar como um cego na sua bengala. Paramos e entramos em um bar/restaurante. Italiano, mas com viés americano. Escolhemos uma mesa. Ela pediu um *bicchiere di vino rosso,* eu pedi algo mais forte, uma dose dupla de *scotch* sem gelo. Ainda calados fomos servidos. Enquanto ela vagarosamente começou a beber seu vinho, eu virei a minha dose dupla e imediatamente pedi outra ao garçom.

Ela	— Calma, Aurélio. Vai devagar. Que eu saiba você ainda nem jantou.
Eu	— Sabe Maria, não sou de beber não. Mas hoje, o dia que tive hoje foi terrível. Sabe outra coisa? Lá no meu quarto, até você chegar, eu só conseguia chorar. Não pensava em nada, só chorava e chorava muito.
Ela	— Seus olhos denunciam isso. Estão inchados.
Eu	— Então você entende, não é? Estou seco por dentro.
Ela	— Mas tem que tomar cuidado. Você está bebendo muito depressa. (já tinha terminado a segunda dose e pedido a terceira)
Eu	— Daqui a pouco vamos pedir algo para comer.
Ela	— Está bem. Mas assim mesmo, beba mais devagar, sim? Por mim.
Eu	— (o *scotch* já estava começando a pegar) Por você faço qualquer coisa.
Ela	— Que bom. (o garçom já me trazia o terceiro copo) Pode me trazer o menu, por favor? Nós vamos querer comer agora. (o garçom saiu para pegar os menus)

Eu — Mas já? Quase não bebi nada ainda. (virando a terceira dose dupla)

O garçom voltou com dois livros, ou seja, dois menus. Esticou para nós.

Ela — (carinhosa) O que você vai querer, Aurélio?
Eu — Outra dose dupla.
Ela — (séria) Pare com isso, Aurélio. Você está parecendo uma criança.
Eu — Maria, eu não sou nem bebê. Sou só um feto com uma secura interna que não quer sumir.
Ela — (para o garçom) Nos traz dois hambúrgueres da casa com batatas fritas e mais um *bicchiere di vino* para mim. (ele foi providenciar e voltou logo com o vinho dela)
Eu — (para o garçom) E eu? Você não traz nada para eu beber?
Ele — Ninguém ordenou mais nada.
Eu — Então ordeno agora. Me traz outra dose dupla.
Ela — (se metendo) Não traz agora, não. Ele primeiro vai comer.
Eu — (teimoso) Quero agora!

O garçom assentiu. Eu, com todos os sintomas de bêbado, agradeci. De repente a Maria, na frente do garçom, pega minha cabeça, gira para ela e me dá um beijo daqueles que a gente diria cinematográfico. Com a minha boca presa na dela, inclusive com a ajuda de suas mãos, não tive o que fazer senão beijar de volta. Beijei profundamente, pela primeira vez na

Europa, beijei a boca de uma mulher. E que mulher! A Maria não se cansava de beijar. Eu retribuía com todo o meu ser. De relance, percebi o garçom indo embora. E percebi também que a cada instante aquele beijo deixara de ser de cinema e passara a ser de carne para carne, nossas carnes. Notei que o desejo, deflagrado com aquele molhado esmagar de lábios, esvaziou a minha bebedeira e me fez sentir o meu adormecido sexo. Fiquei sóbrio, pensei, mas latejando de desejo. E os hambúrgueres chegaram. Ainda nos beijávamos no lusco-fusco daquele ambiente estilo discoteca.

Ela — (me afastando com delicadeza) Vamos comer, Aurélio.

Eu — Não preciso mais comer. Não estou mais de porre. Só quero você.

Ela — (quase que prometendo) Só se você comer tudo.

Eu — Para com isso, Maria. Não sou criança.

Ela — Mas até agora você era só um feto sedento. Não foi o que você me disse?

Eu — E você acha que depois de um beijo desses vou me lembrar de alguma coisa? Esse beijo foi como um acendedor dos meus sentimentos. Todos eles. Sem faltar um que seja. Mais um: o desejo por você.

Ela — Então, come. Com ou sem fome, você tem que comer.

Eu — Vou comer e depressa. Então iremos embora.

Ela — Vá devagar, Aurélio. Do jeito que você bebeu pode até se dar mal.

Eu — (dócil) Comecei a comer mais cadenciadamente.

Ela — Assim está melhor.

Pouco a pouco a minha visão começou a se embaçar. Devagar e aos poucos fui vendo menos e menos. Mas ainda pensava: o que aquela mulher, bela e ainda por cima casada com o Alan, podia querer comigo? Meus pensamentos deslizavam. Foi ela que começara tudo de errado que me acontecera naquele dia. Foi ela que tirou toda a minha segurança enquanto artista. Não fosse ela, eu pintaria imediatamente mais vinte e cinco telas para um novo *vernissage* na semana que vem. Agora não sabia mais se pintaria uma sequer para não sei quando. Meus pensamentos seguiram o mesmo caminho da minha visão e aos poucos tudo se acabou. Parei de ver ou pensar qualquer pensamento.

Quando aos poucos comecei a enxergar alguma coisa, reconheci meu quarto de hotel, percebi estar de cuecas, coberto, e a porta do meu quarto que se fechava gentilmente em seguida a uma mulher loura que saía. Estava muito tonto para querer esclarecer fosse o que fosse. Me deixei ficar imóvel na cama, e a ausência das cores tomou conta de mim. Dormi com as luzes acesas e tudo.

Na manhã seguinte, quando acordei, minha cabeça parecia que iria estourar. Nem quis pensar. Talvez se pensasse a cabeça poderia explodir e isso eu não queria, pelo menos naquele momento. Não me mexi. Só respirava. Voltei a fechar os olhos. Não tinha a menor ideia do tempo que se passou enquanto estive imóvel. Quando o telefone começou a tocar, primeiro tentei entender o que era. Ah, era o telefone. Quem poderia ser? Estava com medo de me mexer. A memória guardava vívida a dor de cabeça que sentira ao acordar. Me mexi um pouco. Estava um pouco melhor. O telefone tocava, o Gianni insistia. E o telefone tocando piorava meu estado. Não dava trégua. Me estiquei até o telefone. É, estava melhor. Atendi. Ouvi a voz do Gianni anunciando o senhor Monteiro da embaixada.

        Eu   — Alô.

Era o nosso adido. Queria saber como eu estava e essas coisas mais. Eu, com medo da dor rediviva, contei para ele o meu porre de ontem, o único da minha vida. Minha memória voltou aos trancos. Confessei que de tanto beber nem me lembrava exatamente o que acontecera. Acrescentei que quando percebi estava no meu quarto de cuecas, coberto, e vi por instantes uma loura indo embora porta afora.

        Monteiro   — E quem era a loura?
        Eu   — Acho que era a agente de um artista que não tem mais nenhuma tela a apresentar.

Ele me disse estar ligando para passar o convite do Embaixador para jantar na embaixada com a esposa e que ele e a sra. Monteiro estavam convidados também. Seria hoje à noite. Pedi mil desculpas a ele e que explicasse ao Embaixador que agradecia muito, mas hoje estava arrebentado e não poderia ir. Ele disse ser uma pena, que o seu chefe tinha uma surpresa para mim. Perguntei que tipo de surpresa. Mas ele fincou o pé. Não queria desapontar o Embaixador antecipando o tipo de surpresa. Aliás, fora proibido de dizer o que era. O homem deixara claro para ele que queria ser o primeiro a me contar sobre a novidade. Mesmo tendo que esperar ficar melhor, eu amaria a surpresa que o Embaixador tinha para mim. Se precisasse, que ligasse para ele etc. Ele sempre estaria à minha disposição. Mas que fosse lá o mais rápido possível.

        Eu   — Obrigado, Monteiro.

Desligamos. Continuei com medo da cabeça vir a doer. Mas não. Me movi um pouco e nada. Dor nenhuma. Puxa, que bom. Resolvi me levantar. Até agora, tudo bem. Me levantei, de cuecas, estava meio frio, mas a dor definitivamente passara. Ia para o banheiro quando o telefone tocou outra vez. Cruzo o frio do quarto e atendo.

Eu	— Alô!
Ela	— Sou eu, Maria. Como você está? Está melhor?
Eu	— Estou. Mas neste momento estou quase nu falando ao telefone e morrendo de frio.
Ela	— Ontem você estava muito mal. Chegou a vomitar em mim.
Eu	— Desculpe-me. Não me lembro de nada.
Ela	— Nem podia. Você bebeu demais.
Eu	— Maria, você pode me ligar daqui a meia hora? Está danado de frio. Vou tomar banho.
Ela	— (amuada) Se der, eu ligo.
Eu	— Então está bem. (aborrecido) Se puder, ligue. (bati o telefone e fui para o chuveiro)

Entrei na ducha quente e fiquei lá. Descansei em pé. Estava me sentindo bem. Depois do frio que sentira ali em pé falando ao telefone, agora sob a ducha quente parecia estar no paraíso. Que água gostosa! Como coisas tão triviais como um banho de chuveiro podiam ser, por instantes, tão vitais para cada um de nós. Aquela chuveirada foi para mim. Finalmente desliguei a torneira. Peguei uma toalha grande e, enrolado, fui me vestir. Puxa, estava me sentindo mesmo um outro homem, e com fome. Olhei o relógio, eram quase duas horas. A Maria não ligou. Os operários ainda estariam na *trattoria*. Mas já era tarde o suficiente para ter alguns lugares. Saí. Ao passar pelo Gianni, pedi a ele para que informasse, se me chamassem, que eu estaria na *trattoria* em frente.

Ele	— *Ciao signore* Aurélio. Como é que o senhor está? Ontem arrastamos o senhor até seu quarto com a dona Maria. Mulher bonita ela.
Eu	— Estou melhor. Arrastado, é?
Ele	— Inteiramente. Acho até que o senhor estava desmaiado.
Eu	— Tá bem, Gianni. Agora estou melhor. Estou até com fome. E depois de tudo que aconteceu comigo nem me imagino sobrevivendo. Mas estou. *Ciao*, Gianni. Não esquece não, tá? Se ligarem, estou lá.

Saí do hotel. O dia estava frio mas agradável. Atravessei a rua e entrei na *trattoria*. É, a maioria dos operários já tinha ido. Tinha lugar à beça. Escolhi a mesa que quase sempre usava. O proprietário se aproximou.

Ele	— *Ciao signore* Salles, eu soube sobre ontem. Até fui lá ver. O incêndio estava no fim. Depois vi o senhor na televisão. Parecia arrasado.
Eu	— Estava muito. O incêndio destruiu tudo que eu tinha.
Ele	— É uma pena. O que o senhor vai querer? O de sempre, o nosso *fettuccine* especial?

Eu	— Claro, o melhor de toda Roma. (eu estava me sentindo bem melhor)
Ele	— Me dê uns dez minutos. O que tínhamos acabou. Minha mulher vai fazer um novinho para o senhor. Pode esperar?
Eu	— Claro. Eu espero. Enquanto isso me traz uma *bottiglia* daquele seu vinho especial.

Lá foi ele ordenar o meu pedido. Comecei a pensar. O que eu faria agora? Pintar nem brincar. Tinha que dar um tempo. O proprietário trouxe a *bottiglia* que pedira ao contrário do *quartino* habitual. É, amanhã visitaria o Monteiro. Aquela coisa de surpresa me deixara intrigado, agora então que estava me sentindo melhor, mais curioso ficava. É, tinha que ir lá. Afinal de contas, foram sempre muito bons comigo. Quem sabe até falar com o Embaixador. Aquele convite para jantar me tocara também. É, iria lá. Atenderia o convite se ainda existisse um. Hoje eu não poderia, já que tinha, com alguma razão, declinado um por doença. Mas sem falta amanhã. Além disso tinha que pegar o meu cheque mensal. Não que eu estivesse precisando, mas não tinha sentido algum deixar o cheque dormindo numa gaveta qualquer da contabilidade da embaixada. A garrafa de vinho já estava acabando. Foi naquela hora que chegou às minhas narinas o perfume já conhecido da Maria.

Ela	— *Ciao*, Aurélio.
Eu	— (me levantando) Já Maria?
Ela	— Não gostou que eu viesse lhe ver, após a noite de ontem?
Eu	— Não foi nada disso. Foi só uma pergunta. Na verdade sabia que você

	viria. Tive um despertar inacreditável. A cabeça parecia que ia explodir.
Ela	— Fui ao hotel e o Gianni me disse que você estava aqui. E já está bebendo. (reprovando) Assim a sua cabeça explode mesmo.
Eu	— (explicando) Mas estou bebendo vinho e a ele estou acostumado. (virei-me para o salão) Giuseppe — era o nome do proprietário da *trattoria* — traz outra garrafa de vinho e outro *fettuccine*, tenho uma convidada. (para Maria) Estou com uma fome tremenda.
Ela	— (olhando o vinho) Sedento também.
Eu	— Tá bem, "mamãe". Mas vinho não me afeta. Aquele *scotch* de ontem é que foi um desastre. (o Giuseppe trouxe a outra garrafa)
Ela	— Deixa disso, o *scotch* era bom. Você é que exagerou.
Eu	— Ontem foi ontem. Só quero esquecer. Tudo agora vai ser diferente. Não foi o que você disse? Que as minhas telas não tinham sofrimento. Que nelas faltava o lampejo daqueles gênios angustiados pelas próprias dúvidas. Olha, depois de tudo que me aconteceu ontem, o porre, hoje de manhã a maior dor de cabeça da minha vida, o lampejo está chegando, não está? (me servi de mais vinho e a ela de um copo, lá na *trattoria* eram copos; nada de taças)

Ela	— Apesar de tudo isso, o lampejo pode nunca chegar. Ainda mais você bebendo como está.
Eu	— A é? E o Modigliani não bebia vinho enquanto trabalhava? Por acaso não era um gênio?
Ela	— Você agora quer se comparar a ele? Tá bem. Na arte ou no vinho?

Não gostei do comentário dela.

Chegam os pratos fumegantes de *fettuccine*. O Giuseppe serviu com toda a educação do mundo. Não era todo dia que tinha uma freguesa bonita e elegante como a Maria. Retirou-se não antes de desejar *"buon appetito"* para nós dois.

Eu	— Bom apetite, Maria. Apresento-lhe o melhor *fettuccine* de Roma.
Ela	— Espero mesmo. A quantidade servida é imensa.
Eu	— Não precisa comer tudo, não. Essa *trattoria* aqui é frequentada principalmente por operários e pintores sem telas para mostrar. Todos sempre cheios de fome. (comecei a comer para acompanhar o vinho que vinha descendo bem à beça) Sabe Maria, o adido cultural da embaixada me ligou hoje. Pouco antes de você.
Ela	— (extremamente interessada) Foi? O que ele queria?
Eu	— Saber como eu estava e dizer que o Embaixador estava me convidando para um jantar íntimo, na residência

	dele, para cinco pessoas. Um jantar pequeno.
Ela	— (curiosíssima) E você?
Eu	— Deixei para outra vez. Naquela hora a dor de cabeça estava entre ir ou ficar. Não quis correr riscos.
Ela	— (excitada) Você está maluco, Aurélio. Você não pode ou deve deixar passar um convite desse tipo. Imagina, não aceitar um convite do Embaixador para um jantar íntimo na residência oficial dele. Só você mesmo!
Eu	— Você é terrível, Maria. Só pensa em negócio.
Ela	— Penso no seu futuro.
Eu	— Não se preocupe. Amanhã vou lá. Estão me esperando o mais breve possível.
Ela	— Vou com você!
Eu	— Mas o convidado sou eu. A surpresa do Embaixador é para mim.
Ela	— (sem sequer suspirar) Que surpresa?
Eu	— Não sei, o Monteiro não quis me dizer. Me informou que o Embaixador quer ser o primeiro a me dizer.
Ela	— A que horas nós vamos?
Eu	— Você é insistente, né?
Ela	— Claro. Sou ou não sou sua agente? Não posso deixar você dar um passo sem eu estar presente.
Eu	— Tá bem. O que eu vou fazer? E o Alan o que vai achar disso?
Ela	— Nada de mais. Ele mesmo me pediu para não deixar você sozinho. Eu,

	por minha conta, tenho que ajudar você a se encontrar.
Eu	— Desista, Maria. Eu não sou nenhum gênio. Você mesma já disse.
Ela	— Aí é que está a questão, Aurélio. Você é. Só falta o lampejo. Só ele. Então, a que horas nós vamos?
Eu	— Vou às quatorze e trinta.
Ela	— Estarei aqui. Com o carro, está claro. Agora vim de táxi mas esse tipo de coisa não é para mim. Mas também aqui nem calçada tem, que dirá vaga para automóveis.
Eu	— Está bem.
Ela	— Para facilitar, você vai me apresentar como sua namorada, está bem? Estaremos sempre juntos. Fica melhor namorada que agente, você não acha? Principalmente agora que você está sem telas para vender.
Eu	— Se você diz.

Terminamos aquele fabuloso *fettuccine*, até a Maria gostou. Pedi a conta e ainda disse para ela, terminando o último copo da segunda garrafa: "Viu, o vinho não me faz mal." Dei uma pequena tropeçada ao levantar. Ela riu.

Ela	— Você ia dizendo...
Eu	— Nada.

Paguei a conta e fomos. Foi só atravessar a rua e chegamos à entrada do Union. Lá resolvi me despedir. Chamei um táxi que passava. Ele parou. Praticamente despachei a Maria que ainda conseguiu dizer — Então até amanhã às quatorze e trinta. Me despedi com a cabeça e bati a porta do veículo. O táxi sumiu na primeira esquina. Voltei para a *trattoria*, agora mais relaxado.

  Eu — *Ciao*, Giuseppe, voltei. Me traz uma meia garrafa daquele vinho gostoso que tomei antes.
  Ele — Desculpe-me, seu Aurélio. Daquele não tem meia garrafa. Só tem mesmo a garrafa inteira.
  Eu — (na dúvida) Assim fica muito. Me diz uma coisa: você traz uma garrafa, o que eu não beber você guarda para mim, para outro dia?
  Ele — Claro, *signore* Aurélio.
  Eu — Então me dá uma garrafa.

Sentei-me à mesma mesa. Tinha que pensar. A minha vida estava agora se embaralhando demais. O que eu deveria fazer? O que eu poderia fazer? A Maria, apesar de linda, loura e jovem, era casada com o Alan, o meu benfeitor primordial, portanto *off limits* para mim. Nesse aspecto sempre fui muito quadrado. Com a Telma fora diferente. Nem conhecia o marido dela. Aí era outra coisa. Mas eu tinha que fazer algo. Convencido de não ser um gênio, queria pelo menos ter uma vida sexual normal. Há quase cinco meses que eu não namorava ou trepava. Prostitutas, que em Roma davam até nas árvores, nem pensar. Não fazia meu gênero. O beijo da Maria ontem tinha me estremecido. Enquanto isso, a garrafa de vinho ia se esvaziando. O vinho que era desconhecido, pelo menos para mim, era danado de gostoso. A garrafa terminou, melhor, eu acabara com ela numa rapidez que chegou a me impressionar. Bem, estava satisfeito. Paguei ao Giuseppe e fui. Caramba, não é que o vinho me pegara. Era gostoso, não era *scotch*, mas pegou assim mesmo. Resolvi ir ao meu cineminha. Caminhei até ele, o meu predileto, o do PC. Nem sabia o que estava passando lá. Mas sempre seria algo de bom. E era. Era um clássico do Kurosawa. Nem me lembro do nome. Aliás, nem vi o filme. Com o escurinho do cinema, dormi a sessão inteira. Só acordei quando as luzes acenderam e a plateia aplaudiu. Naquele cinema era assim. Quando a turma gostava, aplaudia como se estivesse no teatro. Era bom. Eu gostava. Mas querendo ou não, acordei. O sono viera em boa hora. Me sentia mais lépido do que quando cheguei. Quem sabe agora eu não poderia reorganizar o que sobrou da minha vida. É dramático? Claro que é. Ao menos, menos desorganização que estava me consumindo. Queria viver mais calmamente. Mas a Maria não me esclarecera sobre as qualidades das inquietações, angústias e até do sofrimento de cada artista. A confusão da alma, que só a arte consertaria, isso se você fosse um gênio. Mas, como já estava dito pela própria Maria que eu não era *uno divino*, o que devia fazer? Sumir? Reviver? Pintar tudo de novo? Se o Leonardo, que ainda não li, dizia que a pintura englobava todas as artes e eu pintava, será que isso já não bastaria para acabar com as minhas inquietudes, anseios de glória e nem sei mais o quê? Não entendia nada. Queria saber, mas não sabia de coisa alguma. Maria, Telma, onde estavam vocês?

    Saí do cinema. Kurosawa ou não, dormira. E as dúvidas me controlavam. Me sentia uma marionete das minhas próprias inquietações. Das minha dúvidas. Sei lá, das minhas irritações. Irritações ou não, eu tinha que levar a minha vida. Tinha que pintar outra vez. Mas pintar o quê? Eu juro que não sabia mais nada. Garanti pra mim mesmo que se tivesse uma oportunidade, uma que fosse, ia pintar até morrer. Morrer pintando, essa era uma bela morte. Uma cheia de cores, perspectivas do nada sobre o tudo, e do absoluto sobre o relativo. Que morte linda. Mas eu ainda não queria morrer não. Pelo menos a Maria tinha que reconhecer que eu, antes, recebera com todo direito o lampejo divino. E assim seria. Saí do cinema junto com os outros espectadores, aquela turma anestesiada pela beleza do filme. Aliás, apesar de ter dormido, não perdera muito naquele momento, já que de Kurosawa conhecia tudo. Principalmente do personagem maior que ele criara: a beleza do seu cinema. Cada fotograma era lindo. O público saiu, todos ou quase. Alguns iriam ver o filme outra vez. Eu queria sair. Queria conversar com os meus paralelepípedos. Eles ainda estavam acordados. Passeei, passando por cima deles e ouvindo os seus e os meus sussurros. Os deles históricos, já eternos, os meus, engatinhando ainda, buscavam respostas ou soluções para as inquietações e inseguranças que a Maria deixara pra mim. E lá fui eu. Caminhando cheio de dúvidas. Aliás menos uma, caminhava sem destino e isso eu sabia. Quanto mais andava, mais a cidade ia ficando vazia. Cada vez mais deserta. Pô, por quanto tempo andei? Já passara da meia-noite. Parei. Me localizei e resolvi voltar para o hotel. Minha cabeça, cheia de perplexidades dos pensamentos anteriores, estava completamente indene de qualquer torpor que poderia ter sobrado do vinho que consumira com a Maria, no almoço tardio. Aliás, ela bebera só dois copos e eu o resto de três garrafas. É, ia para o hotel. Comecei, agora consciente, a perceber o que acontecia ao meu redor. Senti o frio da noite romana com chuvisco e tudo. Fui caminhando o mais rápido e direto possível para o hotel. Eu achava estranho, mas nunca ou quase nunca pegava um táxi em Roma. Em meia hora cheguei ao hotel. Estava todo molhado. Entrei, tirei o sobretudo, cumprimentei o Gianni e me sentei no sofá daquele pequeno saguão do hotel. A título de descanso, me autodesculpei. Não era meu hábito parar ali, mas o sofá veio a calhar.

Eu	—	*Ciao*, Gianni.
Gianni	—	*Ciao*, o senhor está bem?

Eu	— Assim assim. Por que você está perguntando com essa cara de mistério?
Ele	— É raro ver o senhor sentado aqui conosco.
Eu	— Eu sei, Gianni. Não é nada contra vocês, não. É que quando saio do ateliê, ou melhor saía, eu janto e, chegando aqui, quero logo ir para o quarto ver um pouco de TV ou ler um pouco. Só isso.
Ele	— Quer que eu ligue a TV para o senhor?
Eu	— Está bem, por que não?

Ficamos vendo a televisão em silêncio. Estavam passando as notícias. Subitamente passam as cenas do incêndio, que por sinal eu ainda não vira gravadas. As cenas eram trágicas, com melodramáticas tinturas italianas, o que lhes dava, de certa maneira, um caráter trágico operístico. O delegado, ou a autoridade encarregada do inquérito, disse diretamente na tela que me procuraria para averiguações. Nem quis olhar para o Gianni. Sabia que ele me escrutinava. Finalmente olhei. Ele estava com seus peninsulares olhos grudados em mim.

Eu	— Gianni, você por acaso sabe onde é a delegacia desse encarregado do inquérito sobre o incêndio? Eu queria ir lá amanhã de manhã.
Ele	— Vou ver para o senhor. Tenho certeza de que o senhor não fez nada de errado.
Eu	— Claro que não!
Ele	— Vou ver agora. (nisso o telefone tocou e ele atendeu) É para o senhor. (levantei e atendi: era a Maria)

Ela	— Ainda bem que você está acordado. Viu a TV?
Eu	— Por acaso vi. Vou na delegacia amanhã de manhã. Não tenho nada a esconder. Se houve algum crime, sou o primeiro a querer saber.
Ela	— Não! Você não vai lá na delegacia assim não. Precisa de um advogado para ir lá e entender como essas coisas funcionam aqui na Itália.
Eu	— Mas eu não fiz nada de errado! Só perdi!
Ela	— Eu sei. Tenho certeza. Mas será que eles sabem? Certeza eles não têm nenhuma. Não sabem nada. Só que você trabalhava lá, onde o incêndio começou. Para eles, isso é o bastante para começar uma *inchiesta* ou, se você preferir, um interrogatório. Que pode variar, dependendo das suspeitas deles.
Eu	— Maria, eu estava com você, almoçando àquela hora.
Ela	— (quase histérica) Eu sei, mas meu nome não pode aparecer!
Eu	— Como não?
Ela	— Imagine. Eu, sua agente, dando garantias que naquele momento estávamos almoçando juntos. Quem acreditaria em mim? (me pareceu uma resposta que o Alan daria)
Eu	— Eu, por exemplo. Mas pode deixar, vou ligar para o Monteiro. Ele irá comigo. Acho até que ele é advogado, além de ser adido cultural.

Ela — Tomara. Mas não fala de mim! Meu nome não pode aparecer.

Eu, num rompante zangado, desliguei o telefone, o que permitiu ao Gianni ligar para a delegacia e informar que eu iria lá, amanhã de manhã. O *dott.* Rossi queria falar comigo. Marcaram pra mim, através dele, um horário. Eu deveria estar lá para falar com o *dott.* Rossi às onze e trinta. Já sabia de cor o telefone do Monteiro. Liguei. Claro meu Deus, ele me dera o da embaixada. Nunca estaria lá a essa hora. Quem respondeu foi uma secretária eletrônica. O que mais? Então deveria chamá-lo antes de ir à delegacia. Não, nada disso. Iria até a embaixada e pediria os favores diplomáticos deles. Afinal de contas, ele sabia os fatos, detalhe por detalhe. Eu não fizera nada. Por que temer? Resolvi subir. Agradeci ao Gianni e fui. Cheguei no meu quarto e liguei a TV. Caramba, não é que estava passando aquela reportagem do incêndio outra vez. Havia, entretanto, uma diferença: o nome de Aurélio Salles vinha acompanhado de uma fotografia. A mesma que ilustrava o convite do meu *vernissage*. A mesma cara. Era eu mesmo. Estava até bem na fotografia. Estranho, sempre notei que nos momentos de nervosismo a atenção da gente, num momento ou outro, era desviada para alguma coisa boba, estúpida, sem importância. Naquela ocasião, por exemplo, criticava a minha fotografia na televisão. Se estava boa ou não. Desliguei a TV. Me despi e fui dormir. Mas não tinha sono, nem consegui dormir. Virei para um lado, para o outro e nada. Me lembrei! Tinha a garrafa de *whisky* logo ali. Tentei resistir, mas não deu. A falta de sono agredia. Levantei. Fui aonde guardava a garrafa. Preferi um copo ao invés do copinho. Enchi o copo e bebi. Nada aconteceu. Fui de novo à garrafa que estava lá, pela metade, há meses. Bebi outro copo de uma vez só. Nada adiantava. Resolvi então beber pelo gargalo, queria mesmo era dormir para amanhã falar com o Monteiro e em seguida conversar com o *dott.* Rossi. Anestesiado dormi.

Pela primeira vez na vida, o meu relógio biológico não funcionou. Já eram dez e trinta da manhã. Por sorte a delegacia era ali perto. Mas tinha que ligar para o Monteiro. Não tinha chegado ainda. Conversei com a secretária eletrônica. Isso quase sempre acontecia comigo. Essa estupidez de conversar com as secretárias eletrônicas das pessoas. Me liguei e informei a ele que eu estaria com o *dott.* Rossi na delegacia da via Nazionale. Que eu estaria esperando por ele às onze e meia, lá. Eu estava nervoso. Polícia era polícia em qualquer lugar do mundo. Era formada de policiais. Eu tinha medo de chegar perto deles. Meu pai dizia sempre: "Polícia nunca! Fique sempre longe dela meu filho". A minha inexperiência nessa área era total. Mas tinha que ir. Resolvi me vestir. Chegar cedo devia dar alguns pontos. Pelo menos achava.

Desci. Me dirigi para a delegacia. Ao chegar me anunciei e disse ao *carabiniere* que tinha uma entrevista com o *dott.* Rossi. Fui informado que ele teve que sair num caso surpresa. Deveria esperar ali naquela cadeira. Apontou pra uma. A antessala da delegacia estava cheia. Nas conversas e/ou até nos gritos, tudo era dos mais diversos volumes, do mínimo ao máximo. Querendo ou não, participei como ouvinte de vários deles. Acusações, defesas, equimoses uns, feridas que sangravam outros, algumas pessoas algemadas. Uma algema na mão, a outra algema do par fechada a uma mesa, com ou sem o policial da mesa presente. Resumindo, uma confusão. Tudo muito sórdido. Eu sentado ali, esperando o *dott.* Rossi, via os minutos passarem, somando todos eles, horas. Me levantei e, com todo o respeito, perguntei ao sargento por trás da grande mesa se podia telefonar.

     Ele — O senhor está preso?
     Eu — (quase gaguejando) Acho que não.

Ele — (notando o meu sotaque) Aqui na Itália até o preso pode fazer uma ligação. Como não é seu caso, o telefone é público. Pode ir. Naquele ali. (Tinha que ser aquele. Não qualquer outro. A última palavra seria sempre a dele.)

Fui àquele telefone de parede. Em torno dele, que fora aplicado a uma parede branca, tinha de tudo, menos qualquer resquício de branco. Era tudo uma sujeira só. Até respingos de sangue seco tinha naquela parede. Cheguei a pegar meu lenço para tocar o fone. Comecei a discar para o Monteiro. A secretária de verdade atendeu e me informou que tinha saído para o almoço e ainda não voltara. Liguei para a Maria, nada também. Me senti, no meio daquela multidão, um Robinson Crusoé sem o seu Sexta-Feira. Consegui me sentir só na minha própria solidão. Voltei para minha cadeira.

Ouvi meu nome. O sargento me chamou. Eu podia ir. O *dott.* Rossi ligara e ia chegar mais tarde que imaginou. Entraria em contato comigo depois. Já tinham se passado mais de três horas. Fui embora. Graças. Já estava me sentindo mal. Fui direto para o hotel. Lá cumprimentei o Gianni e subi. Ele me disse que tinha uns recados para mim. Disse a ele que ficava para depois. Agora eu queria subir. Juro, dessa vez o meu banho demorou à beça. Me pareceu que queria arrancar a minha pele e a sujeira que a envolvia. Livrá-la dos odores da delegacia e das marcas dela que ficaram em mim. Afinal os atuais *carabinieri* eram no mínimo descendentes dos fascistas. Eles me apavoravam, enquanto eu gastava todo o sabonete que tinha direito na minha pele. Fora as três horas que levei na delegacia, mais uma no banho, meu dia, naquele dia, teve só vinte horas. Saí do banho. A toalha grande me serviu para raspar mais ainda minha pele e não só secá-la. Queria me sentir limpo. Finalmente, a forte toalha secadora raspara tudo que ainda tinha ficado na minha pele após o banho. Feliz com aquele, digamos, tratamento de beleza higiênico, me senti melhor. Fui, enrolado na toalha, para minha cama. Mais calmo e limpo, podia chamar o Gianni e saber quem me telefonara, os recados que ele tinha para mim. Depois de tudo o que passei — a espera — na delegacia. Peguei o telefone.

Eu — Oi, Gianni, quem ligou pra mim enquanto estive fora?
Ele — O *signore* Monteiro da embaixada e aquela *bella signora* que esteve aqui no outro dia com o senhor. A senhora Maria.
Eu — Por favor, ligue para o senhor Monteiro da embaixada e quando eu terminar ligue para a senhora Maria, está bem?
Ele — Claro. Agora mesmo.

Esperei. Essa era a vantagem de ser amigo de todos, não só no hotel mas em todos os lugares. Todos eram prestativos comigo. Em seguida, o telefone tocou. Atendi. Era o Monteiro.

Eu — Monteiro, liguei para você o dia inteiro. Onde você se meteu?
Ele — Estive ocupado fora da embaixada. Só agora recebi o seu recado.
Eu — Passei o dia inteiro numa delegacia de polícia imunda. Não sei o que eles querem comigo. Quer dizer, acho que é sobre o incêndio.
Ele — Atenda a eles, Aurélio. Vai ver que é uma besteira. Se for, nós da embaixada não devemos nos envolver.

Eu	— É assim? Eu não fiz nada de errado, Monteiro. Por que tenho que aguentar toda essa bosta sozinho?
Ele	— Se você não fez nada de errado, qual é o problema? Vai tranquilo. Se a coisa ficar pior, estaremos lá com você.
Eu	— (para não tirar a eventual vontade dele em me ajudar) Está bem, Monteiro. Qualquer coisa ligo pra você ou vou aí na embaixada.

Desligamos ao mesmo tempo. Dizer mais o quê? Continuei no telefone, até o Gianni atender. Pedi pra ele ligar para a Maria. Ligou.

Eu	— Maria?
Voz	— *Non cè!*
Eu	— *Chi parla?*
Voz	— *Una amica!*
Eu	— *Cuando ritornera?*
Voz	— *Non lo so!*
Eu	— *Per favore, può dire a lei che Aurélio ha chiamato?*
Voz	— *Dirò!*

Desligou o telefone. Desliguei também. Me senti perdido. E se o *dott.* Rossi ligasse, o que eu faria? Não ligou. Bateram na minha porta. Abri. Era um *carabiniere*. Perguntou quem eu era. Respondi. Me entregou um envelope. Era um convite para comparecer à delegacia no dia seguinte, de novo às onze e meia. O homem se foi. Fechei a porta. Porra! Outra vez aquele caos humano. Outra vez e na mesma hora.

No dia seguinte me apresentei na hora exata, de novo só. O encarregado dessa vez me levou imediatamente ao *dott.* Rossi.

Era uma sala impessoal, quase espartana mas com alguns aparelhos eletrônicos. A mesa dele, algumas cadeiras e um grande quadro de cortiça com cartazetes e fotografias de criminosos procurados. Pelo menos achei que eram. Atrás de sua cadeira um armário baixo com uma TV, um aparelho de DVD e um videocassete. O *dott.* Rossi não era o que se poderia chamar de um homem simpático. Era alto, magro, esportivo e carregava com intimidade, num coldre perto do peito, uma *beretta* nove milímetros. Na sala estava também um outro policial, este sim era imenso e com um cassetete na mão. Ninguém disse para eu sentar. Fiquei em pé. Atrás de mim, aquele monstro com o cassetete na sua imensa mão direita. Com a esquerda ele acariciava a outra ponta da peça preta.

Dottore	— Senhor Salles (me informando como se eu não soubesse), chamei o senhor aqui sobre o incêndio no seu prédio.
Eu	— (sem a menor ironia) Imaginava isso.

Foi nesse instante que levei a primeira cacetada. Nem resmunguei. O medo assumira a minha mente.

Dottore	— Tenho uma coisa muito interessante para lhe mostrar. (Calmamente dirige-se ao aparelho de TV e o liga. Liga também o de DVD.) Olhe bem. É o nosso orgulho. Roma é quase toda vigiada por câmeras de TV. Foi uma trabalheira de anos, mas às vezes vale o investimento. Por exemplo, na via dei Serpenti temos uma câmera praticamente em frente

ao que foi o seu prédio, ou o prédio no qual o senhor tinha seu estúdio. (pega o controle remoto e faz a TV e o DVD trabalharem) Olhe bem. Veja se eu estou enganado. Já vi algumas vezes. Está vendo aquela loura ali, bem-vestida, parada de costas. Não dá para reconhecer. Agora chega o senhor. Se falam. Ela inclusive lhe beija. O senhor abre a porta. Ela passa a frente e entra. Claro que vocês já eram íntimos. Ficam lá mais ou menos uma hora e meia. Fazendo o que ninguém sabe. (Tento explicar, ele rispidamente me manda calar a boca e logo em seguida levo outra cacetada. Calei-me.) O senhor sai do prédio e some da visão da câmera com a loura. Corre a fita. Pouco tempo depois entra no edifício um homem com um chapéu na cabeça e uns embrulhos nas mãos. Não dá para reconhecê-lo. Abriu a porta com uma chave. Demora pouco tempo. Quando sai não corre. Mas vai embora com uma pressa tremenda sem os embrulhos. Passam-se uns vinte minutos. Bum! A explosão com o fogo. A confusão toda. Diz a minha experiência que foi um incêndio premeditado e claramente criminoso. O senhor tem algum comentário que queira fazer agora?

Eu — Eu não sei nada.

Outra cacetada do imenso policial que se colocara atrás de mim. A cacetada foi nas minhas pernas. Eu, em pé, quase caí. Mas fui impotente até para emitir um som.

Dottore	— Era o senhor o homem com chapéu na cabeça?
Eu	— Claro que não! Eu estava com aquela mulher loura.
Dottore	— Eu sei. Eu sei. Mas como não reconhecemos o homem, quem me diz que não foi o senhor? Ele é mais ou menos da sua altura e também estava usando um sobretudo escuro como o senhor.
Eu	— Mas não fui eu. (petulante) Quem tem que descobrir é o senhor!

Outra cacetada, agora mais forte. O *carabiniere* agora caprichara. Cheguei a colocar um joelho no chão.

Dottore	— Mas não é curioso o incêndio ter começado no seu apartamento? E termos na imagem um homem semelhante ao senhor, que entra no seu prédio com a chave, faz o que faz e depois some.
Eu	— O que ele fez?
Dottore	— Fez uma bomba com *timer* que além de explosiva era incendiária. Plantou a bomba no seu apartamento.
Eu	— O homem não sei, mas e eu, qual é a vantagem que eu teria em botar fogo no meu estúdio, com vinte e cinco telas pintadas por mim e que se-

	riam apresentadas amanhã na mostra da embaixada brasileira?
Dottore	— É isso que eu tenho me perguntado até agora. Vi sua entrevista na televisão. Sem ter uma resposta precisa, essa é a única razão para o senhor ser um convidado e não um preso por homicídio. O senhor se lembra, espero, que duas mulheres e um bebê morreram. Agora me diz o nome da loura que estava com o senhor?
Eu	— Maria.
Dottore	— Maria de quê? Onde ela mora. Qual é seu telefone?
Eu	— Não sei *dott*. Rossi. Ela nunca me disse.

Outra cacetada. Estranhei a minha firmeza. Seria o medo? Estava aguentando firme. Até agora não tinha emitido nenhum som, nenhum gemido.

Dottore	— (para o policial gigante) Calma, Carlo!
Eu	— *Dott*. Rossi, eu não tenho nada a ver com tudo isso. Eu só perdi. Perdi tudo que eu tinha. Inclusive telas pré-vendidas. Duas para um amigo meu chamado Alan e uma para o Embaixador Frazão. O Embaixador brasileiro na Itália.
Dottore	— Ah, é? O senhor sabe muito bem que isso está muito além da minha alçada, este tipo de autoridade. Nem convidar o Embaixador para vir aqui

	eu posso. É por isso que o senhor o mencionou?
Eu	— Claro que não *dott*. Rossi. Mencionei porque é verdade, ele comprou mesmo. Me diga *dott*. Rossi como é que eu posso lhe ajudar? Não fiz nada de criminoso. Só perdi. Aliás, perdi tudo. Tudo o que eu tinha trabalhado tanto para ter.
Dottore	— É, assim é difícil. Qual o motivo o senhor poderia ter? Vi na televisão. Nenhum! Nem seguro o senhor tinha. Sem motivo não há crime. E quem é aquele homem de chapéu? Está claro que ele colocou a bomba. Seu Aurélio, preciso achar esse homem de chapéu. Falar com essa Maria. Essa que o senhor transou. (se ele queria pensar isso, que pensasse) Mas não sabe o sobrenome, nem o telefone, mas mesmo assim, depois de deitar com ela, ainda almoçaram juntos. (quase simpático) É um compromisso que o senhor assume comigo, está bem? Assim que souber ou se lembrar de algo vai me contar, não vai? Principalmente o homem do chapéu e a loura.
Eu	— Claro, *dottore*. Deixa comigo. Farei tudo o que eu puder.
Dottore	— Então está bem. Pode ir. Carlo mostre a saída ao *signore* Salles.

Carlo, com uma delicadeza que desdizia toda a sua brutalidade passada, falou:

Ele — Por favor, *signore* Salles, vamos indo, e me desculpe qualquer mal-entendido.

Antes de sairmos, eu e o Carlo, o *dott*. Rossi quis ser amável.

Dottore — Um minuto. Leve um cartão meu. Qualquer coisa que lhe venha em mente, me ligue a qualquer hora. Aí tem meu celular. Duas mulheres e um infante morreram. E não se esqueça que o senhor perdeu tudo. Quem fez isso tem que pagar. O senhor não acha?

Eu — Claro que sim. (Já saindo e com as pernas doendo muito. Naquela hora eu queria mesmo era ir embora.)

Não encontrei palavras para desculpar as cacetadas do Carlo. Peguei o cartão que me era estendido e sai mancando (mas orgulhoso comigo mesmo). Alcancei a rua. Andei o mais rápido que pude. As pernas doíam, mas que andei rápido, andei. Fui para o hotel, ainda cheio de orgulho com o meu comportamento de macho. Já seriam umas três da tarde. Estava enojado, enjoado com aquilo tudo. A grosseria, a sujeira da delegacia e a estapafúrdia suspeita do *dott*. Rossi de que eu ou a Maria pudéssemos ter alguma coisa a ver com o incêndio. Cheguei no meu quarto. Fui direto ao armário e, ao invés do copinho, peguei um copo de vinho e verti do *whisky* desconhecido nele. Num gole tomei logo a metade do copo. Fiquei de cuecas. A roupa eu mandaria lavar antes de usar outra vez. Me pareciam nojentas. Peguei o telefone, pedi uma linha ao Gianni e liguei para o Monteiro.

Eu — (meio cínico) Monteiro, como está?

Monteiro	— Estive todo o dia fora da embaixada, cheguei agora, mas está tudo bem. E você? Já passou o nervosismo sobre o incêndio?
Eu	— O incêndio não terminou ainda. Um tal de *dott*. Rossi, *carabiniere* delegado de polícia, entre uma porrada e outra, está me investigando sobre o fogo, sobre as minhas telas queimadas e os três cadáveres. Me disse que foi colocada uma bomba explosiva incendiária no meu estúdio. Por um homem parecido comigo. Mas o chato mesmo foram as cacetadas. Foi a imundície da delegacia 19, na via Nazionale.
Monteiro	— Mas isso não é possível. Amanhã iremos lá. Amanhã sem falta. Quero falar com esse *dott*. Rossi. Nós dois vamos lá amanhã.
Eu	— Prefiro não ir. Já bastou hoje. Se ele me chamar outro dia, aviso você. E aí nós vamos, está bem?
Monteiro	— Claro, Aurélio, claro. Desculpe-me por não ter ido hoje com você. Nunca podia imaginar uma coisa dessa. Mas de qualquer maneira vou informar ao Embaixador.
Eu	— Informe, conte tudo mesmo. Monteiro, agora o que quero mesmo é tomar um banho que lave entre outras coisas a minha alma e, quem sabe, as minhas dores também.

Antes de ir para o banho, tomei o resto do copo de *whisky*. Olhei para a garrafa. Acabara. Tinha que comprar outra. Tirei a cueca e tomei um imenso banho. Enquanto me ensaboava pensei nas telas, no incêndio, nas mulheres que voaram pegando fogo, no bebê. Pensei também como a minha vida mudara. De um momento para o outro tudo virou de pernas por ar. Eu que vivia em águas plácidas, agora até apanhar da polícia italiana já apanhara.

Terminei o banho. De tanto me ensaboar e usar a toalha, parecia que o banho tinha sido de soda cáustica, e as pernas doíam muito, ardiam. Comecei a me vestir. Quando estava quase terminando toca o telefone. Era a Maria.

Maria	— Aurélio. É a Maria.
Eu	— Claro que é.
Maria	— Como foi lá?
Eu	— Fora a surra que levei...
Maria	— Não é possível. Que loucura é essa?
Eu	— Pois é. Minhas pernas é que digam. Estão cheias de lanhos roxos. Queriam porque queriam saber o seu nome. Pegaram você com uma câmera de TV instalada lá na esquina da via dei Serpenti. Por sorte, só o que se percebe é que você é loura. O rosto não dá pra ver. Ninguém pode reconhecer você. E como você me pediu, não disse seu nome. Disse só Maria. Nem pude dizer o seu sobrenome. Você nunca me deu, nem o Alan.
Maria	— Que sorte!
Eu	— É, o azar foi só meu.

Maria	— (mais carinhosa) Você vai jantar com o Embaixador hoje? Está mantido o nosso encontro?
Eu	— Podemos até nos encontrar, mas na embaixada só vou amanhã.
Maria	— Você tem razão. Nada de embaixada hoje. Hoje vamos só nos encontrar. Às oito horas eu pego você aí no Union, está bem?
Eu	— Por que só às oito?
Maria	— Tenho uma coisa para fazer que só me lembrei agora.
Eu	— Então está bem. Até as oito.

Aproveitei o tempo e fui às compras. Comprei uns biscoitos salgados e uma garrafa do *whisky* desconhecido. Voltei para o hotel. Me lembrei das cacetadas. Abri a garrafa e me servi de meio copo. Liguei a TV e assisti parte de um filme americanão. Desses que a gente nem precisa mastigar, engole direto. Fui devagar no *whisky*. Em verdade devo dizer que fiquei naquele meio copo só. Ia sair com a Maria e só tinha a Telma na cabeça. Passaram-se as horas. Finalmente chegou a hora de descer. A Maria deveria estar quase chegando, ela era pontual. Me arrumei de última hora e desci. Bastou-me botar a cabeça na rua que vi um carro chegando. Era uma mulher, num carro conversível e com um lenço de seda na cabeça. Não a reconheci logo. Mas aí ela fez um sinal e vi que era a Maria. Entrei no carro. Já estava escuro.

Maria	— *Ciao*, Aurélio! Aonde você quer ir?
Eu	— Não tenho preferência. E você?
Maria	— Eu sei onde ir. Vamos.

O carro de motor potente arrancou. O vento bateu na minha cara como uma bofetada. Levantei a gola do sobretudo. A

Maria era mesmo uma adepta da velocidade. Naquela rapidez o vento virou ventania e gelada, mas aos poucos, com o costume daquela velocidade, comecei a habituar-me ao vento que me lambia gelado as bochechas indefesas. A Maria voava mesmo, e potente, como um amante fiel, o carro correspondia. Eu nem sabia aonde íamos.

Maria	— Você está doído ainda?
Eu	— Estou. Aquele cassetete machuca. Numa cacetada nas pernas eu quase caí de dor.
Maria	— Nunca ouvi falar dessa brutalidade toda na nossa polícia. Estou chocada. Quer dizer que queriam saber quem sou eu, não é?
Eu	— Não! Querem saber quem era a loura que estava comigo, que almoçou comigo e eu não sei o sobrenome. Me pediram ajuda para descobrir seu sobrenome, seu telefone e se possível seu endereço.
Maria	— Vamos ver como isso fica. Amanhã vou te dar um nome, endereço e telefone de uma loura que já embarcou de volta para os Estados Unidos.
Eu	— Mas como você vai fazer isso?
Maria	— Pode deixar comigo.

O carro roncava e voava. Eu, que só andava de *tram* na velocidade dorminhoca dele, estava impressionado com a do carro da Maria. Saímos da *città vecchia* entrando na parte mais moderna da cidade, atravessando pela ponte de Sant'Angelo. Do outro lado do rio Tevere, velozmente chegamos à garagem subterrânea de um prédio moderno. Ela parou o carro e desligou o motor. Saímos. Segui aquela mulher lindíssima até o elevador e subimos. Cada vez que eu olhava para ela, pensava na Telma e o meu sangue descia. Desde o hotel disse algo pela primeira vez.

Maria	— Vamos lá para casa. Poderemos ouvir música ou se você preferir ver um pouco de TV.
Eu	— De TV quero distância. Já basta para mim. Sempre falam do incêndio ou das mulheres e do bebê que ardiam e voavam para os paralelepípedos, para a morte menos dolorosa que a do fogo, acho eu. (chegamos ao seu apartamento e entramos)
Maria	— Claro! Vou colocar música brasileira, está bem para você?
Eu	— Adoro.

Tocou num botão da sua aparelhagem e como mágica a Elis Regina invadiu o recinto. Maria disse então que ia lá dentro se refrescar, que eu ficasse a vontade etc. etc. Saiu daquela sala que eu chamaria de luxuosa. Tudo era de primeira. Os móveis, os tapetes, os quadros, tudo era bonito e, claro, muito caro também. Tinha até uma estante que ia de parede a parede cheia de livros. Livros, aliás, sempre me cativaram. Comecei a me lembrar da Maria e do grande beijo que me deu e que retribuí como um louco. Caramba, ela era esposa do meu benfeitor. O primeiro a me comprar duas telas. Tinha que ir devagar. Passado um tempo, ela volta. Vestia o que no meu vocabulário era um robe social, desses que as mulheres usam para ficar em casa. Mas mesmo assim, estava extremamente bonita e cuidada. Esta beleza me fez logo pensar na Telma. Mas como uma maldição, veio em seguida à minha memória, como um contraponto salvador, a figura ex-simpática, mentirosa e misteriosa do Alan. Mas a beleza da Maria tinha outra coisa estranha. Era óbvio, mas não tinha visto logo. De repente, percebi a mudança nela. Sem o lenço de seda na cabeça, o rosto dela estava emoldurado por cabelos pretos. Era um preto que, de tão preto, chegava a ser azulado.

Eu	— (me assustando) O que foi isso, Maria?
Maria	— Não estão procurando uma loura pega pelas câmeras ao seu lado no dia do incêndio? Com estes cabelos que fiz hoje de tarde, não é a mim que estão procurando. Sou morena.
Eu	— Mas você acha que é para tanto?
Maria	— Não quero nada com esses animais que bateram em você hoje. Não preciso. Foi por isso que tingi os cabelos de preto, que por sinal é a cor natural deles. O louro era só uma fantasia.
Eu	— Então agora você será a minha namorada morena e a loura, a amante.
Maria	— (alegre) É, assim será! Por falar nisso, contei pro Alan, que já chegou no país dele, sobre o incêndio e as telas. Ele me disse que aquela coisa de você pagar a ele de volta tem tempo. Você pode relaxar. Assim que você puder, você paga. Ou assim que você voltar a pintar, aí sim, começará a dever a ele as duas telas. Enquanto isso, eu devo formar um time com você, para ajudar-lhe a voltar a trabalhar. E independen-

	te das telas, ele sente muito tudo o que aconteceu. Sabe, o incêndio, o *vernissage*, o ateliê, em suma, tudo que está acontecendo com você.
Eu	— Puxa, obrigado. Isso até me dá mais ânimo. Só não ter que pagar agora já ajuda muito.
Maria	— (a voz com o sotaque quase sádico) Doeu muito mesmo?
Eu	— Você não faz ideia.
Maria	— Posso ver? (ao meu olhar surpreso) Os lanhos. Só os lanhos.
Eu	— São nas partes posteriores das coxas e pernas. (me olhava) Eu teria que tirar as calças.
Maria	— (explicativa) Mas eu vou olhar só os lanhos.
Eu	— Está bem.

Me levantei. Virei de costas para ela, abri as calças e as deixei cair, permanecendo em pé.

Eu	— Aí estão os seus lanhos.
Maria	— Meu Deus! Estão todos roxos nas duas pernas.
Eu	— Eu sei. Pensa que eu não sei?
Maria	— Deita aí no sofá. Vou pegar um unguento para esses lanhos. Não só vão melhorar, mas as dores vão passar também.

Obedeci. Deitei-me no imenso sofá, não sem tirar os sapatos antes. Claro, deitei de bruços. Puxa, como estava cansado daquele estúpido dia. Tomara que o unguento desse jeito mesmo. Senti que a Maria estava chegando. Fechei os olhos esperando pela massagem através da qual ela passaria a pomada mágica.

Percebi quando ela se colocou no chão ao meu lado, na altura das minhas pernas e coxas. Fremi. Pensei na Telma. Sempre ela. Sempre que o meu desejo fluía, lá vinha aquela imagem da suposta quase quarentona, e cada vez que eu pensava nela, mais e mais jovem ela ficava. Hoje, a Telma estava quase moça. Linda. Pronto. As mãos suaves da Maria começaram a passar o unguento. Inicialmente pelas minhas coxas, com vagar, e eu diria, se o Alan permitisse, eroticamente. Viro. Viro meu rosto para o lado onde se encontrava a Maria. Porra! Pelo que eu consegui ver ela estava de calcinha e sutiã. Parei por aí. Não iria agora trair o Alan. Mas no fundo já estava considerando o Alan com as suas mentiras bem menos simpático, mais mentiroso e menos benfeitor. Mesmo assim resistia. A massagem pelas coxas e pernas tornara-se aos poucos carícias. Maria acariciava as partes baixas das minhas costas.

Maria	— Está melhorando, Aurélio?
Eu	— (Responder o quê?) Estou. Quero dizer, está.
Maria	— Foi só atrás? Ou você recebeu as cacetadas na frente também?
Eu	— Acho que não. Senão estaria doendo. Não é?
Maria	— Vira. Preciso ver.

Era exatamente o que eu não queria. Estava absurdamente excitado. Nem pensava mais na Telma. Só na Maria. Quando me virei, todo o meu desejo estava para fora. Minhas cuecas eram do tipo samba-canção.

Maria	— O que é isso aí, Aurélio?

Eu	— É o efeito que você causa Maria.
Maria	— Que efeito bonito. Que efeito grande, duro. Ele recebeu cacetada também?
Eu	— Não sei. Agora não tenho ideia de coisa alguma.

Ela não disse nada. Olhava extasiada para tudo o que eu mostrei. Primeiro olhou. Depois limpou com vigor as mãos de todo e qualquer traço de unguento. Após o que, com um absoluto carinho, beijou o bonito, o grande, o duro. Depois disso me perdi. Não me lembro de mais nada. Só de ter caído no chão. Dela se despindo do pouco que tinha cobrindo seu corpo. Tudo o que aconteceu, e aconteceu de tudo, eu não me lembrava de nada, nada mesmo.

Quando percebi ou percebemos, estava amanhecendo, e nós na sua cama de casal. Cama onde ela dormia e fazia amor com o Alan. O meu adversário. Dessa vez não me lembrei da Telma. Me lembrei do marido dela. Fazer o quê? Ter vinte e cinco anos é difícil, muito difícil mesmo. Controle sobre essas coisas não existia. Não com essa idade. Controle sobre o sexo, quero dizer. Estava cansado, acho que a Maria também. Nus, abraçados, adormecemos. Lá fora chovia. Os raios e trovões comemoravam, como fogos de artifícios, a data da minha redenção sexual após cinco meses de total abstinência. Acordei tarde, com um forte cheiro de café fresco. Me revirei ainda sonolento e nu, naquela cama agora e pra sempre inesquecível. Lá de dentro, nem sei bem de onde, Maria percebeu meus movimentos ao acordar.

Maria	— Já acordou, Aurélio? Bom dia! (estava animada) Ao lado do quarto você encontra o banheiro. Lá tem tudo que você possa querer para um bom banho. Vá lá. Você merece.

Fui me sentindo meio herói. A Maria conheceu e parecia ter gostado de brasileiro. Precisamente, eu. Como eu estava carente após o dia de ontem, finalmente me senti em paz. Porra, como o bom sexo faz bem. Levei minha roupa e entrei no banheiro, enquanto a Maria preparava o café da manhã. Quando saí vestido, me sentia, além de limpo, um homem melhor e até maior.

A mesa estava posta. Maria tinha preparado um verdadeiro banquete. Pela primeira vez, que eu me lembrasse, estava morrendo de fome pela manhã. Sentia-me mais leve e otimista com e sobre o meu futuro. Vai ver, pensei eu, que a Maria fora o meu lampejo. A vontade de pintar pelo menos voltou. Sentia nos meus poros. Percebia nas cores que via.

Maria	— Aurélio, vem comer. Você deve estar com fome. Não está?
Eu	— Muita. E olha que eu praticamente não como de manhã.
Maria	— Mas hoje (sorrindo) você precisa. Senta e come. (me disse sentando também)

Começamos. Éramos dois famintos. Ela e eu. Comemos de tudo. Não de tudo um pouco não. Comemos tudo que estava à mesa. Só de café com leite tomei três xícaras. Meu recorde pessoal. É, a Maria dava fome mesmo. Terminamos. Ajudei-a a limpar a mesa. Foi para o "nosso" quarto se vestir. Nem era mais o quarto do Alan. Veio esportiva e simples.

Maria	— Vamos. Vou levar você para o seu hotel e depois volto para me arrumar e irmos à embaixada. Às quatorze e trinta, não é o combinado? Ou você prefere ir com essa roupa mesmo?

Eu — Nem brincando. (Mal sabia ela que aquela era a última limpa que tinha. A outra dei para o Gianni mandar lavar. Tinha cheiro de delegacia.)

Saímos. Pegamos o carro e voamos. Claro, para a Maria, automóvel servia para voar mesmo sem asas. Ia ter que falar com ela sobre isso. Cheguei ao hotel em tempo recorde. Sorri para ela. Com meus lábios frios dei-lhe um beijo na boca. Saindo do carro, confirmei o horário para irmos à embaixada. Ela partiu com o motor rugindo. Eu entrei no hotel. Saudei o Gianni e subi. Gozado, ao entrar no meu quarto e quando dei por mim, o armário já estava aberto, eu tinha o copo de vinho vazio na minha mão esquerda e, na direita, a garrafa nova que acabara de comprar do *whisky* desconhecido. Me vi vertendo o líquido no copo. Me alarmei. Estava se tornando um hábito. Logo eu, que nunca fui de beber muito. Minha reação não foi interromper a ação não. Só diminuí a dose. Guardei tudo e fechei o armário. Só me faltava mais essa: ficar viciado no *scotch* barato, que eu ousara chamar de desconhecido. Pousei o copo na mesinha de cabeceira e deitei. Ainda estava cansado da surra sexual que a Maria me dera. Deitado, comecei a pensar. Pensei em tudo, a começar em como a minha vida mudara desde a crítica da Maria. Fui fraco. Aceitei a crítica dela como se fosse a única e última. Nada era assim. Outros, até o Alan, tiveram outra opinião. Gostaram muito. Acharam genial a minha arte. Cabia então a pergunta: por que a solitária crítica negativa da Maria me atingira tanto? Por que comecei a beber como estava bebendo? Tinha que descobrir a minha fraqueza perante a Maria. Será que qualquer crítica negativa me atingiria como a dela? Seria uma espécie de lanho como o da delegacia? Doeria à beça? Cochilei. Mas o meu relógio biológico me acordou logo. Voltei aos lanhos que ganhei na delegacia. Ao *dott.* Rossi, impávido torturador de inocentes, e ao que ele dissera: "Não se esqueça. Duas mulheres e um infante morreram e o senhor perdeu tudo que tinha. O culpado de tudo isso tem que pagar, o senhor não acha?" Mas pera aí, me lembrei de um detalhe. Quem sabe o *dott.* Rossi não quereria saber? Tomei outro gole de *scotch* e resolvi ligar para ele. Peguei o fone. Pedi uma linha ao Gianni. Caramba, lá estava eu fazendo papel de detetive. Quando completei a ligação, olhei para o relógio. Era uma hora da tarde, a Maria chegaria às duas. Dava tempo. O *dott.* Rossi atendeu.

Dottore	— Sim?
Eu	— *Dottore*, sou eu, o Aurélio Salles.
Dottore	— (distante) Pois não.
Eu	— O senhor não está se lembrando de mim?
Dottore	— Claro que sim. O amigo do Embaixador brasileiro, não é?
Eu	— (sem ouvi-lo) Me lembrei de uma coisa?
Dottore	— Então me mande uma carta e conte tudo.
Eu	— Por que isso?
Dottore	— Recebi uma instrução da Farnesina que só posso recebê-lo na delegacia, acompanhado por um diplomata da sua embaixada.
Eu	— Mas por quê? A minha informação é importante e posso dizê-la por telefone.
Dottore	— Pode? O seu Embaixador não vai reclamar de mim?
Eu	— Quem ligou, *dott.* Rossi, por acaso, não fui eu? Estou ou não no meu livre-arbítrio?

Dottore	— Está.
Eu	— Então ouça. Pegue aquele *tape* que o senhor tem do meu encontro com a Maria.
Dottore	— A loura?
Eu	— Ela mesma. Volte quarenta e oito ou cinquenta horas e o senhor verá meu amigo louro, o Alan, que me esperava falando com um homem como aquele do chapéu. Ele ao me ver não correu não, mas saiu muito apressado. O senhor verá que, logo depois, cumprimento o meu amigo louro e entramos no meu estúdio. Acho que esse homem que se afasta com pressa é o homem que estamos procurando.
Dottore	— Estamos?
Eu	— Claro que sim. Fui vítima também, esqueceu?
Dottore	— Gostei de ver, *signore* Salles. Obrigado. Vou começar a pesquisar agora. Me liga amanhã. Acho que já terei notícias. Alguma pelo menos.
Eu	— Vou ligar sim
Dottore	— *Grazie signore* Salles. *Grazie mille*. (feliz)
Eu	— Prazer em ajudar.

Desligamos juntos. Fiquei até feliz com a felicidade dele. Mas agora, até eu queria ver aquele filho da puta preso. Me virei para o copo onde ainda tinha um pouco de *scotch*. Virei até a última gota. Caiu bem aquele *scotch*. Recoloquei o copo na mesinha. Botei os braços cruzados atrás da cabeça e olhei para o teto do meu quarto, e olhei para ele como se fosse o infinito.

Por alguns instantes passeei por ele. Me sentia bem. Nunca esperei me lembrar de algo para dizer ao *dott.* Rossi. Tratei de me levantar e colocar uma roupa para ir à embaixada com a Maria. Pô! A que foi lavar já tinha voltado. Colocaria ela. Fiquei, pelo menos para os meus padrões, chique. Saí do quarto, desci e fui esperar a Maria na porta do Union. De repente, vi virando numa rua mais distante, o conversível vermelho da Maria. Mas com aquele tempo por que conversível? Por que não um carro fechado? Iria perguntar a ela.

Maria	— (parando com uma ruidosa freada) Oi, Aurélio. Há quanto tempo. (sorrimos juntos e entrei no carro)
Eu	— Tudo bem? Por que seu carro é conversível?

Partiu a toda. Demorou a responder enquanto ia voando pelas ruas. Repeti a pergunta.

Maria	— Gosto dele assim mesmo.
Eu	— Mas e o frio?
Maria	— Gosto do frio também.
Eu	— Quem está com você tem que gostar também?
Maria	— Todos gostam. (rindo)
Eu	— (já avistando a embaixada) Pare no pátio interno. O pessoal usa como *parking*.

Finalmente diminuiu a velocidade e entrou. Parou. Saltamos e fomos para a portaria. O porteiro era um velho conhecido meu. Um dos amigos dos meus primeiros dias em Roma.

Eu	— Como está, João? Tudo bem?

João	— Comigo sim. Mas eu soube do incêndio. O senhor está melhor agora? Quando será enfim o novo *vernissage*?
Eu	— Estou sim. O *vernissage* será em breve. Você pode me anunciar ao Monteiro?
João	— Claro. É pra já.

Nos anunciou. Lá vem o Monteiro de novo na portaria me atender. Outra vez surpreso, cheguei à conclusão de que tinha algo que ele gostava naquele lugar.

Monteiro	— Como você está, Aurélio?
Eu	— (brincando) Oi Monteiro, você vem por acaso atender todas as suas visitas na portaria?
Monteiro	— Claro que não. Só as gratas, as amigas.
Eu	— Esta aqui é a Maria, minha agente e namorada.
Monteiro	— Parabéns. Você ainda não fez o primeiro *vernissage* e já tem uma agente bonita como ela.
Maria	— Pode ser que o senhor esteja dizendo a verdade, mas já tive a oportunidade de ver e analisar a obra do Aurélio. Não deixaria por nada desse mundo de ser agente dele. Até uma tela dele já comprei. Infelizmente, ela se foi no incêndio.
Monteiro	— Ele já tinha me dito. Só faltou dizer que você agora é a agente dele. Vamos subir.

Subimos a belíssima escadaria. No caminho aproveitei para agradecer a intervenção deles no meu caso com o *dott.* Rossi. Não entrei em detalhes. Era coisa minha e para isso eu não precisava de agente, nem que ela fosse a Maria. A morena Maria, minha agente e namorada. A outra, a loura, era a minha amante e agora já oficial. Chegamos no andar onde ficava o gabinete do Embaixador. Quase chegando no gabinete, o Monteiro me avisou que seu chefe se atrasaria um pouco porque estava em reunião de última hora com o pessoal da Vale, que tinha chegado do Brasil hoje.

Monteiro	— Avisei ao Embaixador que você vinha hoje aqui a esta hora. Mas ele já tinha um compromisso, essa reunião de última hora com a turma da Vale.
Eu	— Que Vale?
Monteiro	— Uma turma que acaba de chegar do Brasil. Eles são da Vale do Rio Doce.
Eu	— E o Embaixador recebe os turistas brasileiros que chegam?
Monteiro	— Não tem nada a ver com turismo, Aurélio. São negócios. E dos grandes.

Não sei por que, mas me deu a impressão de que a Maria travara seu olhar nos lábios do Monteiro, mais precisamente nas palavras que saíam de sua boca. Quando passávamos pela porta do gabinete do Embaixador, ela de supetão se abriu. Liderados pelo Embaixador, vinha uma porção de homens muito bem-vestidos e claramente brasileiros. O Embaixador nos viu e, pedindo licença a quem vinha mais próximo a ele, se dirigiu a mim.

Embaixador	— Aurélio, há quanto tempo!

Veio emanando simpatia. Elegante como sempre, exalava carinho por mim. Me abraçou forte e sequer percebeu a Maria.

        Eu — Sr. Embaixador, quero lhe apresentar a Maria. Minha amiga e agente.
        Embaixador — Mas que beleza de garota, Aurélio. Parece uma tela sua. É de uma beleza estonteante. Sabe Aurélio, (jocosamente se explicando) sou um velho, tenho o direito adquirido para admirar uma rara beleza italiana como essa sua amiga.
        Eu — É amiga, agente e namorada, sr. Embaixador.
        Maria — Muito prazer, Excelência.
        Ele — (para ela) Me empresta o Aurélio por uns instantes? (sem esperar a resposta)

O Embaixador, largando o Monteiro e a Maria, pegou no meu braço e me levou em direção à coleção de ternos bem cortados, inclusive diplomatas da embaixada, todos com pastas de documentos (que na minha imaginação maluca me pareciam gêmeas múltiplas).

        Embaixador — Senhores, quero ter a honra de lhes apresentar o novo gênio da pintura brasileira. O jovem Aurélio Salles. Eu mesmo vi as vinte e cinco telas que ele pintou para seu *vernissage* aqui na embaixada. Até separei uma para mim. Mas infelizmente um incêndio destruiu todas. Uma por uma. Tive o privilégio de ver todas elas antes da tragédia. Aurélio, estes senhores são industriais importantes lá do Brasil.

Vieram todos a mim. Um por um me cumprimentou com simpatia. Apresentei-os à Maria e ao Monteiro que tinham se juntado a mim. Alguns já estavam até olhando para ela com intenções de descarados desejos. O chefe deles, um senhor mais velho, indicou que já estava na hora de irem. Se despediram de nós. Ficamos ali no corredor o Embaixador, que todos cumprimentaram, alguns diplomatas, Monteiro, eu e a Maria. O Embaixador animado convidou a mim e a Maria para acompanhá-lo ao seu gabinete. Fomos, só nós três. Ao entrarmos, ordenou à secretária que nos trouxesse uma garrafa de vinho e três taças. Entramos de fato na sua sala. Sentamos eu e a Maria no sofá, o Embaixador numa das poltronas e entre nós uma mesinha de centro. A Maria estava interessada e felicíssima com aquele encontro.

Embaixador	— A vida é dura, Aurélio. Durante o encontro na sala de reuniões eu contei. Eram dezoito homens falando só de negócios, negócios não, um negócio só. Não é loucura? Eu sei, estou velho, mas sempre achei que se pode negociar entre quatro, seis pessoas interessadas. Mas agora não. Precisam mostrar trabalho. Chegaram aqui onze executivos para tratar de uma aquisição. Achei um exagero. Escolheram a Itália para finalizar o negócio. Nós da embaixada temos que nos envolver, fazer o quê? Como se trata do maior negócio que a Vale

	já fez, acho que os onze estão aqui juntos para vigiarem uns aos outros. É o tipo de negócio secreto que não pode vazar nada antes da assinatura. Se vazasse mexeria nas bolsas de valores do mundo inteiro.
Eu	— (entre surpreso com o interesse da Maria naquela conversa árida e consciente da minha ignorância sobre aquele assunto) Não entendo nada dessas coisas, sr. Embaixador. Meu negócio é arte mesmo.
Embaixador	— E você Maria, o que você faz?
Maria	— No momento, Excelência, me dedico ao Aurélio. Quero ele voltando a pintar o mais cedo possível. Segundo eu soube, a embaixada quer fazer um *vernissage* do Aurélio em fevereiro ou março não é?
Embaixador	— Assim que eu voltar das minhas férias.
Maria	— Estaremos prontos, sr. Embaixador.
Embaixador	— Isso sem falar no presente que eu tenho para o Aurélio. Você já soube, não soube Aurélio?
Eu	— Não. O Monteiro só me disse que o senhor tinha uma surpresa para mim. Mas de forma alguma quis me dizer o que seria.
Embaixador	— É melhor assim. O presente é simples, mas é muito prático. O negócio é o seguinte: tínhamos no primeiro andar da embaixada uma gráfica que se tornou com o tempo um elefante

branco. Já há meses mandei esvaziá-la. Portanto, temos no primeiro andar um espaço imenso vazio. Enquanto isso, temos um pintor brasileiro, que eu acho importante e que no momento vive a tragédia de um incêndio no seu ateliê. Ateliê que ele mantinha sozinho, sem ajuda de ninguém, e agora precisa trabalhar e não tem lugar. A embaixada tem esse lugar: a antiga gráfica que não existe mais. E eu, meu amigo Aurélio, queria que você a ocupasse, que criasse beleza lá. No horário que você quisesse, sem limitações de horário ou outra qualquer que seja. O seu novo ateliê tem entrada independente e tudo. O que você acha?

Eu — Nem acredito, Embaixador Frazão. Isso não é um presente. É um futuro.

Maria — Que maravilha, Excelência. Nem sei o que dizer.

A secretária chegou com o vinho, um excelente vinho. Colocou os copos na nossa frente e nos serviu.

Embaixador — Traz outro copo e chama o Monteiro aqui. Saúde e muita sorte dessa vez para você, Aurélio. Para você também, Maria. Toquem aqui.

Brindamos, mesmo na ausência do Monteiro. Não tinha tido tempo dele chegar ainda. Bebemos tentando imitar a elegância do nosso anfitrião. No segundo gole, o Monteiro aparece. O Embaixador, num misto de convite e ordem, oferece a ele um copo de vinho. Ele senta-se obviamente aceitando.

Embaixador	— (olhando nos meus olhos) Quer jantar hoje à noite aqui comigo e a Leonor? O Monteiro vem também com a Helena sua mulher. Não vem Monteiro?
Monteiro	— Claro que sim, sr. Embaixador.
Embaixador	— Você aceita o convite, Aurélio? Ou melhor vocês podem? (incluindo a Maria) Amanhã estarei oferecendo um jantar maior para o pessoal da Vale. Então eu queria jantar com vocês hoje.
Eu	— Claro...
Maria	— Será uma honra, Excelência! (em total êxtase, só faltou mexer os quadris)
Embaixador	— (terminando seu copo de vinho) Vou agora para a residência tomar um banho e marcamos o jantar para as vinte e trinta. Está bem? (Antes de obter qualquer resposta levantou-se e deu por encerrada a reunião. Todos nos levantamos também.)
Embaixador	— Monteiro, me faz um favor, leva o Aurélio para conhecer o novo ateliê dele. Nos vemos no jantar!

Todos em pé, aguardamos o velho diplomata se retirar. Olhei ansioso para o Monteiro. Eu iria agora com ele desembrulhar o presente. Ou seja, conhecer meu novo ateliê. O adido pediu um minuto e dali mesmo, do telefone daquela sala, ligou ainda de pé para a sua mulher para informar o convite, a hora etc. Senti que algo não deu certo. Ele se afastou de nós e com voz baixa começou uma batalha verbal de convencimento com a mulher, até mudar o tom de sua voz tornando-a em súplica, mudando para irritação até bater firme com o pé.

Monteiro	— É o meu trabalho, é minha carreira, Helena. Vou pegar você sim... Está certo. Às vinte horas em ponto. Beijo... Helena... Hel... (Bateu o telefone. Estava zangado. Virou-se para nós.) Me desculpem, mas toda mulher é igual. Mesmo mulher de diplomata. Quando casou comigo ela sabia que seria assim.
Eu	— Assim como?
Monteiro	— Imagine Aurélio, ela quis argumentar comigo que não daria tempo. (mais homem do que nunca, inventava) Que eu devia mudar o dia do jantar. Quem sou eu, Aurélio, para não aceitar o convite do Embaixador? Para mudar a hora do jantar ou mesmo chegar atrasado. Você viu como ele me convidou. Era mais uma ordem que um convite. Você não viu?
Eu	— Estou louco para conhecer o presente do Embaixador, mas vamos fazer o seguinte... Está tarde. Eu e a Maria vamos dar uma volta e amanhã, antes do homem chegar aqui no escritório, nós nos encontramos e você me leva para conhecer meu novo ateliê. Não fica melhor para você? Assim

	você tem tempo não só para pegar a Helena como também para amaciá-la. O que é que você me diz?
Monteiro	— Você é um anjo, Aurélio. Mas o Embaixador não pode saber.
Eu	— Mas a culpa é minha, Monteiro. Insisti para comprar umas flores para a Embaixatriz e a Helena. Essa é a história oficial.
Maria	— Imagina, Monteiro. A primeira vez que vamos encontrá-las e aparecemos sem nada. Não pode. Isso não pode ser.

Aquela intervenção da Maria foi providencial. Se houvesse ainda alguma dúvida na cabeça do nosso adido, essa dúvida desmoronou. Deixou de existir.

Monteiro	— Vocês têm razão. Assim estou coberto. Então vamos. Não se esqueçam: vocês têm que comprar as flores. (disse sorrindo consigo mesmo)

Fomos. Chegamos à piazza Navona enquanto o Monteiro foi para o estacionamento da embaixada. Maria, como de hábito, me deu o braço e quase se aninhou em mim, mesmo andando. Fomos à cata de flores. Apesar de outono, não seria difícil em Roma. A Maria caminhava comigo e chamava a atenção. Olhavam para ela, os transeuntes, e sorviam de sua beleza. Como ela, a sua elegância também chamava a atenção. Iluminava os prédios laterais e escurecia os sinais de trânsito. Tudo se rendia a ela. Tudo se abdicava da própria existência. Admiravam o casal, mas eu era um nada. Ela era o tudo. Ela era a mais-valia. Eu não me sentia válido de coisa alguma. Procurávamos flores.

Ela, ali, que era uma flor, passava incólume pela nossa procura. Mas, além de procurar, lembrou-se de um endereço na via del Corso. Fomos lá. No endereço tinha flores mesmo, além das cores todas. Compramos dois maços. Um para a Leonor e outro para a Helena, ambos para sossego do Monteiro. Passou pela minha cabeça: já que havíamos resolvido o problema dele, bem que o nosso adido poderia nos ressarcir. Deixa pra lá. Foi só um pensamento menor. Compramos as flores e partimos de volta para a embaixada. Estava quase na hora do jantar. Ao chegarmos, o Monteiro estava chegando de volta também. Nos encontramos quando ele saía do estacionamento. De lá, após as apresentações envolvendo a Helena (que, diga-se de passagem, me olhou de uma maneira tal que nem entendi), seguimos para a portaria, que o Monteiro, até prova em contrário, amava tanto. Liderados por ele, subíamos a escadaria que nos levaria à residência. A Helena, que infernizara o pobre Monteiro, chegou com um bom humor que não dava para acreditar. Perguntou como eu ia (sempre com aquele olhar que pretendia ser morno) após os trágicos acontecimentos etc. Logo em seguida não parou mais de falar com a Maria. Pareciam amigas de longa data. O nosso Monteiro ia nos guiando e falando comigo. Animadíssimo, nem parecia a vítima da Helena de duas horas atrás. Chegamos à residência. Um funcionário vestido de garçom abriu as portas para nós. Entramos. A mesa posta era uma obra-prima. Logo em seguida, pelo outro lado do salão, entraram o Embaixador e a Leonor. Vieram até nós e nos cumprimentaram com sorrisos.

Embaixador	— Este, Leonor, é o grande Aurélio. Não se deixe enganar pela juventude dele. Ele é um gênio.
Leonor	— O pintor maravilhoso do incêndio?
Eu	— Se maravilhoso não sei, mas do incêndio sou sim. (me virei para o Em-

	baixador) E quanto a ser gênio, não sei não. Me falta ainda o lampejo.
Embaixador	— O que é isso?
Eu	— É o que a Maria acha que está faltando na minha arte. O lampejo.
Embaixador	— (me defendendo) Aurélio, eu não sei o que tem a ver lampejo com arte. Mas se tiver, você tem quilos e quilos de lampejos. E o que você achou do novo ateliê?
Eu	— Ainda não pude conhecer...
Maria	— (interrompendo) Tivemos que comprar as flores para a Embaixatriz e a Helena. Eu não nos perdoaria chegarmos aqui de mãos abanando.
Embaixador	— (ouviu a explicação olhando cortesmente para ela e virou-se para mim) Quando você vai lá?
Eu	— Combinei com o Monteiro para amanhã.
Embaixador	— (feliz) Ótimo.

Nos acomodamos num dos diversos conjuntos de sofá e poltronas que estavam espalhados por aquele nobilíssimo salão. Imediatamente apareceram garçons empurrando carrinhos com as mais variadas bebidas e um deles com salgadinhos de uma aparência de dar água na boca. Os garçons da embaixada, mais do que habituados a servirem aqueles coquetéis e jantares, com todo o garbo se dedicaram a nos servir as bebidas e continuaram por ali servindo os salgadinhos ou mais bebida, se alguém quisesse mais. Eu os conhecia, cheguei até a cumprimentar um deles, mas o mínimo sorriso que me devolveu foi o máximo de intimidade que ele se permitiu. Afinal de contas, eu era um convidado do Embaixador. Lá era assim mesmo, aquela embaixada funcionava como uma máquina azeitada.

Embaixador	— Maria, o que é lampejo? Isso que você diz que falta nas telas do Aurélio?
Maria	— É uma brincadeira entre nós. Só isso.
Eu	— Desde quando isso? Desde quando o lampejo é uma brincadeira?

Todos ouvindo.

Maria	— Claro que é, Aurélio. Aquilo foi uma brincadeira que fiz com você.
Eu	— Brincadeira, Maria? O lampejo brincalhão quase me destruiu. (estava ficando alterado) Isso não se faz.
Embaixador	— Aurélio, acredite em mim. Não falta nada. E se o lampejo, brincadeira ou não, é importante, você já o tem. (na minha visão angular, percebi a Helena vigorosamente concordar com o Embaixador)

Note-se: ela nunca vira as minhas telas. De repente me deu saudade do meu trabalho, da expectativa do meu *vernissage*, em suma, de tudo que precedeu o incêndio. Enquanto eu me ensimesmava nas minhas memórias de dias atrás, os outros conversavam. Fiquei olhando. Quem falava mais mesmo era a Maria. A Embaixatriz era extremamente delicada com todos. A mulher do Monteiro ia e voltava, quase sempre passando seu olhar por mim. Me chateava. Afinal ela era a mulher do Monteiro. E continuava chateado com a Maria. Nunca pensei que ela fosse tão fraca. O que ela defendeu com tantas palavras, ruiu. O lampejo ruíra. O Leonardo da Vinci devia estar se virando na própria tumba. Para não estragar a noite, resolvi segurar a zanga.

Eu	— O senhor acha mesmo, Embaixador?
Embaixador	— Claro, Aurélio. Garanto a você.
Monteiro	— Aurélio, fique tranquilo. O que nós vimos, as vinte cinco telas eram perfeitas. Garanto também.
Eu	— Imaginem. Eu estava me sentindo tão mal com a minha falta de lampejo. A minha quase arte.
Embaixador	— Gosto da sua arte, Aurélio. Gosto de você. Esqueça o incêndio e a falta dos tais lampejos. Quando você quiser ou precisar trocar ideias comigo é só ligar.
Eu	— Puxa, Embaixador, é uma honra.
Embaixador	— Que honra que nada. Somos amigos ou não? E pare de me tratar de Embaixador. Para você eu sou o Frazão e Frazão só.

Me senti medalhado.

Passei a noite sem falar com a Maria. Por mais que ela se esforçasse, eu sempre estava com a minha atenção voltada para o outro lado da mesa ou para outra pessoa, principalmente o Embaixador e sua esposa. Gastronomicamente falando, o jantar foi sensacional. Socialmente foi tudo maravilhoso. Todos mostravam extrema simpatia. A da Helena era uma simpatia pegajosa. Falou-se de tudo. Inclusive da visita do pessoal da Vale. Foi aí que percebi, de fato, o imenso interesse da Maria pelo assunto Vale. Como da primeira vez, quando o Monteiro nos contou sobre a reunião do Embaixador com o pessoal da Vale, Maria parecia não respirar para ouvir cada palavra sobre o assunto. Às vezes até perguntava qualquer coisa, de pouca importância.

Maria	— E como você faz, Leonor, para receber tanta gente, ou melhor, tantos homens como esses executivos da Vale?
Leonor	— A gente sempre dá um jeito. Às vezes convido outras mulheres de diplomatas, outras vezes, fico num canto conversando com um ou outro. Como amanhã. Não vou convidar ninguém, só quem vai convidar é o Frazão.
Maria	— E o senhor, Embaixador, como faz com tanta gente assim?
Embaixador	— Às vezes é duro, Maria. É gente chata. Mas não tem outra maneira. Com o pessoal da Vale então...
Maria	— Esse é o tipo de pessoas que o Aurélio devia conhecer. Não é, Aurélio?
Eu	— (chateado de novo com a Maria, dei uma resposta curtíssima) É.
Embaixador	— Você gostaria de vir ao jantar amanhã, Aurélio?
Maria	— Claro que sim!

Dessa vez quase estourei. A Maria respondeu por mim. E isso no meu dicionário se chamava grosseria. Acho até que fiquei vermelho. Também acho que ninguém percebeu.

Embaixador	— Então está acertado. Se o Aurélio acha importante conhecer essas pes-

soas, então está convidado. Você vem também Monteiro. Tragam as mulheres para fazer companhia à Leonor.

O resto da reunião foi ótima. Eu só estava mesmo irritado era com a Maria. A Helena ainda dava para aguentar. Mas a Maria, que coisa enervante, invasiva, respondendo por mim e tudo. Chegou a hora de sair. Saímos todos após as despedidas e tudo mais.

Embaixador	— Então Aurélio, conto com você amanhã. Os coquetéis começam às sete horas. Estou esperando você.

Estranho, ele falava comigo como se só eu existisse. Englobava o convite a todos, sem sequer olhar para eles.

Embaixador	— Não vão esquecer.
Maria	— (e lá veio a Maria outra vez) Estaremos todos aqui, Embaixador.

Sem olhar para ela, a mais alta autoridade do meu país na Itália me abraçou.

Embaixador	— Vá descansar, gênio. Todos precisamos, você não acha?

Me levou com o braço no meu ombro até onde começavam os degraus.

Embaixador	— Boa noite, meu amigo.

De todos os outros despediu-se formalmente. De mim não. Foi pessoal. Descemos a escadaria. Despedimo-nos no estacionamento. Os Monteiro foram para o carro deles e a Helena aproveitou a despedida para apertar a minha mão de forma inusitada. E me olhou novamente como se fosse a primeira vez que me via. Eu e Maria, mais lentamente, fomos para o carro dela. Primeiro saíram os Monteiro. Eu ainda levava a Maria até seu carro.

Maria	— Que noite maravilhosa. Eu interagi bem, não foi? Você não achou? Diz Aurélio, fui ou não fui bem?
Eu	— (irritado) Você foi uma merda! Nunca mais responda nada por mim. Nunca mais, ouviu? Nunca admiti isso. E não vou admitir agora. (Sem conseguir segurar a raiva contida que estava sentindo dela. Chegamos a seu carro.) Entre. Você vai sozinha para casa. Eu, o andarilho da vez, vou caminhar até o meu hotel.
Maria	— Você está louco. Está um frio danado.
Eu	— Dentro do seu carro é mais frio do que aqui fora. Vai embora, Maria. Amanhã se quiser liga pra mim. Se eu estiver com vontade atendo. Boa noite.

Me afastei do carro e comecei a caminhar na direção do Union. Ela vinha devagar com o carro atrás de mim. Insistia. E insistia. Não respondi nenhuma vez. Fui e fui mesmo. Ela acabou desistindo. Gritou um recado qualquer pra mim e foi embora. Andei rápido. Estava cansado. Cheguei logo no Union. Lá, como não poderia deixar de ser, encontrei um dos Giannis quase dormindo no balcão.

Eu	— Gianni, tem algum recado para mim?
Gianni	— (despertando num susto só) Só dois. Aquele *dott*. Rossi ligou. Disse que se o senhor chegasse antes da meia-noite ligasse para ele, caso contrário, ele liga para o senhor amanhã. E aquela senhora bonita que esteve aqui, a senhora Maria. Disse já ter chegado em casa e que o senhor ligasse a hora que quisesse.
Eu	— (olhando para o meu relógio) Meia-noite e quinze.

É, o *dott*. Rossi ficaria para amanhã. Quanto à Maria, pedi ao Gianni para não passar nenhum telefonema dela. Subi e entrei no meu quarto. Liguei o aquecimento e fui direto para o armário. Me servi do *whisky* no copinho. Pelo menos isso, foi só o copinho, pensei, enquanto me lembrava ser a primeira vez na minha vida que eu bebia álcool em casa, ao chegar de um jantar. É, era melhor parar com isso. Pensei, mas não deixei de virar o copinho. Deixa estar. A partir de amanhã não faria mais isso. Foi quase uma promessa de ano novo. Tirei a roupa e fui dormir. Estava muito chateado com a Maria. Com as mulheres de forma geral. Com a Embaixatriz não, me pareceu uma doce mulher. Com as outras sim, elas eram insistentes, chatas, invasivas. A Helena então. Pobre do Monteiro. É, amanhã seria outro dia. Num último suspiro de consciência, minha memória lembrou-me outra vez, ali naquele quarto, de Scarlet O'Hara no final do filme *E o vento levou* quando ela passa a mensagem de esperança com uma frase parecida com essa. Dormi.

No dia seguinte, o ritual de sempre: o expresso com brioche que precedeu meu telefonema ao *dott*. Rossi. Logo que terminei o café, subi para o meu quarto. Preferi chamar do que aguardar a chamada dele. Ele atendeu.

Eu	— *Buon dí, dott*. Rossi. É o Aurélio.
Dottore	— Bom dia, *signore* Aurélio. Já está falando nossa gíria?
Eu	— Só esta, *dott*. Rossi. Só esta.
Dottore	— A sua dica de ontem funcionou. Identificamos o homem do chapéu. É italiano. E imagine... (estava animado) Ele já tem ficha conosco como incendiário profissional.
Eu	— O que quer dizer isso?
Dottore	— Quando alguém tem interesse em colocar fogo em alguma coisa e não quer aparecer, contrata ele.
Eu	— Meu Deus!
Dottore	— Agora senhor Aurélio, o que o senhor não sabe: nós retornamos a fita até o momento no qual ele se encontrou com o seu amigo louro. Seu Aurélio, eles ficaram juntos uns vinte minutos antes do senhor aparecer e o incendiário ir rapidamente embora.
Eu	— Vinte minutos juntos. O senhor tem certeza?
Dottore	— Absoluta. Conversaram muito. Estamos procurando o incendiário. Agora, o que nós precisamos do senhor é saber sobre esse seu amigo louro.
Eu	— Vou já para aí. Temos que pegar essa quadrilha.
Dottore	— Se esqueceu? Estou proibido de receber o senhor aqui na delegacia.

Eu	— Então o que o senhor sugere? Tenho de vê-lo.
Dottore	— Vamos nos encontrar sozinhos. É até melhor para o senhor. Poderemos falar livremente.
Eu	— Está bem, como faremos isso?
Dottore	— Vamos almoçar juntos. Ao meio-dia o senhor vem até a delegacia, mas não entre. Me encontro com o senhor na porta central e vou levá-lo a uma *trattoria* onde se come muito bem.
Eu	— Estarei aí ao meio-dia sem falta.

Desligamos. A minha cabeça foi a mil. Quase fiquei tonto. Meu Deus, o Alan estava nessa. Mas por quê? Por que ele me desejaria mal? Tinha sido meu benfeitor e comprado duas telas. Ele até trabalhava para a embaixada americana. Por que contrataria um criminoso profissional para me destruir? O que eu fizera a ele? Minha cabeça não parava. E a Maria? A mulher dele e agora minha amante. Será que ela estaria nesse esquema criminoso? Não é possível. A Maria não. Não é possível. Como aquela mulher carinhosa participaria desse esquema contra mim? Mas, afinal, que esquema seria esse? Quem ganharia o que de quem? Vítima, só conhecia uma: eu. Pera aí, tinha também as duas mulheres e o menininho que morreram no incêndio. Não estava com vontade não, mas agora iria ligar para a Maria.

Ela	— (o telefone mal tinha tocado) Alô.
Eu	— Maria, sou eu.
Ela	— Eu já ia ligar para você.
Eu	— Cadê o Alan?
Ela	— Você sabe. Nos Estados Unidos. Por quê?

Pensei.

Eu	— Queria saber quando ele volta. Se vai dar tempo dele assistir ao *vernissage* em fevereiro.
Ela	— Acho que ele volta em meados de janeiro. Isso significa que você, de ontem para hoje, já se decidiu? Vai voltar a trabalhar logo?
Eu	— Já, Maria. Estou com uma vontade danada de pintar, com ou sem lampejo. Seja o lampejo brincadeira ou não.
Ela	— Isso é bom. E hoje à noite, como vamos fazer?
Eu	— Agora de manhã eu tenho compromissos. Quando voltar eu ligo para você.
Ela	— Estou morrendo de saudade.
Eu	— Tá bem.

Desliguei. Logo em seguida liguei para o Monteiro.

Monteiro	— Alô?
Eu	— Sou eu, o Aurélio.
Monteiro	— Eu estava mesmo pensando em você. Quando é que você vem ver a sala?
Eu	— Estava pensando em ir hoje aí. Está bom para você?
Monteiro	— Claro. Vamos marcar às três horas, tudo bem?
Eu	— Estarei aí.

Marcado. Antes de ir ao encontro do *dott*. Rossi resolvi pegar as fotografias. A loja ficava ali mesmo na via del

Boschetto. Saí, do meu quarto e fui até a loja. Pedi as fotografias. Passei o recibinho para o rapaz da loja. Recebi as ampliações num envelope e cuidei que os negativos estivessem lá também. Estavam. Olhei para as fotos. Surpreendente. Eram lindas. As telas eram lindas mesmo. Não tive opção, meu gosto mandou a modéstia passear. Não precisava dela. Peguei as ampliações e as coloquei no bolso. Deixei o negativo dentro do envelope e pedi ao rapaz que me atendeu para fazer outra cópia de cada fotograma. A ideia era dar uma coleção das fotografias ao Frazão. Acho que ele adoraria. Não só para mostrar a Leonor, mas para guardar como um presente meu. Olhei o meu relógio. Dava tempo para encontrar o *dott*. Rossi, mas tinha que ir logo. Fui. Cheguei ao meio-dia em ponto na calçada em frente da delegacia. Minutos depois sai o *dott*. Rossi. Me vê e vem na minha direção sorrindo. Seu sorriso parecia igual ao que o meu pai dizia que eu tinha. Cativava.

Dottore	— Cada vez o senhor me surpreende mais, seu Aurélio. Um artista pontual. Nunca tinha visto isso.
Eu	— Para o senhor ver. Tudo pode acontecer nessa vida. Somos só mortais. Eu, o senhor... o Carlo.
Dottore	— *Signore* Aurélio eu até queria me desculpar pelo que houve aquele dia. Eu deveria ter conversado primeiro com o senhor. Perceber quem era como pessoa. Não me refiro às suas amizades não. Quero dizer o senhor mesmo.
Eu	— Vamos começar tudo de novo então? Sou Aurélio Salles, mas pode me chamar de Aurélio. (e estendi a mão)

Dottore — (surpreso e entendendo a minha iniciativa) Sou Alfredo Rossi, mas pode me chamar de Alfredo.

Rimos. E juntos fomos na direção que ele apontava. A *trattoria* era ali perto. Devia estar cheia de policiais. Estava mesmo. Mas ele me garantiu:

Alfredo — Fique tranquilo, mandei reservar uma mesa para nós lá no fundo. Lá está ela, esperando pelo Aurélio e o Alfredo. Vamos lá.

Fomos. A *trattoria* estava praticamente lotada. Quase toda a clientela era policial ou tinha cara de policial. A nossa mesa era no canto do fundo e eu diria bastante reservada. Sentamos. Veio um garçom típico de *trattoria*, mas tratando nossa mesa, ou os que estavam lá, com uma deferência especial. Devia ser por causa do *dottore*. Claro que era.

Alfredo — Fabrizio, me traz uma garrafa de vinho e o menu. Meu amigo nunca esteve aqui.

Lá foi o Fabrizio nos deixando a sós. Ficamos em silêncio por um tempo. Até que me veio uma ideia.

Eu — Alfredo, quer ver o que perdi com o incêndio?
Alfredo — Como assim?
Eu — (colocando a mão no bolso e doido para me exibir) De lá tirei as fotografias. Aqui está. (dei-lhe o maço para

	ver) São as fotografias das minhas telas que o incêndio levou.
Alfredo	— Ah, é?
Eu	— Foram vinte e cinco. Estão todas aí em fotografia. Todo o meu trabalho aqui na Itália.

Ele começou a ver. Via com interesse. Por estranho que possa parecer, com um interesse cada vez maior.

Alfredo	— Você pintou todas elas?
Eu	— Pintei.
Alfredo	— São excelentes, Aurélio. Belíssimas. Teria sido um *vernissage* fantástico.
Eu	— Você acha mesmo?
Alfredo	— Aqui no meu país damos muita importância à arte. Aprendemos desde cedo, na escola.

O Fabrizio chegou. Com o cardápio, a garrafa de vinho aberta e dois copos. Serviu o vinho e se foi. O *dott.* Alfredo não levantou os olhos das fotografias. Viu até a última.

Alfredo	— E agora o que você vai fazer?
Eu	— A embaixada me encomendou outra exposição para fevereiro. Vou ver um novo ateliê hoje ainda.
Alfredo	— Já vai preparar outra mostra ou vai tentar copiar essas telas aqui?
Eu	— Essas pertencem ao passado, Alfredo. Agora serão outras. Mas claro, o presente é o reflexo do passado. (me lembrei da Telma)

Alfredo	— Espero ser convidado para o próximo *vernissage*.
Eu	— Claro que será.

Pegou o cardápio e me deu para escolher o prato, mas me disse:

Alfredo	— Aqui eu não preciso de cardápio. Sempre sei o que vou comer. *Filletini alla putanesca*. O deles é fabuloso.
Eu	— Para mim também. Gosto muito desse prato e também nunca deixo de comer o que meu anfitrião come.

Chamou o Fabrizio e ordenou.

Alfredo	— E aí, Aurélio. Alguma novidade sobre os seus amigos louros?
Eu	— Ela, eu nunca mais a vi. Ele está nos Estados Unidos. Deve voltar em meados de janeiro. Vou continuar a procurá-la.
Alfredo	— O que é que ele faz?
Eu	— Tenho aqui comigo o número do celular dele aqui em Roma. E ele me disse que trabalha na embaixada americana.
Alfredo	— (pegando o cartão com o número do celular) Outro diplomata, Aurélio?
Eu	— Agora nem sei, Alfredo. Se ele está metido nesse incêndio, não deve ser diplomata não. Ele só disse que trabalha na embaixada americana.

Alfredo	— Ele pode ser outra coisa e trabalhar lá.
Eu	— Mas por que teria interesse em mandar botar fogo no meu ateliê?
Alfredo	— Não faço a menor ideia.
Eu	— Naquele dia ele chegou a comprar duas telas minhas. Me pagou doze mil dólares.
Alfredo	— Ah, é? Quer dizer que tem dinheiro envolvido nesse assunto?

Chega o Fabrizio com os nossos pratos. Saía fumaça deles. O aspecto era excelente. Começamos a comer.

Alfredo	— Meados de janeiro, não é?
Eu	— Foi o que me disse quem atendeu o seu celular quando liguei. (menti para não envolver a Maria) O celular já serve para alguma coisa não serve?
Alfredo	— Pelo celular dá pra começar. E a loura?
Eu	— Estou procurando ainda. Nunca mais a vi e não tenho telefone dela.
Alfredo	— Onde você a encontrou?
Eu	— Alfredo, me diz uma coisa: estamos almoçando ou você está me interrogando?
Alfredo	— Me desculpe, Aurélio. O nome disso é desvio profissional. Não vai acontecer mais.

Voltamos a comer. Comemos com apetite. Terminamos o vinho e pedimos dois expressos. Ele fez questão de pagar a conta. Enquanto esperávamos o troco, ele me devolveu as fotografias.

Alfredo	— São lindas mesmo.
Eu	— Obrigado. Mas você acha mesmo?

Após o troco saímos. Em frente à *trattoria* nos despedimos. Iríamos por caminhos diferentes. Ele para os interrogatórios. Eu para conhecer o portal do meu futuro. O meu novo ateliê. Dei ainda uma última olhada na delegacia. Não dei outra. Vi o Carlo das cacetadas subindo o último degrau. Puxa, ele era imenso mesmo. Me lembrei das minhas pernas. Me lembrei dos lanhos e, claro, me lembrei da Maria. No entanto e apesar de todas aquelas lembranças, as ruins e as boas, apertei o passo. Estava quase atrasado para meu encontro com o Monteiro. Tinha que me apressar, gozado, como sempre, nem pensei em táxi. Quase corri. Cheguei na embaixada e pedi para ser anunciado ao Monteiro. Logo, logo chegou o admirador da portaria. Ia até brincar sobre a admiração dele por ela, quando vi que logo atrás vinha o Embaixador.

Embaixador	— Meu amigo Aurélio. Você está bem?
Eu	— Ótimo (arrisquei), Frazão.
Embaixador	— Então vamos. O seu novo local de trabalho é logo ali. Nesse andar mesmo. Você não vai ter que subir estes degraus todos. Quanto mais velho você fica mais detesta degraus. Mas você não, Aurélio. Você é jovem.

Fomos. O Monteiro foi na frente. Tinha as chaves. Chegou diante de uma grande porta, usou as chaves e abriu. Eu logo vi um salão nu, bem iluminado e me esperando. Fiquei encantado. O salão era imenso e tinha um pé-direito altíssimo. Acho que meus primeiros passos lá demonstraram isso. A minha felicidade. Eu só faltava pular. Olhava o ambiente e notava os rostos do Embaixador e do Monteiro. Estavam felizes com a minha felicidade.

Eu	— Ele é imenso. A nudez dele chega a me excitar. Quase como uma mulher.
Monteiro	— O Frazão... (foi interrompido)
Embaixador	— (de cara fechada) Já mandei providenciar tudo para vestir a sala. Você só tem que trazer as telas e as tintas. E suas roupas, é claro. Você vai morar aqui. Faço questão.

O Monteiro estava vendido. Sentia que tinha tentado passar a linha que o separava do chefe. E estava claro, pelo seu semblante, que se sentia perdido. Me deu pena.

Eu	— Frazão. O Monteiro me pediu para trazer isso para você.
Embaixador	— O que é?
Eu	— As fotografias das telas que eu exporia aqui e foram com o incêndio. O Monteiro teve a ideia de me pedir que as fotografasse para darmos de presente ao senhor, quero dizer, a você.
Embaixador	— (olhando as fotografias, uma por uma) Lindas. Não falta nada, Aurélio, garanto a você. Se lampejo é talento, essas fotografias mostram um transbordar de lampejos. (olha para o Monteiro) E você Monteiro, obrigado, obrigado pela lembrança. Essa não vou esquecer.
Monteiro	— Ora senhor Embaixador, é uma honra.

Embaixador — Agora vou voltar para o gabinete. Nos vemos às sete em ponto para o jantar da Vale. (olhou para o Monteiro) Vocês dois e as mulheres. Vejo vocês lá. *Bye-bye*.

Lá foi embora aquele grande homem. Grande pelo menos comigo. O suor do Monteiro só agora aparecia.

Monteiro — Aurélio, nem sei o que dizer. Errei. E na mesma hora você me salvou do meu erro. Nem sei o que dizer. Como é que eu vou lhe agradecer? De qualquer maneira, muito obrigado. Depois eu vejo como agradecer melhor.

Eu — Deixa disso. O obrigado já resolve. Eu ia mesmo dar as fotografias para ele. Mas quero dizer uma coisa para você: estive hoje com o *dott*. Rossi, aquele das cacetadas.

Monteiro — Mas ele não pode. Você devia ter me avisado. Eu iria lá com você. Imagina. O Embaixador vai ficar maluco quando souber. (ele estava profissional e autenticamente revoltado com a situação)

Eu — Você não vai dizer nada para ele.
Monteiro — Não me peça isso.
Eu — Escuta, Monteiro. Não fui à delegacia não. Ele me convidou para almoçar. Me contou até que estava proibido de me chamar na delegacia sozinho. Mas acontece que ontem eu dei umas dicas pra ele e ele já identificou o homem que colocou fogo no meu ateliê.

	Imagina Monteiro, é um incendiário profissional, fichado e tudo. Agora está procurando o Alan, aquele meu primeiro cliente. Ele acha que o Alan está envolvido no incêndio.
Monteiro	— Já que você me contou tudo isso, me deixe informado. Eu não falarei com o Embaixador, mas você, até para sua segurança, deve me deixar a par dessa confusão até ela terminar.
Eu	— Está bem, Monteiro. Contarei a você todas as novidades à medida que eu as for conhecendo. Quando você acha que o ateliê estará pronto para eu ocupá-lo e poder começar a trabalhar?
Monteiro	— Me dê alguns dias e eu avisarei assim que estiver pronto. Agora vamos embora. Eu ainda tenho trabalho para fazer antes de ir em casa pegar a Helena e voltar. (me lembrei dela e fiquei com pena dele)

Fomos embora. Ele subiu a escadaria e eu botei meus pés fora da embaixada. Eram umas quatro da tarde. Fui pro meu hotel. Perguntei ao Gianni a hora e se tinha alguma mensagem para mim. Pegou um bloco.

Gianni	— Hoje só mensagens femininas. A senhora Maria e a senhora Helena.
Eu	— Quem?
Gianni	— Helena.

Agradeci e fui subindo com uma folha do bloco do Gianni. Estava possesso. Onde estava escrito Helena, ele tinha escrito também um número telefônico. Mas que absurdo! O Monteiro era meu amigo. Entrei no meu quarto. Imaginei aquela mulher chata e pegajosa ligando pra mim. Uma candidata ao adultério da própria masturbação, provavelmente habitual. Tirei os sapatos e o paletó. O sobretudo tinha jogado na cadeira. Deitei e peguei o fone e liguei para a Maria. Ela atendeu.

Eu	— Sou eu.
Maria	— Claro. Quem mais poderia ser?
Eu	— O Alan, por exemplo. Ele poderia já ter voltado.
Maria	— Mas eu já disse. Só em meados de janeiro.
Eu	— (ainda frio com ela) Como vamos fazer para hoje?
Maria	— Vou pegar você às seis e trinta. A embaixada é próxima eu sei, mas é hora do rush não se esqueça.
Eu	— Está bem. Seis e trinta então. Até lá. (frio)
Maria	— (quase gritando) Aurélio!
Eu	— Que é?
Maria	— Por que você está assim? Frio.
Eu	— Não gostei da sua atuação ontem na embaixada. Você foi muito invasiva. Falou demais. Me incomodou. Será que você não notou no final que o Embaixador estava cheio de você?
Maria	— Cheio? Como cheio? Até nos convidou para jantar hoje lá.
Eu	— Você não percebe, não é? Ele convidou a mim porque você me fez dizer um "é" sobre querer conhecer o

	pessoal da Vale. Que eu saiba não é assim que um agente faz.
Maria	— Mas Aurélio, é assim mesmo que tem que ser. Não é você que tem que conhecê-los. São eles que têm que conhecer você. Fazê-los desejar ter um quadro seu e esperar por ele, antes mesmo de você o ter pintado. Esse é meu trabalho sim. Eu tenho as telas para vender e fazer você acontecer mesmo antes delas estarem prontas.

Calei. As palavras dela me invadiram aos borbotões. Pensei: ela tinha razão. Então eu devia esperar e desejar que ela não tivesse nada a ver com o incêndio.

Eu	— Tá bem, Maria. Seis e meia então.
Maria	— Um beijo, querido.

Não respondi. Desliguei e fui tomar banho. A providência seguinte era escolher, aliás não tinha nada para escolher. As roupas que eu teria comprado para o *vernissage* ficaram no passado. Não precisei. Então eu só tinha mesmo um terno, uma camisa social etc. Aí ficava fácil. O problema mesmo teria sido eu ter que escolher. Como não tive essa obrigação, tratei de me vestir. Me olhei no espelho. Achei que estava bem, mas tirei a gravata e coloquei um cachecol branco de seda. Agora sim. Estava fantasiado de pintor. Pronto para ser conhecido e desejado antes mesmo de ter uma tela para ser vendida ou, melhor ainda, já pintada. Ainda tinha tempo mas resolvi descer e esperar lá embaixo pela Maria. Cheguei no saguão. Lá estava o Gianni. O bom humor de sempre e sempre curioso, pelo menos este.

Gianni	— Estamos elegantes hoje, né, seu Aurélio? (esperando uma resposta explicativa)
Eu	— Tenho um jantar na embaixada brasileira hoje.
Gianni	— Mas tão cedo assim? Ainda não são seis horas.
Eu	— (olhando o meu relógio) Tem razão. Vou dar uma volta.

Saí. A minha rua estava ainda cheia de transeuntes, quase cobriam meus amigos paralelepípedos. Caminhei um pouco. Ali perto do hotel, passei na frente de um bar. Me deu uma vontade louca de beber alguma coisa. Entrei. Os clientes eram tipicamente *habitués* daquela hora. Gente que tinha saído de escritórios luxuosos camuflados pelas paredes velhas daquela rua. Era assim mesmo naquelas ruas da velha Roma. Como nada podia ser arquitetonicamente modificado, os romanos bolaram o seguinte, o que era para mim um grande achado: eles mantinham o exterior dos velhos prédios e, por dentro, faziam escritórios luxuosos e moderníssimos. Os que trabalhavam nesses escritórios até gravatas usavam. Me olharam, mas nada foi dito. Me encostei no bar e pedi uma dose de *whisky*. Uma só, jurei eu comigo mesmo. Toquei no copo. Peguei no vidro. Tomei a metade da dose. Diga-se de passagem, na Itália, uma dose de *whisky* é de fato uma dosinha. É, mas não passaria dela não. No jantar da embaixada teria muito para beber. Meu amigo Frazão nunca fazia por pouco. Via aquele pessoal, escutava o que diziam mas não registrava nada. Passava o tempo. Faltando pouco para Maria chegar, paguei e fui para frente do Union. Esperei pouco. Em instantes apareceu o conversível na mesma esquina que aparecia sempre. Ela parou o carro. Entrei. Ela partiu com uma velocidade mais controlada, afinal de contas, ainda tinha gente à beça na rua sem calçadas. Ia sinalizando com os faróis nossa vontade de passar. Os transeuntes iam abrindo passagem. Finalmente alcançamos a via Nazionale. A partir daí Maria começou a andar como gostava: o mais rápido possível que o tráfego permitisse. Pouco tempo depois chegamos à embaixada. Quase em cima da hora. Ela parou no estacionamento. Saltamos e fomos para a portaria. Demos nossos nomes ao porteiro que eu não conhecia nem ele a mim. Verificou. Nossos nomes estavam. Pediu que subíssemos a escadaria. Todos já haviam chegado, informou, éramos os últimos da sua lista. Subimos. Chegamos à porta do salão previsto para o jantar. O funcionário com luvas nas mãos nos abriu a grande porta.

Entramos. Surpresa. Só podia ser coisa do Frazão. Aplausos. Muitos aplausos, e para mim. Ele puxava aqueles aplausos. Todos me olhavam. Aplaudiam e olhavam pra mim. Fiquei extasiado. Não eram aplausos, era uma uníssona ovação. Meus joelhos tremeram. Sofreram do medo de ser o que eu pensava. Seria mesmo o jantar da Vale? Mas não podia imaginar tanta gente assim. Enquanto Maria apertava com força meu braço eu notei que tinha muito mais gente lá do que o Frazão nos fizera entender ontem. Todos os diplomatas da embaixada estavam lá com as esposas, os homens da Vale e talvez outros convidados. Não dava para contar. Era uma pequena multidão. Pelo menos parecia para mim. Uma multidão que sôfrega batia palmas para mim, uivavam e ululantemente massageavam o meu ego sofredor. Maria só faltava arrancar a pele do meu braço por cima do meu sobretudo e tudo. Estava emocionada.

Maria	— Me desculpe, Aurélio, acho que errei com a lupa. Pretendi entender mais de arte do que quem faz a arte como você faz. Desculpe-me.

Os aplausos não paravam. Aliás começaram a diminuir quando o Frazão veio até nós ou eu devesse dizer a mim. Me abraçou.

Embaixador	— Fiz uma pequena surpresa para você e veja como eles reagiram. Sabe Aurélio, (olhando ironicamente para a Maria) eles são o lampejo. Só eles. Você tem tudo. O mundo é seu ou será. Vem aqui comigo. (me pegando pelo braço) Vem ver a pequena surpresa que eu e o Monteiro resolvemos fazer para você.

Me levou independentemente da Maria, que nos seguiu. Todos me olhavam. Me sentia uma ave rara. Os homens, as mulheres, todos, até os garçons que tinham parado de servir me olhavam. De passagem percebi a Helena que aplaudia ainda, quase sozinha. Pobre coitada, era uma mulher infeliz. Fui até onde o Frazão me levava. Foi um choque. Choque mesmo. Sob uma luz bem focada tinham colocado, o Frazão e o Monteiro, um *display*, elegantemente montado, com as fotografias que eu dera ao Frazão. Me emocionei e me emocionei de verdade. As lágrimas queriam sair dos meus olhos. Segurei.

Embaixador	— Senhores e senhoras, por favor aproximem-se. Todos já viram este *display*. Este é um jantar que a embaixada está oferecendo aos executivos da Vale. Em suma, à própria Vale. Mas aproveitei a oportunidade para apresentar em fotografias o *vernissage* que o nosso grande artista Aurélio Salles estaria fazendo aqui hoje na embaixa-

da. Apresentei a todos as fotografias e aqui ao meu lado está Aurélio Salles, o criador da nova pintura brasileira. Antes do incêndio eu vi pessoalmente as telas propriamente ditas. Imagens de uma grandeza única. Um fogo ignaro e trágico, porém, impediu que a carreira do Aurélio tivesse começado hoje e aqui nestes salões.

Os aplausos retornaram como se fossem o sol no dia seguinte. Me atingiram sem piedade. Minhas lágrimas vieram sem qualquer controle. Maria tentou me segurar. Mas não deu. Meu desequilíbrio me levou ao Frazão, que me segurou.

Embaixador — Aguenta, Aurélio. Segura a emoção. Segura as lágrimas. (me deu seu limpíssimo lenço)

Peguei-o. Enxuguei meus olhos. Ia falar. Não disse nada. Maria me abraçou. Todos me cercaram, solidários com a minha emoção. A Maria agradecia a todos por mim. Finalmente me livrei do abraço do Frazão.

Eu — Amigos, no dia do incêndio até pensei em desistir de pintar. Mas este homem aqui, o grande Embaixador Frazão me impediu de desistir do meu futuro, se é que vou ter algum.

Gargalhadas. Me deu a impressão, puxadas pelo Frazão.

Eu — Mas agora, quero aproveitar a oportunidade para convidar todos vocês, se puderem, para virem ao meu primeiro *vernissage*, que acontecerá aqui mesmo em meados de fevereiro. Obrigado.

Mais aplausos. O Frazão me pegou pelo braço e me levou para a mesa que servia de *buffet* para aquela reunião. Chegamos lá.

Embaixador	— (sempre carinhoso) O que você vai querer?
Eu	— Um *scotch* duplo.
Embaixador	— Também vou querer um igual.

O garçom serviu um doze anos em dois copos para nós. (a Leonor se aproximou e falou com a Maria, que nos seguira)

Leonor	— E você querida, o que vai querer?
Maria	— Uma flute de champagne, obrigada. Foi tudo tão emocionante, você não achou?
Leonor	— Foi incrível.

Enquanto elas falavam, virei metade do meu *scotch* servido num copo finíssimo. O Frazão foi mais tranquilo. Estava bebendo socialmente. Eu não. Estava querendo afogar minhas emoções. O Frazão pediu licença e me deixou. Foi falar com os homens da Vale. Fiquei com a Maria e a Leonor. Falavam à beça. Eu ouvia. O casal Monteiro se aproximou. Ele com uma alegria iluminada, ela pegajosa, olhava o grupo.

Monteiro	— (para mim) A homenagem do Embaixador foi bonita, não foi? A ideia foi dele mesmo. Ele está inteiramen-

	te obcecado por você. Parece, ouvindo ele falar, que você é o filho que ele sempre desejou.
Leonor	— (triste) Não conseguimos.
Helena	— Mas em compensação, Embaixatriz, o casal pode contar com o Aurélio para sempre.

A Embaixatriz não disse nada. Só olhou triste para ela. Foi como se dissesse: "pobre mulher".

Logo aparece um garçom com luvas, servindo salgadinhos quentinhos. Todos nos servimos. Coloquei um na boca e peguei logo outro. O Monteiro foi chamado pelo Frazão, que se encontrava em um grupo formado pelo pessoal da Vale, alguns diplomatas e agora o meu amigo, que se fora imediatamente, tão logo chamado. Maria parecia ter a exclusividade da Embaixatriz. A Helena se aproximou de mim.

Helena	— (abaixando a voz) Liguei para você hoje. Deixei até meu telefone privado.
Eu	— (me fazendo de desentendido) Era algum recado do Monteiro?
Helena	— Não, seu bobinho. Queria falar com você. Eu acho...
Eu	— Com licença, senhoras, tenho que me retirar por alguns instantes.

Me afastei. Percebi uma evidente máscara de despeito no rosto da Helena. Dane-se, pensei eu. Fui logo. Parei o primeiro garçom e perguntei pelos toaletes. Me indicou discretamente com um movimento do rosto. Fui. Não precisava. Mas queria me afastar da Helena. Ao sair do toalete fui para o salão, é claro. Notei que a Maria estava meio perdida, procurando algo.

A mim provavelmente. Fui até ela. Maria abriu um imenso e belo sorriso.

Maria	— Vem cá, Aurélio. Tem alguém aqui que eu quero que você conheça.

Fui. Fazer o quê?

Maria	— Aurélio, queria que você conhecesse o senhor Mario Gualtieri, vice-presidente internacional da Vale. Como você sabe, a Vale é uma das maiores empresas do mundo. E é brasileira.
Eu	— (cumprimentando o senhor Mario com o sorriso do meu pai) Como está o senhor?

Sem sofisticação aparente. A pior de todas. Sempre achei que uma pessoa importante, que não demonstrasse um mínimo de sofisticação natural, era extremamente metida a besta.

Mario	— Vou fazer de tudo para estar em Roma quando de seu novo *vernissage*.
Eu	— O primeiro, Mario (ora, se o Embaixador era para mim o Frazão, por que ele seria seu Mario?) foi destruído pelo incêndio. Agora farei o segundo primeiro. Mas tomara mesmo que você possa vir, Mario. (frisei)

A partir daí, enquanto não fui apresentado a todos naquela reunião, Maria agia como se fosse minha babá. Na hora que o mordomo da embaixada informou que o jantar seria servido, a

Maria já tinha cumprido sua missão. Eu estava livre. E o mais estranho: após me largar, a Maria circulava interessadíssima entre o pessoal da Vale. Falava, perguntava sempre, espargindo como se seu perfume fosse *sex appeal* entre aqueles engravatados homens. Finalmente, o mordomo abriu uma cortina que só agora eu percebera. Ao mesmo tempo, o Frazão pega meu braço já acompanhado da Embaixatriz.

Embaixador	— Vamos, Aurélio, vamos jantar. Mandei colocar sua cadeira entre a minha e a de Leonor.
Eu	— Que prazer, Frazão.

Fomos. Quero dizer todos foram. Cada um procurava seu nome nos cartões colocados na frente de uma cadeira. Eram ajudados pelos garçons que portavam listas com o número das cadeiras e o nome de quem deveria sentar-se nelas. Isso facilitou o que, eu imaginava, daria uma confusão danada. E o jantar foi de uma beleza incrível. Tudo estava ótimo. A comida e tudo. Havia até uma belezura de música ambiente, brasileira é claro. Até olhei para os afrescos do teto que pareciam sorrir para mim. Cercados pelos donos da casa, percebi o Mario sentado ao lado do Frazão pretendendo estar acostumado àquela natural e elegante sofisticação. A Maria estava lá, do outro lado da mesa, feliz, cercada pelos homens da Vale, com quem conversava com uma certa ânsia. Nada tinha a ver com a Maria com que eu fizera amor e dormira. Era uma outra Maria. Mesmo assim, o jantar foi tranquilo e alegre. Aliás, com a Helena sentada longe de mim, não podia ter sido melhor. Conversei muito com a Leonor. Ela se mostrou uma mulher doce, chique e naturalmente sofisticada. Diferente dos "sofisticados" presentes, como o Mario que se dedicava a conversar com o Frazão. O jantar acabou. Levantamos. Hora dos licores. Todos tomaram, eu não. Tinha uma teoria gozada: achava que licor, após um jantar como aquele, precedido de coquetéis e realizado imerso em vinhos branco e tinto, só servia mesmo para aumentar a taxa alcoólica no sangue, ou embriaguez no logo após. Talvez fosse ridícula, mesmo assim seguia a minha ideia ao pé da letra. Após os licores, que eu só assisti, mais uma meia hora de conversas jogadas fora, despedidas e todos se retiraram. O Embaixador, mostrando sua preferência, me levou ao degrau mais alto da escadaria.

Embaixador	— Quando você assume o novo ateliê aqui na embaixada?
Eu	— O Monteiro me pediu uns dias e disse que me avisaria.
Embaixador	— Não. Tem que ser logo. Vou falar com ele.

Não disse nada. Aliás disse sim, agradeci. Me despedi do Monteiro e infelizmente da Helena também, que mal e porcamente sorriu para mim. Maria estava longe, junto com um grupo de homens da Vale. Brilhava. Se deixava admirar e era avidamente desejada. Quando desci, me dirigi ao seu carro. Esperei um pouco. Ela se despedia dos seus mais novos companheiros e finalmente veio. Não veio sozinha não. De braços dados com um engravatado da Vale, talvez um sênior, veio em direção ao carro e claro a mim também.

Maria	— Entra no banco de trás, Aurélio. Vou levar você ao seu hotel e depois o Roberto ao dele.
Eu	— Estava esperando você, Maria, para dizer que vou andando. Depois de um jantar desse, eu prefiro caminhar. O Union não é longe e hoje a noite não está nem muito fria. (irônico)

Só alguns graus acima da temperatura que faz no seu carro. De qualquer maneira, prefiro caminhar.

Protestos dela e do tal Roberto. Insatisfatórios devo dizer. Agradeci as tentativas malsucedidas e comecei a andar sem olhar para trás. Antes de começar a andar, percebi adiante os Monteiro indo para seu carro e a Helena me olhando. Estava claro para mim. Era um pintor sem telas, sem agente e nem queria a Helena. Fui para o meu hotel. Mesmo com a perda da Maria, até que tinha sido uma boa ideia ir a pé. Cheguei logo. O frio e meus passos apertaram. Cumprimentei o Gianni.

Gianni	— O senhor tem um recado. É a senhora Helena outra vez. Acabou de ligar.
Eu	— Gianni, nunca estou ou estarei para a senhora Helena. Por favor, não se esqueça de falar para o seu irmão isso. Nunca estarei para ela. Está combinado?
Gianni	— Pode deixar. Vou até dizer que o senhor mudou. O que senhor acha?
Eu	— Quanto a isso me deixa pensar. O marido dela sabe que eu moro aqui. Mentir a esse respeito pode complicar. Amanhã eu resolvo.

Despedimo-nos. Subi. Me surpreendi com a raiva da Helena. Afinal de contas, era esposa do meu amigo Monteiro. Entrei no meu quarto. Estava frio ainda. Lá era assim mesmo. Por economia, o cliente é que acendia o aquecedor quando entrava no apartamento. Fui direto para o armário proibido. Abri a porta. A mão esquerda pegou o copo, a direita pegou a garrafa e os dentes retiraram a rolha do *whisky* desconhecido. Versei o líquido até encher o copo. Pousei-o na janela. Tampei a garrafa e a guardei no armário. Me despi e, pegando o copo, fui para a cama. Sentei-me na sua borda. Dei uma talagada no copo pousando-o em seguida na mesinha de cabeceira. Deitei-me e comecei a pensar na minha vida. Na Maria, no Embaixador, no *dott*. Rossi, no homem do chapéu, no incêndio e na vontade que renasceu em mim de pintar. A Helena me veio à cabeça. Mas fugi do pensamento, pensei mesmo foi na Telma. Coloquei uma música clássica num radinho que tinha ali, ao lado do meu copo. Que bom. Amanhã não tinha compromisso nenhum. Gozei antecipadamente aquele estado de gazeta. Me senti um menino, antecipando o dia seguinte sem aula. Bebi o resto do *whisky*. Que conforto, da minha cama, sem me levantar, podia desligar a luz do quarto. Desliguei e dormi. Nem sei se sonhei. Mas se sonhei, os meus sonhos foram iguais aos dos anjos.

No dia seguinte acordei com o mesmo espírito: o de gazeteiro. Fui ao banheiro assoviando. Escovei meus dentes e tomei banho. Me vesti de artista. Desci para o expresso com brioche. Bebi e comi. Coloquei o sobretudo e me preparei para sair. Já estava na porta do hotel quando o telefone toca. O Gianni me chama. Vou até o balcão da portaria.

Eu	— (atendendo) Alô!
Dottore	— Sou eu, o Alfredo. Como está?
Eu	— Bem. Tem alguma novidade para mim?
Dottore	— Tenho sim. Sabe o incendiário? Descobrimos onde ele está, a cidade, a casa, estamos fechando o cerco. Espero amanhã levá-lo preso aí para Roma. Fale com um diplomata para vir com você. Preciso que você tente

	identificá-lo. Sei que vai ser difícil dada a distância que ele estava da câmera. Mas temos que tentar. E quanto ao louro, o telefone que você me deu está desligado. Estamos tentando descobrir algo com a companhia telefônica. Agora só falta a loura. Você tem alguma coisa sobre ela para mim?
Eu	— Ainda não. Mas estou procurando.
Dottore	— Então não se esqueça: venha amanhã com um diplomata. E vamos deixar ele marcar a hora, eles são importantes, você não concorda?
Eu	— Concordo sim. Se marcarmos a hora vai dar a impressão que você está pressionando.
Dottore	— Então fale com ele para marcar a hora. Mas espere pela minha confirmação. Não gostaria de criar nenhuma confusão.
Eu	— Está bem.

Desligamos juntos. Devolvo o fone ao Gianni. Toca outra vez o telefone. Me olha e me passa o fone. É a senhora Maria. Pego-o.

Maria	— Sou eu. (demorei a responder) Mas que frieza é essa, Aurélio?
Eu	— Sou assim mesmo.
Maria	— Você está pensando em alguma besteira sobre ontem, Aurélio?
Eu	— Claro que não. Quem sou eu para pensar em alguma besteira sobre você?

Maria	— Levei o Roberto ao hotel dele e ganhei um cliente para você. Ele adorou seu trabalho!
Eu	— Não diga! Maria, eu estava de saída. Tenho um compromisso agora. Quando voltar eu ligo.
Ela	— Liga mesmo. Preciso muito falar com você.
Eu	— Tá bem.

Baixou de novo o espírito gazeteiro. Saí do hotel. Avancei pela minha velha de guerra, via del Boschetto, a rua sem caçadas, e meus íntimos amigos, os sussurentos paralelepípedos. Não era de hoje que eu já achava que eles me reconheciam. Talvez um pouco de imaginação da minha parte, mas às vezes achava que me reconheciam mesmo. Ou me repetiam as histórias já contadas ou contavam novas. Tudo através de sussurros. Só eu os ouvia. Ninguém mais. Por isso eu achava que não só eram meus amigos, mas íntimos também. A nossa intimidade permitia que eles me contassem segredos. Aliás, se eu fosse autoridade, impediria o trânsito de automóveis por aquela rua. Meus amigos não mereciam ser pisoteados por veículos. Meu senso de propriedade sentia por eles. Eles pretendiam não ligar e sussurravam comigo. Me sentia feliz com aquela amizade tão fora do comum e a guardava só para mim. Não por ser incomum mas por egoísmo mesmo. Caminhava sem destino, mas ainda assim meus passos me levaram à via dei Serpenti, a rua do meu antigo estúdio. O lar das minhas telas terminadas e queimadas vinte e quatro horas depois. O prédio tinha ruído pela metade. Em pé, só três andares, o andar dos napolitanos. O restante acima soçobrara. O cheiro ainda era de queimado. Na porta ainda mantinham policiais, as fitas amarelas e tudo. Muita gente que passava ainda parava, olhava, comentava. Afinal de contas, o incêndio aparecera na televisão e tudo. Teve uma cobertura de copa do mundo de futebol ou olimpíadas, sei lá. Me deu tristeza ver tudo aquilo queimado, meu *vernissage* postergado, ah é, e aquelas mulheres que saltaram. Tudo uma desgraça, intencional, não sei por quê? Por quem? Tudo apontava para o Alan como mandante. Mas na minha cabeça martelava uma verdade: ele não tinha o básico para cometer um crime daqueles, ele não tinha motivo. Mas para sabermos, o *dott*. Rossi tinha que pegar o incendiário primeiro. E a Maria? O que tinha a ver com tudo isso? Aquela coisa de pintar os cabelos foi como um alerta para mim. Mas ainda não falei mais sobre ela com o Alfredo. Ele perguntara. Mas eu não disse nada. Ainda não queria dizer. Me dirigi à loja de tintas, pincéis, paletas e telas. Ficava na mesma rua. Lá fiz uma compra grande. Paguei com cheque do mesmo banco do Alan. Aquela loja não tinha outra forma de pagamento. Dinheiro ou cheque e apenas cheques de gente conhecida. Dei o nome do Monteiro e pedi para que tudo fosse entregue lá na embaixada. Puxa, foi dinheiro à beça. Mas afinal das contas ia começar tudo do início.

Parei de novo para ver o prédio. Mas já tinha visto e não queria mais ver. Resolvi continuar a caminhar. Estranho, fui no caminho oposto à via Nazionale. Fui na direção do Colosseo. Eu estava há quase cinco meses na via del Boschetto, meu ateliê ficava na via dei Serpenti que terminava no grande monumento às dores, aos sofrimentos, às mortes no tempo dos Césares e eu nunca tinha estado lá; il Colosseo. Iria agora. Fui. Comprei um ingresso e entrei. Como era inverno, o monumento estava vazio de visitantes. Me senti só, ou melhor, quis me sentir sozinho. Me isolei. Só ouvia gritos, sons de espadas se encontrando, últimos sussurros dos que agonizavam deitados e sangrando na arena, os cascos dos cavalos contra o solo carregando os cadáveres para os interiores do Colosseo a fim de dar espaço aos que ainda lutavam pelas suas vidas. Mas o que mais me impressionou foram os gritos da turba que torcia para um ou outro dos letais lutadores, como se fossem os craques do seu clube de futebol. Era a minha imaginação, a parte cruel dela, eu sei. Mas mesmo assim eu também sofria, como se vivesse hoje e agora aquele pesadelo de ontem. Resolvi sair. Senti demais. Sofri. Agora queria mesmo era caminhar. Pensei. Decidi ir ver outro monumento. Il Arco di Constantino era logo ali. Fui. A caminhada era pequena e valia a pena. Também nunca o tinha visto que não fosse a distância e de passagem em algum ônibus ou bonde. Cheguei lá. Sua ruína era linda, assim como seus arredores aos pedaços eram lindos também. De lá passei pelo monumento a Vittorio Emmanuelle, em seguida pela esquina da via del Corso, pelo meu cinema preferido e finalmente fui direto ao meu hotel. Perguntei por recados; nenhum. Só tinha mesmo que ligar para a Maria. De lá tinha planos para ir a *trattoria*, o que seria impossível agora, horário de ponta dos operários. Chegando ao meu quarto me dirigi diretamente ao armário e me servi de um copo de *whisky*. Dei, como tinha virado mania, uma talagada no copo. Andei à beça. Mas hoje estava nublado e mais frio que o normal. O *whisky* caiu bem. Deitei vestido mesmo e liguei para a Maria. Ela atendeu atenciosa, mas séria.

Maria	— Precisamos nos ver. Tenho algo para lhe dizer que não pode esperar.
Eu	— O que é?
Maria	— Pelo telefone não.
Eu	— Olha Maria, eu não tenho segredos.
Maria	— Nem eu. Mas quero lhe falar pessoalmente. É importante.
Eu	— Vamos fazer uma coisa. Daqui a uma hora e meia vou almoçar naquela *trattoria* em frente ao hotel. Encontre-se lá comigo.

Maria — Está bem. Daqui a uma hora e meia estarei lá.

Me acomodei melhor na cama, peguei o copo com meia dose e virei de uma vez só. Botei uma música no radinho e deixei o tempo passar. Gazeteiro ou não, não me permiti dormir. Na hora aprazada com Maria me dirigi à *trattoria*. Ela já estava lá.

Eu — Oi, Maria.
Maria — Pensei que você não viesse mais.
Eu — Ué, por quê?
Maria — Você demorou e você não é de chegar atrasado.
Eu — Nem cinco minutos atrasado e você reclama.
Maria — Senta, Aurélio. Tenho um compromisso hoje e temos que falar seriamente.
Eu — Não vamos almoçar?
Mar — Claro. Claro que vamos.

Chamei o Giuseppe e pedi o de sempre. O velho *fettuccine* de guerra.

Maria — (antes mesmo do vinho chegar) O Alan me escreveu um e-mail.
Eu — Disse quando vem?
Maria — Não. Acho que quanto a isso não mudou nada. Será mesmo em meados de janeiro. Mas ele mandou um recado para você. Eu não sei o que aconteceu. Nem me pergunte. Mas ele mandou dizer a você que está precisando dos doze mil dólares que ele

	pagou pelas telas. Como houve a história do incêndio, ele está precisando do dinheiro.
Eu	— Mas Maria, eu já gastei parte do dinheiro e daqui a alguns dias já voltarei a pintar. Faço logo as duas telas dele.
Maria	— Ele não está mais querendo as telas. Está mesmo precisando é do dinheiro.
Eu	— Mas o último recado que ele mandou pra mim, você mesma me deu, foi para eu pagar quando pudesse ou tivesse as duas telas, não foi?
Maria	— Foi. Ele não me disse o que aconteceu, mas agora precisa do dinheiro.
Eu	— E como é que eu vou fazer? Hoje mesmo gastei um dinheirão em material de trabalho. Quando ele vai querer o dinheiro?
Maria	— Logo... em dias.
Eu	— O quê? Mas isso é impossível! Como é que pode ser?
Maria	— Nessa confusão de jantares, festas e nós, eu não abria meu laptop há dias. Hoje abri e a mensagem para você estava lá.

Comecei a desconfiar que a Maria de alguma maneira estava envolvida com o incêndio. O Giuseppe chegou com o vinho. Serviu-nos. Tomei direto o primeiro copo e me servi logo do segundo.

Eu	— (sem tocar o copo) Mas Maria. Eu não tenho o dinheiro todo.

Maria	— (fria) Ele quer todo!
Eu	— Mas assim, de repente? Não faz sentido. Não é extravagante, no mínimo exótica, essa mudança de posição do Alan?
Maria	— Não posso fazer nada. Estou só passando o recado. Se você demorar, ele disse que manda uns amigos cobrarem de você. Bem que eu tentei, Aurélio, mas parece que ele está desesperado pelo dinheiro.
Eu	— O que eu faço, Maria? Como já disse não tenho o dinheiro todo.
Maria	— Eu não sei, Aurélio, o que você vai fazer. Mas já dei o recado. Não vim aqui mesmo comer. Tenho que ir.
Eu	— Mas Maria... esse seu tratamento tem a ver com aquele cara da Vale de ontem, não tem?
Maria	— (levantando-se) Não sei o que você quer dizer com isso. Tenho que ir.

Foi embora, enquanto isso fiquei lá sentado me sentindo um palerma. O Giuseppe chegou com os dois pratos. Pedi a conta. Ele não entendeu nada. Eu não podia ver comida. Paguei e ainda deixei gorjeta para o proprietário da *trattoria*. Estava maluco mesmo. Fui para o hotel. Queria vomitar. Cheguei lá e não vomitei nem um pouco. Apesar das promessas que fiz a mim mesmo, tomei dois copos de *whisky*. Inteiros, as duas doses. Cada uma delas, em duas talagadas. Pensava. O que o Alan queria dizer com "mandar uns amigos cobrarem"? O que isso significava? O que eu poderia fazer? Quem seriam os amigos do Alan? Afinal de contas, eu era um artista, não entendia disso. Só sabia, como todo mundo, pelos filmes que vi que tratavam desse assunto. Nunca passara na minha vida por nada semelhante. O que eu deveria fazer? Pra começar, devia pensar e pensar muito. Falar com alguém? Quem? O Frazão nem pensar. Nunca estragaria nossa amizade com aquele tipo de problema. O Monteiro também não. Ele contaria para o Frazão. Daria no mesmo. É, só me sobrava mesmo o óbvio. O Alfredo, a essa altura, novamente promovido a *dott.* Rossi. Ele era profissional. Estava habituado a esse tipo de coisa. Não poderia haver ninguém melhor. Ele saberia o que fazer. Só de ter pensado nele, o medo que eu vinha sentindo sumiu. Relaxei e até dormi. Nem percebi o sono chegando. Ele se apossou de mim e pronto. Dormi sem perceber. Acordei algumas horas depois. Já estava quase escuro. O medo voltara. Me lembrei de tudo, das telas vendidas, da Maria, do Alan. É, tinha que ligar para o Alfredo. Liguei e pedi para falar com ele. Soube que estava ausente e que só voltaria amanhã. Deixei recado para ele me ligar assim que pudesse. E agora o que fazer, o quê? A data limite para os amigos do Alan era amanhã ou depois de amanhã. Porra, nunca senti aquele quarto tão aconchegante. Estava se tornando para mim um casulo amniótico. Não queria nem sair de lá. Pensei melhor: não sairia nunca mais. Ou talvez só saísse em companhia do Alfredo, melhor ainda com o Alfredo e o imenso Carlo. O Carlo, só de ser visto, espantaria os amigos do Alan. Mas quem seriam esses amigos? Nem sabia quem eram ou como seriam. Se eu saísse, se fosse caminhar ou mesmo comer, eles poderiam estar ao meu lado, atrás de mim ou quem sabe até na minha frente esperando talvez um local mais apropriado, mais escuro, para me atacar. E meu novo ateliê? Estaria pronto?

Eu	— (ligando para o Monteiro) Oi, Monteiro. Tudo bem?
Monteiro	— Tudo ótimo.
Eu	— Meu ateliê, como está indo?

Monteiro	— Segunda que vem você pode começar a trabalhar.
Eu	— Hoje é quinta. Só segunda?
Monteiro	— É, não deu pra antes. Esses caras da Vale não saem daqui.
Eu	— Ainda estão aí?
Monteiro	— Estão. E você não sabe da pior: a Maria, a sua agente, veio aqui ciceroneando um tal de Roberto da Vale. O Embaixador não gostou nem um pouco. Foi até um pouco chato. Você o conhece. Ele sabe ser duro. Foi ao chefe da delegação da Vale e disse que com uma estranha às equipes, da Vale e da embaixada, não teria reunião. Chegou a me perguntar se você estava sabendo da presença da Maria. Eu disse que achava que não. O chefe da Vale foi então ao tal do Roberto e disse da impossibilidade da presença da Maria naquela reunião sigilosa. Ela agora está na antessala esperando pelo cara.
Eu	— Ela não me disse nada que iria aí. Está claro que eu não sabia. Monteiro, eu gostaria que você dissesse isso ao Embaixador.
Monteiro	— Deixa comigo, Aurélio. Não esquecerei. Ele vai adorar saber. Ah, antes que eu me esqueça. Já entregaram todo o material de pintura que você mandou pra cá. É coisa à beça.
Eu	— Claro, mas é tudo o que eu preciso para as próximas vinte e cinco telas.

Desligamos. Atônito com a notícia sobre a Maria, tentei entender a mentira dela na *trattoria*. Por quê? Qual a razão da mentira? Será que tinha a ver com o Roberto? Ou com a própria Vale? Me recordei perfeitamente do vívido interesse da Maria cada vez que se falava da Vale na sua presença e de como ela me induziu a responder aquele "é", para quase obrigar o Frazão a nos convidar para o jantar que ofereceria para o pessoal da Vale. E quando fomos no dia seguinte, logo depois de me apresentar a todos, ela se enturmou com os executivos brasileiros quase que se mimetizando como um membro da empresa. Até quando chegou ao seu carro, o fez de braços dados com o Roberto. Eu, palhaço, esperando por ela no estacionamento. É, teria que falar com ela para saber a verdade. Pera aí, e o ultimato de dias que o Alan dera, era com ou sem contar os dias que ela não lera seus e-mails? Será que a primeira vez que saísse já encontraria os amigos do Alan. É, teria que falar com ela para saber as datas exatas. Senão, não poderia nem sair do hotel à noite. Puxa, como o Alfredo me fazia falta. Ainda não escurecera totalmente. Pelo telefone pedi ao Gianni um táxi. Desci e fiquei aguardando no saguão. Quando o carro chegou, entrei nele e pedi que me levasse na piazza Navona. Não me veio nenhum outro endereço na cabeça. Chegamos. Pedi para ele parar e esperar um pouco com o motor ligado. Fiquei esperando lá. O quê, não percebi logo. Em seguida descobri. Esperava pela Maria. Era um misto de querer falar com ela e talvez um pouco de ciúme. Ciúme do Roberto. Esperamos: eu, o motorista e o táxi. O motorista puxou papo. Eu, nervoso e olhando para os lados, conversei com ele. Não tenho a menor ideia sobre que assunto. Mas mantive a conversa até saírem os primeiros carros do estacionamento da embaixada. O conversível foi o terceiro. O banco do carona estava ocupado por um homem que logo identifiquei. Era o miserável do Roberto. Ele e a Maria sorriam. Pedi ao motorista do táxi que os seguisse. O cara adorou a ideia. Sentiu-se um policial voando pelas ruas de Nova York. Sorria sozinho.

Ele	— O senhor tem alguma ideia para onde o carro está indo?
Eu	— Desconfio que para o Trastevere.
Ele	— Boa. Lá é comigo mesmo.

O cara estava animado mesmo. A velocidade dos dois carros era a mesma. Portanto, a Maria como sempre estava voando e ele se divertindo à beça.

Ele	— Gostaria sempre de fazer uma corrida como esta. O senhor já percebeu que eu sigo e me escondo deles ao mesmo tempo. Sou bom nisso.
Eu	— Já notei.

Ele ria. Sorria e gozava aquele momento que eu lhe proporcionava. Eu assistia o show dele e me preocupava com a direção que o conversível ia tomando. Ficou claro. A puta da Maria estava levando aquele cara para a sua casa. Entrou no prédio como fizera comigo, diretamente para a garagem. Eu esperava que, se o Roberto tivesse lanhos, os dele doessem mais que os meus e que o unguento dela tivesse acabado. O motorista imediatamente parou. Percebi que ele levou sua missão até o final. Não se permitiu ser visto.

Ele	— Vamos esperar? Estou à sua disposição.
Eu	— Não. Vamos voltar lá para o meu hotel.

Pensei ter ouvido um suspiro de desapontamento vindo do motorista.

Eu	— Agora podemos ir devagar, tá bem?

As telas de Aurélio

Ele	— Já disse, estou à sua disposição. É raro encontrar um passageiro excitante como o senhor. Que sabe o que quer. Que persegue o que quer. Isso é que é bom, muito bom. Eu pelo menos adoro isso. Gosto também da minha profissão de motorista. Quem sabe se amanhã o senhor não vai precisar de mim?
Eu	— Não tenho certeza.
Ele	— De qualquer maneira aqui está o meu cartão. Precisando, é só chamar.
Eu	— Como é seu nome?
Ele	— Me chamo Ricardo.
Eu	— Eu sou Aurélio. Me diz Ricardo, antes de dirigir este táxi o que é que você fazia?
Ele	— Era motorista de ambulância.

Guardei seu cartão. Ele me levou numa velocidade mais moderada para o Union. Chegando lá paguei e dei uma boa gorjeta. Ele sempre alegre agradeceu e saiu disparado. Um louco pensei. Atravessei a rua. Estava com fome. De repente nem me lembrava do medo ou da razão dele. Não tinha almoçado. As novidades da Maria impediram. Agora iria comer. Entrei na *trattoria*. O Giuseppe me viu e veio até a mim.

Ele	— Seu Aurélio, que surpresa ver o senhor. Hoje, na hora do almoço não entendi nada. O senhor, além de não comer nada, me deu gorjeta. E que gorjeta! O jantar hoje será por minha conta.
Eu	— Não precisa.

Ele	— Precisa sim. Para mim será um prazer. O de sempre?

Concordei com a cabeça. A *trattoria* àquela hora já estava vazia e isso era bom para pensar. Precisava acertar a vida. Tinha que falar com a Maria. Só que agora, após a inusitada perseguição automobilística e sabendo que para Maria amor ou sexo dava no mesmo, não tinha a menor vontade de falar com ela, apesar do Alan, suas datas e seus amigos. Tomando o vinho do Giuseppe, olhei para a cor do líquido. Pensei nas minhas cores, naquelas que gostava mais, no que eu realizava com elas, a minha pintura. Não sei se foi o vinho, ou minhas recordações de antes do incêndio, mas comecei a me sentir bem. O *fettuccine* chegou e fez com que o vinho ficasse mais gostoso do que já era. Acabei tomando duas garrafas. Para quem, até uma semana atrás, só bebia socialmente, meu progresso na carreira de alcoólatra estava se saindo muito bem, progredia a passos de gigante. É, não ia prometer novamente coisa alguma. Promessa de ano novo só se faz uma vez por ano e minha cota já se esgotara no outro dia. Acabei de comer. Dei *ciao* ao Giuseppe, agradeci como convidado que tinha sido e sai quase bêbado da *trattoria*. Fui para o hotel e subi para meu quarto. Me despi, escovei meus dentes e fui para a cama dormir. Me esqueci de saudar o Gianni. Saudaria amanhã, agora nem pensar queria. Só dormir. E dormi logo.

Acordei com o telefone tocando. Atendi. Era a Maria, aquela sem-vergonha. Aproveitando o acordar, fingi não reconhecer a voz.

Eu	— Quem é?
Maria	— Eu.
Eu	— Eu quem?
Maria	— Maria. Sou eu, a Maria. Acorda, Aurélio. Temos que falar.
Eu	— O Roberto já foi embora?

Maria	— (reticente)... Que Roberto?
Eu	— Aquele cara da Vale que levou você à embaixada.
Maria	— Como é que você sabe disso?
Eu	— Me contaram por aí.
Maria	— Ele me levou sim. Mas o que isso tem a ver com você?
Eu	— (mentindo) Sou homem, Maria, tenho ciúme.
Maria	— Fique tranquilo, Aurélio. Ele não significa nada para mim. Aliás, nadinha mesmo. (tranquilizada com o meu surto masculino)
Eu	— Foi por isso que você saiu com ele lá da embaixada?
Maria	— Estava frio, Aurélio. Fui levá-lo ao hotel.
Eu	— Então agora tem outro nome. A sua casa mudou de nome? Chama-se agora hotel?
Maria	— Para de brincadeira, Aurélio. Preciso falar com você um assunto muito sério. Aquele do Alan.
Eu	— Mas você já não falou tudo, inclusive dos amigos dele?
Maria	— É exatamente sobre isso que ele me disse para falar com você.
Eu	— Ah, é? Me diga o que é então.
Maria	— Primeiro preciso que você acorde. Depois temos que nos encontrar pessoalmente. A conversa tem que ser cara a cara. Telefone não dá.
Eu	— Então está bem. Que tal às duas da tarde no Giuseppe?

Maria	— (nervosa) Tem que ser agora. Vou sair daqui a cinco minutos. Vou diretamente para o seu hotel. Me espere na entrada.
Eu	— (ainda sonolento) Você agora manda em mim?
Maria	— (muito séria) Isso é sério, Aurélio. Pare de brincar. Daqui a vinte minutos estarei aí.
Eu	— (levando a sério) É sobre os amigos do Alan, né? Estarei lá.

Fui para o banheiro e tomei um banho rápido. Me vesti e desci. Cumprimentei o Gianni enquanto tomava meu expresso em pé mesmo. Toca o telefone era o *dott.* Alfredo.

Alfredo	— Aurélio, você ligou para mim, não ligou?
Eu	— Liguei sim.
Alfredo	— Volto hoje à tarde. Nosso homem está em Orvietto e está cercado. Estou só esperando o mandato judicial para invadir a casa em que ele está. Imagine só, que estupidez, a casa da irmã. De tarde estarei em Roma. Me liga.
Eu	— Alfredo, descobri não só o endereço da Maria mas também que ela está envolvida até a alma nessa coisa do incêndio. Pelo menos estou achando.
Alfredo	— Não brinca, Aurélio. Não vai fazer nada que você possa se arrepender. Espera eu voltar para fazermos alguma coisa. Você me ouviu?

Eu	— Vou me encontrar com ela agora. Vamos almoçar. E Alfredo ela não sabe nada do nosso relacionamento. Vou me fazer de bobo. Mas volta o mais rápido que você puder!

Desliguei o telefone, me despedi do Gianni, mas deixei dito:

Eu	— Vou sair com a Maria. Se alguém ligar tome nota, tá?
Gianni	— Claro, seu Aurélio. Não tomo sempre?
Eu	— Claro Gianni, claro. Obrigado! *Ciao*.

Saí para a entrada do Union. Esperei pela Maria. Pouco depois ela chegou. Entrei no carro e partimos.

Maria	— Vamos lá para casa.
Eu	— Você não precisava vir. Eu podia ter ido pra lá diretamente. Você não tinha que vir.
Maria	— Você ia demorar muito. Eu vindo aqui foi muito mais rápido. Principalmente com o meu conversível. É melhor. Entenda bem, Aurélio, foi um gesto de carinho. Seu tempo está acabando, Aurélio, e estou muito preocupada com você.
Eu	— Não diga.

Não falamos mais nada até chegarmos na casa dela. Subimos o elevador. Entramos no apartamento que só de olhar me dava desejo de outra noite igual a que tivemos. Ela jogou as chaves do carro na mesa de centro e sentou-se no sofá.

Maria	— Senta aí, Aurélio. Você conseguiu o dinheiro?
Eu	— Você sabe que não, Maria. Como é que eu conseguiria?
Maria	— Eu disse ao Alan que você jamais conseguiria.
Eu	— Como poderia? Acho que só tenho a metade.
Maria	— É, mas ele precisa dos doze inteiros.
Eu	— Fala com ele para me dar mais tempo. Eu arranjarei.
Maria	— O Alan é duro. Vai querer tudo ou acionará os amigos. Acredite em mim, Aurélio, você não vai querer conhecer os caras. Eles estão mais para bandidos que para qualquer outra coisa.
Eu	— Mas como o Alan se dá com esses caras?
Maria	— Não tenho a menor ideia, mas se dá.
Eu	— Sabe de uma coisa: eu não queria, mas vou pedir ajuda à embaixada. Se for necessário ao próprio Frazão.

Ela pareceu não gostar muito da ideia e, quando comecei andar até a porta, me interrompeu.

Maria	— Quem sabe se o seu conhecimento com o Embaixador não pode ser melhor aproveitado?

Eu	— O que é que você quer dizer com isso?
Maria	— O Alan está precisando de algo, que você faria facilmente e faria com que o Alan se sentisse agradecidíssimo a você. Tenho certeza de que ele esqueceria sua dívida e talvez até comprasse mais telas no seu próximo *vernissage*.
Eu	— O que seria isso?
Maria	— É um pouco complicado, Aurélio. Mas você vai entender. Sabe essas reuniões da Vale por dias seguidos lá na embaixada?
Eu	— Sei.
Maria	— Pois é. Por que você acha que tem tanta gente se reunindo tanto, por tantos dias lá na embaixada? Por que tanto segredo?
Eu	— Não faço a menor ideia.
Maria	— Pois é. A Vale quer e vai comprar uma empresa, uma multinacional. Esta multinacional quer ser comprada pela Vale. Não tem problema nenhum, tem?
Eu	— Acho que não.
Mar	— Aí é que você se engana. Os interesses são muitos, de muita gente. Estamos falando em bilhões de dólares.
Eu	— E eu com isso, Maria?
Maria	— Tudo, Aurélio. Imagine só, o pessoal da Vale está aqui tentando descobrir o mínimo que eles conseguiriam pagar pela empresa. A outra empre-

sa gostaria de saber o máximo que a Vale estaria disposta a gastar para comprá-la. Você não acha loucura? Claro, eles se reúnem e conversam sobre o negócio. Esse enigma financeiro. Mas nas reuniões eles mentem. Todos sabem disso, mas continuam a esconder o jogo. Olha, eles têm medo que as negociações vazem para a imprensa, porque nesse caso o negócio complica. A empresa que a Vale quer comprar é onde o Alan trabalha. E o Alan, Aurélio, quer que você ajude a descobrir o máximo que a Vale está disposta a pagar pela compra. O preço máximo. E você, amigo do Embaixador, pode descobrir.

Eu	— Quer dizer que vocês gostariam que eu traísse a amizade do Embaixador para fazer a empresa do Alan e o próprio Alan ganharem mais dinheiro com a transação?
Maria	— Mais ou menos isso.
Eu	— Você também, né, Maria?
Maria	— Eu não. Estou só sendo mensageira entre o Alan e você. Não tenho nada a ver com a aquisição ou menos ainda o dinheiro.
Eu	— Ora Maria, o que me impressiona é que você e seu marido, se é que vocês são casados mesmo, me acham um perfeito idiota. Ter todo esse trabalho que você está tendo, tanto dinheiro envolvido e você não vai

ganhar nada? Você quer mesmo que eu acredite nisso? E tem mais, Maria: você acha mesmo que eu vou ao Frazão e subitamente me demonstro interessado pelos negócios da Vale? Você acha mesmo?

Maria — Numa coisa você tem razão: não sou casada com o Alan não. Eu trabalho na mesma empresa que ele trabalha. E não precisa ser o Embaixador não. Você pode tentar através do Monteiro. Ele também deve saber.

Nesse instante o sangue me subiu à cabeça. Pela primeira vez na minha vida fiquei cego de raiva de alguém, no caso de uma mulher linda. Com toda a força e punho fechado dirigi-lhe um soco. Mas o meu punho não tinha olhos ou sentido de direção. O tapa atingiu seu rosto e estalou. E, com a força que dei, foi uma bofetada mesmo. Por puro instinto, centímetros antes da minha mão contatar aquele rosto que eu tanto beijara, abri a minha mão. O movimento que fiz para ser um soco transformou-se em uma estrondosa e violenta bofetada. Ela gritou. Caiu do sofá.

Eu — Mas ele é meu amigo! Sabe que eu não me interesso por essas coisas. Não fazem parte do meu universo.

Maria — (ela levanta-se nada intimidada, com a mão sobre a face e não disfarçando a raiva contida) Mas passaram a fazer! (Ela não botou pra fora uma lágrima sequer. Só havia ódio na sua voz.) Só de você perguntar, já incluirá você nesse universo real. Fui pegar você no hotel, não fui? Sabe para quê? Para que, quando chegasse aqui com você no meu carro, os comparsas do Alan pudessem ver você. Agora eles podem seguir e encontrar você quando nós quisermos. Eles estão prontos, Aurélio. É só o Alan dar a ordem, e eles vão cobrar os doze mil dólares de você em dinheiro ou fisicamente. Ou ainda, se você não sair daqui (olhou para seu relógio) em quinze minutos, eles sobem para antecipar a cobrança física.

Eu — Quer dizer, Maria, que a noite que passamos juntos foi só fingimento? Vocês não valem nada mesmo!

Maria — (falava com uma voz estranha, misto de sangue e som) Naquela hora o desejei também. Não por amor, mas para me aproximar mais de você. (dizia quase que cuspindo uma fria vingança)

Eu — Como com o Roberto. Você o entreteve muito? Não precisa responder. Perguntei, mas não quero nenhuma resposta. Agora vê se me deixa pensar um pouco. Deixa-me ver o que eu posso fazer. Não quero ser agredido pelos gângsteres de vocês.

Eu estava em pé. Comecei a caminhar por aquela sala sob o olhar vigilante da Maria e a pensar feito um louco. Não podia deixar transparecer que eu não colaboraria. Devia deixar que ela pensasse que eu estava imaginando como fazer o que eles queriam. Pensei no incêndio. Nas duas mulheres que morreram, na criança, nas minhas telas queimadas. Pensei novamente nos amigos do Alan, na Maria. Essa coisa de ataque físico não tinha nada a ver comigo. Nem sei como tinha esbofeteado aquela mulher. Não queria isso para mim. Não queria saber de violência. Mas será que direta ou indiretamente ela tinha algo a ver com o incêndio? Estava tendo a certeza que sim. O Alan estava claro para mim. Mas e ela? Pelo menos agora continuava ajudando o Alan e, claro, interessada no butim. Minha dúvida era o incêndio. A sua participação nele. Andei, rodopiei, falava comigo mesmo. Por uns dez minutos quis dar uma impressão de estar pensando em colaborar. Pensei em todas as hipóteses possíveis.

Maria	— O tempo está passando, Aurélio. É melhor você se decidir. (sua voz ainda soava estranha, quase parecia com um gargarejo)
Eu	— Vamos ver, Maria. Vamos ver o que posso fazer. Vou lá na embaixada. Você pode me levar?
Maria	— Não posso! Tenho um compromisso para daqui a pouco.
Eu	— E posso usar o seu telefone para chamar um táxi? Tenho que ir logo para a piazza Navona.
Maria	— Claro. Mas anda rápido. O tempo está passando. (continuou com certo prazer na voz) Não quero ver minha sala quebrada e cheia de sangue.

Enquanto me dirigia ao telefone, buscava no paletó o cartão daquele taxista, o Ricardo. Me senti mal com as últimas palavras da Maria. Achei o cartão. No telefone me identifiquei como o passageiro do Union e pedi para ele vir me pegar no...

Eu	— Qual é mesmo o endereço daqui?
Maria	— Via Segrate, 15.
Eu	— (repeti o endereço para o Ricardo) Você pode vir agora? (ele concordou) Espero você na entrada. (falando mais baixo) O acelerador vai bem?

Não precisei dizer mais nada. Entusiasmou-se na hora com a minha pergunta e me disse que em dez minutos chegaria.

Eu	— (me virei para Maria) Ele está vindo. Vou ver o que posso fazer. Vou lá na embaixada.
Maria	— É melhor assim. Tente ser rápido. O pessoal da Vale só fica aqui por mais uns dias. Temos pouco tempo.
Eu	— Temos, Maria?
Maria	— Quis dizer, você tem.
Eu	— Entendi, sua vagabunda!
Maria	— (desafiadora) Xinga! Pode xingar! Não ligo nem um pouco.

Acho que pensou que estava no lucro. Fora a bofetada cega, eu nem progredi na agressão. Temi minha própria raiva. Mas não continuei a agredi-la ou algo do gênero. Peguei meu sobretudo e, violento, o coloquei em cima dos ombros. Fui saindo sem sequer me despedir dela. Mas disse:

Eu	— Assim que tiver alguma novidade, como é que eu faço?

As telas de Aurélio

Ela — Cuida da informação. Eu ligo para você.

Minha mão ia alcançando a maçaneta quando bateram forte na porta. Dei um passo atrás. Outras batidas mais fortes ainda. Tentaram abrir. Estava trancada. Peguei uma jarra de Murano pesadíssima que vi no armário ao lado da porta sob ataque. Embrulhei a jarra com meu sobretudo e de supetão escancarei a porta. Dois homens fortes estavam parados lá. Minha reação precedeu a ação deles. Com as minhas duas mãos, o vaso camuflado pelo sobretudo, bati de cima para baixo na cabeça de um deles que caiu como se tivesse morrido. Tentei aproveitar o movimento para atingir o outro também. Este segundo apenas caiu com o choque de raspão. Voei para o elevador. Percebi, num rápido olhar para trás, que aquele capanga do raspão já estava se levantando e viria atrás de mim. A porta do elevador estava aberta graças à chegada deles. Entrei e sem perder tempo apertei o botão do térreo. A porta se fechou antes que o brutamontes chegasse. O elevador começou a descer. Malditos elevadores italianos, como se movimentam devagar. Quando cheguei lá embaixo fui para a portaria correndo. O Ricardo já estava lá. Encostado tranquilamente no motor de seu carro, mas virado para o prédio. Quando me viu correndo, foi logo entrando e ligando o carro. Cheguei no veículo, abri a porta traseira e pulei lá dentro. O Ricardo deu a partida, mas ainda vimos, nós dois, o meu perseguidor entrando numa BMW, onde tinha um companheiro na poltrona do chofer.

Ricardo — O que foi, seu Aurélio?
Eu — Vai rápido, Ricardo. Estou com um problema. Agora o oposto do outro. Tenho que fugir. Estou indo em direção à embaixada brasileira. Preciso

	despistar um pessoal que vem atrás de mim naquela BMW e depois ir na delegacia, aquela grande da via Nazionalle.
Ricardo	— É comigo mesmo. É o tipo do serviço que amo. É até melhor do que aquele do outro dia. Agora me deixa pensar. (mas não parava de falar) O carro que nos está perseguindo é aquela BMW preta. Serão otários para o velho Ricardo. Fique tranquilo, seu Aurélio, esse trabalho é para mim mais prazer do que trabalho mesmo. Relaxe.
Eu	— Já notei.

Deixei o despistamento com o Ricardo. Com seu táxi, o Ricardo flutuava em zigue-zague e em velocidade. Recostei-me no banco traseiro e comecei a pensar no que estava acontecendo. Então o complô era esse. Dinheiro. Tratava-se só de dinheiro e de dois capangas ou três que me perseguiam. E o Alan por trás de tudo aquilo. Ainda bem que eu estava no inalcançável táxi do Ricardo.

Ele	— Lá estão eles. Com aquela BMW, se estivéssemos numa estrada teríamos problemas. Mas aqui em Roma, na minha cidade, eles já vão se perder da gente. Vou para a cidade velha. Lá eles nem passam. A BMW é muito larga. Os italianos fazem carros que possam passar pelas nossas vielas. Menos os que vão para exportação, está claro?

Eu — Claro.

Tendo reconhecido o veículo perseguidor, o Ricardo acelerou o seu táxi e começou a fazer manobras alucinantes de entra e sai nas vielas da cidade eterna. Em pouco tempo já não se via mais a BMW. Mas o Ricardo nem por isso relaxou. Por vezes parecia até que ia bater numa ou noutra parede das ruas, outras vezes evitava transeuntes armado de sua estridente buzina. Aos poucos, a confiança que eu tinha nele foi tomando proporções épicas. Comecei a achá-lo um gênio do volante, pelo menos no que tangia ao aspecto das fugas ou perseguições. Já tinha decidido o que fazer. Estávamos indo na direção da piazza Navona. Umas guinadas a mais e o Ricardo me tranquilizou.

Ele — Pronto, seu Aurélio. Pode se acalmar. Escapamos deles, agora iremos um pouco mais lento na direção da delegacia. Desculpe-me perguntar: sua vida é sempre assim? Porque se é, ia querer ela para mim. (riu)

Finalmente sorri para ele, que estava realmente feliz.

Ele — E na delegacia, sendo sua vida como é, nem quero saber o que vai fazer lá. Mas preciso saber se o senhor quer que eu espere ou não?
Eu — (pensando) É melhor você esperar!
Ele — Assim é que eu gosto, seguindo sempre em frente. Sem dúvida alguma.

Diminuiu a velocidade. Com uma paz quase inaudita quando eu estava no táxi dele, o Ricardo me levou até a delegacia. Chegando lá, pedi para ele parar num estacionamento.

Eu	— Ricardo, você poderia me emprestar o seu celular?
Ele	— É uma honra.

Pegando o aparelho estendido por ele, liguei para o Alfredo.

Dottore	— Sim?
Eu	— Sou eu, Alfredo, o Aurélio.
Dottore	— Como vai? Voltei à tarde com o incendiário de Orvietto. Ele está aqui numa cela, preso. Coloquei-o numa cela com mafiosos barras-pesadas. E permiti que eles soubessem o crime que cometeu. Telefonei para você e pedi aí no hotel que você me ligasse. Vou interrogá-lo amanhã. Depois desta noite naquela cela ele deverá estar bem amaciado. Mas fique tranquilo, por via das dúvidas, deixei dois de meus homens de alerta para evitar uma vingança violenta por parte dos outros presos. (estava animado) Certos crimes eles não desculpam. Assim como eu também não.
Eu	— Alfredo, não estou no hotel. Acho que estou sendo seguido e vim direto aqui para a praça em frente à sua delegacia. Tenho coisas a contar pra você, o mesmo assunto, sobre o incêndio.
Dottore	— Ótimo. É sobre a Maria, não é? Estou mesmo com fome. Me espere dez minutos lá naquela *trattoria* que já che-

	go. Vou ligar para que separem aquela nossa mesa pra nós. Me espere lá.
Eu	— Tudo bem.

Desligamos.

Eu	— Ricardo no seu celular fica registrado o último número que chamou você?
Ele	— Claro. Os dez últimos.
Eu	— Identifica pra mim o telefone do qual eu chamei você, por favor. Não estou habituado a essa coisa de celular.

Virando-se e pegando o aparelho.

Ele	— Fácil. Foi o último telefonema que recebi, (mexeu nuns botões) portanto é o 9999-5152. Fácil, né?

Escrevi no meu bloquinho.

Eu	— Agora vou ali naquela *trattoria*, me encontrar com um amigo. Conforme o combinado, você vai me esperar, né?
Ele	— O seu amigo é policial?
Eu	— É!
Ele	— Claro que espero. Já vi que será uma noite e tanto.
Eu	— Calma, Ricardo. Vamos ver, vamos ver.

Saí do carro e me dirigi à *trattoria*. Lá me identifiquei como o amigo do *dott*. Rossi que ia jantar com ele. O garçom me levou lá para o fundo do salão e me fez sentar à mesma mesa que da outra vez. Estava preparada para dois. Esperei sentado e bebericando um *quartino* de vinho. Esperei mais de dez minutos.

Finalmente o Alfredo chegou, vinha com o Carlo. Estava alegre. De longe o Carlo me cumprimentou e separou-se do Alfredo, dando as costas para nós e ficando de frente para a entrada da *trattoria*.

O Alfredo sentou-se à nossa mesa. Sua simpatia transbordava da própria felicidade.

Dottore	— Correu tudo bem! É óbvio que no início, no caminho de Roma, o elemento começou a se fazer de inocente, mas o pobre estava sentado no carro ao lado do Carlo. O Carlo deu-lhe uns amassos tranquilos sem deixar qualquer marca. O homem entendeu então que tinha sido filmado de frente, de perfil e tudo mais, no local do crime, por três vezes. Então confessou. Confessou tudo. Mas ele não sabe. Tudo extraoficialmente. Só amanhã, junto com a câmera e o gravador, é que vai valer. Mas vai ser fácil. E você Aurélio, como tem passado?
Eu	— Depois de finalmente descobrir o endereço da Maria loura, que diga-se de passagem agora é morena e que me foi apresentada como casada com o Alan... O Alan é o louro que a câmera flagrou com o seu preso de Orvietto. E *mea culpa*, quase dei um murro na ex-loura depois dela

confessar sua participação no complô que armaram para me envolver. Além, claro, de ser seguido pelos capangas do Alan que queriam me cobrar fisicamente uma dívida que não existe. Mas que o Alan, através da Maria, insiste em dizer que existe. Me sinto melhor. Imagine, segundo o Alan, tenho dois dias para pagar os doze mil dólares que ele me pagou por duas telas que se foram no incêndio. Pedi alguns dias para fazer outras telas. Mas ele insiste em querer os doze mil dólares em dinheiro. Novas telas nem em sonho. Quando saí da casa da Maria...

Dottore	— (interrompendo) Onde ela mora?
Eu	— Via Segrate, 15.
Dottore	— Sabe o telefone?
Eu	— Agora sei. É 9999-5152.
Dottore	— Me dá um minuto.

Pegou no bolso do paletó um celular. (Me veio à cabeça: todos têm celular, por que não ter um eu também?) Completou a ligação.

Dottore — *La signorina* Maria *per favore*. (ele fechou a cara) Era uma mulher, Aurélio, e me bateu com o telefone na cara. Vamos lá agora.

Levantou-se e me pediu para acompanhá-lo. Na saída da *trattoria* chamou o Carlo com pressa na voz. O Carlo se moveu, apesar daquele corpo todo, como se fosse um ágil acrobata circense. Num segundo estava ao nosso lado. O Alfredo explicou a situação. O Carlo destacou-se da gente com pressa e foi buscar um carro oficial. Chegou pouco depois no banco do carona. Quem dirigia era um outro *carabiniere*. Atrás e logo depois, chegou um furgão fechado mas obviamente cheio de *carabinieri*. Quando chegaram, eu já tinha dito ao Alfredo que os seguiria no táxi que me trouxera e que estava logo ali. Ele concordou imediatamente. Estava com pressa o Alfredo.

Me despedi e me dirigi célere para o táxi do Ricardo. Entrei. Mandei o Ricardo seguir os dois veículos da força policial que iam à toda na nossa frente com as sirenes ligadas a todo o volume. Não vi, mas percebi um enorme sorriso naquela típica cara italiana do meu taxista, o ex-motorista de ambulância.

Ele	— Tinha dito ou não? A partir de agora vamos ter um daqueles dias (disse irônico e sorrindo, além de esmagar o acelerador para seguir os veículos policiais bem de perto) Para onde nós vamos, seu Aurélio?
Eu	— Via Segrate, 15.

O Ricardo ia veloz atrás dos carros oficiais.

Ele	— Seu Aurélio, eles estão indo por um caminho imbecil. Posso fazer um outro que chegaríamos pelo menos uns dez minutos antes. O que é que o senhor acha? Empresto o meu celular e o senhor vai se comunicando com o chefão lá na frente.
Eu	— Me dê o celular. (ele me deu)

Liguei para o Alfredo. Disse a ideia do Ricardo. Ele topou, desde que eu, ao chegar lá, tomasse cuidado e não fizesse nada. Garanti que assim seria.

> Eu — (para o Ricardo) Tudo bem! Vamos pelo seu caminho!

Ele só faltou grunhir. Acelerou tudo o que pôde. E olha que eram quase sete da noite. Ele dirigia, desviava, xingava, gritava, buzinava, cortava por vielas cada vez menores. Se eu fosse contar o tempo pelas minhas batidas cardíacas, acreditaria que já estávamos chegando. Já estava quase escuro. Percebi, já passadas as luzes acesas da ponte de Sant'Angelo, que realmente estávamos chegando. Pedi para ele diminuir a velocidade. Deveríamos chegar em silêncio para não atrapalhar o trabalho da polícia. Ele entrou devagar na via Segrate. Encostou quase em frente ao prédio da Maria. Da nossa posição, pudemos ver claramente a entrada de vidro e também a BMW que nos perseguira. Marquei a hora. Eram precisamente sete e cinco da noite. Ainda se passariam uns quinze minutos até a caravana do Alfredo chegar, mas eu não sabia disso. Quando tirei o olhar do mostrador do meu relógio, o Ricardo chamou minha atenção:

> Ele — Tem dois homens carregando malas para a BMW que antes tentou nos seguir. Olha que pressa. Agora estão acompanhando uma moça.
> Eu — É a Maria. Como ela descobriu que a polícia está vindo aqui para falar com ela?

Achei naquela hora que tinha sido algum telefonema do Alan. Coincidência ou não, deveria avisar o Alfredo. Começo a chamar. A escuridão e a minha falta de hábito com celulares me atrasaram. Comecei a rediscar o telefone. Ricardo chama minha atenção para a partida rápida deles.

> Ele — Estão escapando, seu Aurélio.
> Eu — Estou vendo. (consigo completar a ligação) Alfredo, estão fugindo ou pelo menos com uma pressa danada. Onde você está? Ponte de Sant'Angelo ainda? Nós vamos segui-los de longe indicando para você para onde estão indo. (ele me pede a placa da BMW) Placa da BMW, pera aí. (olhei pela janela do táxi) Toma nota, Alfredo: Roma AB-45657. Claro, vamos tomar cuidado. (falando agora com o Ricardo) Vamos, Ricardo. Vamos atrás deles. De longe, por favor. Aqueles homens podem estar armados.
> Ele — (arrancando com o carro) Seu Aurélio, é Deus no céu e o senhor na terra. Que maravilha de profissão o senhor deve ter. Ou persegue ou é perseguido. Vai à polícia e em cinco minutos cria a maior confusão. Chega com o auxílio de um modesto taxista romano onde a polícia está indo, antes dela, e mal chega já sai atrás do carro que perseguiu a gente há pouco. Que vida excitante a sua, seu Aurélio!

Da via Segrate ele vira com cuidado numa estrada preferencial. Logo vê a BMW que está levando a Maria para não sei onde. Diminuiu a marcha. Segue no passo do outro carro.

Ele	— Seu Aurélio, qual é mesmo a sua profissão?
Eu	— Você não vai acreditar.
Ele	— Tente me dizer. Estou sempre preparado para tudo o que venha do senhor, assim como no trânsito.
Eu	— Sou um artista, Ricardo. Eu pinto. Faço pinturas, exponho e as vendo.
Ele	— (quase se esquecendo de dirigir, vira-se para mim) Essa não. (percebe meu terror com a atitude dele de se virar e volta para a posição normal) E quando o senhor tem tempo de pintar? Entre as fugas e as perseguições e tudo mais? Quando?
Eu	— É complicado para poder explicar, Ricardo.
Ele	— Deve ser e muito mesmo, *mamma mia*.
Eu	— Que rua é essa Ricardo?
Ele	— A Circonvalazione di Roma na direção da via Veneto.
Eu	— (no celular para o Alfredo) Estamos seguindo a BMW na Circonvalazione di Roma que vai na direção da via Veneto.
Alfredo	— (para mim) Vou mudar meu caminho. Temos que chegar antes deles.
Eu	— Chegar aonde?
Alfredo	— A placa dessa BMW é diplomática. Este carro pertence à embaixada americana cujo endereço é exatamente na via Veneto, para onde eles estão indo.

Eu	— Não é possível.
Alfredo	— Vou ligar as sirenes e tentar distraí-los antes de chegar na via Veneto.
Eu	— Alfredo, nós estamos juntinho. Podemos fazer algo!
Alfredo	— Não façam nada, Aurélio. Vocês podem se machucar.
Eu	— Como aquelas duas mulheres e o bebê lá do incêndio, Alfredo?
Alfredo	— (parando de argumentar) Tá bem. Muito cuidado, Aurélio.

Desligamos. Olhei para a nuca do Ricardo.

Eu	— Ricardo, tenho que lhe perguntar uma coisa. Será que existiria uma maneira de conseguirmos parar a BMW sem matar alguém?
Ricardo	— Meu prejuízo seria grande, seu Aurélio. Aquele carro é imenso perto da minha Fiat.
Eu	— Eu pago. Só não mate ninguém. Tá?
Ricardo	— Deixa comigo.

A partir daquele instante o Ricardo dirigiu como se sua alma, braços, mãos e pés tivessem sido possuídos por alguma força metafísica. Eu já tinha usado seu táxi em situações especiais e ele sempre me surpreendia. Mas naquele momento foi como se o carro tivesse vontade própria. Se tivesse asas, visitaria os céus ou mesmo o espaço sideral, sei lá. Mas que era incrível era. A BMW que seguia para a via Veneto tranquila no meio do trânsito, ia mesmo em direção a um santo e diplomático resguardo. O Alfredo percebera tudo. O luxuoso carro estava indo em direção à embaixada americana. Bastou o número da placa. É, o táxi do Ricardo já estava praticamente em cima, ou melhor dizendo, quase ao lado daquele carro especial. Quando o carro que levava a Maria virou na direção da via Veneto ele meteu seu táxi entre o veículo e a calçada curva.

Ricardo — (gritando) Deite aí no chão, seu Aurélio. Assim ninguém vai reconhecer o senhor.

Boa ideia, pensei eu. Me joguei no chão. A partir de então só fui testemunha de ruídos, e eles foram muitos. Quando o táxi invadiu a privacidade diplomática do luxuoso carro, os ruídos de metal atingiram seu auge. Assim como os de pneus freando. Subitamente tudo parou. Não se ouvia mais nada. Só os gritos napolitanos do Ricardo, jogando a culpa da batida no motorista da BMW. Ele não fez por menos, também saltou do carro e começou a gritar com o Ricardo. Claro que a culpa tinha sido do Ricardo. Para ser honesto: minha. Mas agora, com a briga solta, ninguém sabia mais nada, muito menos eu. Mas ouço inequivocadamente sirenes policiais, não uma, mas duas. Tudo parou em torno. Olho o mais escondido possível. Os carros policiais param e cercam aquela batida de trânsito trivial. Nem tão trivial assim. Eu havia batido com meu supercílio direito em algum lugar do banco traseiro do táxi. Sangrou à beça. Só percebi quando senti algo quente e fluido sobre a minha camisa. Estava tudo respingado de vermelho. Continuei deitado lá, com um pouco da minha cabeça erguida para ver o que estava acontecendo. Os *carabinieri* separaram a briga enquanto o Alfredo se aproximou da BMW. Entre os *carabinieri* destacava-se obviamente o Carlo. O Alfredo perguntou à passageira se ela estava bem. A Maria respondeu afirmativamente. O Alfredo dirigiu-se ao Ricardo e perguntou se ele estava levando algum passageiro. O Alfredo, claro está, não reconheceu o Ricardo e meu taxista também não reconheceu ninguém. O Ricardo disse que sim. Veio para o táxi.

> Ricardo — (gritando) Sangue, sangue! Chamem uma ambulância! Meu passageiro está sangrando muito.

O Alfredo veio ver.

> Alfredo — Todos estão presos para averiguação. (avisou ao sargento *carabiniere*) Recolha os documentos pessoais de todos e chame uma ambulância.

Reclamaram, inclusive e principalmente a Maria, que alegava ser somente passageira da BMW e trabalhar na embaixada etc. Mas os documentos já tinham sido recolhidos com uma presteza de dar gosto. Isso permitiu ao Alfredo manter sua posição sem temer conflito diplomático.

> Alfredo — Leve todos para a delegacia. Todos têm que se identificar e testemunhar. É uma batida de carros com sangue. (disse, justificando assim a ida de todos para a delegacia)

A ambulância chegou logo. Parou ao lado do táxi. Fui transferido para ela acobertado por um grupo de policiais guiado pelo Alfredo. Ninguém me viu, nem a minha quase ex-namorada. Mas antes de partir ainda vi a Maria e seus gângsteres serem levados pelos homens do Alfredo para a delegacia, no furgão policial comum a todos. A ambulância me levou. Nem tinha percebido a quantidade de sangue que manchou meu rosto e minha roupa. Os enfermeiros sim. Na Itália acidentes de trânsito com sangue são levados muito a sério. Pelo menos o meu ferimento tinha sido dramático.

O Ricardo fora perfeito. Deu tudo que o Alfredo precisava para uma interrogação, para levar Maria à delegacia. Retiraram os documentos deles e do Ricardo também. Não podiam alegar nada. Fui para o Ospedale Generale dei Carabinieri. Chegando lá o sangue do meu ferimento já tinha secado. Mesmo assim o médico insistiu em limpá-lo e fazer um curativo. Fora ridículo, o ferimento quero dizer. Somados os dez minutos do curativo à meia hora que esperei a minha vez no hospital, tudo levou cerca de quarenta minutos. Fora do prédio um carro de polícia me esperava. Quem dirigia era o Carlo.

Carlo	— O *dott*. Rossi disse pra eu vir buscar o senhor. Se fosse eu a dirigir, o senhor saberia que o carro da polícia veio da parte dele.
Eu	— (com curativo no supercílio) Tudo bem.
Carlo	— O *dott*. Rossi me pediu para levar o senhor na nossa *trattoria* que ele vai se encontrar com o senhor lá.

O Carlo se esmerou em gentilezas. Abriu a porta traseira do carro, esticou o braço me indicando o banco, me pediu para colocar o cinto de segurança, bateu a porta, foi para o banco do motorista e partimos. Me deixou na *trattoria* do Alfredo e se foi. Fui para a mesa de sempre lá no fundo, pedi uma garrafa de vinho e beberiquei por uns dez minutos. Chega o Alfredo. Estava feliz. Sorria.

Alfredo	— Estamos bem. (sentou-se) Nenhum deles tem imunidade diplomá-

tica. Pelo que me consta, podem até ter roubado esse carro da embaixada. Aliás, já até dei ordem à perícia para ligar para a embaixada americana e informar que temos uma BMW dela envolvida num acidente, e tão logo seja fotografada a embaixada será avisada para poder pegar. Portanto, agora podemos finalmente jantar.

Eu — E a Maria?
Alfredo — Tem até documentos americanos, menos o passaporte. Diz se chamar Mary. Tem até sotaque, quando fala o italiano.
Eu — Eu sei. Mas é italianíssima, Alfredo, e se chama Maria.
Alfredo — Vai ficar presa pelo menos até desdizer o que me disse quando fiz as perguntas preliminares: não conhecer o Alan ou você. E, ao desdizer-se, esclarecer por que disse mentiras em primeiro lugar.

O garçom chegou com os cardápios e serviu, na maior intimidade, ao Alfredo vinho da minha garrafa.
Escolhemos.

Alfredo — Estou sabendo que é italiana. Mas se ela diz que se chama Mary e é americana, como é que ela entrou na Itália sem o passaporte? Isso só é possível ilegalmente. Esta presumida ilegalidade me deu chance para tirar as impressões digitais dela e dos ou-

	tros. São todos italianos. Agora, a impressão digital deles está em regime de busca em todos os países da União Europeia para encontrarmos eventuais cúmplices ou outra identidade deles. Mas Aurélio, você não tinha me dito que ela era loura?
Eu	— Esqueceu? Eu falei pra você. Ela tinha pintado o cabelo. O louro era falso. Tão logo ela soube do *tape*, que eu contei para ela, deixou o seu cabelo natural, quase azul de tão negro. Ela não quis correr nenhum risco. Se no *tape* eu estava com uma loura suspeita, o melhor mesmo para ela era ser morena.
Alfredo	— É. Você me disse. Vamos comer, Aurélio. Se chegar alguma novidade, alguém virá me avisar.

Até o término do jantar, nada. Mal terminamos o expresso, chega o Carlo. Faz um sinal para o Alfredo. Ele pede a conta e paga.

Ele	— Fique por aqui, Aurélio. Deixa eu ver o que aconteceu e mando um recado para você ir lá na minha sala de interrogatórios ou ainda não. Na segunda hipótese, você vai para o seu hotel.
Eu	— (interessado) E o meu taxista, o Ricardo?
Ele	— Tratei-o separadamente. No início todos os quatro juntos. Depois que vi

os documentos dele tratei de liberá-lo. Ele já foi. Até agradeci. Ele estava preocupado com o seu sangue. Bom sujeito ele. Já foi embora. Vou mandar consertar o táxi dele na oficina da polícia. Agora deixa eu ir. Tenho que ver o que aconteceu e as respostas da Interpol.

Despedimo-nos. Pedi um *whisky* duplo. Tomei devagar. Esperei. Esperei por algum contato do Alfredo. Não vinha. Tomei outro *whisky*. Dessa vez nada de duplo. Se o Alfredo me chamasse, queria ir inteiro. Não me chamou. Em vez disso, veio um *carabiniere* até a mim.

Ele	— O senhor já pode ir. O *dott.* Rossi vai ligar para o senhor mais tarde. Entendeu?
Eu	— Claro. Já vou.

Ele foi embora. Pensei: será que ele percebeu que o amigo do *dott.* Rossi estava tocado? Achei que não. Afinal, tinha me alimentado bem. Me sentia bem. Por que ele imaginaria isso? Paguei os *whiskies*. Fui embora também. A *trattoria* estava fechando. Saí e encontrei — na hora nem acreditei, ainda mais porque ele estava sob a lâmpada queimada de um poste — o Ricardo, meu companheiro de fugas e perseguições, agora e definitivamente o meu amigo Ricardo. Ele me esperava. Estava com frio mas esperava. Nos saudamos efusivamente e depois fomos juntos embora, andando como dois bons amigos.

Eu	— Ricardo, quero me apresentar. Sou o seu amigo Aurélio. Não aceito mais esse tratamento de senhor. O.k.? Deu

	tudo certo, não deu? Está tudo bem, não está?
Ricardo	— Foi sensacional. Não podia ter dado melhor. E fique tranquilo. Somos amigos sim. Agora e por toda a vida.
Eu	— Por falar nisso, quanto lhe devo de hoje?
Ricardo	— Sei lá, Aurélio. Perdi as contas.
Eu	— Você acha que trezentos euros dariam para cobrir as inconveniências do seu dia?
Ricardo	— Inconveniência nenhuma. Me diverti à beça. Mas, como você sabe, tenho que prestar contas na cooperativa. Levando-se tudo em consideração, trezentos euros pagam até alguns dias extras de trabalho.

Fomos andando. Quando percebi, íamos na direção do meu hotel. Com o Ricardo ao meu lado me dei ao luxo de pensar. Como tudo estaria lá dentro, na delegacia? Se Roma não se fizesse esquiva naquela noite, o Alfredo conseguiria as confissões de todo mundo. Até da Maria, que nunca tivera as chamadas imunidades diplomáticas! (temor do Alfredo) Mas a linda Maria era criminosa e estava metida até o pescoço em tudo aquilo, o incêndio e tudo. Mas será que ela resistiria à *expertise* do Carlo? Provavelmente para mulheres bonitas ele teria alguma outra técnica. Não acreditava que usasse o cassetete. Agora só faltava o Alan ser preso para eu ter a minha liberdade de volta. Eu estaria livre. Até me imaginei levando duas telas pintadas por mim para ele na cadeia. Nem teria o que cobrar. Parei de pensar. Estava tarde, mas convidei o Ricardo para a gente tentar achar um lugar para ele comer.

Me garantiu que, no caminho do hotel, encontraríamos vários locais. Encontramos logo. Entramos. Ao sentarmos, fui logo pedindo um Barbera d'Alba. O Ricardo ficou encantado.

Ricardo	— Não tomo um desses há muito tempo.
Eu	— Hoje é uma noite para ser comemorada.
Ricardo	— Acho que é sim.
Eu	— O que é que você achou do Alfredo?
Ricardo	— Ah, o *dott*. Rossi é um cara especial. Enquanto estávamos todos juntos, ele me tratou igual a todos. Quando deu, me separou dos outros. Ficou meu amigo, me agradeceu a colaboração, me disse que meu carro seria tratado como um carro da corporação acidentado em serviço e, antes de eu ser liberado, me deu um cartão pessoal dele para o caso de acontecer algum problema com o meu patrão. Puxa, Aurélio, nunca fui tratado com tanto respeito.

O garçom veio com o vinho e dois copos. Serviu-nos. Começamos a beber. Pedi o cardápio para o Ricardo jantar. Eu estava cheio. Enquanto o garçom abria a garrafa e servia, pensei. Teria que ir amanhã à embaixada. Contar ao Frazão e ao Monteiro tudo o que tinha acontecido. Eles tinham que saber. No entanto, agora, tinha que demonstrar toda a minha gratidão ao Ricardo. Falamos sobre a perseguição, o porquê dela, o desfecho, as prisões dos perseguidos. A negação da Maria aos *carabinieri* de sequer me conhecer ou ao Alan.

Eu	— É muito cínica! Chegou a declarar que nem me conhecia.
Ricardo	— (já comendo) Foi o que ela disse enquanto eu estive lá.

Amanhã falaria com o Alfredo. Ele poderia até acreditar nela. É, ligaria para ele. Se fosse necessário, iria até a delegacia com o Monteiro para que ele reconhecesse a Maria como a mulher que esteve comigo na embaixada. Voltei minha atenção para o Ricardo. Conversamos sobre seu tempo de motorista de ambulância que, segundo ele, foi a melhor época da sua vida.

Ricardo	— Foi um tempo maravilhoso. Mas esses dois dias com você foram imbatíveis, principalmente porque, dirigindo um táxi, dá para mostrar melhor o meu talento. Mostrei ou não mostrei? Você não gostou?
Eu	— Você foi sensacional. Acho que nunca andei num táxi cujo motorista fosse perito em fugas ou perseguições como você. Foi incrível.

Ele terminou o jantar. Terminamos o vinho, paguei a conta e fomos na direção do Hotel Union. Me disse que amanhã já teria outro carro. A companhia dele daria. O Alfredo providenciara o documento que o liberava de qualquer culpa e ainda declarava o auxílio inestimável dele à polícia. Portanto, podia contar com ele. Bastava telefonar. Declarei esperar que a próxima vez que eu usasse o carro dele fosse para passear ou me deslocar. Nunca nas circunstâncias que acabáramos de viver. Rimos. Chegamos ao hotel. Nos separamos. Entrei e fui informado pelo Gianni que tinha uma mensagem e um telefone para chamar.

A mensagem era do Alan. Pasmei. Na mesma hora foi como se tudo começasse de novo. Não as perspectivas, mas o medo dos "amigos" dele (é claro que poderia ter outros fora os presos) e, quem sabe, minhas pernas partidas ou até pior. Claro que não ia ligar. Tinha primeiro que falar com o Alfredo, e também agora seria indesculpável não informar o Frazão e o Monteiro. Mas o que poderia o Alan querer de mim? E além disso, pelo jeito, ele estava em Roma e já sabia do incidente da via Veneto e da prisão da Maria e seus asseclas. Mas se ele fora informado, o que poderia querer de mim? O melhor era ligar para o Alfredo. Não estava! Liguei para o seu celular. Estava desligado. Já era tarde, não podia ligar para o Frazão ou o Monteiro. Queria ter um amigo junto de mim. Ficar sozinho não ia dar. Veio na minha cabeça o Ricardo. Fui atrás dele. Saí pela porta do hotel desembalado à cata do Ricardo. Lá na frente ia ele. Não ouvia, mas podia jurar pelo jeito dele que cantarolava. Cheguei perto, cantarolava mesmo. Chamei-o.

Eu	— Ricardo...
Ricardo	— (virando-se) Aurélio? Já? Que prazer em ver você tão cedo.
Eu	— Ricardo, você pode voltar comigo lá para o hotel?
Ricardo	— Claro! A qualquer pedido seu já antevejo emoções.

Voltamos. Entramos no Union e o levei para o sofá do pequeno *lobby*.

Eu	— Você esteve comigo nessa confusão toda. Imagine só, ela está querendo recomeçar. A confusão toda.
Ricardo	— (excitado) Eu sabia!
Eu	— Pode até ser perigoso.

Ricardo	— Melhor ainda. Viver é isso. O que é que vou fazer?
Eu	— Você me disse ou não disse que amanhã já terá um carro novo?
Ricardo	— Sem a menor dúvida. Vou virar herói lá na cooperativa.
Eu	— Queria que você estivesse aqui às oito da manhã em ponto. Eu entro no carro e a gente parte para se encontrar com o Alfredo. Você me espera. Depois vamos para a piazza Navona. Mas quero que você saiba que poderemos ser seguidos. Temos que tentar despistar mas não sei se conseguiremos. Aí vamos depender só de você e do seu táxi. O que é que você acha?
Ricardo	— Pensa que eu vou lhe deixar na mão? Não perco uma corrida com você por nada desse mundo.
Eu	— Então não se esqueça. Às oito em ponto.
Ricardo	— Pode deixar comigo. Estarei aqui sem falta.
Eu	— Então vai. Vai descansar.
Ricardo	— Mas qual vai ser a missão? O que você me contou e já fizemos uma porção de vezes? Tem alguma novidade?
Eu	— Amanhã eu conto. Agora vai.

Ele foi. Eu subi. Chegando no quarto, tirei o sobretudo, liguei o aquecimento e fui ao armário. Peguei só o copinho. Tomei apenas uma dose. Ia dormir. Me veio à cabeça ligar para aquele criminoso filho da puta, o Alan. Pensei um pouco.

Valeria a pena? Por que não? Me faria de desentendido. É, valia a pena mesmo.

Resolvi ligar. Afinal de contas, estaríamos distantes um do outro. Liguei.

Alan	— *Hello?*
Eu	— Sou eu, o Aurélio. Que bom que você já voltou.
Alan	— Onde é que está a Mary?
Eu	— Como é que eu vou saber?
Alan	— Claro que você tem que saber. Você a entregou à polícia.
Eu	— (me fazendo de inocente) Eu? Você está louco? Por que eu entregaria a Mary à polícia? Por qual motivo?
Alan	— Não se faça de fingido. Você sabe muito bem.
Eu	— Sei o quê?
Alan	— Ela me ligou da delegacia e me contou tudo.
Eu	— (voz assustada) Ela está numa delegacia? Que loucura.
Alan	— Pelo menos estava. Agora ninguém sabe onde ela foi parar. Você sim.
Eu	— Por quê, ora bolas? (inocência pura) Será que eu sou um adivinho? Por que eu deveria saber, Alan?
Alan	— Você sabe muito bem o que eu quero dizer.
Eu	— (insistindo na inocência) Não tenho a menor ideia, Alan. Você está ficando maluco? Somos ou não somos amigos?

Alan	— Então vamos nos encontrar amanhã? (como se jogasse uma isca)
Eu	— Claro! Quando? Onde? A que horas?
Alan	— Tem uma *trattoria* aqui na via Veneto, perto da embaixada. Fica no 668 da rua. O nome é *trattoria* Claudius. Meio-dia tá bom?
Eu	— Sem dúvida. Estarei lá.

    Desliguei. Me senti orgulhoso do próprio cinismo. Será que ele tinha caído? Seria simples demais. De manhã falaria com o Alfredo e ele prenderia o mentor do incêndio. Tomara que o Alan não tivesse imunidade diplomática. Me joguei na cama e dormi. Às sete acordei. Me sentia excitado com tudo o que iria acontecer. Tomei banho etc. Desci para tomar o café da manhã e às oito me encontrar com o Ricardo. Depois do café faltavam ainda uns vinte minutos para o encontro com o taxista. Tempo suficiente para ligar para o Alfredo. Liguei. Fui informado que ele não estava e ninguém sabia onde encontrá-lo. Já não gostei. Meus planos não previam a ausência do *dott*. Rossi. O que eu deveria fazer? Essa ausência não estava nos meus planos. Ainda mais depois do meu telefonema para o Alan. O Alfredo não poderia estar fora do meu encontro com o americano. Sem o *carabiniere* eu nem iria. Tive uma ideia. Voltei ao meu quarto. Preparei uma maleta pequena com roupas. Desci e esperei pelo Ricardo. Bateu oito horas da manhã, ele não chegou. Sentei no sofá. O Ricardo não chegava. Fui ao telefone do balcão liguei para o celular dele. Atendeu e me explicou que a cooperativa estava sem táxis disponíveis. Ele estava aguardando um chegar. Já estava para me ligar e avisar. Falei que estava esperando no hotel e desliguei. Estava começando a ficar nervoso. Será que eu não deveria ter marcado nada com o Alan? Puxa, nada estava dando certo naquela manhã, logo aquela, tão importante. Subi para meu quarto esperando pelo Ricardo e de vez em quando ligando para o celular do Alfredo, que, diga-se de passagem estava desligado, e para a delegacia, onde ele não se encontrava e ninguém sabia onde poderia estar. O que eu deveria fazer? Esperar pelo Ricardo sem dúvida nenhuma. Não queria de forma alguma sair por aí sozinho. Não que o Ricardo fosse forte nem nada, mas era um amigo e seríamos dois. Fiquei ansioso aguardando que a cooperativa arranjasse logo um carro para ele. O tempo estava passando. O Alan estaria na *trattoria* da via Veneto ao meio-dia. Nada acontecia, eu já estava ficando nervoso. O telefone toca, era o Alan.

Alan	— Você vai. Não vai?
Eu	— (com a mesma voz de calma de ontem) Claro. Não marcamos?
Alan	— Então até o meio-dia.
Eu	— Até lá.

Voltei ao meu angustiante nervoso. À minha ansiedade. Agora, após esse telefonema do Alan, mais ainda. Toca o telefone de novo. Era o Ricardo.

Ricardo	— Aurélio, em cinco minutos estou aí.
Eu	— Maravilha, Ricardo. Vou descer.

Estava vestido. Peguei o sobretudo e a maleta. Desci para me encontrar com o Ricardo. No saguão esperei um minuto se tanto e o táxi amarelo chegou. Dei um *ciao* para o Gianni e rapidamente me joguei no banco traseiro com a maleta e tudo. O Ricardo já abrira a porta. Com a mão virada para trás fechou a porta e disparou.

Ricardo	— Coloque logo o cinto de segurança, Aurélio. Com você, a gente nunca sabe, né?

Eu — Vai rápido, Ricardo, mas ainda não precisa correr. Nem sei aonde vamos ainda.

Olhei para o relógio. Eram dez e meia. Usando o celular do Ricardo fiz um telefonema para o Alfredo. Nada. Comecei a ficar preocupado com ele. Porra, quantas preocupações. Resolvi então ir para a embaixada brasileira. Instruí o Ricardo para entrar diretamente no estacionamento da embaixada. Essa era a minha alternativa ao *dott.* Rossi. O Ricardo tomou aquelas vielas de quando escapávamos da BMW. Seria impossível que alguém nos seguisse. Logo chegamos ao *parking* da embaixada e entramos. Atrás de nós vieram correndo os guardas de quem o Ricardo, simplesmente, imbuído em fugas, desprezara os sinais para que parasse e se identificasse. Saltei logo. Conhecia os guardas. Me conheciam. Se acalmaram ao me verem.

Eu — Calma, gente. Este aqui é o Ricardo. Ele entrou aqui como pedi. Tinha gente atrás de mim, daí a minha pressa. Me desculpem.

Um deles, o Pedro, gritou.

Pedro — José, feche os portões. Rápido. Estão atrás do seu Aurélio.

O José não entendeu nada, mas voltou e fechou os portões. Disse ao Ricardo para me esperar. Me dirigi ao prédio principal da embaixada. Pedi ao João para me anunciar ao Monteiro. Como sempre tranquilo me informou que o Monteiro tinha saído. Um beliscão apertou a minha alma. Será que tudo iria se repetir? Perguntei pelo Embaixador. Também não estava.

Se não se enganava, tinha feito uma viagem curta. Porra! (disse para mim mesmo) Não tinha ninguém a quem eu pudesse recorrer. O que fazer? Indo para o estacionamento peguei o celular do Ricardo no meu bolso (claro, naquela altura já tinha me assenhoreado dele) e liguei para o Alfredo outra vez. Nada, nenhuma novidade. O medo começou a voltar. Minha imaginação me viu com as duas pernas quebradas. Nela, eu sangrava muito. O quadro que antevia só não era pior porque não havia som. Era um visual sem áudio. Fui em direção ao táxi do Ricardo. Não corri nem nada, mas apesar disso, ofegava. A porta traseira estava aberta. Me joguei por ela. O Ricardo do seu lado fechou a porta e entrou no banco do motorista me olhando. Quando sentou, virou-se para mim.

Ricardo	— O que houve, Aurélio? Sua cara está terrível.
Eu	— As pessoas aqui da embaixada que poderiam me ajudar não estão. O Alfredo também não encontro. Estou me sentido perdido, Ricardo. Só me sinto melhor aqui dentro do seu carro, me sinto como se estivesse no útero da minha mãe, sem ter problema nenhum, sem ter nascido ainda.
Ricardo	— Como você não tem quem o ajude agora, será que a minha ajuda não serviria?

Parei de ter medo e até senti um calor por dentro. Era a oferta de um amigo e realmente senti que ele queria ajudar. Resolvi aceitar e para isso decidi contar tudo para ele. Às vezes a ajuda de um amigo recente, de boa-fé, supria todas as outras. A do Ricardo veio a sério e ele era um homem muito prático. Assim sendo, comecei a contar tudo da minha vida.

Desde a minha chegada a Roma até aquele momento que estávamos vivendo.

Ricardo — Puxa, Aurélio, em que merda meteram você? Como vamos fazer?... Eu teria uma sugestão.
Eu — Qual?
Ricardo — Iríamos para a via Veneto antes mesmo do meio-dia e ficaríamos passando pelo restaurante até esse Alan aparecer. Quando ele se acomodar na *trattoria* a gente decide o que fazer. Como a varanda dessa *trattoria* Claudius é grande, eu imagino que, apesar do frio, ele possa sentar-se do lado de fora. Nesse caso, as coisas ficariam mais fáceis. Podemos até chamar um *carabiniere* e dizer que o *dott*. Rossi está procurando pelo louro, seu amigo.
Eu — Vira esta boca pra lá. Amigo? Aquele cara? Deus me livre. (parei pra pensar) Será que é uma boa ideia? Ele trabalhava, uma vez me disse, na embaixada americana. E se ele por acaso tiver imunidade diplomática? Nenhum *carabiniere* poderia botar a mão nele. Ele pode entrar na embaixada e sumir. Só sair para me pegar na hora que lhe aprouver. É muito arriscado isso de chamar um *carabiniere*.
Ricardo — (zangando) Bem, ir lá se encontrar com ele sozinho é que você não vai. A

	não ser que consiga falar com o *dott.* Rossi antes. Só, nunca!
Eu	— Tá bem. São onze e meia, Ricardo. Vamos lá. Vamos passear pela via Veneto.

Fomos. O sol romano imperava, mas, não sei se foi o que eu sentia na alma, me deu a impressão que o próprio sol tremia de frio. Ah, isso deu. Com o movimento do carro, as imagens coloridas de Roma passavam com os seus transeuntes, trêmulos de frio, imitando o sol. Percebi: estávamos chegando à via Veneto.

Ricardo	— Estamos chegando. Quando formos passar pelo Claudius eu aviso para você se esconder.

Não disse nada, corroído que estava de tensão. Não era medo não, afinal de contas, estava no conforto uterino do carro do Ricardo, portanto, a salvo.

Ricardo	— Estamos chegando.

Colocando meu solitário olho no vidro traseiro, olhava e ao mesmo tempo tentava me esconder. Vi o letreiro do Claudius chegando. Passei meu olhar pelo varandão da *trattoria*. Nada. Ninguém. Também, com o frio que fazia, quem teria coragem de almoçar no varandão? Se ele estivesse me esperando no salão interior, como é que eu faria? Mas ainda não era meio-dia.

Eu	— Ricardo, será que você encontraria uma vaga que desse para estacionarmos e vermos a entrada da *trattoria* ao mesmo tempo?

Ele	— Na via Veneto, é difícil, mas vou tentar. Enquanto eu tento você não deve tirar o olho de lá.
Eu	— Pode deixar.

Ele foi devagar com o carro procurando uma vaga. Dava giros. Tentava aqui. Procurava lá. Até que parou numa semivaga. O táxi ficou todo torto. Saltou, foi em direção a um *carabiniere* que vinha de encontro a ele para reclamar daquele esquisito estacionamento. O Ricardo tirou um cartão do bolso e mostrou ao policial. Falaram por algum tempo. Finalmente, ele voltou sorrindo.

Ricardo	— (entrando no carro) Pô, Aurélio, esse cartão do *dott.* Rossi é fantástico mesmo. O policial deixou a gente ficar. Parece que o seu amigo Alfredo é coisa à beça na corporação.
Eu	— Já sabia. Pelo menos imaginava.
Ricardo	— Ele vai até ficar por aqui para ninguém encher a gente.
Eu	— (sem tirar o olho da entrada do Claudius) Então podemos ficar aqui esperando o Alan chegar.
Ricardo	— Se chegar.
Eu	— Você está achando que ele não vem?
Ricardo	— Não. Acho que, não sei de onde, ele está esperando você chegar. Assim como nós também esperamos por ele. (a praticidade do Ricardo era total)
Eu	— Então ninguém vai chegar.
Ricardo	— Talvez os dois. Quem pode dizer agora?

Eu	— Ricardo, você é não só um grande amigo, mas um iluminado também.
Ricardo	— Isso de iluminado eu não sei não, Aurélio. É só o que sinto.

Eu estava de olhos fixos no Claudius, e agora o Ricardo também.

Ricardo	— É uma pena. Só sei que ele é louro. Senão eu ia lá, esperava esse bandido e começava uma briga com ele. Então, com ou sem imunidade diplomática, ele teria que ir na delegacia para explicar como um diplomata entrou numa briga com um taxista. Seria no mínimo um grande embaraço para ele. Ainda mais que é um incendiário, ou pelo menos contratou um e no processo matou duas mulheres e um bebê italianos, além de destruir sua obra.
Eu	— (excitado) Olha lá, Ricardo. Ele está entrando. Aquele com sobretudo cor de camelo.
Ricardo	— Aquele alto e magro? Vou lá. Vamos ver o que ele vai fazer. *Sono furbo*, vivo, Aurélio. Não só dirigindo o meu táxi, mas como italiano, sei fazer uma bela cena. Deixa comigo.

Não deu tempo de falar nada. Abriu e saiu do táxi decidido. Nem parecia o simpático Ricardo. Entrou no restaurante, alguém me disse depois, parecendo um bêbado. Falava alto. Parou perto da mesa do Alan e disse ou pediu qualquer coisa. O

Alan respondeu que não. O Ricardo insistiu. O Alan teria gritado com ele. O Ricardo partiu por cima da mesa do americano até o próprio. O Alan surpreso com o inesperado ataque do Ricardo nem reação teve de início. Mas após um primeiro murro na cara, reagiu. A briga ficou descontrolada. As mesas ao lado começaram a cair, assim como as cadeiras, os cristais, tudo. O *barman* e os garçons se meteram. Acabaram se chocando uns com os outros, as bandejas e os pratos também. Chegaram os cozinheiros. O caos era total. O gerente chamou a polícia. Um dos garçons que já tinha tido sua cota de porradas foi para a rua e chamou o primeiro *carabiniere* que viu. E quem era ele? O mais recente amigo do Ricardo. Ele entrou já de cassetete na mão. Reconhecendo o Ricardo, bateu em todo mundo, menos nele, é claro. O meu taxista aproveitou e botou toda a culpa no Alan. O *carabiniere* aceitou a acusação e o americano foi o primeiro a ser algemado. Gritava como um louco o Alan. Chega o furgão com os *carabinieri* chamados pelo gerente. Entra um grupo separando todos de todos. Com uma especial atenção no americano que, segundo o *carabiniere* "amigo" do Ricardo, fora o primeiro agressor e até algemado já estava. Com um profissionalismo brilhante colocaram todos no furgão. O Alan foi o terceiro. Todo socado, nem ele sabia por quem. Neste momento eu via e ouvia tudo. As imprecações do Ricardo eram fortíssimas. Os gritos do meu ex-mecenas também. Os dele em inglês e às vezes em italiano com sotaque. O Ricardo prometera acompanhá-los no seu táxi. O *carabiniere* amigo aceitou. Todos partiram em direção à delegacia. Eu incluído. Minha posição oficial: passageiro do táxi do Ricardo. Pedi seu celular. Liguei para a delegacia. Nada do Alfredo ainda, e o nosso caminho era curto. Estávamos indo para a delegacia dele e ele não estava lá! O que deveria fazer? Não tinha a menor ideia. O melhor era deixar tudo seguir seu curso. Qual? Não podia deixar que as coisas escapassem logo agora. Que curso que nada! Tinha que fazer alguma coisa. Pensei. Pensei pesado.

Eu	— Ricardo?
Ricardo	— Sim?
Eu	— Já pedi a você muita coisa, mas será que ainda posso pedir algo mais?
Ricardo	— Claro, Aurélio. Qualquer pedido seu não é apenas um pedido, é um prazer a mais, outra aventura. Chute!
Eu	— Será que daria para chegarmos na delegacia antes dos *carabinieri*?
Ricardo	— Moleza. É pra já.

Deu uma guinada no carro e entrou numa das vielas que gostava tanto. Voava. Voava e buzinava. Nem sei se os *carabinieri* que iam na nossa frente com o Alan e os garçons perceberam que paramos de segui-los. Sumimos. Enquanto isso o Ricardo, mais feliz do que nunca, pegou os caminhos só conhecidos por ele. Fomos direto para a delegacia. Chegamos bem antes dos *carabinieri*. Saltei rápido seguido pelo Ricardo. Entramos na delegacia. Aquele mesmo ambiente, sórdido para um iniciante como eu. Pensando melhor, nem tão iniciante assim. Ainda sentia os lanhos provocados pelo cassetete do Carlo. Como disse, entrei. Fui diretamente ao *carabiniere* encarregado pelo ambiente geral. Perguntei pelo *dott*. Rossi. Nada, não tinha chegado ainda. Falei com o Ricardo e resolvemos esperar ali mesmo. Fomos para um canto onde existiam uns bancos. Sentamos. A sordidez ambiental era nossa aliada. Nos camuflava.

Pouco depois chegaram os *carabinieri* que estiveram no restaurante com o Alan, os garçons, o *barman* e alguns cozinheiros. O Claudius deveria estar fechado, pensei eu. Foram diretamente ao *carabiniere* encarregado. O Ricardo se aproximou do grupo para esclarecimentos. Os policiais tiraram as algemas dos algemados. Uma confusão danada. O Alan gritava mais do que todos. O Ricardo se aproximou para informar que estava ali. O Alan, ao vê-lo, pulou tentando esmurrá-lo. O *carabiniere* que sabia do conhecimento do meu motorista com o Alfredo tentou interromper a agressão e acabou levando o murro que não era destinado a ele. Até o policial se levantar, seus companheiros caíram de cassetetes em punho em cima do americano. Agora o Alan começou a gritar de dor. O chefe deu uma ordem, alguns pegaram o Alan sem qualquer cerimônia e o arrastaram para o xadrez. Seus documentos já tinham ficado com o encarregado. O ambiente começou a se acalmar. Com o Alan preso e sem ter nenhuma chance de se defender, a memória do pessoal do Claudius começou a se distorcer e a acusar o preso de ter começado tudo no restaurante. Todos falavam ao mesmo tempo. Só que o testemunho deles em uníssono acusava o Alan. Nem reconheciam o Ricardo em pé, bem próximo deles; parecia que nunca o tinham visto. O Ricardo era um ser invisível. Afinal de contas, um dos *carabinieri* pareceu ser amigo dele e até levou um murro por ele. Cheguei a pensar no corporativismo dos italianos. Não dava para lutar contra isso. Quase tive pena do Alan. O tempo passou. O Ricardo, liberado, veio sentar-se comigo.

De vez em quando eu ligava para embaixada para saber do Monteiro. Nada. Passa algum tempo. Só o Alan estava preso. Todos os outros partícipes daquela estúpida briga tinham sido liberados, pois eram italianos e tinham emprego fixo. De repente e com pressa, entra naquele recinto sórdido um senhor elegantemente vestido. Parecia um Rolls Royce entrando num estacionamento de Fiats. Típico advogado de gente fina. Era o advogado do Alan, cheguei a ouvir o nome do representado de onde estava junto com o Ricardo. Foi atendido com mais cerimônia que o seu cliente. Conversa vai, conversa vem, ouço a palavra fiança. Meu Deus, e o Alfredo que não chegava? Em alguns minutos vem o americano lá do xadrez. Seu advogado o recebe, reclama do seu estado. O *carabiniere* responde que ele chegou assim mesmo. O advogado pretendeu pagar a fiança com um cheque. O *carabiniere* começou a reclamar. O advogado lembrou que ele era um advogado italiano e, portanto, um cheque seu não podia ser recusado quando o propósito era pagar uma fiança. Segundo ele, era a lei italiana. Concordaram. Mas o responsável do balcão bateu o pé quanto à devolução do passaporte. A pessoa que poderia devolvê-lo não se encontrava. Se eles quisessem esperar, ficassem à vontade. O advogado decidiu então que buscaria o passaporte depois. Enquanto isso, o Alan não dizia nada. Todo o esforço do Ricardo foi por terra. O Alfredo não chegou a tempo. O Alan se foi.

O tempo foi passando. Sentado num canto a fim de não aparecer muito, fui o primeiro a ver o Carlo entrar, seguido por dois homens algemados e alquebrados. Pareceu-me que eles mancavam. Vai ver que o imenso *carabiniere* usou sua especialidade neles. Carlo os conduziu na mesma direção que seus colegas levaram o Alan. Logo em seguida entra o Alfredo que conduzia uma abatida Maria. Não estava algemada. Mas, dada a sua condição aparente, nem era necessário. Estava amarelecida, cabelo desfeito, sem maquiagem nenhuma. Era um contratipo dela mesma.

O Alfredo encarregou uma *carabiniere* de levá-la por um outro caminho. Claro, deveria ser a ala feminina daquele imenso recinto imundo. Levantei-me.

Eu	— Alfredo!
Alfredo	— (me viu e sorriu) Você está aí?
Eu	— Liguei o dia inteiro para você. Até o celular estava desligado.
Alfredo	— Sumi. Não queria ser interrompido. Saí daqui e fui com a Maria e os dois capangas para um lugar discreto que temos para interrogatórios que em teoria podem tomar mais tempo ou são mais difíceis. É preparado com

câmera de televisão, gravador e tudo o que se precisa para que uma confissão seja válida. Imagine: se eu estou cansado, ponha-se no lugar deles! Todos confessaram tudo. A Maria é mais difícil. Não confessou nada. Tenho certeza, pelo que os outros disseram, de que ela estava desde o início com o Alan no complô. Mas ela é dura. Continua negando até conhecer você.

Eu — Agora imagine você: o Alan esteve aqui preso. O Ricardo arranjou uma briga com ele. Um tumulto que acabou com a prisão dele. Saiu há uma meia hora. Saiu com um advogado elegantíssimo e metido a besta.

Ele — O Alan? Não brinca! Quer dizer que ele esteve aqui e preso? Então a Maria estava mesmo tentando livrar a cara dele. Mas ela me paga! Vem comigo. Agora que se dane a Farnesina. Você veio aqui porque quis, não foi?

Eu — Claro que foi.

Ele — Vamos para minha sala.

Fomos para a sua sala. O Ricardo foi também, a convite do Alfredo. Antes porém de qualquer providência pediu a papelada da prisão envolvendo o Alan. Estudou tudo. Cada vez se animava mais.

Ele — Nem na embaixada americana eles trabalham. Nada de imunidade. Trabalham na mesma transnacional. Aquela bandida afirmou que não conhece ele ou você. Quero ver a cara dela quando ela vir o nosso vídeo. Agora, presta atenção, Aurélio. Segundo ela, eles têm um ou mais aliados na embaixada brasileira. Não quis dizer quem. Mas eu senti que estava falando a verdade. Agora vocês me desculpem. Eu estou cansadíssimo. Vou ver se tem alguma coisa inadiável, e, se não tiver, vou para casa dormir. Amanhã será um longo dia. E você, Aurélio tome cuidado.

Eu	— Claro, Alfredo, vai descansar. Nós vamos indo. Qualquer coisa devo estar no hotel.
Ricardo	— *Buona sera dott.* Rossi.
Ele	— Obrigado por tudo, Ricardo.
Ricardo	— Estamos aí para ajudar! Aqui está o meu cartão.
Ele	— (sorrindo) Obrigado, Ricardo. O meu você já tem. Se você tiver problemas com seu patrão diga a ele para me ligar.
Ricardo	— (encantado) Obrigado, *dottore*.

Terminados os cumprimentos, saímos. Uma dupla cada vez mais inseparável, eu e o Ricardo saímos da delegacia. Estávamos felizes. Fomos até o seu táxi. A minha maleta estava lá. Pedi ao Ricardo para me levar na embaixada brasileira e ainda sugeri que agora poderíamos ir devagar. O Ricardo sorriu. Mas diminuiu a velocidade pelo menos um pouco. Logo chegamos no nosso destino. Era vivo o Ricardo, foi logo para o estacionamento. Fomos reconhecidos. Ninguém nos tentou bloquear. Saltei com a maleta. Perguntei ao Ricardo quanto devia.

Ele	— Deixa para depois, Aurélio. Algo me diz que você ainda vai precisar de mim. Aí você me paga.
Eu	— Tá bem, Ricardo. Vou indo lá (estava indo mas parei e disse para ele) Pensando melhor, me espera aqui. Guarda a minha maleta no carro. Nunca se sabe, né?
Ele	— Com você, nunca mesmo. (ele sorriu e eu fui)

Entrei na embaixada. Pedi para ser anunciado ao Monteiro. Claro, veio logo. Não resistia à portaria.

Monteiro	— Você sumiu, Aurélio!
Eu	— Sumimos, você quer dizer. Estou ligando o dia inteiro para você.
Monteiro	— Tive que dar uma saída.
Eu	— Vivi tanta confusão, Monteiro. Você nem vai acreditar.
Monteiro	— Que confusão? Você é um artista, Aurélio, que confusão pode ter vivido?
Eu	— Desde o incêndio, Monteiro? Coisas do arco-da-velha! Até apanhar apanhei, se você está lembrado.
Monteiro	— E o que poderia ser agora?

Peguei-o pelo braço. Fomos para a sua sala. Comecei a contar tudo, tudo mesmo. Só não falei nada sobre o eventual vazamento lá da embaixada. Falei do Alan, da Maria, do incendiário e até me referi ao Ricardo. O Alfredo nem mencionei.

Era o meu aliado mais forte. Ele ficou embasbacado. Queria acreditar mas não conseguia. Estava estupefato.

Monteiro	— Me desculpe, Aurélio. Você não está delirando?
Eu	— Tudo o que contei é a mais pura das realidades.
Monteiro	— Mas tudo isso é inimaginável! Você é um artista. Está fazendo arte, arte das boas, mas arte.
Eu	— Não, Monteiro. Deveria estar fazendo a minha arte mas estou impedido. O que te contei é a mais completa e surpreendente das verdades. Não são pesadelos não. É a vida que estou vivendo. Eu estou vivendo esta loucura.
Monteiro	— Eu acredito, Aurélio. Acredito em tudo que você está me contando. Agora pergunto: o que é que eu posso fazer para você, aqui e agora?
Eu	— O novo ateliê que o Frazão me cedeu. Preciso me mudar pra cá agora, pro ateliê, imediatamente. Sem que ninguém saiba.
Ele	— Falta pouco, reconheço, mas não está pronto ainda.
Eu	— (interrompendo) Mas Monteiro, estamos falando aqui do meu futuro, da minha vida. Pouco me importa se o ateliê não está pronto ainda para eu trabalhar. Preciso de um lugar para ficar e que ninguém saiba. Quando fui no ateliê da embaixada com você e o

	Frazão, vi que lá tinha todo o espaço necessário para eu trabalhar. Além de cama, cadeiras, um banheiro, uma pequena cozinha. Agora o que estou precisando mesmo é um lugar para me esconder. Sei lá de onde virá a próxima ameaça. Imagino, ou melhor, sei que o Alan ou outros amigos dele hão de querer me pegar.
Monteiro	— Está bem, Aurélio. Vamos fingir que você já está vindo baseado no convite do Embaixador. (me pega pelo braço e me leva para o espaço que o Frazão me oferecera para ocupar) Vamos ver o que mais está faltando e eu dou um jeito de arrumar para você.
Eu	— Obrigado, Monteiro.
Monteiro	— Estou com as chaves aqui comigo.

Abriu as portas do ateliê. Estranho. Ele me havia dito que não estava pronto. Mas me pareceu prontíssimo, com mesa, cadeiras, até cama tinha, uma não mas duas. Pensei: pra quê? Estavam lá inclusive as compras que fiz para poder pintar, bem arrumadas num canto. Meu cavalete por fora, as outras coisas embrulhadas. A paleta, os pincéis, as tintas, os reagentes. Tudo deveria estar lá. Mas minha preocupação agora era mesmo o ateliê como meu esconderijo. Mas, ao contrário dos temores do Monteiro, tudo estava funcionando e limpo. Acho que o Frazão ia tanto com a minha cara que o ateliê tinha espaço à beça tanto para eu trabalhar como para morar também, o que aliás era parte do convite. Era perfeito para o meu propósito.

Eu	— Está maravilhoso, Monteiro. Agora só preciso das chaves. Não quero

	prender você aqui. Tenho que fazer algumas compras e mudar para cá.
Monteiro	— Estão aqui. Quando o Embaixador voltar, eu aviso a ele. Tenho certeza de que ele vai ficar feliz. Ele irá ligar pelo interfone que está aqui. (me mostrou) E aqui estão as chaves. Essas maiores são da porta independente que o ateliê tem. Essas menores são da porta que abre e fecha por dentro da embaixada. Pronto. Seja feliz e faça as suas maravilhosas telas.

Ele se foi. Voltei para o estacionamento e o táxi do Ricardo. Entrei.

Ricardo	— Pra onde agora, Aurélio?
Eu	— Ricardo, você tem que estar atento. Vamos para longe daqui. Siga para algum lugar que você conheça bem. Não permita que nos sigam. Quero ir só num supermercado. Preciso comprar comida e finalmente sucumbo: quero comprar um celular também.
Ricardo	— Até que enfim, Aurélio. Já estava em tempo.

Seguimos saindo do pátio da embaixada. Baixou o espírito do Ricardo com aquela velocidade toda acompanhando o seu táxi, carregando com ela o carro como se fosse uma folha. O Ricardo, como não poderia deixar de ser, logo depois de passar pela via del Corso entrou pelas suas vielas. Vielas que eu não conhecia e cada vez mais distantes do centro da cidade.

Ricardo	— Sabe Aurélio, com tudo o que fiz, nem eu conseguiria me seguir. Agora deixa eu ver. Comida e celular. Temos que ir a um hipermercado, é o único lugar que tem de tudo.
Eu	— Então vamos lá. Vamos a um deles.
Ricardo	— Deixa eu ver. Deixa eu procurar... Ah, já sei. Tem um aqui perto. É daqui a alguns quarteirões.

Parou no estacionamento do hipermercado. Saltei, ele saltou também.

Ricardo	— Vou lhe ajudar. Acho que você não deve estar habituado a fazer compras, está?
Eu	— Devo reconhecer que não. Principalmente de comida. E é bom você vir para me ajudar a escolher um celular.
Ricardo	— Celular é fácil. Quanto mais caro melhor. Agora comida tem marcas mais baratas que são melhores. Você precisa conhecer. Mas me diga uma coisa: você sempre foi de restaurante, agora resolveu cozinhar? Será que o seu hotel permite?
Eu	— Vou me mudar, Ricardo. Vou morar na embaixada. E lá onde vou ficar tem até uma pequena cozinha. Aliás, tem a cozinha, mas não vi panelas, louças ou talheres. Preciso comprar também.

Ricardo — Aqui é fácil.

Realmente o hipermercado era imenso e tinha de tudo. Comprei o que achei que seria necessário. Inclusive o celular. Me registrei na companhia telefônica. Satisfeito, paguei a conta e junto com o Ricardo levamos as compras para o táxi. Mal havíamos sentado, um susto. O vidro dianteiro recebeu um tiro que viria em minha direção. A bala ricocheteou mas bem que tentou me atingir. Os estilhaços sujaram a mim e ao carro. O Ricardo, sem pensar duas vezes, ligou e acelerou o táxi. Parecia que aquele espírito de antes o tinha possuído outra vez. Voou como se o seu carro tivesse asas. Estava com raiva, melhor, furioso. Mas me pareceu mesmo estar possuído. Como é possível que o tivessem seguido? Ele tinha certeza que isso era impossível, pelo menos era o que acreditava o seu grande orgulho de motorista. Como seria possível um outro motorista com sua perícia na sua cidade? Preocupou-se comigo.

Ricardo — Você se machucou, Aurélio?
Eu — Acho que não.
Ricardo — Deixa eu me mandar. O que eu não entendo é como qualquer um pode ter me seguido. Preciso identificar esse cara.

Com essa finalidade virava sempre no último segundo, viela após viela. Finalmente soltou um grito de raiva.

Ele — Porra! Aí está a razão. Motocicleta. Eles estão de motocicleta, Aurélio. Assim dá para seguir até uma sombra. Que filhos da puta! Um dirige e o outro atira. Mas agora eu vou me mandar mesmo e correr pra valer. Segura firme, Aurélio.

Aproveitando uma daquelas ruas mais longas ele deixa os seguidores para trás. Quando já estava mais longe, vira de novo. Tão logo vira, freia e fica olhando para trás, e eu também. Não tinha a menor ideia de qual fosse a intenção dele. Olhando para trás, vi a motocicleta virando na mesma esquina. Só que os seguidores não sabiam que os seguidos haviam parado a três metros da esquina. Quando a moto virou em velocidade é que seu condutor percebeu na frente dele o táxi do Ricardo parado. Depois, ele me disse que havia puxado o freio de mão além de ter usado, com toda a força do seu pé, o pedal do freio. O veículo que vinha se chocou com o táxi do Ricardo. Parte da moto voou arrebentada. O condutor voou de qualquer maneira sobre o carro e o portador do que me pareceu ser um fuzil bateu com sua cara em cheio no que restou da moto, que se espatifara na traseira do automóvel. O Ricardo de imediato deu partida no táxi e sumimos. Voltamos para a embaixada.

Ainda olhando pela janela do táxi estourada pelo tiro, percebi que os danos físicos deveriam ter sido graves para os que tentaram atirar em mim. Mas por quê? Eu morto não valeria nada para eles ou, melhor dizendo, para quem quer que fosse. Ou talvez quem sabe justamente o contrário. Queriam mesmo o silêncio que só o meu cadáver poderia garantir. No fundo era tudo uma loucura, já que eu não sabia nada que os interessasse. Só sabia o nome dos que provocaram o incêndio.

Eu — (para o Ricardo) Quem pode estar querendo nos matar?

Ricardo — Matar a gente nada. Querem matar é você.

Eu	— Tá bem, Ricardo, a mim. A quem pode interessar a minha morte? Quero a sua opinião.
Ricardo	— E como eu posso ter opinião sobre este assunto? Se querem matar você, acha que eu posso dar opinião? Se eu desconfiasse, bem que eu daria. Os que conheço que poderiam querer estão presos, as outras pessoas da sua vida eu nem conheço. Aliás pera aí, sobra o tal do Alan. Claro, Aurélio, esse sim, está seco para pegar você. É, tem que ser ele mesmo. Se eu fosse você não desgrudava do *dott*. Rossi até esse Alan estar na cadeia.
Eu	— É o que vou fazer. Mas agora vamos para a piazza Navona. Ainda estou nervoso com essa coisa do tiro. Chegando lá, se você pudesse, eu queria que ficasse comigo até eu me acostumar à minha nova casa. Está bem? Ou será que você tem algum compromisso para hoje. Familiar ou de trabalho ou sei lá o quê?
Ricardo	— Nada, Aurélio. Não tenho ninguém. Tive uma namorada, não tenho mais. Família que é bom, não tenho ninguém em Roma. Fique tranquilo, estarei aqui com você. Ou você pensa que eu vou correr o risco de perder alguma das suas aventuras? De jeito nenhum. (riu)

Chegamos na embaixada. Com o hábito que criara, Ricardo foi logo entrando no estacionamento da embaixada. Já estava escuro. Ele estacionou e foi olhar o que eu já tinha esquecido, o resultado da batida. A mala do carro até que resistira bem e, para orgulho dele, guardava ainda no para-choque pedaços inidentificáveis da motocicleta grudados nela. Tinha até um pouco de sangue colorindo o amarelo, a cor original dos táxis de Roma. Pelo menos no lusco-fusco parecia. Ajudou-me com as sacas do mercado e eu levei também a maleta de roupas. Fomos pelo corredor térreo até o que seria meu ateliê e provisória residência. Abri a porta e entramos. Acendemos as luzes. Fechei a porta. Procurei, mas não tinha tranca interna. Teria que providenciar uma amanhã. Guardei na memória, como se ela tivesse gavetas. Depois do tiro de hoje tinha que redobrar minha vigilância, pensei. Mas bem que era jeitoso o ateliê. Fiquei até mais relaxado, apesar das fugas e perseguições dos últimos dias. Minha única preocupação naquele momento era o tiro de hoje. Era uma coisa inaudita. Pelo menos nunca acontecera comigo.

Eu	— O que você achou, Ricardo?
Ricardo	— Tem tudo. Até duas camas para dormir. Pô, Aurélio, e o Embaixador lhe emprestou de graça?
Eu	— Foi. Ele foi com a minha cara. Até me pediu para chamá-lo de Frazão e não de Embaixador. E olha que ele é importantíssimo.
Ricardo	— Isto aqui que você chama de ateliê é umas cinco vezes maior do que a espelunca em que eu vivo.
Eu	— Sempre que quiser, venha pra cá me visitar, ficar por aqui, dormir, sei lá... Quem sabe me ver trabalhar.

Ricardo	— Olha que eu venho...
Eu	— É sério, é para vir mesmo. Agora vamos arrumar estas compras.
Ricardo	— Olha ali, Aurélio. Você não disse que não tinha panelas, louças e essas coisas. Errou. Tem tudo ali na cozinha. Você gastou dinheiro à toa.
Eu	— Acho que o Monteiro arrumou essas coisas na última hora. Agora fazer o quê? Teremos mais capacidade de cozinhar. Poderemos até receber gente para jantar.
Ricardo	— Por falar nisso, vou botar água para ferver. Vou cozinhar a minha especialidade. Ravióli em fuga. (e foi rindo da própria piada) Adoro cozinhar e estou morrendo de fome.

Foi para a cozinha preparar seu ravióli em fuga. (só de pensar no nome, sorri comigo mesmo) Comecei a arrumar as minhas coisas sozinho. Primeiro as roupas. Logo em seguida meu material de trabalho. Só de mexer naquelas coisas me dava vontade de começar a pintar logo. Nosso humor estava ótimo. Deu até para esquecer os problemas do dia. Acabei a arrumação. Ele terminou o ravióli. Jantamos com um vinho bom acompanhando a pasta. Não era um Barbera d'Alba mas era bom. Depois do jantar conversamos um pouco. Depois de tudo que passamos, estávamos cansados. Cada um arrumou sua cama, puxei as cortinas, apaguei as luzes e o cansaço daqueles dias todos nos encaminhou a um sono sem preocupações. Apesar de estarem tão próximas a nós. Acordamos com alguém batendo na porta. Dava para perceber que já era dia. A luz dele penetrava suave pelas grossas cortinas. Demorei um pouco para realizar onde estava. Me levantei e abri as cortinas;

aí sim a luz do sol entrou e eu realizei que estava no meu novo ateliê. As batidas continuavam. Com o Ricardo ainda dormindo fui atender a porta.

Eu	— Quem é?
Monteiro	— O Monteiro.
Eu	— Viva. (abri a porta) Entre Monteiro, a casa é sua.
Monteiro	— O José me chamou logo cedo para eu ver o táxi que trouxe você aqui. Levei o maior susto com o que eu vi.

Como num cômico passe de mágica, à última frase do Monteiro, o Ricardo deu um pulo na cama. Até o meu amigo diplomata se assustou.

Monteiro	— E esse seu amigo aí, quem é?
Eu	— É o Ricardo. Meu amigo e quem dirige o táxi que o assustou. Senta numa cadeira, Monteiro. Ricardo este é o Monteiro que arrumou aquelas panelas extras.
Ricardo	— (ainda com sono) Prazer. Vou preparar um café pra gente.
Monteiro	— O que houve com o carro de vocês?
Eu	— Atiraram na gente. O Ricardo garante que foi em mim. Eu também acho isso. Vamos tomar o café que depois eu conto mais um dia da minha vida romana para você.

O café do Ricardo foi posto à mesa, com manteiga e os meus sempiternos *croissants*. Comemos, tomamos o café e eu sugeri ao Ricardo irmos ver o táxi sob a luz do dia. Afinal de contas, se tinha assustado o José, ao ponto dele chamar o Monteiro na casa dele, talvez de dia desse para ver coisas que no escuro não tínhamos visto. Assim fizemos logo após o café. Fomos ao estacionamento da embaixada. Junto ao carro, fora o José, encontravam-se outros funcionários que de perto analisavam o carro avariado. O Ricardo foi rápido para ver de perto os estragos.

Ricardo	— Puxa. Ontem à noite não me pareceu que o estrago tivesse sido tão grande. Tem até um pouco de sangue aqui. Vou ver se pelo menos limpo isso.
Eu	— É você tem razão. Foi muito pior do que pareceu ontem. Vamos entrar Monteiro, quero contar tudo para você.
Monteiro	— José, dá uma mão pro Ricardo limpar o que puder. Vamos, Aurélio. Preciso saber tudo.

Fomos. Contei tudo a ele. Inclusive o tiro e o estratagema do Ricardo para parar a motocicleta que nos seguia. O Monteiro estava boquiaberto. Ouvia como se fosse uma criança ouvindo um conto de fadas. Terminei a história.

Monteiro	— E agora? Vamos fazer o quê?
Eu	— Não tem jeito. Vou ligar para um *carabiniere* de quem fiquei amigo. E vamos ver.
Monteiro	— É aquele com quem você teve problema?
Eu	— (tranquilizei-o) É. Mas agora somos amigos.

Fui ao celular do Ricardo que estava na carga e liguei para o Alfredo. Dessa vez ele atendeu logo.

Eu	— Alfredo, sou eu, o Aurélio.
Alfredo	— Como vai?
Eu	— Mal. Me aconteceu um negócio ontem que você tem que saber logo. Atiraram em mim ontem.
Alfredo	— Como é? Como foi isso?
Eu	— Alfredo, estou aqui na minha embaixada. Nem sei se devo sair daqui para ir me encontrar com você agora.
Alfredo	— Fica aí! Vou mandar uns homens pegarem você. O Carlo vai no comando do pessoal. O Carlo você conhece.
Eu	— Para mim ele é uma figura inesquecível.
Alfredo	— (sem ligar para a minha ironia) Eu já ia começar os interrogatórios da Maria e dos outros. Só que esse novo acontecimento muda tudo. Muda para pior para eles. Agora o interrogatório tem tentativa de homicídio. Vai ter que esperar e depois esquentar. Agora estou com raiva!
Eu	— Então eu espero teu pessoal chegar.
Monteiro	— Eu vou junto.
Eu	— Alfredo, estou aqui com o adido cultural da embaixada. Ele vai comigo, tá bem? Ele insiste.
Alfredo	— Claro! Será até melhor.
Eu	— Então estou aguardando o seu pessoal. Acho também que você deveria

	mandar um reboque porque quase destruíram outro carro do Ricardo.
Alfredo	— Outro?
Eu	— É, Alfredo, outro. Só porque eu estava dentro.
Alfredo	— Vou mandar. Diz ao Ricardo que assim que eu tiver um tempo ligo para o patrão dele e darei uma palavra de agradecimento a tudo o que o Ricardo e a empresa dele têm feito por você e por nós. Não vou esquecer.
Eu	— É, Alfredo. Isso seria bom para ele. O.k.! Ficarei aqui aguardando.

Ainda não tinham se passado vinte minutos quando chegaram os *carabinieri*, liderados pelo Carlo. Dessa vez ele demonstrava toda a sua capacidade de liderança. Veio num carro dos *carabinieri*, seguido por um furgão cheio de outros policiais. Não entraram na embaixada, pediram lá fora para me chamarem, o que foi feito. O Monteiro e o Ricardo foram junto. Me senti um presidente ou alta autoridade com o cuidado que tiveram comigo. O Carlo me colocou no seu carro no banco de trás. Eu fui no meio e, de cada lado, um policial. Todo mundo sério. Fomos. O Monteiro foi no carro dele. Levava o Ricardo. Mas antes autorizou o reboque dos *carabinieri* a entrar no estacionamento da embaixada para pegar o táxi avariado. A caravana partiu em alta velocidade e com as sirenes ligadas. Estava me sentindo, como já disse, uma alta autoridade. Agora, àquela velocidade policial, mais ainda. Os minutos se passaram. Cada vez mais nos afastávamos do centro da cidade. Me dirigi ao Carlo.

Eu	— Aonde estamos indo, Carlo?
Carlo	— Na Casa Azul.

Eu	— O que é isso?
Carlo	— É uma antiga igreja onde fazemos os interrogatórios especiais.

Que irônico, pensei eu. Uma igreja que se tornou um lugar de interrogatórios e, por que não dizer logo, um spa de torturas. Olhei para trás. O carro do Monteiro vinha logo depois do nosso e o furgão logo em seguida. As sirenes agora tinham cessado.

Eu	— Ainda falta muito, Carlo?
Carlo	— Não, seu Aurélio. Estamos quase lá.

Continuamos mais alguns minutos, cada vez mais no meio de muito verde, muitos arbustos, muitas árvores. Chegamos. Todos nós saltamos. Não se via a Casa Azul. Era o azul da casa escondido pelo verde. Carlo nos guiou. Finalmente vimos nesgas do azul. Enfim a casa. Carlo nos fez entrar. Agia com a maior educação. Tocou uma campainha. Abriram uma porta mais interna do que a primeira. Logo depois aparece o Alfredo. Cumprimentei e em seguida o apresentei ao Monteiro. O Alfredo estendeu a mão com um óbvio respeito formal. Deram-se as mãos. O Alfredo saudou o Ricardo e nos levou para uma salinha onde ficamos eu, o Monteiro e o Ricardo.

Alfredo	— Agora, Aurélio, me conta tudo.
Eu	— Tá bem, Alfredo. Quando ontem... (contei tudo que aconteceu comigo e com o Ricardo quando fomos ao hipermercado) E agora estamos aqui, Alfredo.

A sala era pequena mas envidraçada e arejada mecanicamente. Do outro lado, a típica sala de interrogatório como aquela em que eu conhecera o Alfredo e o Carlo. A aparelhagem de som e vídeo e outras coisas que nem reconheci estavam espalhadas, digamos, cientificamente. Esperamos por minutos até o Alfredo entrar. Logo em seguida entra o Carlo puxando um homem pelas algemas e muito abatido. Ouvia-se tudo da outra sala, mas o Alfredo nos avisara que de lá não se ouvia nada da nossa. A não ser que batêssemos no vidro. Sem delicadeza alguma, o Carlo fez o homem sentar-se num banquinho do outro lado da mesa em frente ao Alfredo. Este último estava mexendo em uns papéis e não disse nada. Deixou passar alguns minutos. O homem trazido pelo Carlo era o incendiário. Eu agora até o reconhecia. Talvez fosse a força do meu autoconvencimento somada à confissão que o cara dera ao Alfredo e que agora seria gravada. Pelo menos eu achava. O tempo passava enquanto o imenso Carlo se movia atrás do criminoso algemado.

Alfredo	— Como é, dormiu bem? Gostou dos seus companheiros de cela? Tem alguma coisa mais para me contar?
Incendiário	— Doutor, por favor não me bote mais naquela cela. Só tem barra-pesada lá. O senhor sabe que eu não sou chegado a violência. Quando esses mafiosos precisam da nossa especialidade é uma coisa. Quando não, são contra o que fazemos para viver. Sobre a nossa pendência, contei tudo, até confessei. Fui eu. Precisa mais?

Para quê? O impaciente Carlo deu-lhe com sua imensa mão uma não menor bofetada que o fez cair com banquinho e tudo. Ele gemeu forte entre dor e susto. Levantando-se todo sem jeito, sem ajuda de ninguém, e olhando para o Carlo com um olhar atônito, pegou o pequeno banco com as mãos algemadas e sentou-se de novo.

Alfredo	— (Esperou um pouco e chamou o Carlo, que colocou o ouvido quase na boca do Alfredo. Concordou em silêncio. Voltou para sua posição original.) E então, vai ou não matar minha curiosidade?
Incendiário	— Vou. Vou sim. O que o senhor quer saber que eu já não contei?
Alfredo	— Você jura que não sabe?
Incendiário	— Me diga o que o senhor quer, doutor, que eu digo.
Alfredo	— (com um pequeno olhar para o Carlo) Vou perguntar só uma vez... Espero que você responda. Será melhor para você. Você já viu a fita. Então me diz: quem era o homem louro que o contratou para matar aquelas duas mulheres e o menininho no incêndio que você provocou?
Incendiário	— Mas doutor, não era para ninguém morrer! Pus fogo nas telas, só. Acho que calculei mal, porque na hora do fogo tudo explodiu. Depois me lembrei. Era um ateliê de pintor. A partir da tinta, tudo que tinha ali era altamente combustível. Reagentes etc. etc.
Alfredo	— Não foi isso que perguntei. Perguntei quem contratou você.
Incendiário	— Foi aquele americano louro da fita.
Alfredo	— O nome. Eu quero o nome.

Incendiário	— Mas isso eu não...

Dessa vez o Carlo aplicou-lhe um telefone. O homem caiu novamente, só que dessa vez berrava. O telefone aplicado pelo Carlo o fez ficar tonto e gemente. Com mais esforço que da primeira vez, demorou-se a sentar. Era insistente o homem. Sentou-se.

Alfredo	— Será que vou ter que perguntar de novo?
Incendiário	— Não. Sei que vão me matar. Mas danem-se. (gaguejava) Foi um cara que me apresentaram da embaixada americana. Pelo menos ele disse que era.
Alfredo	— Estou ficando cansado. Já vi que você gostou daquela cela onde eu coloquei você ontem.
Incendiário	— Lá não, por favor. O nome do louro é Alan. Alan não sei de quê. Ele não disse.
Alfredo	— Acredito em você. Agora mais uma pergunta e você vai descansar numa nova cela. Está bom?
Incendiário	— Tudo que o senhor quiser, doutor.
Alfredo	— Quem trabalhava com ele?
Incendiário	— O senhor não vai acreditar, doutor.
Alfredo	— Nesse meu ramo acredito em tudo.
Incendiário	— Era um casal. Ele trabalhava com a mulher dele. Uma tal de Mary, uma mulher linda. Mas isso o senhor já sabia. Eu a vi presa lá na delegacia quando foram me fichar.
Alfredo	— Eu só queria conferir. Carlo, leva o nosso criminoso aqui para uma outra

cela. Manda dar alguma coisa pra ele comer. Depois me dá uns dez minutos e me traga aqueles outros dois. Vamos ver se a gente fecha isso ainda hoje. Já está tarde.

Carlo como um bom samaritano fez o que o Alfredo disse. Enquanto isso o *carabiniere* chefe veio à nossa sala. O Monteiro estava não sei como, no mínimo muito nervoso. O Ricardo também. Eu, do meu lado, achava que aquele filho da puta de incendiário até que tinha sido bem tratado.

Alfredo	— (entrando na sala onde estávamos) Me desculpem. Mas criminosos só entendem este tipo de interrogatório. Se for macio com eles, são sempre inocentes. Não informam nada. *Dott.* Monteiro, preciso do senhor para reconhecer a Maria. Só o senhor pode ratificar o testemunho do Aurélio. A identidade da Maria. O senhor a viu na embaixada, não viu?
Monteiro	— Vi. Vi várias vezes.
Alfredo	— Ótimo. Daqui a pouco o senhor vai vê-la. Tá bem? Preciso ter a certeza que a Maria é a Mary, entendeu?
Monteiro	— Entendi.

O Alfredo foi para a sala de interrogatórios. Sentou-se na sua sóbria mesa. Em frente a ela dois banquinhos ao invés de um. O Carlo já havia preparado a próxima sessão de perguntas, melhor dizendo, de respostas. Minutos depois, na sala entram dois indivíduos escoltados por Carlo. Os mesmos que tentaram escapar do Ricardo quando faziam a segurança da

Maria na BMW. Puxa, já imaginava o que viria. E veio. As ações foram as mesmas, o Alfredo perguntava e os amigos do Alan deveriam responder logo. Quando não, o Carlo entrava no circuito. No final, confessaram tudo. Tim-tim por tim-tim. Eram italianos, tinham sido contratados pelo Alan pra defender a Maria e me pegar para me machucar. Assinaram as confissões, assim como fizera o incendiário. Diante da câmera de TV e do gravador, o Alfredo conferia as assinaturas com os documentos deles que foram apreendidos na hora da prisão. Carlo os levou embora. Nesse ínterim, o Monteiro saiu da salinha que ocupávamos procurando um banheiro. O Alfredo na sala ao lado continuou sentado. Mexia nos papéis e esperava. Esperou pouco.

Maria, mais abatida ainda do que quando a vi após o seu primeiro encontro com o Alfredo, entrou. Veio à sala precedendo o Carlo, que a fez sentar-se no banquinho. Vinha algemada com as mãos para trás. Como sempre o Alfredo, com vagar, terminava de rever sua papelada. Passaram-se alguns minutos. Ele finalmente deu-se por satisfeito. Juntou os papéis conforme um contador faria e os guardou em uma gaveta. Finalmente olhou para Maria.

Dottore	— Bom dia, Maria.
Maria	— (Demora a responder. Carlo não deixa escapar a oportunidade de dar um tapinha no seu braço. Maria responde com uma voz mastigada.) Bom dia.
Carlo	— (com uma voz que soava ameaçadora) *Dottore*, a TV está ligada.
Dottore	— Não faz mal. A gente edita depois. (para Maria) Vamos ou não ter uma conversa civilizada?

Maria — (irritada) Se depender de mim, vamos. Mas não acredito que vocês sejam civilizados.

O segundo tapa do Carlo foi no mesmo ombro, no mesmo lugar, mas a força foi outra, maior. A Maria quase caiu do banquinho como o incendiário. Seu rosto nem medo demonstrou. Mostrou sim uma fúria revolucionária. Não disse nada. Se seu olhar soubesse como, incendiaria a sala, com o Alfredo e o Carlo juntos.

Nesse momento o Monteiro voltou para nossa sala. Olhou através do vidro e explodiu. Começou a dar pancadas no vidro. O Alfredo olhou na nossa direção. Mandou o Carlo ficar com a Maria e foi ver o que tinha acontecido na salinha onde estávamos. Entrou na sala. O Monteiro estava excitadíssimo.

Monteiro — É ela. Eu juro, é ela. Esteve três ou quatro vezes lá na embaixada. Não há possibilidade de erro. Até o Embaixador a viu e quase cancelou uma reunião sigilosa quando a levaram lá. Um cara da Vale. Um tal de Roberto. Imagine, ele a levou para aquele encontro como se fosse uma reunião social. Mas a comitiva da Vale vai embora hoje. O senhor não vai poder interrogá-lo.
Alfredo — Hoje?
Monteiro — É. Às vinte e duas horas pela Varig.
Alfredo — (olhando para o relógio) Temos que falar com esse homem também. Como é o nome dele?
Monteiro — Roberto. Não me lembro do sobrenome, mas o reconheceria na hora.

O Alfredo se movimentou rápido dando ordens. Todos lá se mexeram. Ele não se esqueceu de mandar o Carlo devolver a Maria à cela dela. Ainda mandou dizer a ela que aconteceu um fato importante relativo à sua culpabilidade e que isso seria tratado antes do seu novo interrogatório. Nem vi o rosto dela ao saber dessa notícia, eu já tinha ido com a turma. Nova caravana, mais sirenes, mais veículos se afastando para dar passagem. É, pensei eu, o Ricardo deveria estar achando tudo ótimo, feliz consigo mesmo. Fora suas experiências comigo e sua ex-carreira, acho que nunca vivera tantos momentos excitantes como aqueles. A ordem da caravana era a mesma. Só que agora tínhamos o Alfredo conosco no lugar antes ocupado pelo Carlo e o Carlo à minha direita no banco de trás. O motorista era o mesmo. A caravana seguia a toda para o aeroporto. Iam em busca de um obscuro Roberto. Ou, talvez, tentar descobrir o quanto obscuro ele era no complô que cada vez envolvia mais gente. E olha que ainda faltavam os motociclistas. Quando o Alfredo tomou conhecimento do atentado ele imediatamente deu ordem para uma busca que me pareceu ser nacional. A começar pelos hospitais. Mas até aquele momento eu não sabia nada. Só sabia que a busca era intensa. Um tiro havia sido dado.

A nossa caravana ia numa velocidade incrível para não perder o Roberto para a Varig. Eu sorria imaginando a cara de felicidade do Ricardo que ia no carro do Monteiro. Este último devia estar surpreso com aquela pronta e súbita reação do Alfredo e também com o convite inesperado para ele ir ao aeroporto Fiumicino tentar prender o Roberto. Ele foi no seu carro, sempre acompanhado do Ricardo. Aquela corrida devia estar sendo excitante para ele também. Aliás, ele causara toda aquela movimentação. Enquanto isso as sirenes deviam estar lembrando ao Ricardo sua ex-carreira. O Fiumicino se aproximava. Chegando lá, o Alfredo saltou e correu para o portão de embarque da Varig. Correu pelo granito do aeroporto que, dada a hora, já estava sendo lavado. Os *carabinieri* mais jovens o seguiam com esforço. Nós ficamos para trás. Chegando no portão do embarque da Varig, ele apresentou seu distintivo e pediu para ver a lista de passageiros. Viu. Largou a lista no balcão e correu para o controle do aeroporto. Deve ter pedido ou ordenado, sei lá, que suspendessem a liberação do voo da Varig que já tinha sido dada. Tudo foi rápido. Ele disse qualquer coisa lá que o resultado foi fazer com que o imenso Boeing 747, lotado e já taxiando, voltasse ao portão de embarque. Depois ele me disse que mentiu. Já que um avião da Varig era território brasileiro, ele não poderia prender ninguém lá dentro. Então mandou anunciar que eles estavam levando um passageiro com uma doença altamente contagiosa. Eu juro, quando o avião voltou, que nunca tinha visto um aparelho grande como aquele, lotado, se esvaziar tão rapidamente. Saíram todos os passageiros, inclusive o pessoal da Vale. O nosso grupo todo os aguardava na sala de espera destinada à Varig naquela noite. Quando os homens da Vale saíram, o Monteiro estava com a sua atenção aguçadíssima. Ao lado dele, o Alfredo olhava também para aqueles homens, sem perder as reações do Monteiro de vista. Os atendentes da Varig chegaram, não sabiam o que fazer. O Monteiro sentia-se na obrigação de achar o Roberto. Seu rosto se abriu. Lá vinha o procurado Roberto batendo papo com um outro homem da comitiva da Vale. O Monteiro o indicou para o Alfredo. Ele se destacou e foi ao Roberto. Mostrou o distintivo e disse que precisava falar com ele, colocando sua mão no braço do Roberto, que recuou ameaçando uma reação. Seus colegas vieram socorrê-lo. Os *carabinieri* ali presentes (eram uns dez) cercaram os homens da Vale que estavam tentando empurrar o Alfredo. Foram todos com os cassetetes já erguidos. A turma de empresários cedeu logo. O chefe deles, o sr. Mario, um senhor fino, bem-vestido, se aproximou.

Mario — O senhor é?

Alfredo	— *Dott.* Alfredo Rossi, *carabiniere* chefe.
Mario	— O senhor pode me dizer o que está acontecendo aqui?
Alfredo	— Ele sabe. (apontou para o Roberto)
Mario	— (com dignidade) Mas, com todo o respeito, eu gostaria de saber. Sou dr. Mario Gualtieri, chefe desta delegação brasileira.
Alfredo	— Ele fez parte de um complô que visava prejudicar sua empresa, complô esse, que no processo causou a morte de duas mulheres e um bebê italianos.
Roberto	— (arrogante) Não sei de nada disso.

O Monteiro se aproximou. Houve uma mudança súbita na reação do Roberto.

Alfredo	— (vendo a reação do Roberto quando viu o Monteiro) O senhor não pode viajar hoje. Ficando, vai poder me provar que eu estou enganado. Agora o senhor vai comigo para a delegacia!
Mario	— (para o Monteiro) Conselheiro, o que está havendo?
Monteiro	— Ele foi visto mais de uma vez com uma criminosa que queria detalhes das negociações da Vale que eram feitas lá na embaixada. O senhor deve estar lembrado. O Embaixador inclusive se recusou a ter a reunião se

	ela ficasse lá. O *dott*. Rossi acha que ele participou do complô que acabou matando os três italianos.
Roberto	— (para o Alfredo) Mas o senhor não tem prova nenhuma e eu não tenho que ir a lugar nenhum.
Mario	— *Dott*. Rossi, eu não sabia. Com licença, provavelmente nos chamarão em breve para o voo. (foi sem olhar para o Roberto)
Alfredo	— (ainda olhando para o chefe da comitiva) Carlo, vem cá!

O gigantesco Carlo se aproximou.

Alfredo	— (olhando para o Roberto) Algema e leva para o furgão!
Roberto	— (quase gritando) O senhor não pode fazer isso.
Carlo	— (fechando a segunda algema) Já está feito. Vamos! (puxou o Roberto em direção ao furgão)

O Roberto ia, mas tentava resistir ao Carlo. Era como se fosse esquiando pelo granito molhado do aeroporto com uma força motriz puxando na frente. Chegava a ser engraçado. Gritava para o chefe da Vale enquanto este último se dirigia para o salão de embarque sem sequer olhar para trás. Pelo alto-falante a Varig começou a chamar pela segunda vez os passageiros para o Rio de Janeiro.

Fomos direto para a Casa Azul. Já era bem tarde, umas onze horas mais ou menos. O Alfredo mandou o Carlo colocar o Roberto numa cela e voltar. Liberou o furgão com os *carabinieri* e, assim que o Carlo voltou, nos convidou para jantar. Devo dizer que estava mesmo com fome. Ao invés da velha *trattoria* que íamos sempre perto da delegacia, levou-nos numa mais próxima à Casa Azul.

Alfredo	— O dia hoje foi longo. Terminou com a grande dica do *dott*. Monteiro sobre o Roberto. O inquérito agora está ficando quente. Começou agora, sob qualquer ponto de vista, a tomar proporções mais épicas, mais internacionais. Agora vamos comer e amanhã espero que vocês possam vir às nove horas, ou melhor, mando buscar vocês. Será para um reconhecimento mais oficial da Maria. Está bom para o senhor, *dott*. Monteiro?
Monteiro	— Me trate como o Aurélio me trata. Me chame de Monteiro. Aliás, depois do que vi hoje, quero mesmo é ser seu amigo. (Alfredo deu um pequeno sorriso)

Fomos todos no carro do Monteiro. O Alfredo nos guiou para um *ristorante*. Chegamos lá, era bem simpático. O Alfredo era conhecido lá também. Sentamo-nos. Senti o Ricardo meio sem jeito, aliás o Carlo também.

Eu	— Fique à vontade, Ricardo. Você está entre amigos!
Alfredo	— (notando também a timidez do taxista) Fique tranquilo, Ricardo. Amanhã vou ligar para a sua empresa e vou agradecer em nome dos *carabinieri* os seus caríssimos préstimos. E

	vou mandar consertar esse segundo carro também.
Ricardo	— Obrigado, *dott*. Rossi, eu estou calmo. Só estou um pouco cansado.
Alfredo	— Você tem razão. O dia hoje foi incrível. Vamos comer para dormir o mais cedo possível. Amanhã é outro dia que promete.

Foi um jantar bom e rápido. Apesar da boa comida, estava todo mundo cansado. O próprio Alfredo estava. Em seguida nos despedimos e fomos. Na saída tinha um carro dos *carabinieri* esperando pelo Alfredo e o Carlo. Eu e o Ricardo fomos com o Monteiro. Ele nos levou até a embaixada, marcamos para o dia seguinte às oito e trinta lá. Eu e o Ricardo fomos para o ateliê e em minutos nos rendemos ao sono.

No dia seguinte deu tudo certo. O Monteiro, com a mania dele de sempre chegar cedo aos seus compromissos, nos acordou. Terminávamos, os três, nosso café, quando pelo interfone fomos avisados que dois carros dos *carabinieri* chegaram para nos pegar. Seguimos junto com o Carlo e um outro policial. O Carlo dirigia. Ligou a sirene e a toda velocidade partiu para a Casa Azul.

Chegamos logo. A segunda vez, seja do que for, é sempre mais rápida. Nem sei por quê. Mas que achava, achava. Fomos recebidos pelo Alfredo que nos levou para a salinha envidraçada. Ainda era cedo. Disse que desejava terminar aquela fase do interrogatório hoje ainda. Foi para o outro lado do vidro. Entrou, sentou-se na sua cadeira e começou a mexer nos famosos papéis. Logo em seguida entram o Carlo, seu cassetete e o Roberto. Carlo, como sempre sem cerimônia, coloca o algemado Roberto no banquinho. Ao lado do dele tinha um outro que permaneceu, como estava, vazio. A cena se repetiu. Por alguns minutos, o Alfredo cuidava dos seus papéis.

Era paciente, mais parecia um amanuense. O Roberto estava muito mais humilde, eu diria até cabisbaixo com sua roupa de prisioneiro da Casa Azul. Finalmente o Alfredo terminou de mexer nos papéis e os guardou na gaveta.

Alfredo	— E aí, *dott*. Roberto. Essa repousante noite de sono serviu para lhe dar vontade de responder as minhas perguntas?
Roberto	— (humilde) Eu não sei quais são elas.
Alfredo	— Então vamos lá. O senhor conhece ou conheceu uma linda mulher de nome Mary?
Roberto	— Nunca!
Alfredo	— Ou uma, também muito bonita, chamada Maria?
Roberto	— Claro que eu conheci muita Maria bonita durante a minha vida.
Alfredo	— À que eu me refiro, o senhor conheceu durante esta sua presente viagem a Roma.
Roberto	— Durante esta viagem não!
Alfredo	— Que pena.

O cassetete do Carlo atingiu uma das coxas do Roberto com força tal que o fez gritar.

Roberto	— (logo após o grito, reclamando) O que é isso?

Pra quê? Veio uma segunda cacetada na outra coxa que fez com que gritasse mais do que da primeira vez.

Alfredo	— Se continuarmos assim vai ser muito difícil para o senhor, *dott*. Ro-

	berto. O senhor vai ter que ser mais compreensivo comigo.
Roberto	— Compreensivo como? Quem está apanhando não sou eu?

Não devia ter falado como falou. O Carlo agiu de novo. Agora na parte superior do braço direito. O grito dele foi violento e o fez cair do banquinho. Demorou a sentar-se de novo.

Alfredo	— O senhor está sentindo, *dott*. Roberto, como vai ser difícil e doloroso?
Roberto	— (gaguejando) Estou.
Alfredo	— Por que o senhor não coopera mais? O que não nos falta é tempo e o meu companheiro aqui (apontou para o Carlo) é um sádico de primeira.
Roberto	— Eu quero cooperar.
Alfredo	— Ótimo, então podemos recomeçar. O senhor conheceu uma Mary ou Maria aqui em Roma?
Roberto	— Conheci. Mas foi por pouco tempo, uma prostituta. Foi uma noite só.

Dessa vez o Carlo caprichou e foi no meio das costas. O Roberto caiu todo. Uivou. Ficou caído no chão entre gemidos de dor e falta de ar. O Carlo abaixou-se e, como se levantasse um embrulho, pegou o Roberto e o equilibrou sobre o banquinho. O homem arfava, buscava ar. O Alfredo deu um tempo. Esperou que o Roberto se recuperasse. Enquanto esse tempo passava, meus pensamentos fugiram. Olhei para o Monteiro e para o Ricardo. As caras de ambos sob a minha visão estavam amarfanhadas de verem tudo aquilo que eu via. O meu rosto deveria estar também. Pensei comigo. E quando fosse a Maria, como eu reagiria? Como suportaria ver aquela mulher, que por só uma noite, uma só, me dera o que eu pensei fosse amor. Como eu me sentiria vendo-a sofrer tanto. Passar por tudo aquilo ou quem sabe o que mais. Ouvimos o Alfredo.

Alfredo	— Sabe, *dott*. Roberto, nós estamos só no início. O senhor acha que vai aguentar muito ainda? Ou vai ser inteligente e economizar as futuras dores. Só preciso saber onde o senhor encontrou aquela mulher que o senhor disse tratar-se de uma prostituta. Só quero isso.
Roberto	— (ainda arfando) Foi num jantar oferecido pela embaixada brasileira.
Alfredo	— Ah, viu como é melhor dizer a verdade. Assim o senhor diminui o trabalho do Carlo. Agora, me diga, o que ela queria com o senhor?

O Roberto demorou um pouco a responder, fazendo com que o Alfredo, com pequenos gestos e olhares, ameaçasse acionar o Carlo.

Alfredo	— Carlo, eu acho que o *dott*. Roberto aqui não acredita muito no que você pode fazer.

Antes que o Carlo agisse, o Roberto resolveu manifestar-se.

Roberto	— Vou contar tudo. Chega! O pessoal da Vale, a embaixada, todos estão pouco se importando comigo.
Alfredo	— Mas o que o senhor queria que eles fizessem? O senhor se meteu com

criminosos! Mas sua decisão agora é ótima. Será melhor para todo mundo, principalmente para o senhor. Vamos, o que a Maria queria com o senhor? Se disser a verdade será só a confirmação do que a gente já sabe. Aí, pronto, o senhor pode ir descansar.

Roberto — Ela queria saber até quanto a Vale estava disposta a pagar pela empresa americana que negociava para comprar. Chegou a me levar para o apartamento dela. Fizemos amor. Mas juro que não dei informação nenhuma. Garanto que não dei. De manhã fui embora. No dia seguinte, a levei à embaixada onde aconteceria uma reunião da Vale. Quando cheguei lá com ela, o Embaixador ameaçou cancelar a reunião se tivéssemos ali a presença de uma estranha à Vale e à embaixada. Aí pedi para ela esperar na antessala durante a reunião. Depois da reunião saímos e fomos de novo para o seu apartamento. Ela não parava de perguntar por detalhes. Nunca dei nenhum. Até que ela se cansou de perguntar. Nem sexo fizemos. Ela chamou um táxi para eu ir de volta para o meu hotel. Isso foi tudo. Eu juro. Nunca disse nada. Mas tem uma coisa: ela afirmou, com raiva e desprezo por mim, que tinham um informante na embaixada e não iriam precisar mesmo mais de mim.

Monteiro	— (dentro da salinha) Que filho da puta mentiroso! Informante na embaixada. Onde já se viu?

Olhei pra ele com certa estranheza pela raiva que emanara dele. Mas fiquei calado.

Alfredo	— Isso nós vamos conferir. Vou informar à embaixada. Carlo traz a outra testemunha. Vou lá fora por uns minutos. (veio até nós) Pessoal, pode parecer mentira, mas odeio ter que fazer essas coisas. Mas com certos criminosos não se tem muita escolha não. O Roberto para variar... estou acreditando nele. Mas vamos ver agora. O Carlo já vai chegar com a outra testemunha. (para o Monteiro) O senhor ouviu, não ouviu? Segundo ele disse, a Maria afirmou que vocês têm um espião dentro da embaixada.
Monteiro	— Esse cara é um mentiroso. Isso não pode ser. Conheço todo mundo lá. Ninguém lá da embaixada se prestaria a uma coisa dessas. Mas vou falar com o Embaixador. Ele vai querer ir fundo nisso (fora de si). Que absurdo!

Enquanto ele dizia isso entrou na outra sala além-vidro o Carlo. Trazia com ele a Maria algemada. Colocou-a no outro banquinho e saiu fechando a porta. A Maria olha para o Roberto que estava vergado sobre as próprias dores. Levou um susto. Falou bem baixo. Não imaginava que ouvíamos tudo graças a um dos sensibilíssimos microfones instalados lá na sala. Não importava se sussurros ou gritos, ouvia-se tudo.

>Maria — Pegaram você também?
>Roberto — No aeroporto. Eu já estava dentro do avião.
>Maria — Você não disse que me conhecia, disse?
>Roberto — Claro que disse. Tem um *carabiniere* gigantesco aí que quase me matou.
>Maria — Seu covarde. Como fomos confiar em você?
>Roberto — Pare com isso, Maria. Vocês não confiaram em mim. Vocês me meteram nessa. Você e aquele Alan, o bandido do seu marido americano.
>Maria — Cale a boca. Não fale mais nada. Eles podem estar ouvindo.

Calaram-se.

>Alfredo — Viram? Apesar da minha experiência, o tal do Roberto quase me enganou. Ele conhece até o Alan. Me desculpem. Vou voltar a trabalhar.

De onde estávamos, eu, Ricardo e Monteiro vimos quando o Alfredo e o Carlo entraram. O Alfredo diretamente para a sua cadeira. O Carlo quando passou pela Maria deu-lhe um tapa forte e em seguida uma incrível cacetada no Roberto. Ela aguentou o tapa e se equilibrou no banquinho com um gritinho de susto. O Roberto, além do grito uivante, foi projetado a dois metros do seu banquinho. O Alfredo e o Carlo esperaram que ele se refizesse e sentasse outra vez. Não teve ajuda alguma. Quando chegou ao banco esforçou-se, algemado e tudo, para subir e sentar. Conseguiu. O Alfredo resolveu esperar um pouco. Pegou os seus já famosos papéis e fingiu lê-los por mais alguns minutos. Depois guardou-os na gaveta. A Maria não tirava seus furiosos olhos de cima dele.

Alfredo — Bem. *Dott.* Roberto, o senhor... Errei. Por que chamar um criminoso de doutor? Roberto, você não devia nos contar apenas parte da verdade. Devia ter contado tudo. Meias verdades deixam o Carlo zangado e aí não posso fazer nada. Ele externa toda a sua raiva. Estivemos ouvindo a conversa que o parzinho teve enquanto estávamos fora da sala. Agora sabemos que vocês conhecem a pessoa que queremos botar atrás das grades. O marido ou coleguinha, sei lá, da Maria. O famoso Alan.

Maria — (para o Alfredo) Seu miserável!

Aí o Carlo esqueceu a mão. Deu uma tremenda cacetada na parte superior da nádega direita da Maria. O choque foi tão forte que dessa vez ela pareceu voar do banco enquanto gritava a plenos pulmões. Ficou no chão entre chorando e gemendo. Ninguém a ajudou.

Alfredo — Você não disse que ia ser civilizada? O que você disse não se aplica à civilidade. Acho melhor você se ater ao que prometeu.

Maria — (ainda no chão) Vocês são uns animais.

> Alfredo — (virando-se de costas) Estou sem tempo! Carlo, levanta e tira.

Na salinha, ainda sentindo parte da dor que a Maria devia estar sentindo, eu pensei que a ordem fosse para o Carlo tirar as algemas. Mas não foi nada disso não. Na frente de todos, o Carlo levantou a Maria sem o menor cuidado e, com suas manoplas colocadas na gola do vestido de presa da Maria, arrancou-o de uma vez só. Ela ficou de calcinha e sutiã, ali no meio dos homens que ela via e daqueles que a viam sem serem vistos, ou seja, nós da salinha. Pela primeira vez a atitude da Maria foi de estupor, medo e humilhação. O Carlo a fez sentar no banquinho. Ela com as mãos para trás e algemadas nada podia fazer.

> Alfredo — Será que agora você poderia ser mais civilizada?
> Maria — Vocês agridem e eu é que não sou civilizada?

Carlo não deixou escapar. Deu-lhe outro tapa, de força média, no mesmo local dos outros tapas. Só que (imaginei eu) o local já devia estar muito machucado e ela gritou abaixando a cabeça. Acalmou, pensei eu. Nada. Levantou de novo a cabeça.

> Maria — (desafiadora, olhando para o Alfredo) Você não falou em civilidade? Onde está a de vocês?
> Alfredo — Carlo, primeiro tira tudo e depois ensina.

O Carlo obedeceu. Primeiro arrancou o sutiã. Depois as calcinhas. Após isso, usou com força o cassetete mesmo. Ela gritou e caiu outra vez no chão. Gemia alto. Outra vez ninguém lhe ajudou e ela ficou no chão caída e nua. Para surpresa de todos, o Roberto se manifestou. Eu na salinha estava quase vomitando. Acho que o Ricardo e o Monteiro também.

Roberto	— Parem com isso. Eu conto tudo.
Alfredo	— Tudo sem faltar nada?
Roberto	— Tudo. Não vai faltar nada!
Alfredo	— Vamos ver... (sinalizou para o Carlo com a cabeça)

O Carlo aproximou-se da Maria com mais vagar, pegou-a pelo braço, levantou minha amante de uma noite só e a colocou no banquinho. Eu comecei a querer vomitar. O Monteiro há muito fazia força para se segurar. O Ricardo pediu licença para sair. Tinha que ir ao banheiro. Eu, como já disse, estava me sentindo mal, mas queria ouvir até o fim.

Alfredo	— Então vamos lá.
Roberto	— Tudo começou quando nós da Vale chegamos aqui na Itália. Tivemos umas duas reuniões de trabalho com a empresa que queríamos comprar. Após a primeira, um dos americanos, depois vim a saber que se chamava Alan, muito simpaticamente me chamou para jantar com ele e a mulher dele. Ela, a Maria que está aqui.
Maria	— Seu covarde! (o Carlo deixou passar)
Alfredo	— Continue por favor Roberto.
Roberto	— Achei ela linda e é.
Alfredo	— Concordo. Continue.
Roberto	— Aí começou a conversa. Ele, que trabalhava na empresa a ser comprada, iria me dar uma informação que

ninguém tinha. Eles estavam achando o preço muito baixo. Eu disse que ainda estávamos negociando. Ele afirmou que a Vale corria o risco de perder o negócio. Ele então me propôs que eu tentasse saber até onde a Vale iria com o preço e lhes informasse, e em troca me daria um milhão de dólares. Eu nem precisava sair perguntando nada a ninguém. Eles já tinham um plano pelo qual iriam saber do próprio Embaixador. Só queriam que eu estivesse por perto para ajudá-los se fosse necessário. O Embaixador era muito amigo de um artista brasileiro que seria incentivado a obter essa informação. O nome desse artista era Aurélio e seria através dele que eles tomariam conhecimento do valor que a Vale estaria disposta a pagar. Eu só não poderia faltar, por nenhuma razão desse mundo, às reuniões. Deveria ficar alerta. Eu não sei onde estava com a cabeça. Topei. A Maria até já conhecia o tal Aurélio, era conhecida na embaixada. Então achei que não teria nada de mais levá-la a uma das reuniões. Mas o Embaixador não aceitou a presença de uma estranha à Vale ou à embaixada na reunião. Então tive que dizer para a Maria esperar na antessala. Mas isso já lhe contei. Foi isso. Foi tudo. Essa foi minha participação em tudo.

Maria	— Seu maldito covarde!
Alfredo	— Agora me conta do incêndio. O incêndio que matou as duas mulheres e o bebê.
Roberto	— (arregalou os olhos) Incêndio? Que incêndio o senhor está falando? Não sei de incêndio nenhum! Jamais participaria de uma coisa hedionda dessas!
Alfredo	— O fogo no ateliê do Aurélio. A chantagem que o Alan e a Maria fizeram ou pretenderam fazer contra o Aurélio. Ele é sim amigo do Embaixador, mas tão amigo que jamais usaria sua amizade para algo tão vil. Em outro dia a Maria me disse que a ideia do incêndio foi sua.
Roberto	— Mentira! Eu não tenho nada a ver com incêndio nenhum.
Maria	— (vingativa) Claro que tem!
Roberto	— O Alan é que falou de um incêndio. Mas nunca soube do que se tratava exatamente. Nem onde seria.
Maria	— (tentando, ao cruzar as pernas, diminuir sua ginecológica nudez, ainda gritou para o Roberto) Mentiroso!

Dessa vez o Carlo não deixou barato a interrupção dela. Deu-lhe um tapa no mesmo ombro, no mesmo lugar. Foi forte. Ela gritou. O lugar estava ficando muito roxo com os seguidos tapas e, claro, a cada tapa, o local doía mais. Tinha certeza pelos gritos cada vez mais altos da Maria.

Alfredo	— Nem no jantar onde você conheceu o Aurélio e oficialmente a Maria?

Não ouviu contar sobre o incêndio que o Aurélio sofrera e que o fizera perder todas as telas que tinha preparado para o *vernissage*? Não lhe chamou atenção que tudo se encaixava dentro do plano do Alan? Mesmo assim você ainda saiu com a Maria, fizeram sexo na casa dela e no dia seguinte você a levou à embaixada para a reunião da Vale. O que tanto vocês falaram nesse tempo todo?

Roberto — Ela o tempo todo me perguntava coisas. Sobre o preço. Queria os detalhes. Eu nunca respondi nada. Tergiversava. Nunca quis que eles tivessem nenhuma informação vinda de mim.

Alfredo — Mas Roberto, o Alan você já disse que conheceu, não é?

Roberto — Infelizmente sim.

Alfredo — Então me diga onde ele mora. Como é que você fazia para falar com ele?

Roberto — O endereço não tenho a menor ideia. Contato só por celulares cujos números sempre seriam diferentes. Mas acabei nunca ligando para ele. Tudo terminou muito mais rápido do que ele imaginou. Além do que, após aquele problema da reunião em que a Maria não foi aceita, eu fui de certa maneira colocado na geladeira pelos membros da comitiva.

Alfredo — Por hoje basta. Se eu tiver alguma dúvida, conversaremos amanhã!

Carlo, leve o Roberto para a cela dele. Deixe a Maria aí. Enquanto isso eu vou lá fora tomar um pouco de ar.

Alfredo saiu, seguido por Carlo, cujo destino na vida parecia ser sempre puxar o Roberto pelo soalho, fosse qual fosse ele. Alfredo veio até a salinha. Só eu ainda estava lá e quase de saída. Encontramo-nos quando ele abria a porta.

Eu	— Me desculpe, Alfredo. Os outros estão lá fora. Eu estava indo, como você, pegar um pouco de ar puro.
Alfredo	— Vocês devem estar me achando um monstro, não estão?
Eu	— Quando começo a achar isso, me lembro do neném e das duas mulheres. Os outros eu não sei, não trocamos ideia a este respeito.
Alfredo	— Eu me lembro a cada segundo que estou lá. São criminosos, Aurélio.
Eu	— Não precisa me convencer. Eu vivi tudo isso.

Saímos da Casa Azul. Caminhamos um pouco. Parecíamos dois velhos amigos com a singularidade de cada um. Eu era de paz, um artista, enquanto ele lutava contra o crime, seja ele qual fosse e nem lhe interessava como.

Alfredo	— Sabe, Aurélio, por que eles perderam ou perderão?
Eu	— Não.
Alfredo	— Nunca poderiam imaginar que um jovem como você resistisse à pressão deles. Não sabiam com quem esta-

vam lidando. Nunca pensaram que um artista tão jovem tivesse a sua integridade.

Eu — Será mesmo?
Ele — Não duvide nunca de um *carabiniere* que já viu de tudo em sua vida.

Não disse mais nada, nem ele. Passeamos. Logo adiante encontramos o Monteiro e o Ricardo que vinham em nossa direção. Também pareciam velhos amigos.

Alfredo — Me desculpem. Mas tenho que esclarecer completamente a morte daquelas duas mulheres e do bebezinho. Só peço a vocês mais duas horas.
Monteiro — Se é para esclarecer esse caso, tudo bem.
Ricardo — Eu estou com o Aurélio. Se ele ficar, fico também.
Alfredo — Então vamos. A Maria deve estar impaciente.

Voltamos. Fomos para a nossa salinha, o Alfredo para a dele. Entrou seguido pelo Carlo e o cassetete dele. Maria gemia, sentada na mesma posição que tinha sido deixada inteiramente nua. Tremia. De frio, achei.

Alfredo — Agora nós, Maria. Está pronta para responder as minhas pequenas perguntas?
Maria — Se eu souber.
Alfredo — Sabe sim. O nome todo do Alan para começar.
Maria — Gary Coe.

Alfredo	— (genuinamente surpreso) Como é isso? Temos os documentos dele e até o passaporte. Em todos lê-se Alan Chartoff.
Maria	— É tudo falso. Custaram caro, mas são falsos. O nome dele é Gary Coe.
Alfredo	— E por que está tudo tão fácil agora? Por que você está respondendo com essa facilidade?
Maria	— Quer saber mesmo? Vingança! Enquanto fiquei aqui sozinha tive tempo de pensar. Não apareceu ninguém para me defender, nem um reles advogado, apesar do telefonema que eu dei na delegacia depois de fichada. Pensei que o senhor estaria achando que eu era a única culpada ou até culpada de um crime maior. A mentora desse estúpido plano. Sou culpada sim de ter tentado forçar o Aurélio a saber do seu amigo Embaixador, ou até mesmo do adido cultural, um tal de Monteiro, a informação que queríamos. Sou culpada de concordar com Gary de usar seus sicários para cobrar uma dívida inexistente do Aurélio. De convencer o Aurélio a me levar à embaixada, onde acabei encontrando o Roberto. De apontar o Aurélio com o meu conversível, para os sicários do Gary o conhecerem. Para que o seguissem. Para que pegassem o Aurélio para aquebrantá-lo e assim o convencer a ajudar aquele veado do

	Gary. Mas do incêndio eu só soube depois de ter acontecido. Foi tudo ideia dele.
Alfredo	— Onde é que ele mora? Digo, o endereço dele aqui na Itália.
Maria	— (soluçou) O que vou dizer é a pura verdade. Não precisa bater. Não vai adiantar de nada. A resposta será sempre a mesma. Não tenho a menor ideia! Comigo é que não é. Ele nunca gostou de mulher. Nunca conheci qualquer endereço dele. Contatos só pelos celulares dele. Ele ligava. Preferia assim. Toda vez que eu ligava, ele sempre me dava um número novo de celular para qualquer emergência e só emergência. Encontros, só na minha casa ou em restaurantes. Nunca teve uma palavra mais íntima. Só tratava de trabalho. Na atualidade, a Vale, o Aurélio, o Roberto e a embaixada brasileira, mais nada. Isso é tudo. Reafirmo, do incêndio eu só soube depois que aconteceu. Como não soube antes, me diga, como eu posso ter auxiliado na preparação desse estúpido plano. Tão estúpido como as reações dele, que o Aurélio chegou a chamar, se me lembro bem, de paleolíticas. Acho que o Aurélio quis dizer ignorantes. Essa é toda a verdade. Confesso tudo isso. Sei que é pouco para o senhor que está querendo o mandante do incêndio. Mas toda a minha

	participação nesse absurdo plano do Gary se resumiu nisso. O que lhe contei, nada menos, nada mais.
Alfredo	— E por que, no dia do incêndio, você saiu, pouco antes, com o Aurélio para almoçar? Para ele se afastar do fogo? Vocês não podiam correr o risco de o artista morrer, não é? Se ele morresse todo esse plano maluco perdia a razão de ser ou não? Quem mandou você afastar o Aurélio do perigo?
Maria	— Fomos almoçar. Eu não sabia nada de perigo para o Aurélio. Foi só coincidência.
Alfredo	— Maria, no meu trabalho não existe coincidência. Repito. Quem foi que mandou você afastar o Aurélio do perigo?
Maria	— ... Gary. Foi o Gary.
Alfredo	— Afastar o Aurélio do quê?
Maria	— (sussurrando) ... do perigo.
Alfredo	— (gritando) Berra! Fala alto para todo mundo ouvir. Que perigo era esse?
Maria	— (gritou, como se fizesse seu último esforço) O incêndio! O incêndio! (passou a chorar copiosamente)

A Maria, logo após o esforço do último grito, caiu no chão entre choro e o tardio arrependimento. Seu choro cavalgava entre seus belos dentes. Vinha de sua alma mais profunda.

Alfredo	— Pode parecer mentira. Mas no incêndio eu acredito. Acredito em

você. (ela faz uma careta) Acredito sim. Mas falta ainda uma coisa, para poder entregar seu caso ao Ministério Público. A acareação entre você e o Alan. Melhor dizendo, entre você e o Gary. Por hoje é só. Você vai para sua cela descansar. Uma novidade ainda: conseguimos fazer uma razoável fotografia do Gary tirada do nosso *tape* com o rosto dele. Agora cada *carabiniere* da Itália, cada membro da Interpol e todos os policiais dos países da União Europeia, até da terra dele, têm uma cópia da fotografia. Será rápido encontrá-lo. Vamos mandar só acrescentar o nome de Gary Coe à fotografia.

Maria	— (ainda do chão) Bom para o senhor. Eu estou louca para ter essa acareação com o Gary, seu Alfredo.
Carlo	— É *dott*. Rossi.
Maria	— (imediatamente) *Dott*. Rossi!
Alfredo	— Carlo, arranje um uniforme para a Maria e traga aqui. Chame também o médico para cuidar dela. Quando ele terminar, desalgeme-a, dê o uniforme a ela para se vestir. Depois... comida e cela. Ela precisa descansar.

O Alfredo saiu da sala e nós, da salinha. Nos reunimos no pátio da Casa Azul.

Alfredo	— Agora só falta o Alan ou Gary e o problema do incêndio estará resolvido.

Eu	— Alfredo, todo mundo está cansado. Será que você nos arranjaria um carro para irmos para a embaixada?
Alfredo	— Claro. Claro. Tenho que ir para a delegacia também. Estou cheio de trabalho lá. Monteiro, pergunte ao Embaixador se ele permite que dois *carabinieri* façam a segurança do Aurélio lá na embaixada ou perto de onde ele mora. Posso contar com isso?
Monteiro	— Vou falar com ele. Inclusive vou contar que atiraram no Aurélio e o senhor está preocupado com a segurança dele.

Despedimo-nos e fomos num carro dos *carabinieri* com dois deles que já iniciariam a minha segurança. De que forma, caberia ao Frazão decidir. Estávamos exaustos. O Monteiro nos deixou lá, autorizando ele mesmo, na ausência do Frazão, que os *carabinieri* ficassem em frente à porta independente do ateliê fora dos recintos da embaixada. Foi para casa. Quando entramos no ateliê, o Ricardo lavou as mãos ensimesmado e foi ferver água. Faria, disse ele, o *fettuccine* da fuga. Eu me atirei na cama. Acho que estava de fato cansado. Não estava habituado à violência, menos ainda daquele tipo. Principalmente quando os meus amigos eram os violentos e o eram por minha causa. Isso chateava. Mas quem era eu para discutir tendo ainda na retina a queda daquelas duas mulheres e do bebê em chamas? O Ricardo me chamou para o *fettuccine* da fuga. Sentei-me. Comemos em silêncio. Eu perseguia os fios de *fettuccine* que teimavam em escapar do meu garfo. Mas não era falta de experiência não. Eu é que estava sem fome e cansado. Pedi desculpas ao Ricardo, me levantei e me joguei na cama como estava. Nem os sapatos tirei. O sono veio logo, apesar de não ser ainda muito tarde. Naquele pesadelo da noite sofri, apesar de tudo, com os lanhos sofridos pela Maria. Por experiência própria, eu sabia como doíam.

Fui acordado por um som que nunca ouvira antes. Mas logo realizei. Era o interfone da embaixada. Enquanto o Ricardo acordava mais lentamente, corri para o interfone. Era o Frazão.

Frazão	— Bom dia, Aurélio. Dormiu bem?
Eu	— Meu caro Frazão, gostaria de dizer que sim, mas passei por uns dias difíceis enquanto você viajava.
Frazão	— Eu já soube. O Monteiro acaba de me contar tudo ou quase. Assim que você acordar totalmente venha cá no meu gabinete tomar café conosco. Estamos lhe aguardando.
Eu	— Claro, Frazão. Irei logo.

Pedi ao Ricardo para ver o que faltava no ateliê e desse um pulo no mercadinho que tinha lá perto e comprasse o que fosse necessário. Dei o dinheiro pra ele e fui tomar banho. Foi um banho rápido, me enxuguei, me vesti e fui ao gabinete do meu amigo Frazão. As portas já estavam abertas para mim. Via a mesa que ele tinha no gabinete posta para três cafés da manhã. O Monteiro já estava lá.

Frazão	— (com seu sorriso aberto para mim e levantando-se) Como vai, Aurélio? Mas que dias, hein? O Monteiro me contou tudo. Que loucura!
Eu	— É, meu amigo, foi tudo muito louco. (para o Monteiro que também estava ali) Bom dia, Monteiro.

Monteiro	— Bom dia, Aurélio. Já contei para o Embaixador até sobre o tiro.
Eu	— Aquilo, Frazão, é que foi muito louco. Receber um tiro aqui em Roma e sem ter culpa de coisa alguma. Por sorte eu estava no carro do Ricardo e ele conseguiu escapar de um segundo tiro. Seu carro ficou arrebentado mas escapamos.
Frazão	— Quem é esse Ricardo?
Eu	— É um motorista de táxi que acabou se tornando meu amigo de tanto que já fez por mim durante essa confusão toda. Até me desculpe, Frazão, eu pedir sua autorização só agora. Mas no dia do tiro, fiquei tão inseguro que pedi a ele para ficar comigo no ateliê. O Monteiro, vendo meu estado, permitiu provisoriamente, até eu falar com você para o Ricardo ficar me ajudando lá.
Frazão	— Se é o que você quer, assim será. Monteiro, mande fazer uma carteira de identidade da embaixada para esse amigo do Aurélio. Agora vamos tomar café.

Nos dirigimos para a mesa posta e como num passe de mágica, mal nos sentamos, apareceram dois garçons. Serviram-nos com a cerimônia tão a gosto do Frazão. Era um café da manhã sofisticado e gostoso. Quando terminamos, pormenorizei para o Frazão detalhes que o Monteiro nem tinha sido informado direito por mim. O rosto do Embaixador foi ficando sério, principalmente quando soube que tinha um vazamento de informações de alguém de dentro da embaixada.

Mas só demonstrou preocupação mesmo foi com o tiro que quase levei.

Embaixador	— Monteiro, liga para esse *dott*. Rossi. Quero falar com ele. (Monteiro logo providenciou o telefonema)

Insistiu que queria o *dottore* na linha. O Embaixador estava aguardando.

Monteiro	— Alfredo, é o Monteiro, vou passar o telefone para o Embaixador Frazão. (ouve) Ele quer falar com você.
Embaixador	— Bom dia, *dott*. Rossi gostaria de falar com o senhor. (ouve) Ótimo. Quando o senhor pode? (ouve) Às três horas está ótimo. Aqui na embaixada (ouve). Deixe a Farnesina comigo. O senhor está sendo convidado principalmente como amigo do Aurélio. Ligarei agora mesmo para lá para informar-lhes do convite e da sua visita aqui. O.k.! *Ciao*. (dirigindo-se para nós) Gostaria que vocês estivessem aqui às três em ponto. Agora vou trabalhar. Só para que vocês saibam: a compra realizada pela Vale foi muito bem. Um sucesso. Portanto, esses bandidos falharam na missão deles. Com isso vão deixar o Aurélio em paz.
Eu	— Deus o ouça, Frazão!

Dei meus parabéns sobre a questão da Vale. O Monteiro também. Saímos. Foi quando perguntei ao Monteiro se ele por acaso sabia das quantias envolvidas. Sempre pensei que ele soubesse, sendo da embaixada e tudo. Agora, com a negociação já terminada, não vi nada errado em perguntar.

Monteiro — (reagindo com estranheza) Mas, Aurélio, eu sou um adido cultural. Essas negociações não são pertinentes à minha área. Trato só de arte. Seja qual for, mas só de arte. Agora vou para a minha sala. Tenho trabalho à beça acumulado. (como se eu o tivesse ofendido)

Eu — E eu vou para o ateliê começar a preparar as telas para voltar a pintar.

Nos separamos, mas de qualquer forma achei estranha sua reação à minha curiosidade. Cheguei ao ateliê. O Ricardo ainda não tinha voltado. Fui até uma janela perto da porta independente, ver se os *carabinieri* estavam lá, mera curiosidade. Vi. Estavam e atentos. Aí notei que eram outros. Claro, substituíram os noturnos por aqueles que ficariam durante o dia. Deveria ter sido alguma escala preparada pelo Alfredo. Satisfeito, comecei a preparar as minhas telas. Eu tinha um hábito, reconheço, esdrúxulo. Pegava as telas, esticava-as contra as paredes e riscava uma margem no pano. Pintava dentro dessas margens. No futuro esse espaço serviria para a tela ser presa na madeira na qual a montaria. Assim sendo, a primeira coisa que fazia eram os riscos muito bem calculados nas telas. Esse detalhe, quase insignificante, era fundamental para a minha obra.

Bateram forte na porta que dava para o exterior. Cheguei a levar um susto. Fui até a janela. Os dois guardas estavam lá olhando para o exterior da porta atentos. As armas empunhadas. Se eles estavam lá eu poderia abrir. Abri. O susto foi tremendo. Era o Ricardo, ainda segurando as sacolas do mercado, algumas rasgadas e com o rosto coberto de sangue. Me projetei para ele sustentando-o com a ajuda dos *carabinieri*. No caminho até sua cama, as compras foram caindo fazendo uma fileira desuniforme, com garrafas quebradas, pães cada um rodando em uma direção diferente, líquidos diversos, sacos de farinhas ou pós variados que chegaram a iniciar um balé de nuvens coloridas. Tentava falar.

Ricardo	— (ofegante e demonstrando dor) Reconheci um deles. Eles também me reconheceram e caíram em cima de mim me enfiando porrada. Com as sacas nos braços só pude mesmo foi correr. Nem me lembrei de jogar as sacas fora.
Eu	— Quem você reconheceu?
Ele	— Aqueles da motocicleta. Os que atiraram na gente. O que atirou estava com a cabeça enfaixada. O outro, não.

Eu pedi para o *carabiniere* chamar uma ambulância. Não tinha visto. Ele já chamava. Ajeitei o Ricardo o melhor que pude na cama. Fui ao interfone e chamei o Monteiro contando o que se passou. Enquanto isso o *carabiniere* que entrou falava com o outro para ficar atento e trancou a porta por dentro. Me esqueci de dizer, quando da nossa primeira compra, eu e o Ricardo tínhamos comprado trancas. Uma para cada porta. O *carabiniere* ainda, sem que eu notasse, ligou para o Alfredo. A seguir nos dedicamos a cuidar do Ricardo. Demos água para ele beber e tentamos limpar os ferimentos. Mas alguns deles, que eram profundos, ainda sangravam muito. O meu amigo estava gemendo e precisando mesmo de um médico e logo. Batem na porta interna, a que dava para a embaixada. O jovem *carabiniere* deu um pulo com sua arma apontando para a porta. Tentei acalmá-lo. Fui até a porta. O Monteiro avisava que era ele. Tranquilizei o militar. Ele entrou, seguido pelo Frazão.

Embaixador — O que houve?

Contei tudo. Inclusive chamando a atenção ao fato de que já sabiam onde eu estava e pelo visto queriam se vingar de mim. Ou quem sabe, através do Ricardo, me mandar uma mensagem de cobrança da tal dívida que não existia. O mais provável era vingança mesmo. Queriam se vingar, agora que a compra da Vale já fora concluída com êxito.

Embaixador — Estou arrependido de ter marcado só às três horas a reunião com o *dott*. Rossi.

Mal o Frazão terminou de dizer isso, ouvimos fortes batidas na porta externa do meu ateliê. Rápido, mas cuidadoso fui até a janela que dava para a rua. O *carabiniere* que estava conosco desembainhou sua arma outra vez. Vi um enxame de *carabinieri*. Só não dava para ver quem batia na porta. Em seguida percebi uma ambulância que acabava de chegar e ouvi a voz do Alfredo.

Alfredo — Aurélio, sou eu o Alfredo.

O *carabiniere* correu e abriu a porta. O Alfredo entrou esbaforido. Viu o Ricardo sangrando. Pediu desculpas ao Frazão por ter entrado daquela maneira e mandou entrar o pessoal da ambulância. Em segundos o ateliê estava cheio de gente. Parecia que a população toda do mundo marcara um encontro lá. Enquanto isso, o Ricardo sangrava e gemia. Estava uma loucura. O médico chegou perto do Ricardo, examinou-o e declarou logo que o caso era de hospital mesmo. O meu amigo tinha que levar uns pontos e ficar sob observação. Seus assistentes trouxeram a maca e, junto com o médico, levaram o Ricardo embora. Acompanhei-o até a porta do ateliê. Dali ele foi levado para a ambulância que, segundo o Alfredo me informou, partiu com dois *carabinieri*. Voltei da porta.

Alfredo	— A coisa está ficando séria, Excelência. Vamos ter que tomar medidas mais extremas. Mas o que me deixa confuso é como descobriram onde o Aurélio estava.
Embaixador	— Não faço a menor ideia.
Monteiro	— Nem eu.
Eu	— A não ser que a Maria saiba. Ela não disse que tinha um informante aqui na embaixada?
Alfredo	— É, ela disse. Mas eu pensei que fosse o Roberto.
Eu	— Pelo jeito, não só ele. E, Alfredo, ela não disse vazamento da Vale. Ela disse daqui, da embaixada.
Embaixador	— Quer dizer que a embaixada tem mesmo um espião?
Eu	— Mais ou menos isso, Excelência. Como lhe falei no café da manhã.
Embaixador	— Vamos subir. Vamos para o meu gabinete.

Enquanto isso, o Alfredo mandou seus homens ficarem lá. Um dentro do ateliê e os outros lá fora. Subimos as escadarias seguindo o Embaixador. Chegando no segundo andar, sempre atrás do Frazão, entramos diretamente no seu gabinete.

Alfredo	— (antes mesmo de sentar, para o Frazão) Assim que chegarmos na delegacia vou tratar com a Maria essa história de vazamento aqui.

Sentamo-nos todos.

Embaixador	— Gostaria muito de saber tudo sobre isso.
Monteiro	— (nosso mal-estar da manhã sumira) E a segurança do Aurélio como vai ficar?
Embaixador	— É, *dott*. Rossi, como fica?
Alfredo	— Se V. Excelência concordar, colocarei pelo menos oito *carabinieri* à paisana espalhados pela piazza Navona, continuaremos com dois uniformizados na porta que dá para a rua. E gostaria de colocar dois outros aqui na porta interna.
Embaixador	— Esses eu preferiria que estivessem à paisana. De uniforme criariam mais curiosidade ainda. O *dottore* entende, não é? A imprensa, os empregados e os funcionários começariam a se perguntar o que poderia estar acontecendo. Assim, acabariam sabendo da situação do Aurélio.
Alfredo	— Claro, Embaixador, que posso fazer isso. Só vou precisar de uma carta da embaixada pedindo essa segurança especial. Fica claro que seria uma carta para a Farnesina aos meus cuidados e só.

Embaixador	— Não existe problema nenhum. Estamos de fato precisando dessa segurança especial para o Aurélio.
Eu	— Alfredo, e o Ricardo? Alguém vai estar com ele no hospital?
Alfredo	— Tenho dois homens tomando conta dele lá.

Enquanto isso o Embaixador, pelo interfone, pede à sua secretária cafezinho para todos. Toca o celular do Alfredo. Ele atende, ouve, ouve com atenção e desliga.

Alfredo	— Aurélio só pegaram o Ricardo porque não puderam pegar você. Foi uma espécie de aviso. (para o Frazão) Aliás, Excelência, tenho que ir. Obrigado pelo cafezinho mas tenho muitas providências para tomar e quero ver se ainda hoje a Maria me diz quem é o vazamento aqui da embaixada. Por favor, não se esqueça da carta para a Farnesina. Para mim é importante e me dá mais liberdade para agir.
Embaixador	— Vá tranquilo. Vou prepará-la imediatamente.
Alfredo	— Outra coisa: precisaria levar o Aurélio e o Monteiro comigo para o interrogatório da Maria. Eles estão mais inteirados dessa história e conhecem o pessoal da embaixada.
Embaixador	— Eles irão. Tenho que resolver logo este caso do espião. Começar a pensar. A falar com o Itamaraty sobre o caso. Consultar.

Despedimo-nos. Fomos diretamente para a Casa Azul. O carro do Alfredo voava. Pela primeira vez senti falta do Carlo (nem sei o porquê). Chegamos no nosso destino que servia para produzir dor. Lá, guiados pelo Alfredo, fomos logo entrando. O *carabiniere* chefe chamou o Carlo quase gritando. Quando o gigante se apresentou, o Alfredo mandou buscar a Maria e levá-la para a sala dos lanhos. Nos fez entrar naquela sala envidraçada e foi para a sua mesa e seus papéis na outra sala. Esperou o Carlo. Melhor, esperou a Maria. Do nosso lado esperávamos a descoberta do nome do vazamento. Chegaram. O Carlo puxando a algemada Maria. Estava vestida com o uniforme cinza de presa. Abatida e cabisbaixa. O Carlo, ao contrário do normal, estava até calmo, quase delicado puxava a Maria pelas algemas.

Alfredo	— Mais calma, Maria?
Maria	— Um pouco mais.
Alfredo	— Mais civilizada?
Maria	— Depende do senhor.
Alfredo	— Vamos ver. Senão, gostaria de avisar que hoje vamos até o fim. Mesmo antes da sua acareação com o Gary. Que ninguém sabe mesmo se ele se chama Gary ou Alan. Vou perguntar outra vez. Como é mesmo o nome que você diz ser o verdadeiro nome do Alan? O nosso tão conhecido Alan? O nome tão repetido por todas as minhas testemunhas e que a senhora conhecia tão bem?
Maria	— Por que o senhor está falando assim tão delicado?
Alfredo	— Sou educado, dona Maria. Por que deveria estar falando diferente?

Maria	— Conheço suas táticas.
Alfredo	— Conhece? Mas agora só estou pretendendo fazer um favor a um amigo meu. Por isso posso ser educado e o Carlo delicado.
Maria	— Ah, é? Aquele troglodita que está aí atrás com aquele cassetete vai ser delicado?
Alfredo	— Não abusa, Maria. (avisando) Abuso não...

Carlo ficou como estava, estático. Achei que a voz mansa do Alfredo foi também um sinal para o Carlo.

Alfredo	— Isso não é importante agora. Só quero saber o real nome do Alan pois não acredito na senhora. É simples, só a verdade.
Maria	— O senhor acha que eu menti? Já disse. É Gary Coe! Chega não vou mais repetir.
Alfredo	— Não vai?
Maria	— (gritando) Não!

Carlo não resistiu. Me pareceu que o treinamento dos dois era perfeito. O Carlo reagia a cada mudança de humor do Alfredo. A cada "não" da Maria, mudava o humor do Alfredo e o Carlo agia. Com mais ou menos força. Dessa vez a força foi violentíssima, nas nádegas. Maria gritou forte e começou a chorar.

Maria	— Miseráveis!

Essa o Carlo não se controlou. Não foi uma cacetada, foram duas. Quase sem tempo entre a primeira e a segunda.

Maria caiu. Chorava. Do meu lado, eu sofria. O Alfredo deixou passar um tempo.

> Alfredo — Carlo, agora tire tudo. Eu quero ela nua.

Enquanto Maria chorava desesperadamente, o Carlo sádico lhe arrancou o uniforme. Tudo, calcinha e sutiã inclusive. E em seguida, sem nenhuma cerimônia, a sentou no banco novamente. Maria chorava abundantemente e agora temia.

> Maria — (constrangida) Digo tudo. Mas pelo amor de Deus parem. Não aguento mais.

Fez-se silêncio. Ninguém falava. Nós na nossa salinha passávamos mal. Nós dois, eu e o Monteiro. Tudo aquilo estava parecendo um filme de horror. Passamos alguns minutos no nosso horror.

> Alfredo — A senhora tem certeza mesmo de que o Alan era o Gary Coe?
> Maria — (ofegante e ainda chorando) Tenho sim senhor.
> Alfredo — Pode haver alguma dúvida? Se houver saio da sala e a senhora fica sozinha com o Carlo.
> Maria — Garanto. Não há dúvida nenhuma.
> Alfredo — Agora a última e mais importante pergunta. Vamos tentar sem dor? Sem sofrimentos especiais. Aqueles, os preferidos do Carlo, nos quais ele é especialista, infligem mais dor. Até me retiro da sala. Não tenho coragem de assistir.

Maria	— Digo tudo. Tudo mesmo que o senhor quiser.
Alfredo	— Não é o tudo que me interessa. Só quero a verdade. Nada mais, nada menos. Só a verdade.
Maria	— Está bem. Só a verdade.
Alfredo	— Como se chama a pessoa que lhes ajudou de dentro da embaixada?
Maria	— Não sei. Isso não sei. Não sei mesmo. Só o Gary.
Alfredo	— Maria, eu sou educado. Mas o Carlo aí atrás de você é bem menos do que eu. E é impaciente também. Muito impaciente.
Maria	— Mas eu juro que não sei.

O Carlo não aguentou tanta teimosia. Deu-lhe duas cacetadas. Uma em cada nádega. Com toda a força. A Maria uivou ao cair, nua, expondo toda a sua beleza cheia de lanhos. De repente não saiu mais nenhum som de sua boca. Deu a impressão de que tinha morrido. O Alfredo levantou-se e foi checar.

Alfredo	— (para o Carlo preocupado) Chama o médico, depressa. Diz a ele que temos uma caída aqui. *Putana* Eva, Carlo, dessa vez você exagerou.

O Carlo abriu a porta e voou para chamar o médico. Sua cara denotava um certo medo, resultado da sua força. Na salinha estávamos nervosos. Víamos o próprio Alfredo tentando animar a nua Maria. Ela tinha apagado mesmo. O médico veio na frente do Carlo que chegou fechando a porta. O médico se ajoelhou. Pegou o pulso da Maria.

Médico	— Parece ser só um desmaio. Mas *dott.* Rossi, tenho que levá-la para o hospital. Esse interrogatório foi muito para ela.

O Alfredo concorda. Manda o Carlo chamar uma ambulância e vestir a Maria. Estava nervoso o Alfredo. Tão logo o Carlo desalgemou e vestiu a mulher, ele o manda pedir pressa da ambulância. Tinha que chegar logo. (como se isso fosse possível levando-se em consideração o trânsito de Roma)

Alfredo	— *Dottore*, antes do hospital, não tem nada que o senhor possa fazer?
Médico	— Seria só paliativo. Mas fique tranquilo *dottore*, ela não está tão mal assim. Está desmaiada mas o pulso está razoável e a pressão também. Só temos que levá-la logo para o hospital. Ela precisa de soro. Está fraca. Não vem se alimentando bem desde que chegou aqui. Essa fraqueza provocou o desmaio.
Alfredo	— (gritando do lado de fora da porta) Carlo, cadê a ambulância?
Carlo	— Chegou. A ambulância está aqui.
Alfredo	— Cadê os paramédicos? Vamos carregá-la logo.

Chegam os paramédicos *carabinieri* com a maca. Com pressa profissional, colocaram a Maria sobre ela e se foram para a ambulância. O médico da Casa Azul os acompanhou.

Alfredo	— Carlo, acompanha a ambulância. Não, você não. Arranja outro e man-

da não sair de perto dela. E vê se não esquece: ela vai para a ala dos presos. O homem que for junto é para não sair da frente do quarto dela. Além disso, que ele não se esqueça: ela está incomunicável.

Providências tomadas e a ambulância já levando a Maria, o médico, os paramédicos e um *carabiniere*, o Alfredo veio até nós. Ele estava branco. Confessou que temeu pela vida da Maria. Parou um pouco em frente a nós. Pensou.

Alfredo — Já imaginou ela morrer antes de me dar o nome do espião e sem ter tido antes a acareação com o Alan ou Gary? Eu não me perdoaria!

Nenhum de nós respondeu qualquer coisa. Respeitamos a palidez do Alfredo e seu medo egoísta.

Alfredo — (recuperando-se) Vamos logo para a delegacia que eu tenho que organizar a segurança do Aurélio. É agora meu trabalho mais importante.

Saímos da Casa Azul e fomos com ele até a delegacia. Lá, ele nos liberou logo para irmos. Iria trabalhar na minha segurança a sós. Partimos. Pedi ao motorista *carabiniere* que me levasse no hospital onde se encontrava o Ricardo, apesar da tímida resistência do Monteiro que queria ir logo para a embaixada. Fomos para o hospital, que eu não sabia, mas era o Ospedale Generale dei Carabinieri. Lá, o motorista *carabiniere* foi se informar do número do quarto do Ricardo. Trouxe a informação e imediatamente fomos para lá. No andar do quarto do Ricardo, que ficava duas portas aquém de uma grade que separava os bons (*carabinieri*) e os maus (os criminosos presos que precisavam de cuidados médico), dois *carabinieri* vigiavam. Me conheciam da Casa Azul. O Ricardo estava dormindo. Provavelmente sedado. Entramos no quarto devagar. Sentamo-nos. Pobre do Ricardo, estava realmente muito machucado. Talvez por causa de nossa entrada, acordou.

Ricardo	— Quem está aí?
Eu	— (chegando até ele) Somos nós, Ricardo, o Aurélio e o Monteiro.
Ricardo	— (tentando sorrir) Aurélio... Nossas aventuras agora começaram a doer. Mas fique tranquilo, não vou abandonar você não. (olhando para o Monteiro)
Eu	— Isso nunca passou pela minha cabeça. Sei que você vai continuar comigo. Sem você, minhas aventuras não têm graça. (ele riu e gemeu com o riso)
Ricardo	— O senhor está bem, seu Monteiro?
Monteiro	— Agora que vejo você tratado, me sinto muito melhor.

Me aproximei como quem se aproxima de um filho, apesar do Ricardo ser mais velho do que eu. Coloquei minha mão na cabeça dele. Queria demonstrar minha amizade, meu carinho. Tudo pelo Ricardo, meu mais recente amigo de infância. Ele sentiu minha emoção. Agradeceu. Começou a querer dormir de novo. A sedação o dominava. De repente um movimento fora do comum aconteceu nos corredores. Um médico corria na frente de enfermeiras que o seguiam como podiam. Todos indo em direção às grades. Passaram por ela entrando na ala dos presos. Foram todos para um daqueles quartos vigiados. Quase todos estavam. Afinal, ali era a antessala da prisão. Curiosidade no ser humano é uma força irresistível. Eu e o Monteiro fomos até a porta do quarto do Ricardo. O médico ainda não tinha entrado no quarto para onde se dirigia.

> Médico — Disse ou não disse que essa prisioneira que chegou há pouco estava muito fraca? Disse também que deveria ser monitorada de perto. A pressão está baixa. Qual foi o imbecil de vocês que esqueceu de colocar o soro nela. Tragam o soro.

Falava alto. Dava para ouvirmos.

> Médico — Ela veio recomendada pelo *dott*. Rossi. (Pensei comigo mesmo, é a Maria. Me deu uma estranha vontade de ir lá, vê-la. Não fui.) É uma grande testemunha num caso muito sério. Não podemos perdê-la!
> Enfermeiro — Então por que ele tratou ela assim?
> Médico — Trata da tua vida e cuidado com essa boca.

O soro chegou. Imaginei o corre-corre no quarto. A colocação do soro. Eventualmente, o médico dando um remédio que funcionasse mais rapidamente para a melhora dela. Em suma, fizeram tudo ou quase, acho.

Voltei minha atenção para o Ricardo. Tinha se abraçado àquele sedado sono. Olhei para o Monteiro e, com um ligeiro movimento de cabeça para ele, fomos. O *carabiniere* que nos esperava levou-nos no carro da patrulha para a embaixada.

Incrível. Lá, já encontramos o Alfredo ultimando com ordens secas e explanações pormenorizadas aos seu homens como deveria ser realizada a minha segurança e a do Ricardo. (O Ricardo teria gostado de ouvir. Finalmente reconheciam seu *status* de protegido.) Cumprimentamos a todos. O *carabiniere* chefe estava acompanhado do Frazão, que ia corroborando a arrumação dela. Vistosa, no seu paletó, percebi o que me pareceu ser a carta formal à Farnesina, a tal que o Alfredo pedira como *laissez-passer* para ter como trabalhar em liberdade dentro dos recintos da embaixada. O seu manto protetor para aquele serviço especial. Nos encontrávamos nas imediações do meu ateliê. Aproveitei para discretamente contar a ele o que sucedera com a Maria. Um vinco de preocupação atingiu em cheio o rosto daquele homem que parecia nunca cansar.

Enquanto isso, o Frazão excitado, mostrando uma desconhecida e insuspeita juventude, orientava seus diplomatas e funcionários sobre as novas disposições naquela parte da embaixada. Estava excitado. Dava até a impressão de estar alegre com a súbita interrupção da sua diuturna vida burocrática, elegante, mas sempre burocrática. Voltei-me para o Alfredo.

Eu	— Quando saímos do hospital as coisas pareciam ter melhorado.
Monteiro	— Pareciam sim.
Alfredo	— Vou ligar agora para saber como está tudo.

Ligou do seu celular. Me pareceu que para o médico. Falou. Ouviu. Relaxou.

Alfredo	— Foi só um susto. Ela agora está bem.
Eu	— Ainda bem. Pelo menos temos ainda a nossa testemunha-chave. A

	que vai servir para a acareação com o Alan.
Alfredo	— Alan ou Gary? Quem sabe agora? Não vejo a hora dele ser preso e encarar o Carlo. Filho da puta!

O Alfredo falava com uma iluminada isenção de santo. Ele realmente acreditava na sua distância. Nem parecia que o Carlo fazia o que fazia com a sua autorização e supervisão. Ao meu ver, era uma dupla muito bem treinada. Mas só pensei. Não disse nada, nem o Monteiro, se ele pensou o mesmo que pensei.

Pareceu-me, dada a maior sobriedade do Frazão e do Alfredo também, que as arrumações tinham terminado. Agora era chegada a hora das instruções. Fora o Alfredo, o Frazão também mostrou-se preocupado e insistia para que eu seguisse, sem me desviar, todo o protocolo que o Alfredo preparara para minha segurança. O *carabiniere* chefe me passou as instruções, me levando ou apontando onde seus *carabinieri* se postariam. Enquanto o Ricardo não voltasse, um dos seus à paisana ficaria comigo dentro do ateliê e iria comigo aonde eu fosse. O par seria seguido por outros, também à paisana e à distância. Todos à procura dos motociclistas que atiraram no táxi do Ricardo e que, segundo o mesmo, o agrediram quando voltava com as compras. Se eles atacaram Ricardo nos arredores da embaixada, sabiam que o atacado e seu amigo, no caso eu, estávamos lá. Um deles estava com a cabeça enfaixada. Ele não sugeriu que eu me fechasse, que não saísse do ateliê. Isso me deu lá no fundo, bem no fundo da alma, uma ideia de que, apesar de amigo, o Alfredo estava me usando como isca. Isso me trouxe um certo desconforto, mas fazer o quê? Ele estava seguro de que agora eu estaria protegido pelos seus homens. No fundo não era pra menos. Considerando os oito da piazza Navona à paisana, os dois da porta externa uniformizados, um à paisana na porta interna e outro à paisana que estaria "morando" comigo até o Ricardo voltar, era *carabiniere* à beça me vigiando. Eu não podia esquecer o pequeno detalhe: todos armados. Quatorze armas dedicadas à minha segurança. Todas as explicações dadas e compreendidas, despedimo-nos. Não sem o Frazão oferecer o seu cafezinho de praxe. Ele nem se chateou com a negativa geral. Cada um tinha algo a fazer. Obviamente as explicações foram dadas, e o Frazão tranquilamente as aceitou. Ele também tinha que trabalhar. Fui para meu ateliê. Lá estava ainda o *carabiniere* esperto com a sua submetralhadora. Eu, cansado de tudo aquilo, nem fome tinha. Me joguei na cama. Nem percebi quando a cortina do sono caiu. Dormi. Nem sonhos, nem pesadelos. Tudo era preto. Não senti nada. Apenas dormi. Pouco antes, imaginei ou vi, não sei, o *carabiniere* interno do meu ateliê, sentado em uma cadeira dura com a sua submetralhadora, fixa, apontando para a porta que dava para o interior da embaixada.

Acordei. Tudo na mesma. A única diferença era que o *carabiniere* estava roncando e com sua submetralhadora caída por cima das pernas. Fora isso tudo igual. Que descanso bom. Tudo pareceu morto. Tudo estava lá. Inclusive o *carabiniere* roncando e a sua arma acalentada no colo dele. Ela, sem emitir um som, parecia roncar também. Me permiti ficar ainda na cama. Estava agradável permanecer lá, mesmo com o ronco geral do ambiente. O *carabiniere* se mexeu. Sua arma agora mirava o chão. Achei que assim ficava melhor, me deixava mais à vontade.

Finalmente me levantei. O *carabiniere* levou o maior susto. Deu um pulo da cadeira. Deve ter tido medo de ter sido pego em flagrante não cumprindo sua função que era me proteger. Cumprimentei-o com um sorriso. Meu sorriso aparentemente acalmou-o e ele, mesmo ainda com cara de sono, começou a andar. Empertigado ia de um canto a outro do ateliê como se fosse o sentinela de um castelo medieval. Naquela hora pensei que seria para despertar melhor. Fui para o banheiro com roupas para mudar, diferentes daquelas do dia anterior. Lá tomei banho, escovei os dentes e me vesti. Estava com vontade de trabalhar. Antes porém me dispus a tomar café. Botei água para ferver. Peguei pão, manteiga, presunto, biscoitos e os coloquei na mesa. Terminei de preparar o café e, antes de me sentar, chamei o jovem *carabiniere* para se juntar a mim. Ele, ainda assustado, veio com a sua submetralhadora sem saber o que fazer com ela.

Sugeri uma cadeira vizinha. Ao colocá-la onde eu indiquei, percebemos ao mesmo tempo que a sua arma estava travada. Ele de branco foi a roxo, num segundo. Eu na hora mudei sua cor. Fingi crer que ele travara a arma para poder sentar. Não deixei ele perceber, naquele momento, a minha descoberta. Eu descobrira que ele e sua arma ficaram, ambos, travados durante a noite. Ele, pelo sono fora de hora e a arma, por estar travada mesmo. A minha demonstração de ignorância de certa maneira o acalmou. Obviamente com fome, o jovem, a um gesto meu, atacou o que estava em cima da mesa. Comemos sem palavras, mas comemos bem. Fiquei animado. Me sentia forte e até diria otimista. O porquê não sei. Mas estava. É, eu ia começar a trabalhar para o meu próximo *vernissage*. Mas antes peguei o telefone para saber sobre o Ricardo. Ele mesmo atendeu. Estava melhor. Bem melhor mesmo. Me disse que iria ter alta no dia seguinte. Garanti: iria buscá-lo pessoalmente. Pronto, agora já podia começar a esticar as minhas telas e riscá-las para a pintura e o futuro emadeiramento. Comecei com vigor. O *carabiniere* viu toda aquela preparação e se ofereceu para ajudar. Topei. Começamos. Usei as paredes do ateliê para pregar as telas. E daí fui em frente. Como sempre acontecia, o resto do mundo parecia sumir. O *carabiniere* que me ajudava só não desapareceu também porque, me perguntava a toda hora "o que mais"? A frase marcou minha memória porque sempre rediviva, se repetia a toda hora. Já estava até ficando chato.

Mas o rapaz tinha boa vontade. Por isso não disse nada. Mas o resto que era o resto sumiu, como de todas as outras vezes em que me preparava para um grande trabalho. Com a ajuda dele, logo eu já começava a fazer esboços. Ele parou de falar. Deve ter percebido algumas rasuras na minha concentração e resolveu ficar calado. Que alívio! Agora sim, minha concentração venceu tudo. Ficamos só eu, meu trabalho, meus esboços e as minhas cores, que com seus pigmentos me extasiavam e inspiravam. O gravador e sua música eu tinha deixado no hotel. Porra! O hotel. Tinha me esquecido inteiramente de avisá-los que ia sair. Guardei na cabeça. Teria que ligar pra eles. Pelo menos dizer que estava vivo e que logo passaria lá para pagar o que devia. Fui em frente. Trabalhei. Até que tocou o interfone do ateliê. Da maneira habitual, apaguei o meu desértico mundo de quando trabalhava. Cada móvel, cada utensílio reapareceu. Estava tudo lá, até o jovem *carabiniere* com a sua submetralhadora, agora, destravada. Fui atender o interfone. Pra minha grata surpresa era o Frazão. Resumindo: a Leonor tinha saído. Ele estava sozinho e gostaria que eu fosse almoçar com ele. Como sempre, quando trabalhava não tinha fome, mas até que eu tinha progredido bastante no trabalho e, aliás, quem era eu para não aceitar o convite de um solitário Embaixador e ainda por cima meu amigo.

Eu	— Claro, Frazão. Estava trabalhando. Vou me limpar e subo.
Frazão	— Está bem. Então estou aguardando. Imagina, meu cozinheiro hoje fez uma feijoadazinha bem à carioca.
Eu	— Que bom! Não como uma há muito tempo. Vou logo.

Desligamos. Fui me lavar. Enquanto isso expliquei ao meu companheiro daquela noite que eu estava indo almoçar com o

Embaixador e que ele ficasse à vontade enquanto eu estivesse fora. Ele não disse nada, mas me lembrei da hora. Disse a ele para se servir do que eu tinha no ateliê para comer. Ao deixar o ateliê deixei também o jovem *carabiniere* feliz com a consideração.

Fui em direção ao gabinete do Frazão. Acabadas as escadas me encontrei com o Monteiro que passava com a sua desagradável mulher. Cumprimentei o meu amigo, que claro respondeu com simpatia. Ela, de cara amarrada, meramente aceitou meu estender de mão estendendo a sua. Molhada, tão chata de apertar, quanto era de olhar para ela.

Monteiro	— (curioso) Aonde você está indo?
Eu	— Vou almoçar com o Frazão, você não vai?
Monteiro	— Não fui convidado.

Fiquei embaraçado com a situação. Fui convidado pro almoço com o Frazão, o Monteiro não. Achei uma situação diferente, esdrúxula. Pela primeira vez estaria com o Embaixador sozinho. Mas a cara da Helena, que ficou mais antipática do que nunca, garantiu-me, dentro de mim mesmo, uma espécie de *habeas corpus* em relação à minha gafe involuntária com o Monteiro. Me senti inocentado do pecado do Frazão gostar de mim. Continuei na direção que ia, sem olhar pra trás.

A Alzira, secretária do Embaixador, sorrindo como sempre, me levou por um caminho novo. Nem por isso menos esplendoroso que os outros daquela imponente embaixada. Chegamos a uma luxuosa saleta onde o Frazão comia quando estava sozinho como hoje ou com a Leonor quando ela estava. Hoje ela tinha saído com uma amiga. O Frazão, elegante e simpático como sempre, estava sentado tomando uma caipirinha. Quando entrei, a secretária foi embora fechando a porta.

Frazão	— (com sua habitual simpatia) Aurélio, meu amigo, como vai essa força? (me abraçou e eu, claro, retornei o cumprimento)
Eu	— (tentando me mostrar animado como ele) Já comecei a trabalhar. O tempo e o silêncio daqui ajudam muito o meu trabalho. Está tudo indo rápido à beça. Sobre isso estou feliz.

Entra um garçom trazendo uma caipirinha.

Frazão	— Você gosta, não gosta? (Pegando da bandeja a caipirinha que o garçom trouxera. Me ofereceu o copo com a própria mão. Uma baita deferência, pelo menos achei.)
Eu	— Claro. Sou carioca, esqueceu?

Rimos. Brindamos. Ordenou ao garçom que nos servisse em dez minutos. Me levou para um sofá enquanto bebíamos.

Frazão	— Fora o trabalho, Aurélio? Como estão as outras questões? Sua segurança, o caso do espião daqui, o *carabiniere* seu amigo etc.? Ele já suspeita de alguém?
Eu	— Tudo como ontem Frazão.

Fui contando tudo. Não podia sonegar nenhuma informação dele. Durante o aperitivo e todo o almoço falei quase que sozinho sobre tudo. Me apercebi, finalmente, de ter contado ao Frazão tudo o que me acontecera na vida desde meu último encontro com a Telma. Ele quase extasiado, me olhava e ouvia. Eu me transportara para o passado e outros cenários. Finalmente voltei à pequena sala, ao Frazão e à feijoada. Estava boa, aliás muito, nem por isso comi tanto.

Frazão — Vinte e seis anos, não é o que você tem?
Eu — Quase. Estou para fazer.
Frazão — Meu caro Aurélio, que vida louca a sua. O prêmio, suas telas, o incêndio, as dores, as fugas e perseguições. Tiros, imagine, até matar você já tentaram. E, que eu saiba, você não fez mal a ninguém. Caso contrário eu sentiria e não seria nem poderia ser seu amigo.
Eu — Pior, Frazão, é que eu não tenho a menor ideia do porquê de tudo isso contra mim. Ciúmes por causa da nossa amizade? (me lembrei do casal Monteiro e da cara da Helena) Vingança? Eu poder reconhecer aquele tal de Alan ou Gary? Pode ser qualquer coisa ou tudo ao mesmo tempo.
Frazão — Mas eu queria muito era, antes das minhas férias, descobrir o nome do vazador de notícias aqui da embaixada, ou melhor dizendo o espião. É espião mesmo. Essas coisas quando acontecem numa representação diplomática é espionagem sem tirar nem pôr.

Fiquei sem saber o que acrescentar. Tinham sido ditas todas as palavras. Da minha parte e da dele. Estávamos mais amigos ainda. Me informou que iria para o Brasil de férias em dez dias, mas que nos veríamos ainda. A Leonor não o desculparia se ele não promovesse um jantar entre nós antes das férias. Nos despedimos. Fui trabalhar. A feijoada foi maravilhosa.

Desci as escadas feliz. Resolvi dar uma volta no estacionamento para fazer a digestão e, diga-se de passagem, respirar um pouco de ar puro e sol. Já havia tempo que eu não via o sol. Um como o de hoje, bem amarelo. Pensava comigo mesmo nas vantagens de ser comedido em coisas como caipirinhas. Tendo tomado só uma, me sentia bem. Fui para o pátio interno da embaixada, usado como estacionamento. Era grande.

Já tinha dado uma volta no espaço escolhido quando, vindo de trás de um carro, saltou na minha direção um porteiro da embaixada armado com um facão pronto para me estocar. Só o conhecia de vista. Ele veio rápido, cara fechada e decidido a me matar eu cri. A última coisa que disse foi meu nome. Foi o mais perto que chegou de mim. Minha reação foi ágil, com uma presteza circense que chegou a me assustar e fazer com que eu corresse para longe dele. Ainda ouvi o homem dizer calmo, devagar meu nome. Era brasileiro. Mas disse de uma maneira bem particular. Parecia ter algo para me dizer. Veio atrás de mim. Correu na minha direção. Parecia querer me avisar de alguma coisa. Chegou perto. Próximos, notei que sua mão direita estava pronta para me atacar outra vez. Gritei para um dos *carabinieri*. Enquanto eu corria, o soldado vinha armando a sua submetralhadora.

              Ele   — (gritou) Seu Aurélio, corra! Corra!

Passei por ele. Ele passou por mim indo em direção ao porteiro. Começou a fazer mira no serviçal. Continuei correndo e gritando. Nunca pensei ser tão covarde. Mas a morte não querida assusta. O tal porteiro, mais assustado do que eu, parou onde estava. Ficou parado com a arma em punho. Parecia não saber o que fazer. Olhava para mim que corria para longe com um olhar surpreso. Um reflexo de sol e a minha rapidez o surpreenderam. A chegada do *carabiniere* o apavorou. Pelo menos pensei, aliás não sabia o que pensar.

Nisso apareceram mais dois *carabinieri*. Como eu conseguira escapar e continuava correndo, um dos *carabinieri* com sua submetralhadora veio me dar cobertura enquanto o outro se dirigiu ao porteiro junto ao colega, ambos armados com submetralhadoras. O porteiro mais parecia uma estátua armada e ofegante de medo. O *carabiniere* fez tudo conforme mandava o figurino. Sob a pontaria de sua submetralhadora, mandou o sujeito largar a arma e se deitar no chão longe dela. Sua submetralhadora apontava nervosa para o "assassino". Ele quase que aliviado atendeu. Eu continuava não entendendo nada. O soldado se aproximou com cuidado. Assisti tudo de longe. O homem deitado não reagiu. O soldado colocou seu joelho no meio das costas do homem, algemou-o e, pegando pelo pescoço, o fez levantar. Gritou para o companheiro:

Segurança 3	— Bota o seu Aurélio no estúdio dele e chama o *dott*. Rossi.
Segurança 2	— Tá bem.

O segurança me levou até o ateliê. Me deixou com seu companheiro que estava lá desde ontem fazendo minha segurança. Ele não ouvira nada. Contei pra ele. Se alarmou. Deve ter pensado que cometera algum erro. Não me acompanhara. Em sua defesa deve ter pensado também que eu subira para acompanhar o Embaixador. Toca o telefone. Atendi.

Alfredo	— Aurélio, Aurélio.
Eu	— Sou eu, Alfredo.

Alfredo	— Um dos meus homens me ligou. Contou o que aconteceu aí com você. Estou indo já para aí. Mas não me saia de jeito algum. Estou mandando outro *carabiniere* para ficarem dois com você aí dentro do ateliê. Estou indo agora.

Desligou. Olhei para o *carabiniere* que me ajudou com as telas de manhã. Conversamos. Contei, dessa vez, em detalhes o quase esfaqueamento. Informei a ele que teria um companheiro. O Alfredo queria aumentar a minha segurança. Aguardamos. Claro que agora não dava para pintar coisa alguma. Percebi então que estava trêmulo. Tremia muito. Algum tempo depois batem na porta. O jovem *carabiniere* pulou com a submetralhadora destravada, preparada. Do lado de fora reconhecemos a voz do Frazão. Com a arma num braço, abriu a porta com a mão do outro braço. Era o Frazão acompanhado do Monteiro e seguidos do segundo *carabiniere* prometido pelo Alfredo.

Frazão	— Mas que merda! Como isso pode estar acontecendo na minha embaixada?
Monteiro	— É impossível. Ainda por cima com tantos *carabinieri* destacados para sua segurança, Aurélio.
Eu	— (me sentindo culpado da própria sobrevivência) Desculpe tanto aborrecimento, Frazão.
Frazão	— Deixa disso, Aurélio. Graças a Deus nada de pior aconteceu. A Leonor, coitada, nem vai acreditar.
Monteiro	— Nem a Helena.

Tocaram de novo na porta. O segurança abriu. Era o Alfredo. Ele entrou.

Alfredo	— Está tudo bem, Aurélio?
Eu	— Fora o susto.

O Alfredo cumprimentou o Frazão e com a cara seríssima e em rápidas palavras pediu licença para levar o Monteiro lá fora para reconhecer o bandido. Não entendi nada. Tinha querido o Monteiro para reconhecer quem tentara me assassinar lá no pátio? Saíram. Enquanto os dois ficaram fora, o Frazão, que notou o meu tremor, tentava me acalmar. Voltando com o Alfredo, o Monteiro explicou. Era um empregado da embaixada que estavam pensando em despedir. Já tinham levado ele algemado para a delegacia. Imaginei logo: a Casa Azul!

Monteiro	— Foi o Antônio, Embaixador. Aquele porteiro que estávamos pensando em mandar embora.
Frazão	— Canalha!
Alfredo	— Pode deixar, Excelência. Quem o contratou, tenho certeza, foi o espião que estamos procurando. Não tenho a menor dúvida. Mas mesmo assim... (virando-se para mim) Aurélio queria pedir para que você não saia mais do ateliê até eu resolver tudo isso. Vou dobrar a segurança, mas por favor não me saia mais daqui de dentro.
Eu	— Mas o último acontecimento foi dentro da embaixada, Alfredo.
Alfredo	— O espião! Só pode ser. (parou para pensar) Mas agora não quero que

você se preocupe. Com a licença do Embaixador vou fazer da brasileira a embaixada mais segura de toda Roma. Você agora tem só que pintar.

Frazão — *Dott.* Rossi, não se incomode. A embaixada vai providenciar as refeições de todos os seguranças que os *carabinieri* mandarem. E só para ficar claro: o Aurélio não saiu. Subiu apenas para ir almoçar comigo. Agora tenho que ir (olha para o Monteiro) Você cuida das refeições dos *carabinieri*, está bem?

Monteiro — Claro, Embaixador, terei o maior prazer. A proteção do Aurélio acima de qualquer outra coisa. Afinal, sou amigo dele também.

Frazão — (preocupado) A coisa está ficando pior, *dott.* Rossi. Já estão atacando o Aurélio aqui dentro. Dentro da nossa embaixada. Eu vou ter que tomar certos passos. Peço só que o senhor me garanta a vida do nosso Aurélio. O nosso jovem artista brasileiro.

Alfredo — Mandei vir um pessoal extra e serão comandados pelo Carlo em quem deposito toda a minha confiança. Ficarão aqui até acabar toda essa loucura, Excelência. Já não aguento mais. (irritado) Garanto, Excelência, garanto a vida do Aurélio. Tenho que resolver tudo isso logo. Agora, com sua licença (olhou para o Frazão), vou para a delegacia interrogar esse tal de Antônio.

Despediu-se do Embaixador com toda a formalidade que conseguiu, deu *ciao* para mim e para o Monteiro e se foi. Só aí que o Frazão caiu em si da própria preocupação.

Frazão — Não. Eu não vou sair de férias. Não com o Aurélio ameaçado e com um espião na embaixada. Aliás, vou avisar ao Itamaraty, com mais os detalhes que agora sei. Eles poderão querer enviar gente para me ajudar aqui nessa merda toda. (ficou sem graça) Desculpem o palavreado. Acho que estou nervoso. Quero você calmo, Aurélio. Você tem um *vernissage* a apresentar. Vamos Monteiro. Vamos deixar o Aurélio trabalhar nas belezas dele. Vamos trabalhar também.

Saíram. Fui tomar um copo d'água. A mesa ainda estava suja com os restos da refeição do *carabiniere*. Percebi. Ele percebeu que eu percebera. Ele olhava para mim como um cachorrinho agradecido. Me pareceu sentir-se culpado de estar almoçando enquanto eu quase fui atacado e apesar disso eu não ter dito nada ao Alfredo. É, ele estava agradecido. Imediatamente começou a limpar a mesa. Foi bem rápido. Acabei minha água e logo fui trabalhar. Ali sim, naquele momento, me sentia no paraíso. Isolado de tudo. Só no mundo, acompanhado das minhas telas, meus esboços e só. Logo, apesar de tudo que acontecera, estava feliz. Comecei a trabalhar. Seria um tipo de cinismo aquela felicidade toda? Trabalhei muito.

No final do dia, tinha já uns dez esboços prontos. Foi quando o Carlo chegou. Parei. Estava cansado. Cumprimentei o Carlo. Sentei olhando para os esboços. Fiquei curioso. Estavam diferentes de todos os esboços para telas que eu já preparara. Mesmo sem as cores, eu conseguia comparar esboços com as telas acabadas. Sempre consegui. Muito estranho mesmo. Não hoje. Acontecera algo? Por acaso eu desaprendera? Ninguém desaprende assim tão depressa. Amanhã seria diferente, eu acharia tudo normal. Agora queria mesmo era descansar. Queria esquecer de toda a passividade que fazia de mim um imbecil ambulante.

Sentado, perguntei ao Carlo sobre o interrogatório do Antônio. O Carlo era um calado. Jamais diria a mim algo que ele ouvira do Antonio na sala dos lanhos da Casa Azul.

| Carlo | — O *dott*. Rossi vai conversar com seu Embaixador. Eu não sei nada. |
| Eu | — Claro, Carlo, claro. |

Eu descansava e ficamos os três ali jogando papo fora. Daqui a pouco toca o interfone. Era o Monteiro me perguntando quantas refeições deveriam ser preparadas para aquela noite. Respondi que eram três para o ateliê. Em uns vinte minutos chegaram duas imensas bandejas de prata, trazidas por dois garçons. A grande toalha que cobria as bandejas foi levantada. É, não tinha jeito. Mesmo que fosse no meu ateliê para mim, o Carlo e um jovem *carabiniere*, a cozinha da embaixada só sabia mesmo apresentar grandes ou pequenos banquetes. Os que faziam minha segurança estavam atônitos com aquele luxo todo. Com certo orgulho os convidei para sentar.

| Eu | — Vamos jantar, gente? (aguardamos um pouco os garçons terminarem) |

Não precisei fazer nada. Os garçons arrumaram tudo. Em um minuto a minha mesa de trabalho estava pronta para uma refeição luxuosa para três. Mas uma coisa era óbvia. A comida veio leve. A refeição era baseada no velho *fettuccine* de guerra que eu tanto gostava, *parmeggiano* macio, *prosciutto di Parma* e *pannini*, os deliciosos e variados pães italianos, salada, sobremesa e, para beber, água mineral e uma grande garrafa de Coca-Cola para os seguranças. Para mim, os garçons deixaram entender isso claramente, trouxeram um *quartino* de vinho só pra relaxar. (coisa do Frazão, imaginei eu) Acabado o serviço, foram embora. Agradeci. Sentamo-nos. Os militares esperaram que eu começasse. Logo em seguida, meus companheiros, um pouco tementes e respeitosos com aquela prataria toda, atacaram. Tudo estava ótimo. Eles beberam a água e o refrigerante. Eu, devagar, saboreei meu vinho, excelente aquele vinho. Conversamos trivialidades, tipo a admiração deles pelo futebol brasileiro. O ambiente do jantar foi agradável. Até que o Carlo era simpático. Comemos tudo de tudo o que nos foi trazido. Me levantei satisfeito. Enquanto o Carlo e o outro começaram a desfazer a mesa, me dirigi ao banheiro para escovar os dentes e me preparar para dormir. No meio do caminho comecei a me sentir tonto como se estivesse bêbado. Quase, antes de cair, não consegui balbuciar direito o nome do Carlo.

Eu	— Carl... (caí)
Carlo	— (apavorado) Seu Aurélio... (para o companheiro) Chame uma ambulância urgente e o *dott.* Rossi.

Ele viu. Percebeu. Eu estava vomitando e muito. Vomitava sangue. Começou a apitar. Os outros seguranças começaram a bater nas portas. O segurança interno as abriu. Logo, o ateliê estava cheio de uniformes. Todos gritavam ao mesmo tempo.

Não vi mais nada. Só me lembro de sentir o gosto do meu próprio vômito misturado com sangue antes da minha consciência se recusar a existir.

Não tenho a menor ideia por quanto tempo eu fiquei fora de mim. Nem quantos, como me contaram depois, foram os dias que os médicos lutaram para debelar o veneno que eu tomei junto com o vinho.

Começando a retomar com muito vagar minha consciência, via esvoaçantes borrões brancos que quase atingiam meu rosto. Só agora percebia. Eu estava bem na beirada do leito hospitalar encostando minha cabeça nas suas grades brancas que me continham. Fui despertando. Despertei. Mexi a cabeça. Nessa nova visão, os uniformes presentes até que não eram tantos, mas estavam misturados. Os brancos das enfermeiras e o escuro de um *carabiniere*. Nunca tinha visto nenhuma daquelas pessoas. O giro do meu rosto não se interrompeu até que eu reconheci um outro, triste e pálido. Era o Ricardo, o meu amigo que feriram quando tinha ido fazer compras. Estava até orgulhoso comigo mesmo. No meio da minha confusão mental me lembrava do Ricardo enfaixado e deitado numa cama de hospital. Agora ele estava ali, sem faixa, sentado como se esperasse alguma coisa, aparentemente, sem saber o quê. Balbuciei.

Eu	— Ricardo... (Ele me olhou e me ouviu chamando por ele. Deu um pulo da cadeira vindo até a mim.)
Ricardo	— (gritando como só um italiano sabia fazer) Ele acordou! Chamem o médico. Ele acordou. Chamem o *dott*. Volpi. Aurélio... Aurélio (parecia que gritava goool!) que susto você deu na gente. Pô, meu amigo. Você quase me deixou sem futuro.

Eu	— (tentando aos trancos e barrancos perguntar no meio de um fraterno sorriso) Que futuro?
Ricardo	— (entendeu) Sem você, como eu faria para ter as aventuras?
Eu	— (sorri) Não me faz rir.
Ricardo	— Mas eu não estou fazendo comédia. Viver junto com você já é uma aventura. Eu quero isso para o meu futuro, para os meus netos. Virou um vinho especial para mim. Não sei mais viver sem esse espírito.

Neste instante, precedido por duas belas enfermeiras (me pareceram gatas assanhadas), chega o tal do *dott*. Volpi.

Dott. Volpi	— (para mim) Finalmente acordamos. (Nunca entendi aquela coisa dos médicos pluralizarem a vida ou a morte de seus pacientes. Pera aí, a morte eles nunca pluralizavam. Quem morria era o paciente e ele só.) Agora vamos tirar um pouquinho de sangue para análise. (com a cabeça ordenou uma das enfermeiras para tirar o sangue) Agora vamos ver! A pressão está ótima, a temperatura também. (dizia tudo isso olhando para um aparelho que estava atrás da minha cama) Agora só falta esperar pela análise de sangue e aí é só tratar de se recuperar.
Eu	— O que foi que eu tive?
Dott. Volpi	— O senhor chegou aqui quase morto. Acho até que foi sorte você chegar

	aqui logo depois do seu envenenamento. Foi o que lhe salvou. Se os *carabinieri* não tivessem trazido o senhor logo para cá, eu não sei não.
Eu	— Não sabe o quê?
Dott. Volpi	— Acho que há mais de uma semana o senhor já teria (fez uma cara meio sem sal) morrido. Aliás, nem sei como o senhor resistiu tanto.
Eu	— Estou aqui há uma semana?
Ricardo	— Mais, Aurélio. Uns dez dias talvez. Veio todo mundo aqui. Todos vieram ver você. O Embaixador vem todo o dia, às vezes com a Embaixatriz ou sua secretária Alzira. O Monteiro vinha sempre também, depois parou de vir todos os dias. O *dott.* Rossi é outro de todo dia. Até o Carlo. Imagine, o Carlo visitando você. Todo mundo muito triste e apreensivo com seu estado. Se você resistiria. Eu sabia que sim, os outros não. Eu conheço você.
Dott. Volpi	— Bem, quando a análise estiver pronta eu volto. Por enquanto, até lá, vamos continuar com as mesmas medicações. Está bem?
Eu	— Claro, *dottore*.

Lá se foram o médico e suas enfermeiras assanhadas. Ele me pareceu até animado. Não como o Ricardo. Como o meu taxista de fé ninguém ficaria tão animado. O Ricardo olhava para mim e pensava em fugas e perseguições. Nas aventuras da vida que eu lhe proporcionava. Fora a nossa atual amizade, está claro. Ele ficou ali em pé. Notara que eu não tinha a menor ideia do que me acontecera. É, mas o médico falou em envenenamento.

Eu	— Ricardo, que história é essa de envenenamento?
Ricardo	— Qual é a última coisa que você se lembra antes de acordar aqui?
Eu	— Última coisa? Agora nem me lembro.
Ricardo	— Foi o Carlo que trouxe você aqui. Contou que vocês tinham acabado de jantar lá no ateliê. Quando você foi ao banheiro, caiu antes de chegar lá vomitando até a alma. Ele trouxe você aqui correndo. Logo depois chegou o *dott*. Rossi apavorado. Foi o maior corre-corre. O *dott*. Rossi, com a mania dele de investigar tudo, logo chegou à conclusão de que alguém envenenou o vinho que você tomou, porque o Carlo e o outro comeram o mesmo que você. Só as bebidas é que foram diferentes. Você tomou vinho, os outros não. Imagine só.
Eu	— Tomei. Alguém mandou para mim.
Ricardo	— Aí é que está. Segundo o *dott*. Rossi, não foram nem os cozinheiros nem os garçons. Todos já foram devidamente interrogados.
Eu	— (que gostava deles) Onde?
Ricardo	— Fica tranquilo. Foi lá na embaixada mesmo e na presença do Embaixador. Foi numa boa. Todos alegaram gostar muito de você. Jamais fariam qualquer coisa para machucá-lo. Teve

um que até chorou quando soube o que tinha acontecido contigo.

De repente ele leva um susto consigo mesmo.

Ricardo	— *Putana* Eva! O Embaixador pediu para eu ligar para ele tão logo você acordasse. Tenho que ligar.
Eu	— Não é melhor esperarmos o resultado da análise?
Ricardo	— Ele falou acordar. Não disse nada sobre análise. Desculpa, Aurélio. Vou ligar, senão ele me mata.

Ele se distancia um pouco e fala diretamente com o Frazão. Informa. Ouve. Fecha o celular.

Ricardo	— Ele já está vindo e o *dott*. Rossi vem também. Estavam juntos no gabinete. Aliás o *dott*. Rossi não sai mais de lá. Ele afirma que o culpado disso tudo que aconteceu com você está lá ou é de lá.
Eu	— Eles estão vindo agora? Assim?
Ricardo	— Eu não falei que o Embaixador vem aqui todo dia? Você acha que ele vai esperar amanhã pra ver você acordado? Já tão bem assim?
Eu	— Ricardo, vamos devagar. Eu não estou tão bem assim coisa alguma. Ainda falta o resultado da análise. Será que estou melhor mesmo?
Ricardo	— É que você não tem a menor ideia de como você estava nesses dias to-

dos. Uma febre altíssima, que nem sempre cedia aos melhores remédios. Foram dias de loucura desenfreada. Era um entra e sai desse quarto que você não pode nem imaginar. Tem mais: qualquer um, se é envenenado, é com um veneno qualquer. Mas pra você, meu amigo, deram logo o veneno preferido pelos Borgia. Tem até o nome de veneno dos Borgia.

Eu — Mas foi assim mesmo? Você não está por acaso exagerando? Nem um pouco?

Ricardo — Isso sem contar a troca de guarda dos *carabinieri*. Sempre foi uma farra pros funcionários do hospital. Também tinha gente de fora do hospital que, vendo os *carabinieri* na porta do seu quarto, queria ver qual o figurão mafioso que estava preso aqui. Claro, seus guardas nunca deixaram. Esse pessoal tem um medo danado do *dott*. Rossi. Ele manda mesmo.

Eu — Eu sei. (pauso) Mas eu não estou no hospital dos *carabinieri*?

Ricardo — Não! O Carlo percebeu logo que era envenenamento e trouxe você pra cá. É um hospital especializado em envenenamentos. Ganhou até parabéns do *dott*. Rossi pela iniciativa.

Mas estava ficando cansado daquela conversa toda. Pedi licença ao Ricardo e me virei. Pensei em cochilar. Mas antes mesmo de começar, o Frazão, a Leonor e o Alfredo chegaram.

O Frazão, como sempre, com aquele carinho todo. Só faltou pular na cama para me abraçar. A Leonor me deu um beijo no rosto. O Alfredo mais discreto (Depois vim a descobrir que a presença do Frazão de certa forma o inibia. Era a questão de autoridade. A dele ali não era a maior.) se aproximou também sorrindo. Me cumprimentou.

Frazão	— Finalmente, Aurélio. Teve dias que cheguei a pensar que você não sairia dessa.
Leonor	— Eu também. Rezei todos os dias pra você. Nem missa faltei.
Alfredo	— Eu também pensei. O veneno que deram pra você é fortíssimo. Graças a Deus o Carlo trouxe você diretamente para cá.
Eu	— Não me lembro de nada.

Eles ficaram no meu quarto. Conversando ora comigo, vez ou outra com o Ricardo, mas basicamente entre eles. A Leonor não. Ela pediu uma cadeira e sentou-se ao lado da minha cama. (sempre achei que mulher era melhor para essas coisas) Ficou do meu lado e rezava com um terço na mão. Às vezes até carinho na minha mão ela fazia, a mesma mão furada pelo soro. Os homens não paravam de falar no espião que tentara me envenenar. O Alfredo principalmente perguntava, queria saber mais e mais sobre o pessoal da embaixada. Naquele momento ali no meu quarto de hospital, ele estava entrando no terreno de querer conhecer mais sobre os diplomatas da embaixada. Eu sabia ser este um terreno espinhoso para o Alfredo. O Frazão não permitiria jamais que um *carabiniere* se metesse com os diplomatas a seu serviço. Mas naquela hora não podia dizer nada. O semblante do Frazão começou a mudar, a enrijecer. Neste preciso momento chega o *dott.*

Volpi. Estava feliz. Começou a falar do meu sangue. Ele estava perfeito, sem nenhuma sequela do veneno ou do tratamento que fizeram lá no hospital. Segundo ele, o tratamento era tão violento quanto o veneno. Seu rosto demonstrava o orgulho que sentia dele mesmo e do seu hospital. Todos, até o Alfredo, ficaram felizes. A Leonor chegou a beijar o seu terço como se ele fosse um grande herói. Soube pelo médico que em dois dias eu iria embora. Mais demonstrações de satisfação de todos. Foi quando tocou o telefone do Frazão, o celular. Ele atendeu e foi para um canto. Falou baixo e vividamente com seu interlocutor. A única coisa que eu ouvi foi a seguinte:

Frazão — (estava tenso) Vou imediatamente. Me esperem na sala da minha secretária. (virando-se para o Alfredo, mas informando de forma geral com a sua tonitruante voz) Tenho que ir. (para a Leonor) Temos que ir, querida. Você sabe, Aurélio, que se não fosse urgente eu ficaria mais.

Eu — Claro, Frazão. Vão. Estou bem agora. Aliás, estou até querendo descansar um pouco. Dormi muito. Estou cansado. Fiquem tranquilos, pois, como já disse, estou muito melhor.

Ele e a Leonor novamente cumprimentaram todos.

Frazão — Cuide dele, *dottore*. Ele é o filho que sempre quisemos e não conseguimos ter. (dirigindo-se ao médico)

Me emocionei. O pior é que ele e a mulher também. Saíram com uma pressa incrível. Me pareceram emocionados. A última coisa que vi dos vultos que saíam foi a gorda mão do Frazão entrando no bolso. De lá retirou um lenço e o conduziu aos cansados olhos. O meu amigo, que vira tudo na sua brilhante carreira, jamais vivera dias tão intensos como chefe de missão. Emocionantes como aqueles, apostava que não. Saíram.

Eu	— Grande homem esse amigo que arranjei.
Alfredo	— Concordo. Ele é fantástico mesmo e gosta muito de você, Aurélio.

O Ricardo não dizia nada. Com a saída do Embaixador sentara-se numa poltrona e pensava. Acho que também estava emocionado. Eu gostava dele. Ricardo, o meu amigo taxista.

Alfredo	— Ainda não consegui descobrir o nome do vazamento da embaixada. A Maria jura que só o Gary sabia o nome. Só ele tinha contato com o espião, como diz o seu Embaixador. E agora eu tenho que prendê-lo não só por causa de um complô mas porque ele tentou envenenar você. É tentativa de homicídio premeditado. Na Itália isso dá o *ergastolo*, isto é, prisão perpétua. Consegui tudo com o Embaixador Frazão mas ele não abre informação nenhuma sobre os diplomatas da embaixada.
Eu	— Ele nunca vai abrir. Alfredo, vai devagar. Ele tem quarenta anos de carreira. É um bom homem. Você pensa mesmo que ele vai agredir a

coisa em que ele mais acredita? Sua posição de Embaixador de uma nação amiga da Itália, em pleno gozo de sua imunidade diplomática? Você acha mesmo que ele vai dar informações sobre diplomatas chefiados por ele? Jamais, Alfredo. Vai mais devagar com ele. Ele sabe bem fechar a cara e ser incisivo quando quer. E você sabe que ele tem autoridade pra isso. Mesmo com você.

Alfredo — Mas eu só quero elucidar um crime, aliás vários e a maioria contra você, um amigo dele.

Eu — Eu sei, Alfredo. Acho até que por mim ele faria qualquer coisa, menos isso. Você tem que entender o Frazão antes de se queimar com ele. É conselho de um jovem, mas que torce por você. Que é seu amigo.

Alfredo — (com o rosto sério) É! Você tem razão. Tenho é que achar esse tal de Gary filho da puta e saber quem é o espião na embaixada.

Eu — Isso sim. Você achando o Gary acredito que descobrirá também quem é o espião, seu nome. Aí sim, você marca um pontão com o Frazão. Isso ele vai gostar e vai agradecer muito. Agora me explica uma coisa: como é que você vai fazer com a Maria? Aqui na Itália pode se prender uma pessoa por tanto tempo sem culpa formada?

Alfredo	— Claro que não. A Itália é uma democracia que respeita os direitos civis mais que a maioria das outras nações. Sucede que o crime dela, eu, pelo menos eu, considero atroz. Assim sendo mandei levá-la para a Casa Azul. Ninguém sabe que ela foi presa. Depois do acidente com a BMW, está lá, nos registros da delegacia, ela foi liberada. Se ela sumiu não é culpa nossa. Nem fomos notificados ainda do sumiço dela.
Eu	— Mas nós sabemos que não foi bem assim.
Alfredo	— Sabemos. Mas o que isso significa? Ou você acha que, quando solta, a Maria vai querer nos processar? Não é assim que funciona, meu caro Aurélio. As pessoas que são liberadas após o tratamento que a Maria teve estão loucas para sumir. Principalmente se você guardar uma ou outra acusação menor e as deixar saber. Nunca vão querer voltar para a Casa Azul de novo, nunca mais. Vão desaparecer ou, quem sabe, mudar de país.
Eu	— E os direitos civis?
Alfredo	— Você já se esqueceu do bebê e das duas mulheres? Para crime assim não acredito em direitos civis. Sou mais pelo direito das vítimas. Vai ver que é por isso que eu sou o chefe.

É, o Alfredo tinha a cabeça feita. Vai ver ele tinha até o apoio dos seus superiores. Como ele mesmo disse com a sua última frase. Entendi. Dei um inesperado cochilo, bati a minha cabeça nela mesma.

Alfredo	— (notando o meu sono) Agora vou deixar você. Vê se descansa. (piscando para o Ricardo) *Ciao*, Ricardo. Toma conta dele. Qualquer coisa você já sabe: os *carabinieri* estão logo ali.
Ricardo	— Claro. Pode deixar comigo. (para mim) Tudo bem, Aurélio?
Eu	— Tudo. Acho que agora vou dormir um pouco.

Virei para o outro lado. Estava tudo bem. Tudo nos seus lugares. Pensei nas cores, todas elas. Nas minhas e nas dos outros, estava começando a dormir. Ao fazê-lo, as cores me abraçaram sussurrantes. Só no sono mesmo, esse carinho todo. Comecei a dormir. Dormi o sono dos paralelepípedos, apesar de todo o cinismo do Alfredo. Só acordei de manhã. Coloquei a culpa na saúde recentemente readquirida. Mas era bom dormir com saúde. Era bom que ela tivesse chegado e ficasse. Me lembrei de tudo, até do cinismo do Alfredo demonstrado nas últimas palavras de sua visita, chato aquilo. Procurei o Ricardo. Roncava no sofá feito uma viúva alegre. Era até gozado. Sorri. Dia bom esse, sorri mal tinha acordado. Pouco depois chega, entre um ronco e outro do Ricardo, o café da manhã. De hospital, mas estava bonito. Eu gostava de coisas bonitas. A enfermeira foi acordar o Ricardo. Ele acordou e ouviu com o maior susto. Mas entendeu o que a mulher dizia.

Enfermeira	— Para os acompanhantes a *colazione* está sendo servida no *primo piano*.

O Ricardo me viu acordado e já servido. Sorriu, talvez como resposta ao meu sorriso de mais cedo, quando ele ainda roncava. Entre nós era assim mesmo. Nos entendíamos. Ele foi ao banheiro fechando a porta. Eu comecei a comer. Estava com fome. Nem percebera antes que estava com fome, só que comia como nunca. Sem parar. Até o fim. Não dei atenção ao Ricardo que saíra do banheiro renovado, penteado, limpo. Foi tomar o café da manhã. Sem cerimônia alguma. Nunca tinha visto dois recém-amigos se tratarem assim, tão intimamente ligados.

Acabei de comer. Tudo vazio, cada prato, cada compota, o bule inteiro do café. Estava me sentindo bem, alegre até. Não queria saber de surpresas tipo lanhos ou envolvendo vazamentos, espiões, e ainda envenenamentos. Agora eu queria só mesmo era descansar do longo sono que tive. Mas não deu tempo. Ao mesmo tempo entraram, esbaforidos, cada um vindo de um lado da porta, o *dott.* Volpi e o Alfredo.

Eu	— (calmo e sorridente) Calma, gente. Tem espaço pra todo mundo. Um de cada vez.
Dott. Volpi	— Seu Aurélio, confirmamos. O senhor está perfeitamente curado. (percebi ao lado o Alfredo impaciente, apesar de me dar os parabéns pela notícia, seu rosto estava fechado)
Eu	— Mas como? O senhor não tinha que tirar sangue para nova análise?
Dott. Volpi	— Já tiramos de manhã cedo. O senhor nem acordou. Já fizemos os novos testes no seu sangue. (a impaciência do Alfredo gritava apesar do silêncio dele) Agora posso afirmar. Não é uma simples melhora não. O

	senhor está curado. Totalmente curado. Amanhã mesmo o senhor já pode ir. (sorria)
Eu	— Bem, como só ontem eu notei que estava no hospital, serão ao todo três dias da primeira notícia que tive sobre o envenenamento até a alta. É. Está bom. Reagi bem.
Dott. Volpi	— Ainda bem que o senhor acha. Porque foram dez dias duros. O senhor inconsciente o tempo todo. Bem, vou indo para marcar a sua alta para amanhã. Bom dia!

Mal ele tinha saído, o Alfredo pulou para cima de mim e o Ricardo chegou.

Alfredo	— (tenso) Aurélio, aconteceu uma coisa. Aliás, uma não, várias. Sabe a coisa do espião? Respingou até para um diplomata da embaixada. Um amigo seu e meu também. O nosso adido cultural Monteiro.
Eu	— Ele tentou me envenenar?
Alfredo	— Não é nada disso. Mas veja só: encontraram um vidro do veneno usado em você no lixo da casa dele.
Eu	— Não é possível! O veneno dos Borgia?
Alfredo	— É. O Embaixador ficou louco com o seu envenenamento dentro da embaixada. Mandou buscar no Brasil gente da sua Polícia Federal. Chegaram. Já estão aqui em Roma há al-

guns dias trabalhando no caso. Como eu, eles descartaram o pessoal subalterno da embaixada e aí então levaram a investigação para o nível dos diplomatas. Parece que o Embaixador concordou.

Eu — Claro. Como ele não concordaria com a polícia brasileira que ele mesmo chamou. Vê, Alfredo, como é o Frazão. Até isso ele fez. Chamar a nossa Polícia Federal para investigar um crime cometido por um brasileiro dentro da embaixada do Brasil, contra outro brasileiro. Ele nunca abriria informação alguma para você. Ele jamais permitiria que você, um policial italiano, investigasse os diplomatas que trabalham pra ele. Não o Frazão.

Alfredo — É, eu sei. Você tem razão. Quase me desgastei insistindo com ele. Bom aquele alerta que você me deu. Muito bom mesmo. (Respirou. Ele estava tenso. Continuou.) Aí os federais brasileiros começaram a conversar com os diplomatas enquanto outros iam às casas deles. Numa visita a uma das casas, eles encontraram o vidro de veneno dos Borgia. Igual àquele que quase matou você. Estava no lixo da casa do Monteiro. Quando ligou pra mim, ele me disse que não sabia de nada. Interrogaram ele lá na embaixada mesmo, durante horas. Negou tudo até o fim. Finalmente aceitaram os seus argumentos, principalmente ser seu amigo e ter estado dois dias inteiros onde os *carabinieri* interrogavam os suspeitos do complô desencadeado pelo Alan e o espião. Inclusive, ele informou aos federais brasileiros que ajudara a determinar certas mentiras dos suspeitos e até entregara dois deles às autoridades italianas, reconhecendo-os para o oficial encarregado. Ajudara intensamente para o esclarecimento do complô, desde o início. Aí ele deu meu nome como prova. Ora Aurélio, tudo o que ele está dizendo é verdade. Me pediu para ir à embaixada para testemunhar a veracidade dele. Claro que eu vou. Já até falei com o Embaixador. Estou indo e queria que você fosse comigo.

Ricardo — Quero ir também, Aurélio. Sou outra testemunha de tudo isso e além do mais (quase em disputa com o Alfredo) sofri na pele também! Não se esqueçam.

Eu — Será que eu posso? Você ouviu o médico e sabe como eles são. Não vai me liberar.

Alfredo — Como você está? Sente-se bem? Curado? (concordei com a cabeça) Então deixa comigo. Vou falar com ele. (saiu)

Ricardo — Esse Alfredo já está me enchendo. Tudo tem que ser do jeito que ele quer. Mas me diz: você está mesmo bem? Não vai se forçar muito, hein? Mas se é para ajudar o Monteiro quero ir também. (retirou-se e foi ao banheiro outra vez)

    Fiquei só e num instante cochilei. Não sei por quanto tempo mas cochilei com direito a sonho e tudo mais. Sonhei muito, sobretudo coisas da minha vida. As coisas que foram verdades, as verdades que não foram coisa alguma. As mentiras que se transformaram em verdades ou estas últimas se tornando mentiras colossais. Sonhei até com a Telma. Ela voltou. Voltou aos meus sonhos lembrados. No sonho a vi exposta em toda sua nudez, substituindo a Maria. Sendo torturada igual a outra. No mesmo local da Casa Azul. Passou no sonho como sendo um subterrâneo mas não era não. Lá estava o Alfredo lanhando a nudez da Telma enquanto o Carlo, sentado, esperava respostas entre os círculos de fumo que sua boca produzia com o charuto que fumava. Como era sonho, deduzi que fosse um havana. Só que o corpo nu da Telma estava pendurado em algum lugar que eu não consegui ver. A Telma era uma imagem imóvel, muda e morta imperando sobre o local do suplício de todas as dores.
    Acordei com o Alfredo me tocando o braço.

> Alfredo   — Aurélio... Aurélio, acorda.

Acordei. Lá atrás, vindo do banheiro, o Ricardo apareceu. Foi curto o sonho.

> Alfredo   — Está aqui a alta. (Me mostrava um papel com a minha alta escrita nele. Não sei que argumentos ele usou, mas, de fato, o *dott*. Volpi decidira interromper as minhas férias.) Temos

	que livrar o Monteiro dessa confusão. Tenho a maior raiva de saber a verdade que pode ajudar um amigo e não ir logo com a ajuda.
Eu	— Vamos lá. Vamos salvar o Monteiro, descanso depois.

Atrás, o Ricardo fez gestos como se gozasse o Alfredo. Gozava mesmo com aquele ar de "não disse?". Me arrumei. O Ricardo tinha levado para o hospital as minhas roupas. As mesmas da noite que fui envenenado, agora limpas. Estava me sentindo até bem. Tudo terminado, saímos do hospital. Os três mosqueteiros indo para salvar o Monteiro. No meio do caminho, o Alfredo mandara as sentinelas do meu quarto de doente voltarem para a delegacia. Antes mesmo de pegarmos o carro dos *carabinieri* dirigido pelo Carlo, o Alfredo pegou seu celular e começou a fazer chamadas. Meia dúzia delas, chegou ainda a fazer duas já no carro. Numa delas percebi que ele estava reativando a segurança para minha volta ao ateliê. Ao terminar, desligou o celular e o guardou no bolso. O Carlo ia rápido em direção à piazza Navona. Logo chegamos. Paramos na porta do prédio. O Alfredo era muito cuidadoso com esse detalhe de não ferir a soberania brasileira. Disse ao Carlo para nunca entrar no estacionamento da embaixada sem prévia autorização. Saltaríamos do lado de fora. Saiu na minha frente. Logo depois saí eu. Mal tínhamos dado dois passos, uma bala atingiu a capota do carro desviando-se de mim. O Alfredo me agarrou e me jogou no chão tirando ao mesmo tempo a sua *beretta* do coldre. O Ricardo saiu logo atrás de mim embaralhando-se nas minhas pernas e nas do Alfredo. O corpanzil imenso do Carlo projetou-se pela porta do carona que ele abrira quase junto com a saída atabalhoada do Ricardo. O Carlo já caiu com sua arma na mão. Imediatamente depois, começaram ambos a apitar com toda força. De onde eu estava não via nada, só ouvia os apitos, os outros apitos de todos os lados da piazza Navona e o diálogo deles.

    Carlo   — O tiro veio daquele prédio verde lá em frente. Eu por acaso estava olhando. Foi de um fuzil, *dott*. Rossi!
    Alfredo   — Percebi pelo som. Foi fuzil mesmo.

Continuavam a apitar. De todos os cantos da praça corriam *carabinieri* à paisana armados. Convergiam para um prédio verde localizado bem em frente à embaixada. Isso cheguei a ver. Começou um grande corre-corre. Até alguns brasileiros saíram da embaixada com suas armas empunhadas. Brasileiros que eu não conhecia.

Pensei comigo mesmo: isso não tem fim. Saí faz pouco do hospital e já tinham atirado em mim de novo. Nisso ouvi o Frazão que com sua voz de barítono chamava os brasileiros para voltarem. Não estavam no Brasil, não podiam fazer nada. Pararam. Voltaram apressados, de certa maneira, cabisbaixos. O Frazão me viu entre o Alfredo, o Carlo e o Ricardo. Gritou com os brasileiros que, depois eu vim a saber, eram da Polícia Federal.

    Frazão   — Atendam a vítima. Ele mora aqui na embaixada. É brasileiro. É o nosso Aurélio.

Vieram todos até mim. O Alfredo me entregou a eles. Mãos me pegaram. Ajudaram. Corpos me cobriram. Me carregaram todos juntos para a embaixada. O Frazão, preocupado comigo, nem percebeu de onde veio o tiro que lhe atingiu. Caiu. De algum lugar da parte superior do seu corpo, o sangue molhava sua elegante roupa de Embaixador como se ele fosse um reles operário de piquete. Ele chamaria esse atentado de Democracia Feita de Sangue. É como seria descrito pela imprensa, no dia seguinte, o atentado. O Embaixador brasileiro foi a grande vítima. Mas não tinha perdido a consciência. Insistia em dirigir minha proteção. Era um leão. O brasileiros que não tinham ido me proteger foram até ele e o levaram para a cobertura que as colunas do prédio da embaixada proviam. Os outros me levaram para lá também. Nós dois, ele e eu, juntos e feridos no chão, nos olhamos. Ele ferido de verdade, eu ferido dessa vez só no meu amor-próprio. Acho que ele começou. Não entendi nada. Só o segui na grande gargalhada que deu. Rimos à beça. Nem sei dizer o porquê, mas que estávamos rindo, estávamos. Só sei que entre uma gargalhada e outra sapequei-lhe um beijo na testa. Continuamos a rir até esgotarmos todo o vocabulário das gargalhadas. Foi quando o Ricardo veio correndo até nós. Os federais brasileiros não entendiam nada. O Alfredo e o Carlo ali adiante até pararam de apitar para olhar para nós. De repente, do outro lado da praça, um tiroteio imenso. Até que cessou. Chega um homem que eu nunca vira, numa sacada do prédio verde, e acena para o Alfredo fazendo o que eu imaginei ser o V de vitória. Ele e o Carlo partiram para o tal prédio. Nós fomos ajudados a entrar na embaixada. Subimos as escadarias com os federais nos apoiando. Logo começaram a surgir diplomatas, secretárias, auxiliares, serviçais. Fora dias de festa, eu nunca tinha visto tanta gente da embaixada reunida e falante assim. Estavam nervosos. A uma pergunta de um deles o Frazão respondeu que não foi nada ou quase. Como chegaram começaram a ir. Chegamos ao gabinete do Embaixador. Lá estavam o Monteiro e dois federais que ficaram lá, imagine só, vigiando o Monteiro. Quando o adido vê o sangue no chefe pula para a mesa do Frazão. Lá discou para a telefonista e pediu uma ambulância com médico daquele serviço de saúde que só atendia aos diplomatas. Tinham atirado no Embaixador. O Frazão vai até sua cadeira e senta-se. Sentei-me também. Eu e o Ricardo no mesmo sofá onde o Monteiro estava e para onde voltou depois do telefonema que deu. Olhamo-nos. Um sorriu para o outro. Silêncio, um grande e absoluto silêncio sepulcral tomou conta da luxuosa sala do meu amigo Frazão. Seu rosto ainda denotava uma certa excitação demoníaca. Só faltava recomeçar a gargalhar. Não recomeçou. Um dos federais chegou-se a ele e, com mesuras, tentou avaliar o ferimento. Terminou a análise dizendo doutoral que a bala passou só de raspão.

Frazão	— Eu sei. Eu sei. (sem pudor, confidenciando para todos os que se encontravam na sala) O que vocês não sabem é que estou muito alegre com esse tiro. Imaginem, o velho e burocrata Embaixador Frazão sendo alvo de um tiro em frente à sua embaixada em Roma. Defendendo o prédio com o próprio corpo. Vou fazer o maior sucesso em Brasília. Todos vão me invejar e como! Os meus pares, quero dizer. Vão até pensar algo como se eu tivesse dado sangue pela embaixada. Vão dizer isso! Acabo virando herói lá no Itamaraty. Talvez receba mais uma comenda, quem sabe? Mas também não faço por menos. (sorriu)

Nisso chegam o Alfredo e o Carlo, ambos com suas armas na mão. Pensei no descuido do Alfredo. Entrar na sala do Embaixador com a arma na mão. Um susto para os federais brasileiros. O homem armado conhecia o Frazão. Acalmaram-se. O Alfredo pediu ao Frazão licença para levar o Monteiro para tentar reconhecer os cadáveres. Na mesma hora, o Frazão autorizou. Eles foram. Parecia um autômato o Frazão. Um robô que autorizava enquanto seus pensamentos se mantinham distantes. Parece nem ter se dado conta da menção da palavra cadáveres. Ou das armas no seu gabinete. Já se sentia herói. Pensava nisso. Pairava como tal. Flutuava vivendo o momento da provável comenda.

Lá se foram, liderados pelo Alfredo, os três. Na sala, ficamos eu, o Ricardo, o herói do Itamaraty e os homens da Polícia Federal que pareciam não existir apesar de serem tantos. A secretária do Frazão também estava ali mas sem saber o que fazer, estava perdida. A sequência de eventos fora do habitual virara o seu mundo de pernas pro ar. Ela estava confusa. Ela estava habituada a cumprir ordens. Sem ordens a serem cumpridas, fazer o quê? Devia estar se perguntando e decidiu perguntar algo.

Alzira	— Está doendo, Excelência?
Frazão	— Nada, nada demais, Alzira. Agora liga para o *Ambasciatore* di Lucca. (já sério) Quero falar com ele.

Agora sim mais relaxada, desanuviou. A vida voltara ao seu eixo. Fluiu. Recebera uma ordem e a cumpriria. Isso sim eram os trilhos da normalidade. Foi para o seu telefone na sua sala. Mas nem por isso a população feminina da sala diminuiu. Entrando, com uma rapidez inesperada, numa desarrumada mas sofisticada aparição, chega assustada a Leonor.

Leonor	— O que aconteceu, Frazão? (chegando-se ao marido e tentando ver o ferimento) Como isso é possível? (eu achava que o sangue do braço do Frazão já tinha secado) Afinal de contas estamos na Itália. Aqui não é o Sudão nem o Oriente Médio. Como isso pode acontecer?

Ninguém falava. Ela olhou em torno. Seu olhar encontrou o meu. Eu já estava de pé. Veio até a mim.

Leonor	— Aurélio, meu querido. Você aqui? Já está bem? Me diz Aurélio o que essa gente está querendo de vocês, você e o Frazão? O quê?
Eu	— (após beijá-la no rosto) Minha querida Leonor. Não faço a menor ideia. Gostaria muito de saber.
Leonor	— (para o Frazão) Mas isso não pode continuar assim. Alguma coisa tem que ser feita!
Frazão	— A Alzira está ligando para o di Lucca. Vou ver o que ele diz. A sugestão dele ou da Farnesina ou as duas. O que eles acham que nós devemos fazer.
Leonor	— Já chamaram o médico para você?
Frazão	— O Monteiro chamou.
Leonor	— (falando baixo) E ele...?
Frazão	— Está limpo. O pessoal aqui está investigando. (apontando para o pessoal da PF) Estão esperando a comparação das impressões digitais encontradas no vidro do veneno com a do nosso pessoal daqui. Mas não acreditam na culpa dele. Aliás, vocês conseguiram coletar as impressões de todos? (dirigindo-se ao chefe dos federais)
Chefe	— De todos, menos daqueles que estão viajando. Vamos ver se temos sorte. Senão sobrarão só os que estão em viagem.

Alzira chega até a porta e avisa ao Embaixador que o Embaixador di Lucca está na linha, aguardando-o. O Frazão virou-se para o telefone. Atendeu.

> Frazão — Como vai di Lucca? (ouve) Até que tudo estava indo melhor aqui. Mas hoje, mal botei os pés fora da embaixada, levei um tiro. (ouve) É, de fuzil. (ouve) Eu e o Aurélio de novo. (ouve) É o artista. (ouve) Está bem, será como sempre um prazer. (enquanto falava fez com a mão um gesto de copo para a Leonor levando-a à própria boca)
>
> Leonor — (Entendendo o gesto e soprando no ouvido do marido. Todos na sala ouvimos o seu sussurro.) Buchanan's trinta anos.
>
> Frazão — Estarei aguardando com impaciência sua visita com a nossa garrafa de Buchanan's trinta anos. (ouve) Claro, claro. Outra vez, estarei esperando. (pousando o telefone e virando-se para nós) Vem aqui hoje, oficialmente, nos visitar. (para mim) Aurélio, ele quer conhecer você.

Toca o interfone. Percebe-se que é da portaria avisando que a ambulância chegara com o médico.

> Frazão — Manda subir ao gabinete. É, estou aqui.

Aguardamos todos calados. A Leonor, agora preocupada com seu aspecto, entrou na sala da secretária, acho que para se arrumar um pouco. Antes de sair, porém, perguntou ao Frazão:

Leonor	— A que horas vem o di Lucca?
Frazão	— Às dezoito horas.
Leonor	— Isso vai sair na imprensa?
Frazão	— Depois dos tiros de hoje, acredito que sim.

Ela saiu. Ficamos calados. Os olhos do Frazão travessos não paravam. Sonhavam. Pouco depois que a Leonor entrou na sala da Alzira, bateram na sala do Frazão. Ninguém se mexeu. Acho que os policiais da Polícia Federal pensaram ser serviço para porteiro, sei lá. O Frazão aguardava a iniciativa de alguém, qualquer que fosse. Resolvi eu mesmo ir abrir a porta. Abri. Dei espaço para a entrada de um esvoaçante médico. Isso mesmo: esvoaçante médico com malinha preta, tudo o que tinha direito e gay. Foi entrando. Pareceu até já conhecer o Frazão.

Médico	— Excelentíssimo! Que coisa horrível aconteceu com o senhor! Isso não é possível! Estamos na Itália. Onde aconteceu isso?
Frazão	— Aqui em frente, na piazza.
Médico	— Mas como pode? (olhou para a engessada turma de brasileiros policiais) Bom dia, rapazes! (para o Frazão) Deixa eu ver. (olhou o ferimento) Vamos para a residência para eu poder cuidar dessa feridinha, Excelência! Logo, logo o Excelentíssimo vai estar ótimo. Essa bala passou de raspão. Vou limpar a ferida e receitar uns remédios para impedir qualquer infecção.

Não entendi nada. O Frazão resistia ao médico. Mas resistia e muito.

Frazão	— Leonor vem cá! O *dott*. Piero está querendo me levar para a residência. Vai cuidar lá do meu ferimento.
Médico	— (ainda ouvi) Estamos com medo, Excelência? (outra vez pluralização que me irritava)
Frazão	— Não se trata disso...
Leonor	— (saindo da sala da Alzira um pouco mais arrumada) Estou indo.

Duas coisas eu notei. A falta de segurança do Frazão. Nunca tinha visto o meu amigo inseguro. Aquela foi a primeira vez. E o charme de lady que a Leonor mantinha para atender o marido diante do gay inevitável. Foram para a residência para cuidar do Frazão. Me levantei e informei aos policiais brasileiros que ia para o meu ateliê. Se o *carabiniere* chefe ou o Monteiro quisessem saber, eu estaria lá. Chamei o Ricardo e fomos embora. Se despediram bem de mim. Não tinha levantado suspeitas, ainda bem. Mas se eu tinha sido vítima de quatro tentativas de homicídio, como eu poderia levantar suspeitas naqueles policiais? Eu estava precisando era reavaliar os conceitos da minha vida e voltar para as minhas cores. Fomos.

Cheguei logo no ateliê. Já na porta encontrei dois representantes da minha segurança. Saudei-os e fui entrando pela porta já aberta para mim sempre seguido pelo Ricardo. Dentro, coincidência ou não, estava aquele jovem que dormiu, enquanto fazia minha segurança, com a metralhadora travada. Alvissareira, pra começar, a minha segurança. Ainda era dia, mas eu não tinha almoçado.

Ricardo	— (parecendo ter ouvido meus pensamentos) Estou com fome. Você também?
Eu	— Estava pensando nisso agora. Vê o que tem e faz o que tiver. Com fome é que não dá.

Me sentei em frente aos esboços. Nem começara a trabalhar e ao meu redor tudo já estava querendo sumir, como sempre acontecia. Naquele momento pensei: estou cansado. Que vida era aquela que eu estava levando? Até aquele momento tinha sofrido tudo, encarado os acidentes como se fizessem parte de um esboço maior para a minha vida. Nunca me passou pela cabeça perguntar qual seria? Quem seria o autor? Por que eu deveria passar por aquilo tudo? Qual o sentido de tudo isso? Por que eu, apesar de tudo que vinha vivendo, continuava o bom menino? Com o sorriso, sempre e sempre, se aproximando mais e mais do sorriso que meu pai via em mim. Pra que o sorriso? Pra que servia? O que eu faria com ele? Comecei a ter ciúmes do meu próprio sorriso. Ciúmes também do cinismo do Alfredo. O cinismo carregava no próprio bojo a defesa do seu portador. Defendia o portador de tudo e contra todos. É, eu tinha que aprender a ser cínico. Era bem mais confortável viver embutido nele. Sofria com o fato de tanta gente querer me matar. Até comecei a achar que merecia. Mas quem disse que eu queria morrer? Morrer pra quê? Eu ainda era jovem. Devia mesmo era apelar pra ele, o cinismo. É, era melhor mesmo. Viva o cinismo! Minha alma bradava. Bom, viva ele. Mas como é que, de repente, um sujeito como eu pode ser cínico como o Alfredo? Nunca vivi o que ele viveu. Tudo bem, mas meu cansaço ardia. Me queimava por dentro. Me fazia mais cansado ainda. Gostaria de ficar menos cansado. É, como gostaria. Parei de pensar. Olhei para os esboços.

Como é que eu tinha feito ou imaginado esboços de merda como aqueles que estavam na minha frente?

Eu	— (dei um grito) Ricardo! Pega lá no armário o reagente que está na lata vermelha.

O Ricardo largou a cozinha e foi lá pegar a lata vermelha. Me trouxe. Peguei a lata e abri a tampa. Comecei a jogar nos esboços, ao mesmo tempo que com a outra mão eu raspava as telas natimortas com um pedaço de pano. A cada uma que terminava de matar, minha raiva aumentava. Na última já estava soluçando com pena de mim mesmo, da impotência que sentia ao ver os meus esboços, que raspara, nus. Falta de inspiração, sei lá. Mas que não estavam bons, não estavam não. O Ricardo perto mim via, sentia os meu soluços e dizia:

Ricardo	— Amanhã você faz outros. Serão melhores. Muito melhores. Agora vamos comer.

Eram impressionantes a praticidade e a compreensão entre mim e o Ricardo. Nada precisava ser dito. Entendíamos tudo um do outro. Os sentimentos eram de certa maneira as minhas fugas e as perseguições para ele. Mas agora eu tinha mesmo que pensar no que fazer comigo e com a minha impotência artística. Juro, nunca tinha ouvido falar nisso: impotência artística. Como a impotência física é para um homem pior que o próprio inferno, imaginei em segundos o que poderia dizer sobre um artista com impotência artística. Nada. Nem sabia o que significava isso. Claro, era um lapso, mas de que tipo? Permanente ou o quê? A física podia ser qualquer coisa. Será que a artística seria assim também, cheia de mistérios? Como é que eu saberia? Nunca tive nada dessas coisas. E o Ricardo?

Deveria falar com ele? Às vezes bem que ele sabia como resolver problemas. Problemas que não tinham nada a ver com ele e que, talvez por isso mesmo, ele sabia como lidar. Chegamos à mesa. Sentei-me. Foi ao fogão e pegou uma panela. Nela já tinha um incrível *fettuccine* pronto com molho e tudo. Me serviu e serviu também ao segurança da arma travada e a ele. Comemos. Estávamos terminando quando bateram na porta. O segurança com sua arma em punho foi abrir.

Era o Alfredo trazendo com ele os destroços do que um dia fora o adido. Estava acabado o Monteiro.

Eu	— (me levantando e apavorado) O que foi? O que aconteceu? O que houve com você, Monteiro?
Alfredo	— (Fazia gestos com a cabeça, olhos, lábios. Entendi. Algo estava errado com o Monteiro o que aliás era óbvio. O Alfredo pedia através daqueles gestos malucos que não interpelássemos o adido naquele momento.) Vamos sentar, Monteiro? Ali naquela poltrona? Vamos.

Nunca assistira o Alfredo tão cuidadoso. Perguntei:

Eu	— O que aconteceu? Monteiro, quase não dá para reconhecer você. O que houve? O que aconteceu?
Alfredo	— Calma, gente. Já vou explicar. (para o Monteiro) Quer um copo d'água? (nenhuma resposta) Um cafezinho talvez? (nenhuma resposta) Um refrigerante para refrescar? (outra vez sem resposta) Não? Está

bem. Fica sentado aí. (abre a gravata do Monteiro) Está muito apertada, né? (Monteiro parecia não ouvir ou perceber o que acontecia a seu redor) Descansa. Daqui a pouco levo você lá no hospital.

Veio até nós. O jovem *carabiniere*, meu segurança, se afastou. O Alfredo estava tenso. Com mímicas de novo, agora para o seu jovem subalterno, ordenou que ele ficasse de olho no Monteiro.

Alfredo	— Encontramos morto o chefe do grupo que atirou na gente. Os que atiraram eram italianos. O chefe que os matou e que os meus homens em seguida mataram estava ainda com a arma fumegante na mão dos tiros que deu nos comparsas. Uma surpresa para todos nós que chegamos minutos depois. Principalmente para o Monteiro, não tenho a menor dúvida, era o espião da embaixada. Você não vai acreditar. Era a Helena, a sra. Monteiro. Ele está assim desde que a viu lá (fez um gesto de cabeça na direção do Monteiro) com um revólver na mão direita e na esquerda uma carta dirigida a ele.
Ricardo	— Pobre dele. Essa eu não queria pra mim não.

Por essa eu não esperava: a Helena. Gostar dela eu não gostava não. Para mim, fora os telefonemas dela que eu nunca respondi, seus olhares nas festas que também ficaram sem respostas e eu não ir com a cara dela, de resto, a Helena nunca existiu para mim. Mas agora, com morte e tudo, ela tornara-se uma personagem rica. Pelo menos agora, na morte, passara a existir. É, a morte fazia uma grande diferença na vida de qualquer um. Pelo menos para mim.

Eu	— E a carta, Alfredo? A carta da Helena.
Alfredo	— O Monteiro pegou, botou no bolso e não deixou eu ver.
Eu	— Ele não leu?
Alfredo	— (se corrigindo) Pegou, leu, guardou e entregou-se a esse estado que vocês estão vendo. Nem sei o que dizer. O Monteiro subitamente pareceu-me uma réplica de si mesmo. Acho que vou levá-lo para o hospital dos *carabinieri*. O que acha?
Eu	— Leva, leva, sim Alfredo. Depois eu falo com o Frazão. Fica tranquilo. Não vai ter problema algum.
Alfredo	— Então está certo. (agradecendo) Vou levá-lo agora para o hospital.

O Alfredo o levou. Não sem antes me agradecer uma segunda vez por eu ter assumido a responsabilidade pelo Monteiro junto ao Frazão. Mas o que eu vi dizia tudo. O Monteiro estava aniquilado, acabado. Foi muito dura a realidade, dura demais para um cara como ele. Logo o Monteiro, tão ciente das próprias limitações. O que seria dele agora? Não sei, mas eu teria que intervir junto ao Frazão pelo Alfredo por causa do Monteiro. E pelo Monteiro também, pelo próprio Monteiro e pelo caso do espião que acabara. Terminou que era a mulher dele, a Helena. Aquela que tentara em vão me envenenar, não sem antes tentar falar comigo.

Fui para o banheiro. Queria tomar banho. Limpar a minha pele de tudo aquilo que persistia em ficar, assim como o Gary. Ou seria mesmo Alan? Não importava qual nome tivesse aquela criatura. Só pararia quando eu fosse destruído como minhas telas foram. Terminei o banho. Me vesti com o mesmo uniforme de sempre. As minhas roupas sempiternas.

Duravam as minhas roupas. Não estava nem aí por repeti-las, repeti-las sempre. Essa repetição me fazia bem, o porquê não sei. Mas que fazia, fazia. Sai já vestido e arrumado. Pobre Monteiro. O Frazão me queria lá às dezoito horas. Me despedi do Ricardo e fui à cata do Frazão. Tudo estava tranquilo na embaixada que sempre fora tranquila. Nem parecia que havíamos passado por tanta coisa. Claro, agora éramos nós. Eu e o Frazão. Ele também tinha passado pelo menos por um tiro. Quando passei na esquina da portaria, o amor velho de guerra do Monteiro, ouvi um imenso murmúrio. Eram vozes que se atropelavam. Repórteres querendo falar com o Frazão, o herói do Itamaraty. Cinegrafistas já com as luzes acesas, prontos para esperar o inesperado. Enquanto esperavam, filmavam os afrescos. Tomo o caminho do gabinete. Chego e abro a porta da Alzira. Peço para falar com o Frazão. Pega o telefone interno e recebe a autorização para eu ir até ele. Chama um porteiro para me guiar.

Eu	— (faço um gesto com a mão só para reforçar) Aí embaixo está cheio de gente da imprensa. Acho melhor acender as luzes da escadaria antes que alguém se machuque.
Alzira	— É melhor mesmo. Aliás, tenho que chamar o conselheiro Arruda para receber o Embaixador di Lucca. Ele já deve estar chegando.

Parti para a residência ao encontro do Frazão. Realmente, tudo era muito bonito, não me cansava de olhar. Um porteiro foi me receber na entrada do salão. Entrei e o segui. Tive momentos de paz ao visitar de novo os fantásticos afrescos daquele maravilhoso palácio. Eles eram lindos, cada um deles. Me estremecia com aquela beleza toda. Andamos. Finalmente o porteiro abriu a porta. Chegamos ao gabinete nobre, ocupado por um ferido Embaixador. Levantou-se. Gemia o Frazão. Pequenos gemidos. Talvez estivesse ensaiando para receber o outro, o di Lucca. Enfaixado já estava e o braço na tipoia tinha uma pequena e dramática mancha de sangue e uma grande presença. Estava sem o paletó. Sozinho.

Eu	— Frazão, você está bem?
Frazão	— Claro, Aurélio. Só estou ensaiando para o di Lucca.

Não tinha o menor pudor em reconhecer, pelo menos para mim, o óbvio. Estava adorando a situação. Faltei rir.

Eu	— Só para ele não. Toda a imprensa do mundo está aí na portaria.
Frazão	— Por que ninguém me avisou?
Eu	— Estou avisando. Chegaram agora. Passei por lá, na portaria. Estavam chegando.
Frazão	— E aí? Faço o quê?
Eu	— Posso dar uma sugestão? (disse sim com a cabeça enquanto gemia leve) Por que você não manda prepararem o salão para uma entrevista coletiva?
Frazão	— Boa, Aurélio. É muito mais sofisticado, além de ser mais prático tam-

bém. Boa ideia, Aurélio. Vou mandar. (chamou a Leonor pelo interfone para ir se encontrar conosco) O di Lucca devia estar chegando. O melhor é você esperar por aqui mesmo.

Foi se olhar no espelho. Após ter se analisado, acho que gostou do que viu.

Frazão	— Estou bem, Aurélio?
Eu	— Até que pra um ferido você está ótimo. (ele riu)
Frazão	— Sabe, já informei ao Itamaraty por e-mail. Já recebi uma porção de telefonemas na última hora. Todos preocupados, comigo e com a história do espião.

Aquilo me fez lembrar. Espiã, Monteiro, Alfredo. É, tinha também que lhe contar que não era espião. Era espiã. Nossa Mata Hari chamava-se Helena. Seria o maior golpe pra ele.

Eu	— Frazão... (Não consegui terminar. O interfone o chamou. Atendeu. Mandou o conselheiro Arruda levar o di Lucca lá.)
Frazão	— Estão chegando, Aurélio. (A porta abre. Era Leonor. Viera atendendo o chamado do marido.) Leonor, você tem que mandar arrumar no andar nobre um canto para a entrevista coletiva que vamos dar.
Leonor	— Vamos?
Frazão	— Vamos. Hão de querer uma explicação sobre o tiroteio. Está toda ela aí.

Leonor	— Quem?
Frazão	— A imprensa, Leonor. É melhor mandar preparar uns comes e bebes para esses famintos. Aliás, não. Eles vão comer sim, mas depois vão criticar. Não no meio de uma crise como esta. O que é que vão pensar de nós? Não, comes e bebes, não.

Batem à porta. Entra o conselheiro Arruda, acompanhando o Embaixador di Lucca. O italiano chega com dois assessores. Seríssimo, dirige-se ao Frazão.

Di Lucca	— Caríssimo Embaixador, que coisa horrorosa essa. Como isso foi acontecer?

Não esperou a resposta. Dirigiu-se a Leonor para cumprimentá-la. O meu olhar o seguiu até a nossa Embaixatriz. Levei um susto. O rosto dela estava muito compungido com toda a situação. Me veio à cabeça uma dúvida. Porra, parece até que sou visita, que não tenho nada a ver com isso. Mas fui vítima, muitas vezes, de atentados ainda piores ou não fui? Claro que tinha a ver com tudo aquilo.

Leonor	— (após aceitar os cumprimentos) Desculpe-me, di Lucca mas vou até o salão nobre, preparar uma ala para a imprensa. Querem entrevistar o Frazão sobre o tiroteio. E ele pensou em fazer logo uma coletiva para eles. É melhor. Sabe di Lucca, nunca pensei viver um momento como esse em Roma. Está uma loucura. Até tiroteio

	em frente ao Doria Panfilj. Quem poderia imaginar uma coisa dessas? Agora vou. O seu Buchanan's está chegando. (da porta, gentilmente aberta pelo conselheiro Arruda) você irá também à coletiva, di Lucca?
Di Lucca	— Ainda não sei. Tenho primeiro que conversar com o Frazão.
Frazão	— Acho melhor não, di Lucca. É melhor você falar com eles lá na Farnesina. Fica mais imponente e você tem tempo de ouvir o que eu disser a eles.

O Embaixador di Lucca concordou. A Embaixatriz se foi. Todos se sentaram. Não sem o Frazão me apresentar antes ao dignitário italiano. Aproximamo-nos e nos cumprimentamos. Falei com o Arruda também. Só o tinha visto umas duas vezes ali na embaixada. Mas me lembrava de uma noite de *pizza* após um giro por um museu daqueles. Ou seja, ele, alguns meses atrás, tinha sido vítima do meu "golpinho" da carteira de notas. Mas isso era passado.

Frazão	— E agora, di Lucca? Como dizia a Leonor, eu também nunca pensei em passar tanta coisa criminosa como essas que estamos sofrendo aqui em Roma.
Di Lucca	— É realmente assustador. Foi bom você ter me contado desde o início tudo. Todas as coisas que aconteceram com o jovem artista e agora, meu Deus, atiraram em você também. Isso é inaceitável. Os *carabinieri* estão sendo corretos com vocês?

Frazão	— Desde o incidente do interrogatório do Aurélio, quando precisei da sua intervenção, os *carabinieri* e o chefe deles, o Alfredo, têm sido verdadeiros amigos. Esse Alfredo é muito profissional. Realmente, sob esse aspecto não temos nada a reclamar. O problema são esses criminosos que não largam o Aurélio em paz. E agora eu. Imagine, di Lucca. Eu!
Di Lucca	— Você eu ainda não sei, Frazão. Mas no caso do Aurélio, o nosso pintor aqui, está com cara de um contrato mafioso. Pelo menos está parecendo. (para os assessores) Vocês não acham?

Os assessores concordaram com as cabeças.

Eu	— Mas, Embaixador (me dirigindo ao di Lucca), eu nunca tive nada a ver com a Máfia. Só ouvi falar.
Di Lucca	— Não se trata de você. No caso você é o contrato. O mafioso que te matar recebe um prêmio em dinheiro. Isso, para a Máfia, trata-se de um contrato. Quem tiver interesse na sua morte contrata a Máfia para te matar. Pode ser qualquer um. Todos os mafiosos ficam sabendo e qualquer um deles, em qualquer momento que tenha a oportunidade, aparece para matá-lo. Não se surpreenda. Estou lhe dizendo a mais pura das verdades. Não vim aqui para enganar você ou o Frazão.

Eu	— Estou pensando numa coisa. (para o Frazão) Posso usar o telefone?
Frazão	— claro.
Eu	— (ligando para o celular do Alfredo) Sou eu, Alfredo, alguma novidade?
Alfredo	— Sedaram o Monteiro. Vou pegar a carta da Helena agora.
Eu	— Então vai. Eu espero.
Alfredo	— Assim não dá, Aurélio. Ele está deitado em cima da carta. Eu preciso ter cuidado para não o acordar.
Eu	— Estou aqui na embaixada com o Frazão e o Embaixador di Lucca, lá da Farnesina. Ele está me contando coisas terríveis, Alfredo. Você precisa me dizer o que exatamente está na carta. Melhor ainda, tão logo você pegue a carta, venha para o gabinete nobre da embaixada. Estamos aqui.
Alfredo	— Vou ver o que faço.
Eu	— Não é isso, Alfredo. Minha vida depende disso, o Embaixador... (uma mão tira o telefone do meu rosto)
Di Lucca	— *Dott*. Rossi... (ouve) aqui quem fala é o Embaixador di Lucca, do cerimonial da Farnesina (ouve) isso mesmo. Agora estamos precisando que você venha com a tal carta. Precisamos saber com urgência o que tem escrito nela. Temos que avaliar a situação urgentemente. Agora que atiraram no Embaixador virou um caso *d'honore* para a Itália. Estamos aguardando por você aqui na embaixada brasileira. Ve-

nha o mais rápido que puder. (ouve) Está bem. Vinte minutos. Estamos aguardando. (desliga o telefone e se vira para o Frazão e para mim, informando que em vinte minutos o Alfredo estaria lá com a tal da carta)

Parei para respirar. Pensei. Deus meu, por que tudo isso estava acontecendo? Aliás, por que aquelas coisas todas que estavam afetando a mim e a tanta gente não paravam de acontecer? Mas será mesmo que aquilo tudo estava mexendo com os que viviam ao meu redor? O Ricardo eu tinha certeza. O Frazão também. Mas e os outros? Será que estariam sentindo também toda aquela loucura que eu estava vivendo? Pobre do Monteiro. É, aquela loucura estava mexendo com todos os que conhecia.

Enquanto estive no telefone do Frazão, um dos garçons da embaixada entrara e já estava servindo, em copos de cristal, o Buchanan's.

Na bandeja, ele também trouxe um grande balde de gelo, água mineral sem gás e salvas com amendoim, castanha-do--pará, do caju e outras coisas como guardanapos etc. Serviu a todos, inclusive a mim. Pousou a bandeja e perfilado aguardou alguma ordem do Frazão.

Frazão	— Pode ir. (virou-se, então, para mim) Senta, Aurélio. O que você está fazendo de pé? Que carta é essa assim tão importante?
Eu	— É isso, Frazão: quando eu trabalho, trabalho em pé. Agora que tenho uma coisa importante para dizer, prefiro ficar de pé também. Pois é, Frazão. O nosso Monteiro foi internado.

	Está sedado no Hospital Geral dos Carabinieri aqui em Roma. O Alfredo levou o nosso adido para ficar sob cuidados médicos.
Frazão	— Mas como isso é possível? Não autorizei nada! Ninguém me pediu nada.
Eu	— Eu sei, Frazão. Mas após o tiroteio entre os *carabinieri* e os, sei lá, mafiosos (olhei para o di Lucca) o Alfredo precisou de alguém da embaixada para reconhecer os cadáveres dos bandidos e ver se se seria outra vez alguém da embaixada. E lhe pediu, Frazão, lá no seu gabinete de trabalho, para levar o Monteiro para o reconhecimento. Você autorizou, Frazão. Eu estava lá, eu vi.
Frazão	— Disso eu me lembro. Mas isso de internar o meu adido cultural no Hospital dos Carabinieri eu não me lembro.
Eu	— Eu sei, Frazão. Depois do reconhecimento, me apareceu lá no ateliê o Alfredo. Carregava o Monteiro. Ou o que sobrara dele. (o Arruda estava chocado com tudo aquilo) O Monteiro, meu querido Frazão, estava inteiramente catatônico. O Alfredo queria levá-lo logo para o hospital. Cuidar dele. Mas antes queria falar com você para ser autorizado. Se falhei, peço desculpas Frazão, mas naquela hora, vendo como o Monteiro estava, dei eu mesmo a autorização ao Alfredo.

	Garanti a ele falar com você tão logo pudesse.
Frazão	— (boquiaberto) Você, Aurélio? Você autorizou? (quase não acreditando)

Notei um Arruda arrepiado. O di Lucca também. Enfim, um *frisson* passou pelo gabinete.

Eu	— É, Frazão. Não tive no momento outra alternativa senão autorizar. O Monteiro estava muito mal. Era, só de vê-lo, muito trágico e pensei naquela hora que seria muito arriscado esperar para interná-lo. Achei que você me entenderia. Foi aí que eu soube da carta da mulher dele, dirigida a ele e que o Alfredo colheu da mão de um dos cadáveres.
Frazão	— Como assim de um dos cadáveres? O que é que um cadáver estaria fazendo com uma carta dirigida ao Monteiro e escrita pela mulher dele?
Eu	— Pois é, Frazão. (não sabia o que dizer ou como dizer, mas disse) O cadáver era o da Helena.
Frazão	— (pulando da cadeira) Como isso é possível? Ela está de viagem. Eu mesmo autorizei.

O meu velho amigo não queria acreditar. Estava ficando demais para ele. Tudo ao mesmo tempo. Me olhava como se dissesse que era impossível.

Eu	— Não, Frazão, ela não viajou. Chefiou a turma que atirou na gente.

	(aproveitei para olhar para o di Lucca, que me olhava) Os mafiosos do *Ambasciatore* di Lucca foram chefiados por uma mulher.
Di Lucca	— Mas agora devo me desdizer. O ataque realizado por um grupo? Não. Não faz o menor sentido. Não é estilo deles. A Máfia escolhe sempre a traição. Um ataque frontal nem pensar. (virando-se para os assessores) Que vocês acham?
Assessor	— Concordamos. Se fosse a Máfia, não teriam atirado em dois alvos ao mesmo tempo. Eles vêm para matar. Não para brincar de tiro ao alvo. O Embaixador tem razão. Não faz o estilo deles.
Frazão	— A Helena? Tem certeza? Não que eu gostasse dela especialmente mas estava sempre aqui conosco. Imagine quando a Leonor souber! E nós vamos fazer o quê? (emendou) Arruda, vá esperar o *dott*. Rossi e traga-o aqui imediatamente.
Eu	— (para o Arruda) Estamos aguardando o Alfredo com a carta escrita pela Helena.
Arruda	— Imediatamente, Embaixador (foi).
Frazão	— (olhou para o di Lucca) Para que mesmo?
Di Lucca	— (levantando-se e indo até o Frazão) Para saber o que a Helena escreveu na sua última carta.
Frazão	— (olha para ele como se estivesse distante) Você acha mesmo, di Lucca, que a Helena atiraria em mim?

Di Lucca	— Como é que eu vou saber meu amigo? Agora temos que esperar o Alfredo e ler a carta. Vem, vamos descansar ali, Frazão.

Levou-o para um sofá. O Frazão estava alquebrado. O meu amigo Frazão estava começando a curvar-se sob o peso de tudo aquilo (mas não deixava de mancar um pouquinho).

Frazão	— Como será que estão os preparativos para a coletiva? Ah, pedi a Leonor. Ela nunca falha. (enquanto guiado pelo di Lucca sentava no sofá) Você fez bem, Aurélio.
Eu	— Fiz o quê, Frazão?
Frazão	— Isso de autorizar o Alfredo a levar o Monteiro e me avisar depois. Você fez muito bem. Em qualquer situação, em primeiro lugar a vítima. Pobre Monteiro. Nunca entendi, mas gostava tanto da Helena. Deve estar sofrendo muito.
Eu	— Ele está bem, Frazão. Está sedado.

Abrem a porta. Entra o Arruda logo atrás do Alfredo. Este portava a carta como se uma tocha fosse. Pelo menos, não a tinha lido. O Frazão jamais o perdoaria e acho que o di Lucca também não. Mas ele não lera. Ainda bem, pensei eu. Levou a carta diretamente para o Frazão. Este se levantou e começou a andar pela grande sala de um lado para o outro, com a carta na mão. Só agora notei: meu copo de *whisky* estava intocado. A garrafa não, os outros copos também não. Aliás, o copo de cada um estava vazio ou quase. Resolvi beber um pouco enquanto esperava o Frazão abrir a carta. Peguei o copo e dei uma talagada das grandes. Igual às minhas talagadas do meu tempo no Hotel Union. Porra, o Union, eu precisaria me lembrar. O Alfredo sentou-se numa cadeira junto a minha.

Eu	— Quer um drink, Alfredo? (falando baixo) E o Monteiro?
Alfredo	— Não, obrigado. Está lá, olhando para o teto. É impressionante a cena. Os médicos me disseram que ele está mesmo é dormindo. Mas é difícil acreditar. De olhos abertos? A figura dele está muito ruim, estou preocupado. E o Embaixador Frazão? Quando você acha que ele vai abrir a carta? Dentro dela pode ter informações valiosíssimas para a minha investigação.
Eu	— Calma, Alfredo. O velho sofreu muito com essas coisas que aconteceram hoje. Ele está cheio de dúvidas se deve abrir ou não a carta.
Alfredo	— Mas você tem que falar com ele, Aurélio. Ninguém sabe quando eles vão atacar outra vez. Ele tem que abrir.
Eu	— Alfredo, você tem que se acalmar. Temos que dar o tempo que ele precisa. Ele supera. Pelo que eu conheço dele, ele supera melhor que a gente. Ele é duro, Alfredo. É uma força da natureza e ainda por cima disciplinado. Espera um pouco, Alfredo.
Frazão	— E a imprensa, Arruda? Você chegou a ver como está a arrumação?

Arruda	— (levantou-se) Estão lhe aguardando, Excelência. A arrumação está impecável. A Embaixatriz está lá com eles. Fique à vontade, Excelência.
Frazão	— Estou à vontade, Arruda. Muito.

O Frazão parou no meio da sala. Apontou para mim.

Frazão	— Vem aqui, Aurélio.

Levantei-me e fui até ele. Me deu a carta e arredou a cadeira para trás de sua grande mesa de trabalho. Fiquei no mesmo lugar que estava, segurando o envelope. Esperando o quê? O Frazão dizer alguma coisa talvez, eu acho. O envelope parecia queimar.

Frazão	— Leia, Aurélio. Você é amigo dele. Ele agora está impedido. Você deve ler. Para nós e por nós.

Olhei para o envelope. Abri. Retirei as folhas que, apavorados fetos, resistiam a sair do útero que as protegia. Peguei a carta. Me dispus a lê-la, não sem antes pensar no poder do Frazão de transformar pequenos momentos em horas transcendentais. Respirei. Li o documento que saíra da mão já morta da Helena.

Roma, dicembre 15 del 2002.

Caro Monteiro (meu amor),

Você não sabia. Talvez seja uma surpresa. Mas você foi o único homem que amei na vida. Seu amor por mim sempre me emocionou a ponto de me fazer calar sobre o que sentia pelo meu marido. O meu amor por ele. Quando você foi me pegar na casa de meus pais na Villa Santa Maria, já sabia que tudo seria difícil para nós. Você tinha essa bela carreira que tem. Mas arriscava tudo por me amar, arriscava tudo pelo meu amor. Como italiana eu, que lhe amava tanto, passei por aquelas entrevistas todas do Itamaraty para que finalmente pudéssemos casar. Casamos e fomos felizes. Você se declarando sempre. Eu, afogada pelo seus sentimentos, nunca me declarei como deveria. Pois me declaro agora. Amo você, Monteiro, agora e até depois da morte. Sei que você me desculpará e que ocuparei todos os nichos de felicidade na sua memória. Que seja assim.

Agora, Monteiro, quero contar tudo o que aconteceu desde que conheci o Alan Chartoff na festa da embaixada pela comemoração do 15 de Novembro. Se lembra? Foi uma festa sensacional, tinha gente à beça. Lá, num determinado momento, a Leonor, a doce Leonor, me apresentou a um americano alto e louro, com um sotaque terrível ao falar o português. Era o Alan. Tão tenebroso quanto foi simpático naquela noite. Você ocupadíssimo. Parecia quase o anfitrião. Até pensei, olhando para você, recebendo e apresentando, que um dia ainda chegaríamos lá. A toda hora o velho chamava você para tudo e por qualquer coisa. Nessa noite vocês marcaram o *vernissage* do Aurélio. Nunca vou esquecer. O Alan do meu lado tremeu. Imaginava e tremia. Na hora não entendi nada. Ele me apresentou à sua esposa, uma tal de Maria. Ali, Monteiro, naquele instante, começou aquilo que você viria a comentar comigo como sendo o complô.

Ela me convidou para almoçar. Eu nem sabia que o Alan iria aparecer, mas quando eu cheguei no ristorante Principi o casal estava lá. Você estava ocupado e eu aprendi que quando dizia isso era muito sério e profissional. Não adiantaria eu chamar você. Porque você diria: Vai, não se incomode comigo. Então não disse nada. Fui.

No início o almoço foi normal, até simpático. Começamos então a falar do Aurélio, do *vernissage*, da Vale. De como o velho aparentava gostar do Aurélio. Falaram que o velho estava frágil e que nessa situação a Vale precisaria de muito ajuda para fechar o negócio. A fragilidade do velho poderia atrapalhar tudo. Perguntaram se eu entendia.

Cada vez que eu mencionava "velho" o Frazão pulava discretamente dentro dele mesmo, sentado que estava. Continuei a ler a carta.

Depois o Alan disse que queria ajuda para facilitar o árduo trabalho do pessoal da Vale. Ele precisava saber quanto a Vale estaria disposta a pagar pela compra da empresa em que ele trabalhava. Assim, disse ele, estaríamos ajudando a Vale e o Brasil. Retruquei que não entendia dessas coisas. Depois de muito insistir e de um não peremptório, o Alan sugeriu que eu ligasse para os meus pais na Villa Santa Maria. Até me emprestou seu celular. Liguei. Minha mãe atendeu. Estava apavorada. Claro que estava em casa e lá havia três homens armados ameaçando a ela e ao meu pai. Disseram que só liberariam eles se eu ajudasse o chefe deles em Roma. O que está acontecendo, Helena? Foi o que minha mãe me perguntou segundos antes de desligar o telefone. Claro que não foi ela a desligar. Tive certeza de que, de alguma maneira, tinha sido o Alan a ordenar que desligassem. O mesmo Alan que estava sentado à minha frente. A partir daí fui presa fácil para o casal. Depois a Maria sumiu e ficou só o Alan. Me fez até envenenar o Aurélio. Pobre daquele rapaz! Mas quero que você saiba que liguei duas vezes para ele tentando avisar. Nunca consegui falar com ele. Depois que a Vale fechou o negócio, o Alan só pensava em vingança. Matar a qualquer custo o Aurélio. O Aurélio poderia reconhecê-lo. Foi quando pensei: então serei eu a próxima. Também podia reconhecê-lo. Pensei mais.

Já que eu seria o próximo alvo, nada salvaria os meus pais. Por que então eu ainda deveria ajudá-lo? Teria que dar algum jeito. Foi aí que eu e outros dois membros da quadrilha do Alan fomos destacados para esta outra estúpida missão para matar o Aurélio. Resolvi dizer basta para mim mesma. Resolvi escrever para me despedir de você, Monteiro, e tentar ajudar através dessa carta. Despeça-se de todos e peça desculpas por mim. De quem ama só a você, antes do nada e depois do tudo,
beijos, sua Helena.

P.S. Aqui vai o endereço do Alan: via Segrate 30, *terzo piano*.

Acabei. Como estavam, todos ficaram. Ninguém se mexeu. Pareceu-me até que ninguém respirava. Todos estavam lá estatelados, boquiabertos. Até que o Alfredo deu um pulo.

Alfredo	— Agora tenho o endereço desse grande filho da puta. Desculpem-me o palavreado. Vou preparar os meus rapazes e vamos lá sitiar a casa dele. Quero ele vivo. Quero agora tudo dele, até a alma.
Di Lucca	— Calma, Alfredo, não é só você quem quer. A Itália quer também. O que você pode precisar?
Alfredo	— Tenho tudo o que posso precisar senhor Embaixador, principalmente uma raiva irresistível. Os *carabinieri* estão preparados e querendo prender esse bandido. É uma questão de honra. Para nós é uma situação trágica e que será decidida pelos *carabinieri*.
Eu	— Vou com você, Alfredo.

Frazão — Desculpe-me, Aurélio, mas preciso de você aqui. Aqui comigo.

Ia lutar pela minha ida com o Alfredo. Foi quando olhei para o Frazão. O meu amigo estava com o rosto cansado pela idade e vincado de sofrimento. É, o Frazão precisava de mim.

Frazão — O Aurélio fica. Vocês podem ir. Boa sorte, Alfredo. Vá com Deus. (sofria o Frazão) (virando-se para o di Lucca) Boa noite, di Lucca. Não posso deixar a imprensa esperar mais. Tenho que ir para a entrevista coletiva. Obrigado por ter vindo. Vou com o Aurélio. O Arruda vai levá-lo. Na Farnesina, peço que você declare que a amizade Brasil-Itália venceu mais essa batalha. É o que eu vou dizer. Você, claro, dirá com as suas palavras mas não se afaste disso. Nossos países venceram.

Todos se despediram.
Com mais ou menos pressa, todos foram com o Arruda os acompanhando. Mas devem ter percebido, como eu, que o Embaixador queria ficar a sós comigo.

Frazão — Só agora no meio dessa confusão toda é que estou realmente conhecendo você Aurélio. Você não é só um pintor genial. Além de tudo, você é uma criatura emocionante. Um majestoso ser humano.

Levantou-se e foi em direção ao seu último compromisso profissional daquele dia: a entrevista coletiva de imprensa. Me chamou. Fui atrás dele. Me estendeu o braço. Ajudei-o a ir até uma parte do salão que estava cheio. Deixávamos para trás o seu maravilhoso gabinete. Lá ficaram a carta da Helena, os copos, as lembranças daquela chata mulher, que agora morta transcendera todas as suas vidas passadas, as minhas melhores lembranças do Monteiro, além da garrafa vazia de *scotch*. No fim, tudo reunido lá como um adeus à Helena e também ao sucumbido Monteiro.

Eu, apesar de estar fisicamente ao lado do velho Embaixador, percebi, sem ver, que um sorriso aflorou em seus lábios. Continuou a mancar. A imprensa aguardava por ele. Ele deveria estar pronto. E estava. Senti orgulho do "velho". Para sempre me recordarei daqueles momentos de glória do herói do Itamaraty. Tinha jornalista à beça. Até uns da TV Globo e *O Globo* e um outro da *Folha de S.Paulo*. Antes de terminar a entrevista coletiva de que por acaso participei também, na qual Frazão contou o que sabia, ainda fez um anúncio. O *vernissage* do pintor brasileiro Aurélio Salles, tão dramaticamente cancelado pelo incêndio, seria realizado no dia 15 de janeiro. Fui pego de arrastão pela notícia e pelas perguntas que se seguiram. O meu estômago se apertou. Chegaram até a me fazer algumas perguntas relativas à mostra. Sem graça respondi a umas duas. O Frazão se ofereceu para mais uma última pergunta, alegando o dia cansativo que teve. Elegante, nem alegou o tiro outra vez. Mas a imprensa não tinha esgotado as perguntas. Queriam perguntar mais. Mas o Frazão após a última pergunta se despediu e foi assim mesmo. A Leonor que esteve todo tempo presente à entrevista juntou-se a nós. Fomos os três para a residência oficial. Ele sempre mancando, com o braço na tipoia e comigo ao seu lado o amparando. Pelo menos agora o Embaixador, o herói do Itamaraty, o grande ator tinha parado de gemer. Enquanto eu pensava nos esboços e tinha vontade de fugir, deixei o Frazão com a Leonor e me despedi. Ela tomou a iniciativa e me deu um beijo carinhoso no rosto. Fui para o ateliê. Chegando lá percebi logo mudanças. O Ricardo tinha arranjado uma pequena TV com um porteiro para lhe fazer companhia. Sentia-se só, alegou. De lá liguei para o Alfredo. Ninguém respondeu. Eu estava cansado. Depois de trocar algumas palavras com o Ricardo e de contar as novidades, resolvi dormir. Dormi logo feito uma pedra. A pedra nem roncou.

Acordei com a manhã andada e meu segurança abrindo a porta para o Ricardo. O meu companheiro vinha das ruas com compras. Me cumprimentou e foi para o fogão. Foi preparar o café da manhã.

Ricardo	— Está com fome?
Eu	— Acho que estou. Mas quem disse para você ir às compras sem segurança? O nosso *carabiniere* também está com fome, mas não deveria ter deixado você sair sozinho. (Falei sério. Até o segurança tremeu com a minha bronca.)
Ricardo	— Até me esqueci. Não esqueço mais. Vou caprichar no café da manhã.
Eu	— Isso, capricha. Vou me lavar.

Lá do banheiro com a porta aberta perguntei:

Eu	— Alguma novidade?
Ricardo	— Você quer dizer sobre o Alfredo e a missão dele, né?
Eu	— Claro.
Ricardo	— Nada ainda.
Segurança	— Estou mais ou menos a par. Não espere notícias do *dott.* Rossi até que

	tudo tenha terminado. Já trabalhei diretamente com ele. Ele é assim. Só depois ele contará tudo. Não faltará nenhum detalhe.
Ricardo	— (não dando trela ao segurança e interrompendo) Os jornais estão aí, Aurélio. (colocou-os sobre a mesa) Todos os jornais deram tudo. A entrevista coletiva e todo o resto. Todos os canais de televisão também. A CNN também esteve cobrindo a coletiva e estão explorando tudo até a alma. De duas em duas horas repetem tudo de novo. O aparelho de TV que está aí, arranjei com o José.
Eu	— (para o segurança) Do que você está a par?
Segurança	— Não muito, mas garanto que o *dott*. Rossi, munido do endereço, preparou uma armadilha e tanto. (se dava ares de importante) É uma tática clássica que a gente aprende na academia dos *carabinieri*. É pra quando a gente tem que prender o elemento vivo. A gente chega no endereço devagar, pesquisa, estuda o local e os arredores. Cerca-se tudo e, se o endereço está vazio, a gente entra sem destruir nada. Então se divide o grupo. Parte entra e a outra cerca os arredores sem aparecer. Se o filho da puta cruzar o perímetro ninguém atrapalha. Ele passa. Aí ele vai direto para as mãos do chefe. Não percebe nada até ser algemado.

O *dottore* deixou claro: quer ele vivo. Agora é só esperar. Às vezes demora. Quando terminar o *dott.* Rossi vem aqui ou liga.

Eu e o Ricardo ficamos boquiabertos com o jovem *carabiniere* e seus conhecimentos. Nos entreolhamos, mas não dissemos nada. Só agradecemos a ele pela excelente aula. Peguei os jornais. O escândalo era um só. Perguntavam-se como poderia acontecer tudo aquilo em Roma. A mesma pergunta da Leonor. Tentavam explicar. Ninguém, em nenhum jornal, conseguiu explicar tudo. Também, apesar da coletiva, existiam muitos furos na história que eles contavam. Só poderiam saber tudo depois da prisão do Alan. Larguei os jornais e fui me sentar em frente às telas esticadas. O sentimento de impotência me dominou. Tinha se tornado recorrente. A cada vez que eu olhava os esboços que raspara, ou melhor, a cada vez que eu pensava neles vinha galopante a impotência. A pintura, que para mim sempre fora fácil, tornara-se de repente o objeto de um desejo impossível. Agora fazer o quê? Olhava para as telas esticadas, presas na parede, via também todo o material que eu tinha lá. Passou pela minha cabeça dizer "que desperdício". Afastei logo aquilo da cabeça. Chegaria logo lá. Logo estaria pintando outra vez. Meu otimismo não deixava por menos. Pintaria com a mesma facilidade. Tinha certeza.

Ricardo	— Vamos, Aurélio. O café da manhã está pronto.
Eu	— Já vou, Ricardo.

Disse a ele que tomaria o café da manhã. Ao dizer a ele antes que estava com fome, até que estava mesmo. Agora não, só cheio de dúvidas sobre pintar. Estava mesmo é cheio delas, as dúvidas. Mas nem por isso colaborei com a solidão do

Ricardo. Fui e ainda chamei o *carabiniere* para vir também. Veio alegre. É, a aparente fome dele substituiria a minha que não se confirmara. Comemos. Os dois de tudo, eu só bebi café. Toquei de leve um *croissant*. Se o Ricardo estranhou, não disse nada. Tentou falar alguma coisa. Percebi, mas não ouvi. Meus pensamentos estavam distantes. Tentei pensar na Telma. Não deu. Pareceu-me que a minha impotência se alastrava, era tentacular e progredia.

Voltei para meu posto de sentinela da quase arte. Olhava as telas raspadas, machucadas. Aguardava a inspiração que teimava em não chegar. Tudo estava calmo. O silêncio mais mudo que nunca. A inspiração, essa então desaparecera e parecia não querer voltar. Fui ao banheiro. Me olhei no espelho. Logo notei que estava barbado. Sei lá de quantos dias. Mas até que gostei do Aurélio barbado que via no espelho. É, ia ficar assim mesmo, pelo menos até voltar a pintar o que eu sabia, o que eu queria. Fiz o que eu tinha que fazer, inclusive lavei o rosto, os dentes etc... Já no salão, perguntei ao Ricardo pelo carro. Me contou que, mesmo com a carta do Alfredo, o patrão disse que lhe daria um carro sim, tão logo um dos dois no conserto voltasse. Ele tinha muitos choferes para atender, eu tinha que entender, tinha mesmo que esperar. Foi educado e tudo mais. Mas nós agora estávamos sem carro. Fiz que entendia com a cabeça. Voltei minha atenção para as telas estendidas e esboçadas. Sentado em frente a elas, fiquei como um analfabeto lendo um livro. Não entendia nada. Me peguei murmurando, reclamando.

Ricardo — (aproximando-se) O que foi, Aurélio?

Eu — Fora a minha incapacidade de fazer um simples esboço? Isso de ficar preso aqui! Porra! Não estou aguentando mais, Ricardo.

Ricardo	— É, mas tem que aguentar. Não podemos fazer nada, podemos? Então Aurélio, pelo menos não devemos atrapalhar.
Eu	— Você tem razão, Ricardo. (emendando) Temos vinho ainda?
Ricardo	— Vinho não. Só temos aquele *scotch* desconhecido que só você bebe. Mas, Aurélio, ainda é de manhã.
Eu	— Eu sei. Mas me serve um copinho, por favor. Começo a não aguentar mais ficar feito um imbecil aqui, parado, olhando para esses esboços carecas.

O Ricardo foi servir o meu copinho. Foi dizendo no caminho:

Ricardo	— Vai devagar, Aurélio. Você, já notei, está deixando a barba crescer. Agora vai voltar a beber. (veio com o copinho servido e me deu) Você está querendo se rebelar contra a vida? Eu, com a minha modesta experiência, devo dizer que nunca vi ninguém ganhar um confronto contra a vida. A própria, quero dizer.
Eu	— (virando o copinho de uma vez só) Não, Ricardo. Não quero ganhar confronto algum. Só quero ser livre de novo. Isso é pedir muito? Voltar a pintar como sabia. Encontrar uma mulher, namorar.
Ricardo	— E você acha que com barba e bêbado vai conseguir tudo isso? Você sabe

que não é assim não. Nas nossas conversas você sempre fala com admiração da disciplina do seu Embaixador. Isso sim é um bom remédio. Disciplina, Aurélio, disciplina.

Ele é interrompido pelo telefone. Fui atender. Era o Alfredo. Estava feliz. Sua voz pelo menos estava. Com sua voz me senti melhor também.

Alfredo	— Pegamos, Aurélio. Pegamos o filho da puta. Pegamos o Alan. Levou o maior susto. Esperamos quase um dia inteiro. Cercamos o prédio. Um grupo nosso entrou na casa dele e esperou. Não percebeu o cerco. Quando ele chegou deixamos ele passar. Foi para o seu apartamento. Lá, o nosso grupo pulou em cima dele. O Carlo segurou o homem. Algemaram-no e deram a voz de prisão. Não emitiu um som sequer. Foi um preso manso. Ele está aguardando lá na Casa Azul. Quando eu voltava, fui ver o Monteiro. Agora sim, estava dormindo. Sedado, mas dormindo com os olhos fechados. Agora estou em casa. Tenho que descansar um pouco, antes do que suponho será um interrogatório duríssimo.
Eu	— Vai descansar. Quando acordar me chama. Eu e o Ricardo queremos estar presentes para ver se é ele mesmo.
Alfredo	— Claro, Aurélio. Preciso de vocês para o reconhecimento oficial. Passo

por aí para pegar vocês lá pelas sete horas da noite. Avise ao Embaixador, tá bem? Até lá.

Nos despedimos. Subitamente eu estava alegre. Contei logo tudo para o Ricardo e o nosso quase invisível segurança. Todo mundo ficou alegre. O segurança ainda demonstrou todo o seu orgulho de conhecedor de táticas policiais. Fui ao interfone. Chamei o Frazão. Atendeu logo. A minha felicidade abraçou-se com a dele ao atender. Contei tudo o que sabia. Ele ouviu extasiado. Aí me contou o porquê de estar feliz. Já tinha recebido mais de cem *e-mails* e telefonemas. O Itamaraty estava em polvorosa. Já tinha até dado entrevista telefônica ao vivo para uma cadeia de televisão. Hoje, a TV Globo iria lá na embaixada para um programa especial de uma hora.

Eu	— É, o dia começou bem para nós dois, Frazão.
Frazão	— Você não faz nem ideia, Aurélio. Até o nosso Ministro das Relações Exteriores ligou para mim. Queria saber quando eu tiraria minhas férias. Respondi que só depois de sanar toda a confusão e ver a glória do nosso pintor Aurélio ao ter seu primeiro *vernissage*.

Devo deixar claro que ao ouvir a palavra *vernissage* tombei. Toda a minha impotência veio à tona. Preferiria que ele não tivesse dito nada. Voltei a falar do sucesso do Alfredo. Falei da prisão do Alan. Mais um ou dois comentários do herói do Itamaraty e desligamos. Saí do telefone e dei pro Ricardo as notícias do Frazão.

O Ricardo me olhava sorrindo e me pareceu estar se preparando para aplaudir. Terminei de falar e ele, de fato, aplaudiu.

Eu — Bem, Ricardo, nossa noite será longa com o interrogatório e o reconhecimento do Alan.
Ricardo — Merda! Mas não é Gary? Aurélio, cada dia que passa ele muda de nome?
Eu — Hoje vamos saber com certeza. Agora, já que não posso sair, vou tentar dormir um pouco.
Ricardo — Você não vai comer?
Eu — Nem estou com fome, Ricardo. Vou mesmo tentar dormir. Se estiver faltando alguma coisa, pega dinheiro aí no meu bolso.
Ricardo — Pode deixar que eu tenho. Vou comprar algumas coisas que estão faltando.
Eu — (já sentado na cama) Peraí, Ricardo. (me dirigi ao segurança) Vê se você arranja um colega para acompanhá-lo porque ele não deve ir sozinho.
Segurança — Vou ver isso agora.

Saiu pela porta interna e de lá voltou com um companheiro, claro, armado e à paisana. Até pensei de novo: era um arsenal dedicado à nossa proteção.

Segurança — O Fabrizio vai acompanhar o Ricardo.

O Ricardo se apresentou ao Fabrizio e foram. O meu segurança entrou logo. Me joguei na cama e comecei a tentar dormir de novo. Não tive sonhos ou pesadelos, meramente dormi. Acordei melhor. O fato de me sentir melhor já era o bastante. Nem me preocupei com a hora. O Ricardo já tinha voltado. Estava cozinhando. Não sei o porquê, mas cozinhar tem tudo a ver com horário. Não se prende à fome e sim a um relógio imaginário. Foi aí que me preocupei com as horas. Pelas janelas parecia estar escurecendo.

Eu	— E aí, Ricardo. Comprou tudo?
Ricardo	— Claro. Pelo menos o que estávamos precisando. Agora estou fazendo o almoço.
Eu	— Que horas são?
Ricardo	— Quase seis.
Eu	— Então você está preparando o jantar.
Ricardo	— Não! Eu sempre cozinho para a refeição que eu ainda não fiz. Nunca pulo uma. É melhor assim. Disciplina, Aurélio. Pra fazer qualquer coisa é preciso ter disciplina.

Achei que a última frase dele era um recado para mim de como eu deveria tratar minha pintura.

Eu	— Tá bem, Ricardo. Como é que se é disciplinado para pintar?
Ricardo	— Sei lá. Você é que tem que descobrir. Quem sabe um banho de cultura italiana não te ajuda?
Eu	— Mas, Ricardo, já sei pintar. Tenho estilo próprio e ninguém jamais discutiu isso. Já preparei vinte e cinco telas para um *vernissage*, esqueceu?

| Ricardo | — Mas ninguém viu, você já esqueceu? O incêndio? Ninguém conhece seu estilo. |

Acho que aquele último comentário me chateou. Me levantei e fui diretamente para a minha maleta. Lá eu tinha uma bolsa que apelidara de "meus achados". Peguei um envelope. Fora a coleção fotográfica que dei para o Frazão, no envelope estava a segunda coleção que mandei fazer das fotografias das minhas primeiras vinte e cinco telas como profissional. Peguei o envelope e cruzei o salão. Entreguei as fotos ao Ricardo.

| Eu | — Estão aqui para você ver. Lembra quando você me disse que todos os italianos gostam de arte? Que aprendem arte desde a escola? Vê o que você acha. (desafiei) |

Do passado da minha pintura eu não tinha a menor dúvida. Meu problema agora era com o futuro dela. Dei o envelope para ele e fui me sentar na cama. Continuei olhando aquela figura que aprendera a gostar na "bota". Que sentia como um amigo. Ele abriu o envelope. Pegou a primeira foto. Ele se segurou, mas tenho certeza que se surpreendeu. Puxou a cadeira para baixo de uma lâmpada maior. Quando viu, analisou, trouxe-a para perto dos olhos e passou para o nosso segurança que se aproximara curioso. Aliás, como não? Ele ouvia tudo que a gente dizia. O *carabiniere* do dia.

| Ricardo | — Veja. (apontando para mim) Foi ele quem pintou. |

O Ricardo continuou. Estudava com cara de entendedor cada uma da fotos. Uma por uma. Só faltava tirar o brilho do papel fotográfico. E depois passava para o *carabiniere*, que também olhava como se fosse um crítico de arte. Olhei para o meu amigo. O seu rosto aos poucos se iluminava. Sua luz emanada, opacava a própria lâmpada acima dele. Parecia, ainda que sentado, um santo de vitral. Continuava a analisar as fotos com o seu cúmplice militar. Realmente agora não se segurava mais. Comentava.

> Ricardo — São incríveis. São fantásticas, geniais. Aurélio, acho que... (voltou atrás) Conversaremos depois.

Continuou a ver as fotos. Naquele momento não eram para mim fotos, eram as minhas queridas e queimadas telas. Eles, o Ricardo e o *carabiniere*, estavam empolgados. Me deitei para esperar os comentários dos dois. Enquanto eles olhavam, eram o foco maior da minha curiosidade, melhor dizendo, o único. Aguardava. Eles estavam saboreando aquele banquete de cores. O Ricardo acabou. Olhou para mim boquiaberto, assim como o Alan, o Frazão, o Monteiro. Ia me esquecendo, toda a turma do jantar da Vale também. É, ele recebera também o raio da admiração que as minha telas provocavam.

> Ricardo — Gosto muito de você Aurélio, mas nunca podia imaginar. Essas fotos provam. Você é *uno maestro, uno divino*, um gênio.
> Segurança — Eu também acho. *Genio da vero*.
> Eu — Porra, gente! Não precisam exagerar. Também não é assim.
> Ricardo — Claro que é. Você é gênio, Aurélio. Gênio dos grandes.
> Eu — Mas peraí, Ricardo. Onde é que já se viu gênio pequeno?

Ricardo	— Estou lhe dizendo. As telas são geniais. Eu não esperava tanta beleza assim, meu amigo. Temos que descobrir onde foi parar tanta genialidade. Você tem que voltar a pintar e logo.
Eu	— Veja, Ricardo. Aí está o problema. Se você não acredita no esboço, fica tudo impossível. Eu... (Toca o telefone. Atendo. Era o Alfredo dizendo que em meia hora estaria lá.) Ricardo, a comida está pronta? Em meia hora sairemos com o Alfredo.
Ricardo	— Só mais cinco minutos.

Pediu ao *carabiniere* para ajudar a pôr a mesa para nós três. O homem preparou a mesa e foi logo sentando. Para aliviar a situação dele junto ao Ricardo, cioso da sua posição de chefe, me sentei em seguida. O Ricardo serviu. Nós três comemos e bem. É, a disciplina do Ricardo era um grande tempero. Terminamos. Enquanto o *carabiniere* arrumava a mesa e se preparava para lavar os pratos. Batem na porta. O *carabiniere* de arma em punho foi atender. Era o Alfredo. Estávamos prontos. O *carabiniere* chefe estava bem-vestido, banho tomado, penteado e até a barba tinha feito. Era um outro homem. Pensei até que tivesse dormido. Dormiu sim.

O Alfredo cumprimentou o *carabiniere* segurança que havia largado os pratos para abrir a porta.

Alfredo	— (para nós) Vamos lá, pessoal.
Eu	— Estamos prontos, Alfredo.
Ricardo	— Vamos lá.

Fomos diretamente para a Casa Azul. Já conhecíamos o caminho. Nós quatro, me esqueci de dizer, o Carlo dirigia o carro. Pronto, imaginei, para lanhar ainda mais. Agora então, que ia lanhar o chefe daquele plano "mafioso" como o Embaixador di Lucca havia dito, devia estar se sentindo bem com a própria profissão. Ia finalmente se vingar pelas duas mulheres que se jogaram como pássaros de fogo mortalmente feridos. Chegamos. O Alfredo levou-nos para a salinha. Nos deixou, não sem antes me relembrar que, fora a Maria, só eu poderia reconhecer sem sombra de qualquer dúvida o canalha do Alan ou Gary. Iríamos saber agora. Foi embora para a sala dos lanhos. Eu e o Ricardo nos olhamos.

Ricardo	— (chocadíssimo) Mas eu também posso reconhecer ele. Você esqueceu?
Eu	— Claro que não, Ricardo. Mas aparentemente o Alfredo sim. Mas ele vai se lembrar. Fica tranquilo. (Não ficou não. Ficou chateado.)

Olhamos pelo vidro. O Alfredo entrou, pegou nos seus indefectíveis papéis. Um banquinho já estava colocado em frente à mesa dele. Pensei: se a Casa Azul fosse um hotel, o serviço de quarto dele era perfeito e pontual. Pouco depois o Carlo entrou trazendo o Alan ou Gary. Estava de cara fechada, com um curativo abaixo do olho e algemado. Carlo o colocou no banquinho com seu habitual jeito, talvez um pouco mais violento. Sem dúvida, mais violento. Já ao sentar, o Alan quase caiu do banquinho. Eu ainda não podia ver com clareza o rosto dele. Parecia ser ele, mas o curativo no rosto me impedia de ter certeza. Me pareceu que ao Ricardo também.

Alfredo	— Boa noite, Alan. Como está o ferimento? (referiu-se à ferida abaixo do

	olho do Alan com um grande curativo por cima)
Alan	— Bem.
Alfredo	— Vamos começar Gary?
Alan	— Prefiro terminar logo.
Alfredo	— Infelizmente não vai dar. Você tem muito a esclarecer sobre suas travessuras aqui na Itália, Gary.
Alan	— Meu nome é Alan. De onde o senhor tirou esse nome?
Alfredo	— Uma testemunha me disse.
Ala	— (alterado) Essa testemunha deve estar maluca!

Não devia ter se alterado. O Carlo não perdoou. Deu-lhe o que seria a primeira lanhada, a de boas-vindas. Bem na coxa, acima do joelho. Pronto. A sessão do Carlo começara. O Alan olhou pro Carlo com raiva. O *carabiniere* não gostou. O novo lanho foi quase em cima do curativo. O Alan gritou e começou a sangrar.

Com todo o cinismo possível, o Alfredo dirigiu-se ao Carlo:

Alfredo	— Carlo, não precisa ser tão violento. O Gary vai colaborar.
Alan	— (delicadíssimo) Meu nome é Alan.
Alfredo	— Então por que a testemunha te chamou de Gary?
Alan	— Às vezes gosto de trocar de nome.
Alfredo	— Então prove.
Alan	— Ponha-se na minha situação. Como é que posso? (disse irônico) Como posso provar alguma coisa de onde estou?
Alfredo	— Tente.
Alan	— Tentar como? (já irritado)

O Carlo imediatamente aplicou-lhe um violento telefone. O Alan gritou e foi caindo aos poucos. Caiu gemendo. Gemia lá do chão. Virou-se para nós, sem nos ver é claro. Sangrava pela ferida agora despida do curativo. Reconheci na hora o homem. O Ricardo também. Ambos, excitados, batemos no vidro. O Alfredo largou a sala e veio até nós.

Ele abriu a porta da salinha. Quase pulamos nele.

Eu	— É ele. Agora, sem a atadura, dá pra reconhecê-lo facilmente.
Ricardo	— Foi esse o homem com o qual eu briguei no restaurante. Fomos juntos até a delegacia. Os garçons de lá podem reconhecer ele. Os cozinheiros também. Aliás, tem um *carabiniere* que algemou ele quando apartou a briga e que na delegacia levou um murro dele. Ele pode também. Tem mais: o passaporte dele ficou na delegacia. O senhor não se lembra?
Alfredo	— Claro que me lembro. Mas o meu testemunho nada vale, principalmente sem nunca tê-lo visto pessoalmente. Só através do passaporte não basta. Preciso mesmo é de vocês, dos seus testemunhos. Isso é o que vai valer na justiça. Deixa eu voltar agora.

Lá foi ele para a sala dos lanhos. Foi entrando e falando com o Alan.

Alfredo	— Pronto, Gary, duas testemunhas que conheceram o Alan, o que manda incendiar, o matador de mulheres

e criança, já reconheceram você. O mentor do incêndio que matou duas mulheres e um bebê e que provocou o suicídio de uma outra mulher.

O Alan, genuinamente, surpreendeu-se.

Alan — Que suicídio é esse? Não sei nada de suicídio. Não provoquei suicídio de ninguém.

Alfredo — Você por acaso se lembra da Helena Monteiro? Ela se matou. Na carta de suicídio contou tudo sobre você, a ameaça aos pais dela, e até nos deu seu endereço. Ou você acha que adivinhamos onde você se escondia. Não, "seu" Alan. Ela fez questão de deixar por escrito. Mas, em vez de ficar aqui perguntando, vamos passar direto para as acareações. Tecnicamente falando, estou apressando o processo interrogativo. Mas no nosso caso, acho que vai dar certo. Fica tudo mais simples. Carlo traz aqui o contratado dele.

Sentou-se e esperou o Carlo. Nem mexia nos seus papéis. Eu, do lado de cá do vidro, já considerava os papéis meramente objetos de cena. Tinha certeza. Eram. O Carlo chegou empurrando o incendiário. Os dois algemados se viram. O incendiário começou a gritar antes mesmo de ser empurrado para o banquinho.

Incendiário — É ele! É ele! *Dott.* Rossi, é o Alan! Jamais vou esquecer dessa cara. Não

	tenho a menor dúvida. É ele. Foi o cara que me pagou cinquenta mil euros para eu começar aquele incêndio!
Alfredo	— Tudo bem. Acalme-se. Você diz que ele é o Alan. Outras pessoas dizem que ele se chama Gary Coe.
Incendiário	— (olhava o Alan com raiva) Pode até ser. Mas a mim apresentaram como Alan. Ele mesmo se disse Alan. Nunca deu sobrenome.
Alfredo	— Você garante? Ou será preciso a intervenção do Carlo?
Incendiário	— Garanto, *dottore*.
Alan	— (gritando) Cala a boca, imbecil!

Carlo não desculpava interrupções. Deu-lhe na hora uma cacetada nas costas. O Alan caiu feio. Seu rosto mascarava a dor mas não conseguiu engolir o grito. O rosto denotava uma cicatriz de arrogância. Enquanto se erguia com o apoio do banquinho, olhava para todos com um terrível ódio.

Alfredo	— (para o incendiário) Você vai assinar um documento com sua confissão, este reconhecimento e esta acusação, está certo? Alguma dúvida?
Incendiário	— Claro, *dottore*! Nenhuma dúvida. Quero mandar este cara para a cadeia também. Não era para ter mortes. Nunca imaginei.
Alfredo	— Eu sei, eu sei. Mas teve. Três delas incluindo um neném de menos de um ano.

O Alfredo mandou o Carlo levar o incendiário e voltar com a outra testemunha. Ficou sozinho com o Alan. Não se falaram. Aguardavam. De repente o Alfredo, sem dizer uma palavra, saiu da sala dos lanhos. Demorou um pouco. Veio até nós. Entrando na nossa salinha, sentou-se.

Alfredo	— Vamos dar tempo para eles trocarem novidades. (para nós) Já instruí o Carlo.
Ricardo	— Vamos poder ouvir tudo como da outra vez?
Alfredo	— Claro, Ricardo.

O Carlo entrou na outra sala com o Roberto. Ele me pareceu melhor do que da última vez que o vi. Talvez precaução do Alfredo. Mais bem alimentado. Eu diria até mais descansado.

Roberto	— (surpresa) Pegaram você, Gary?
Alan	— (automático) Não está óbvio? Pensei que a essas alturas você estivesse no Brasil.

Carlo já havia saído e trancado a porta. Mas antes prendera a corrente que ligava as algemas de cada um deles à mesa do Alfredo, num gancho que tinha lá. Havia um claro propósito: aquilo os inclinava um pouco para frente numa posição que devia machucar. Não estavam sentados, nem em pé e nem caídos poderiam ficar. As correntes das algemas eram curtas. Só de olhar já doía.

Alfredo	— Agora vamos dar um tempo a eles. Devem ter o que falar.
Roberto	— (na outra sala) Nunca pensei que pegassem você, Gary. E o plano de dois nomes, duas documentações?
Alan	— Cala esta boca. Estão nos ouvindo. Meu nome é Alan.

Alfredo	— (na salinha conosco) Filho da puta! (estourou) Nos entregou, à sala e aos nossos microfones. É, mas vão ficar sentados lá até conversarem o suficiente.
Roberto	— Mas como? Estamos sozinhos aqui.
Alan	— Uma sala cheia de aparelhos eletrônicos e você acha que estamos sozinhos. Você é mesmo uma grande besta.

Ficamos em silêncio os três na salinha. Do outro lado do vidro os dois silenciavam também. Esperamos enquanto eles pareciam esperar também. Passou o tempo. Me deu vontade de ir ao banheiro. Pedi licença ao Alfredo e fui. O Ricardo decidiu ir junto comigo. O Alfredo ficou na nossa salinha sozinho. Eu e o Ricardo lá no banheiro fizemos o que tínhamos que fazer. Ainda lá trocamos uma ideia.

Ricardo	— Estou farto dessas coisas, dessas torturas. O seu amigo Alfredo parece até gostar.
Eu	— Isso eu não sei. Mas pra mim está ficando insuportável também.

Saímos e voltamos para a salinha. Estava vazia. Demorou um pouco. Quando o Alfredo voltou, quase concomitantemente, começou um som. Pela reação dos dois além do vidro, eles ouviram também. Eu demorei um pouco a entender o som. Finalmente entendi. Era o som de uma pequena cachoeira. Pedi confirmação ao Alfredo.

Alfredo	— Quase isso. É o ruído de água correndo sim. É um tipo de persuasão

que os chineses inventaram. Agora é só esperar. Daqui a pouco eles estarão loucos para urinar. E suas mãos estarão presas. Não terão ninguém para pedir ajuda. Esses chineses são incríveis com seus métodos de interrogatórios. (disse com inveja profissional) Foi você quem me lembrou dessa técnica, Aurélio. Na hora que você perguntou pelo banheiro me lembrei.

Eu — (falei sério) Nem brinca, Alfredo. Não tenho nada com isso, nem quero ter.

Alfredo — (percebeu o meu incômodo, minha voz com um esgar de nojo) Claro que não! (seco e desagradado)

Sem dúvida estraguei o prazer dele. Ele ficou entre sem jeito e zangado. Mas a simples hipótese de eu ter colaborado com aquela ou qualquer outra tortura dos *carabinieri* era para mim absolutamente inaceitável, absurda. Estávamos ali, eu e o Ricardo, só para reconhecer o Alan. Aguardamos. Afinal a curiosidade humana é mórbida. A nossa não era exceção. Esperar e assistir os horrores cometidos naquele recinto do além-vidro era terrível. Talvez fosse impossível se não existisse aquela enorme vidraça entre nós e aqueles dois. No fundo estávamos a um metro deles. Continuamos a aguardar. Mudos, os dois algemados, depois de algum tempo sob aquele som de cachoeira, começaram a se olhar. Aos poucos, os movimentos se aceleravam denotando total ansiedade. Nervosos começaram a querer chamar a atenção de alguém. Não adiantava, não naquela hermética sala que estavam. Acho que perceberam isso. Gritaram chamando alguém. Gritos cada vez mais angustiados.

Seus movimentos também. Ambos demonstravam estar com um irresistível mal-estar físico. O Alfredo resolveu ir lá.

Alfredo — Está na hora de ir estar com eles. Segundo o manual chinês, essa inquietude é sintoma para o investigador recomeçar o seu trabalho. (não dissemos nada) Estou indo. (continuamos calados e ele se foi)

Em um minuto estava na sala dos lanhos.

Alfredo — O que está havendo por aqui? (Abriu a porta e gritou pelo Carlo. O gigante entrou e a fechou.)
Carlo — Pronto, *dottore*!
Alfredo — Eles estavam gritando. Você não ouviu?
Carlo — Não, senhor. (vira-se para a dupla) O que é que vocês querem?
Alan — Precisamos ir ao banheiro.
Carlo — Os dois?
Alan — É.
Carlo — Vocês pensam que isso aqui é um hotel? Que eu sou sua babá? Segurem firme. Depois do interrogatório vocês vão ao banheiro.
Roberto — Mas não aguentamos mais.
Carlo — (sem dar atenção ao Roberto) Pode recomeçar, *dott*. Rossi.

O Alfredo foi sentar-se no lugar de sempre. Assim como o Carlo, que com seu inseparável cassetete foi para trás dos prisioneiros.

Alfredo — Bem, Roberto, você já nos conhece. Vou começar com você. Me diga: como foi mesmo que você chamou esse cidadão aí ao seu lado?
Roberto — Só a verdade *dott*. Rossi. Pelo real nome dele: Gary Coe. Pelo menos ele me disse que se chamava assim.
Alan — (gritando com o companheiro de lanhos) Ele está louco. Meu nome é Alan.

Carlo agiu logo. Deu na nádega do Alan uma terrível cacetada. O homem gritava quando quase caiu. Não chegou a cair totalmente. Suas mãos algemadas e presas na mesa do Alfredo impediram a queda total. De certa maneira ele ficou dependurado. Dependurado, ele mijava toda a calça e o líquido molhava o chão da salinha também. O Carlo começou a rir e a apontar.

Alfredo — (se esticando todo para ver o que o Carlo apontava) Mas que vergonha, Gary!

Carlo, que quase sempre não dizia nada, continuava a rir.

Alfredo — Vamos lá, Roberto. Repita, por favor, o nome real do nosso mijador aqui.
Alan — (ainda dependurado, gritando) Cala a boca, seu filho da puta!

Carlo não perdoou. A cacetada dessa vez foi vertical. Atingiu o braço do Alan. Ele berrou toda a dor que sentiu.

Roberto — (atropelando as palavras) Gary Coe! (sem parar) Preciso ir ao banheiro.

Alfredo — Precisa, é? Vá lá. Já que você está sendo honesto conosco... Carlo, leva o Roberto ao banheiro.

Carlo foi até o Roberto e o desalgemou. Tirou o Roberto daquela posição inclinada e incômoda. Ajudou-o a se levantar. A cara do Roberto era uma máscara de sofrimento. Ao ficar ereto, sua nova posição provocou, contra sua vontade, que, tal como o Alan, ele se molhasse e ao chão todo. Molhou muito. Mudo, quase agradeceu ao alívio inesperado.

Alfredo — (rindo) Esta sala está mais parecendo uma piscina.

Enquanto ele falava, meu olhar se desviou para o Alan ou Gary, já não sabia mais. O mentor do incêndio que destruiu o meu *vernissage* e provocou os vários atentados contra a minha vida e a do Ricardo também. Gemia. Sua cara era um misto do velho cinismo e a recente dor. Viu a situação do Roberto e seu rosto se transformou. Pôs-se a rir. O Alan chegou à gargalhada. O Carlo não desculpou. Deu-lhe uma tremenda porrada no outro braço.

Alfredo — (alterado) Tá pensando que isso aqui é uma comédia? Seu puto!

O Alan estava tentando se levantar quando o Alfredo fez um sinal para o Carlo. O imenso *carabiniere* pulou no americano e lhe aplicou um terrível telefone. O Alan gemeu e caiu. Na verdade, não chegou a cair. Ficou semiacordado e de novo preso e inclinado na mesa do Alfredo. Seu gemido forte apagou qualquer eco remanescente de sua última gargalhada. Ficou por um tempo lá dependurado. O Roberto assustado assistia a tudo com medo.

Roberto	— O nome dele é mesmo Gary Coe. Trabalha para uma multinacional norte-americana. Veio para assegurar que o negócio da Vale sairia. Mas nunca pensei que o Gary cometesse um crime. Foi tudo ideia dele. Acho que o pessoal da empresa dele nos Estados Unidos não está sabendo de nada disso.
Alfredo	— Preciso mais que sua garantia. Como é o nome dessa empresa?
Roberto	— Para quê?
Alfredo	— Vou mandar investigar. O nome!
Roberto	— Mas estou lhe dizendo. Eles não sabem de nada.

O Alfredo olhou para o Carlo que se aproximara do Roberto, que permanecia em pé perto do seu banquinho. Deu-lhe uma tremenda cacetada numa coxa. Ele quase caiu também. Emitia sons de dor. O Alfredo nem esperou ele se recuperar.

Alfredo	— (com raiva no olhar) Pela última vez: quero o nome da empresa.
Roberto	— Ironcop, de Nova York. Mas já lhe disse que eles não sabem de nada.

Carlo já ia bater de novo quando o Alfredo interveio.

Alfredo	— Deixa, Carlo. Vou lá fora. Deixa ver o que eu consigo com a minha outra fonte.

Saiu. Não apareceu na nossa salinha. Demorou. Enquanto isso o Carlo amedrontava o Roberto e o Gary, aventando a hipótese de o *dottore* não conseguir saber o que queria com a outra fonte. Ele não ia querer estar na pele deles. (nunca pensei que o Carlo falasse tanto) O *dottore* zangado era terrível. Continuou a brincar ameaçando a dupla até o Alfredo voltar. Quando o Alfredo voltou, o Carlo sorria. Parou de sorrir. Empertigou-se.

        Alfredo   — (sentou-se à sua mesa) Bem, já tenho a informação. O nome da empresa você me deu. O telefone do homem que assinou o contrato, consegui na minha fonte. É o CEO deles. Deixa eu ver, (pegou um papel e leu) Dennis Morris. Já liguei pra ele. Hoje ele não foi. Mas amanhã estará lá e eu ligarei de novo.

Mandou o Carlo prender o Roberto à mesa também e veio até nós. Saímos da sala. O som de cachoeira parou. Que alívio, pensei. Pelo ufa do Ricardo, ele também não aguentava mais aquele som. Ao sair da salinha fomos diretamente ao banheiro, inclusive o Alfredo. O Carlo esperou por nós do lado de fora. Finalmente saímos todos. Pegamos o carro deles e fomos. Para onde, não sabíamos.

        Alfredo   — Vamos comer? Que horas são?
        Ricardo   — Onze e trinta.
        Eu   — Acompanhamos vocês. Nós já comemos.
        Alfredo   — Tá bom. Pelo menos vocês espairecem.

Fomos àquela *trattoria* que, num outro dia de Casa Azul, o Alfredo nos levou. A *trattoria* estava quase vazia. Na primeira vez todos comeram, na segunda vez, cansados, nem comemos direito. Todos com pressa. Me lembro bem: todos nós queríamos descansar. Dessa vez nem comer iríamos. Mas o Alfredo pediu para todos. Seu argumento foi forte. Ninguém sabia até que horas ficaríamos por lá.

Eu	— (para o Alfredo) E o Monteiro, melhorou?
Alfredo	— A última notícia foi que ele não tinha acordado ainda. Parece até que não vai acordar tão cedo.
Eu	— Coitado. E o Antônio?
Alfredo	— Antônio? Que Antônio?
Eu	— O porteiro lá da embaixada que tentou me esfaquear.
Alfredo	— Ah, aquele. Tá preso. Mas também do jeito que ele foi preso, o que ele poderia fazer? Confessou que foi contratado, nem sabe direito por quem. Diz que foi chantageado, ameaçado. Algo em relação ao seu passado aqui. Parece que cometeu um crime na Itália e quem o contratou ia fazer o Embaixador Frazão saber se ele não colaborasse. Mas, segundo ele, nem queria matar você. De fato nem tentou. Queria mesmo era ser preso logo para escapar dos que fizeram a chantagem com ele. Por isso atacou você onde todos pudessem ver. Principalmente os meus *carabinieri* que o prenderam. Segundo ele, só você poderia entender, à luz dos fatos, a sua versão. Você viu tudo e, do jeito que

	você era, estaria do lado dele. Disse ainda gostar muito de você.
Eu	— É, apesar de armado e tudo, ele não foi nem violento.
Alfredo	— Não importa. Entreguei a figura ao meu colega encarregado de investigar o outro crime dele. Mas a qualquer momento, quando eu precisar ele estará à minha disposição.
Eu	—E que acontecerá com o Monteiro?
Alfredo	— Pra mim, a Helena fez, querendo ou não, tudo sozinha. O Monteiro não tem nada a ver com esses crimes. O que vai acontecer com ele? Não sei, vai depender do Embaixador Frazão.

Os pratos chegaram. O cheiro estava uma delícia. Mas nem assim eu e o Ricardo estávamos animados com a perspectiva de comer. Mas ensaiamos. Começamos a comer. Os policiais com toda a vontade. Eu e o Ricardo, sem entusiasmo, mal mexíamos na comida. É, estávamos sem fome mesmo. Entre nossa última e recente refeição e toda aquela tortura, a única coisa que poderíamos querer era nos afastar de qualquer prato por melhor que fosse. Quando eles terminaram encerramos também. O Alfredo pagou e fomos. Eu e o Ricardo, curiosos com a acareação entre a Maria e o Gary, voltamos à Casa Azul. Maldita curiosidade! Fomos diretamente para a salinha envidraçada. Antes mesmo do Alfredo e do Carlo chegarem à sala dos lanhos, notamos que a dupla formada pelo Roberto e o Gary gemia. Claro, pela posição em que foram deixados tinham mesmo é que gemer. Estavam inclinados, já que as correntes continuavam presas à mesa do Alfredo. Sofriam e gemiam. A dupla de *carabinieri* entrou.

Roberto	— (quase chorando) Isso é desumano! Deixar a gente nessa posição por tanto tempo.
Alfredo	— (para o Carlo) Tira o Roberto e leva para a cela. Manda darem algo para ele comer. E me traz o outro cúmplice.
Alan	— Como o Roberto disse, isso não é humano.
Alfredo	— Por acaso é humano mandar incendiar um prédio de apartamentos e com isso assassinar duas mulheres e uma criança? É por acaso humanamente justificável tentar matar por quatro vezes um jovem que jamais fez mal a ninguém e, no processo, atirar num senhor de idade que por acaso é Embaixador de um país amigo da Itália? Aguenta mais Gary. Ainda vai demorar você sair dessa posição. Para sair você precisa confirmar algumas coisas que já sei. Só isso. Você topa? Se me confirmar, num minuto você vai sentar com todo o conforto no banquinho. Concorda?
Alan	— Confirmo o que o senhor quiser. Mas me tire logo desta posição. Não aguento mais. Isso é pior que tortura com sangue.
Alfredo	— Você acha mesmo?
Alan	— Sei que sim!
Alfredo	— Como?
Alan	— Servi meu país no Iraque.
Alfredo	— Aquela é que foi uma guerra divertida, não? Seus colegas morrendo

	e com toda a certeza você provando as delícias de Abu Ghraib.
Alan	— (como se estivesse conversando com um colega de torturas) Lá aprendi muita coisa, muitas técnicas novas. Agora... que é divertido torturar um muçulmano, lá isso é.
Alfredo	— Mais do que um americano? Isso eu duvido!

Nesse instante, olhei para o Alan ou Gary. Ele falava e sofria. Mas no rosto sofrido e pisando no próprio mijo, conseguia manter um semblante desafiador. Não pediu mais nada, olhava fixo para o Alfredo, ódio puro. Naquele instante percebi que o Alan, ou Gary, se nutria de ódio desde sempre e só ódio.

Alfredo	— (para o Carlo que já voltara) Bota as mãos dele para trás e faça ele sentar. (o Carlo obedeceu)
Alan	— Obrigado. (seu alívio me pareceu um dó de peito sem som)
Alfredo	— Não me agradeça ainda. Vamos ver seu comportamento. Vejamos o nível da sua colaboração. (para o Carlo) Carlo, cadê o outro cúmplice?

Carlo, antes de sair, falou algo no ouvido do chefe. O Alfredo foi para sua mesa. O Gary sentado parecia ter encontrado a bonança. Estava bem. Pelo menos por enquanto, estava com o corpo aliviado da incômoda e dolorosa posição na qual se encontrava até há pouco. Não sabia por quanto tempo. Mas gozava aqueles momentos sentado. A porta começa a se abrir. Chega o Carlo, trazendo atrás, pelas algemas, a Maria. Entram. Maria vê o Alan.

Maria	— (ainda em pé) Você aqui, Gary? Você também? Pensei que você tivesse se mandado. Eles já sabem tudo! Eu não disse? Foi tudo muito estúpido.
Alan	— Vê se cala a porra desta boca.
Maria	— Eu calar, Gary? (faltava pouco para gritar) Por quê? Estou presa aqui, sofrendo, porque você é um imbecil. O plano burro que você imaginou era impossível. Você não entendeu ainda? Não percebeu? Eu sou mais imbecil ainda porque fui atrás.
Alan	— Cala a tua boca, Maria. Não estamos sozinhos.
Maria	— Você acha que eu não sei? Pouco se me dá. Minha vida acabou, Gary. Aquela que eu tinha nunca mais terei. Portanto, sr. Gary Coe, bote na sua cabeça: não tenho mais que o seguir ou à sua burrice. Nunca mais. Estou presa. O que quero agora é ser condenada pela minha imbecilidade em seguir você, pagar o meu tempo e sumir. Você que trate da sua vida. Desapareça da minha.
Alfredo	— (para o Carlo) Faz a Maria sentar-se. (Carlo fez sem violência, quase amparando) Está melhor, Maria?
Maria	— Estou, *dottore*.
Alfredo	— Maria, dessa vez você está aqui apenas para não deixar o Alan, ou Gary, como você o chama...
Alan	— (interrompendo) Ela me chama de Gary porque é uma imbecil.

Com uma cacetada, o Carlo atingiu a parte alta da coluna do americano. O Alan, para mim ainda era Alan ou quase, foi projetado longe. O Carlo caprichara.

O Alan agora rugia. Seus rugidos eram temperados com suas próprias lágrimas.

Alfredo	— Será que você ainda não aprendeu, Gary? O Carlo não admite que me interrompam. Ruído vindo de você só pode ser de dor ou uma resposta direta a mim. (voltou sua atenção para a Maria) Como eu ia dizendo, quero que com o seu conhecimento dos fatos, corrija o Gary sempre que ele mentir para mim. Tá bem?
Maria	— Com o maior prazer do mundo. Não há nada que eu possa querer mais.
Alfredo	— (para Maria) Bem. Como sabemos você conheceu a Helena. A mulher do adido cultural da embaixada brasileira.
Maria	— Conheci numa festa da embaixada. Eu e o Gary. No dia seguinte, a convite nosso, almoçamos juntos, nós três.
Alfredo	— E aí? O que foi que houve?
Maria	— Ela foi uma das vítimas do Gary. Ele a chamou para colaborar com o plano dele. Ela recusou. Ele, então, colocou os pais da Helena para falarem com ela. Eles estavam sendo ameaçados por cúmplices do Alan para o caso de ela não colaborar. Ela não pôde fazer nada. Teve que aceitar.

Alfredo	— Quer dizer que desde o primeiro encontro com a Helena você estava presente.
Alan	— (tentando interromper) Maria a... (o Carlo com seu cassetete ameaçou o homem)
Alfredo	— Carlo, bota este miserável preso na mesa outra vez. Ele não merece o conforto do banquinho. (o Carlo se apressa a atender a ordem do chefe)
Alan	— Isso não! Não interrompo mais.
Alfredo	— Agora é tarde. (O Carlo terminou. O Alan voltou a ficar meio sentado, meio inclinado, e ainda levou uma sonora bofetada do Carlo.) Agora nós, Maria. Quer dizer que desde o primeiro encontro com a Helena você esteve presente?
Maria	— O único. Nunca mais vi a mulher.
Alfredo	— Não? Não mesmo? Mas quando o Gary contratou o incendiário você estava junto. Isso quer dizer que você sabia do incêndio desde o início.
Maria	— Juro que não. Ouvi o Gary marcar, no dia seguinte, às oito da manhã num endereço da via dei Serpenti junto ao estúdio do Aurélio. Nem sabia do que se tratava. Só voltei a colaborar com o Gary para atrair o Aurélio antes do incêndio para que ele não estivesse lá e se ferisse. Não fiz nada de mais. Logo depois fui presa e o que aconteceu comigo o *dottore* sabe.

Alfredo	— Mas com a sua presença quando da contratação do incendiário você torna-se cúmplice de tudo. Cúmplice do Gary em todos os crimes a partir do incêndio. (seu tom era amigável) Maria confessa logo. Você sabe que vai ser melhor para você. O incendiário está aí mesmo. Pode vir aqui reconhecer você. Quer que eu o chame. Ele reconheceu o Gary na hora e ainda mencionou a mulher bonita que o acompanhava. Viu o *tape* em que você aparece, confessou tudo. Tenho aqui a confissão gravada. E ai como é que vai ser?
Maria	— Mas, *dottore*, não falaram nada na minha frente. (começando a chorar) Meu Deus, o que vai ser de mim?
Alfredo	— Isso eu não sei. Vai depender de um juiz. Você vai ter que convencer o juiz que não combinaram nada na sua frente. Que levou o Aurélio para almoçar porque estavam com fome. Que você não sabia de nada sobre o incêndio. Só foi encarregada de retirar o Aurélio antes do ocorrido criminoso. Participou do golpe. O cúmplice é tão culpado quanto quem comete os crimes, e foram vários, Maria. Sem falar no suicídio da Helena provocado por vocês.
Maria	— A Helena morreu?
Alfredo	— Se matou. (Maria genuinamente sentiu) Não conseguiu continuar

cometendo os crimes que vocês forçaram-na a fazer. Simplesmente não conseguiu. Aliás, Maria, na sua carta de suicídio ela menciona você. Uma menção séria essa. Escrita por uma suicida horas antes de cometer outro crime para vocês e se matar. Não, vocês não. Você não estava nessa. Você estava aqui. Mas na carta ela fala do almoço com você e o Gary.

Maria — (mais apavorada do que nunca) Se eu contar tudo para o senhor, melhora de alguma maneira minha situação?

Alfredo — Acho que sim, Maria. Eu e qualquer juiz vemos com bons olhos essa atitude. Ainda mais quando você esclarece ou ajuda a esclarecer um crime com outros envolvidos. Mas não quero que você me entenda mal. O crime primordial foi o incêndio. Você tem que provar que não participou da contratação do incendiário. Isso eu acho que vai ser difícil. Mas agora vamos tratar das verdades ou mentiras do Gary. Depois trataremos de você. Agora temos que preparar o ambiente para ele. Você vai estar presente para não deixar ele mentir. Ele vai contar tudo para um gravador e uma câmera. Estamos de acordo?

Maria — Claro que estamos.

Alfredo — Carlo, libera o Gary da mesa, algeme-o de novo e senta a figura no banquinho.

Em seguida o Carlo ajudou o Alfredo a preparar o *set*. Câmera e gravador prontos, foram ajustados e ligados. O Gary e a Maria eram os astros daquela gravação. O Ricardo e eu, a plateia. O Alfredo e o Carlo, coadjuvantes.

Alfredo — Vamos começar. (para o Alan) Como é seu nome?

O Alan pensava.

Alfredo — Só quero o nome, Gary. Não é nada de mais.
Gary — (com raiva contida) Gary Coe.
Alfredo — Bem, Gary. Isso é o que a Maria vinha dizendo e o Roberto também. Ótimo estou satisfeito. Agora vejamos. Onde estão os documentos que o identificam como Gary Coe. Os que tenho são os falsos, com o nome de Alan Chartoff. A Maria me disse que custaram caro, mas são falsos. Preciso dos autênticos. Os que o identificam como Gary Coe.
Gary — Perdi.
Alfredo — Como? Repita isso!
Gary — Perdi, porra! Perdi a porra dos documentos.

O Carlo ficou doido. Interrompeu-o. Esqueceu o cassetete. Deu-lhe um potente chute nas costelas. Dessa vez, entre um berro e alguns gemidos, o Gary gritou para o Carlo:

Gary — Seu covarde filho da puta. (à última sílaba da frase recebeu nas costelas do outro lado um novo chute que me pareceu ser mais violento ainda)

O Gary parou de gritar. Quase caiu do banquinho. Ficou ali inclinado. O Carlo e o Alfredo foram céleres até ele. Maria olhava apavorada. O Gary bufava desmaiado. Respirava ainda, para alívio de seus algozes. O Carlo foi numa pia que tinha lá, encheu um pequeno balde com água e jogou o líquido frio na cara do Gary. Ele acordou assustado e imediatamente começou a gemer e a buscar ar.

Gary	— (com cor) As minhas costelas estão quebradas.
Alfredo	— Não diga. (para o Carlo) Tire a roupa dele e examine.
Gary	— (ao primeiro toque do Carlo, surpreso) Mas o que é isso? O que vocês estão fazendo?
Alfredo	— Vamos ver as suas costelas. (enquanto o Carlo trabalhava no uniforme do Alan) Sabe qual é a profissão desse puto, Carlo? Ele é especialista em torturar muçulmanos. Adora torturar muçulmanos, os homens. Não quis dizer antes para não ferir seus sentimentos, Carlo. De que país é mesmo sua gente?
Carlo	— Iraque. (suas feições mudaram para um grande ódio, enquanto tentava tirar o macacão do Gary que dificultava enquanto podia)
Gary	— Mas vocês não podem fazer isso. (aí o Gary percebeu toda a artimanha do Alfredo)

Alfredo	— Você ainda não entendeu. Nós aqui podemos tudo. Você nada. (para o Carlo) Ele serviu o exército americano. É especialista de Abu Ghraib, Carlo. Tira!

O Carlo levantou o Gary. Em pé, ele ainda gemia mas, dada a força do gigantesco *carabiniere*, mais parecia um boneco. Sem nenhum cuidado, o gigante começou a arrancar o uniforme do homem. Ele com dores reclamava. Finalmente sem paciência o gigante resolveu logo rasgar o uniforme. Rasgou. O Gary, com as mãos algemadas para trás, não podia fazer nada, nem fez. Em pé, sua nudez chocou todos. Fez aparecer um pênis minúsculo naquele corpo altíssimo.

Carlo	— Olha só o grande homem. Ele tem um pauzinho de bebê. Não é à toa que não gosta de mulher. É veado mesmo.
Gary	— (irritado com a situação) Quem disse que eu sou veado?
Alfredo	— (interrompendo o Carlo) Pelo menos é o que dizem.
Maria	— Eu disse e repito. Só que eu nem sabia que o seu negócio era tão pequeno. Agora está explicado.

Enquanto falavam o Carlo apalpava as costelas do Gary. Chegou à científica conclusão:

Carlo	— Não tem nada quebrado não. Pode continuar, *dottore*.
Alfredo	— Quer dizer que você perdeu os seus documentos?
Gary	— Pois é. Perdi.

Alfredo	— Bem, perdeu onde?
Gary	— Se perdi, como é que eu vou saber?
Alfredo	— Mas eu sei. Como a sua masculinidade está colocada em dúvida, sua coragem também está. Você teria coragem de passar na emigração americana com documentos falsos? Não acho. Digamos que você tenha perdido. Então teria perdido aqui na Itália. Nesse caso, me diga: como você voltaria para o seu país? Assim não dá. Você está mentindo. (para a Maria) O que você acha, Maria?
Maria	— Claro que está. Raramente este miserável fala alguma verdade.
Gary	— Mandei fazer novos na minha embaixada.
Alfredo	— Ótimo. Então onde está o protocolo da entrada do pedido?

Dessa vez o Gary não respondeu.

Alfredo	— Sabe, Gary, antes da Helena se matar escreveu uma carta. Na carta conta como conheceu você e a Maria. Conta como você usou os pais dela para poder chantageá-la. Na carta conta tudo e de tudo. Agora você vem com essa de que perdeu seus documentos. Essa eu não engulo. Vamos fazer o seguinte. Estou cansado. A Maria tem que descansar também. Vou deixar você com o Carlo. (para o gigante) Ele é todo seu.

Carlo	— Oba! (o oba do Carlo saiu com um conotação erótica)
Alfredo	— Carlo, quero saber onde estão os documentos oficiais dele. (falava como se encomendasse uma caixa de cerveja) Então vê se descobre o local. Faz o que quiser com ele. Só me faz um favor: não mata. Quando ele disser me avisa.
Carlo	— Mas *dottore*, se ele ficar insistindo que não sabe, (o Gary virava a cabeça de um para o outro com o olho esbugalhado) mesmo que eu não queira, ele pode acabar morrendo.
Gary	— Mas que conversa é essa?
Alfredo	— (sem dar atenção ao torturado) Pega o mais leve que der. Machucar pode. Matar não. Mas se ele preferir morrer a nos dar o documentos autênticos, pior para ele. Se ele morrer pelo tempo que for torturado é uma coisa. O que eu não quero é que você exagere em nenhuma das suas torturas especiais.
Carlo	— Tá bem, *dott.* Rossi. Agora vou tomar o maior cuidado que puder para não exagerar. Vou tratar dele até com carinho, pode deixar comigo.
Alfredo	— Vem, Maria. (abriu a porta e foi saindo com a mulher)
Gary	— (gritando) Não faça isso, *dottore*. Por favor.
Alfredo	— Você vai me dizer agora?
Gary	— Mas eu não sei!

Alfredo — Então eu vou. Carlo, ele é todo seu.

Finalmente saiu com a Maria, fechando a sala dos lanhos atrás dele. Não veio logo até nós. Foi até bom. Eu, por mim, quase agradeci ao Carlo por ele ter fechado uma cortina que nos separou inteiramente da sala dos lanhos. Até o som ele fechou para nós. Estávamos enjoados.

Ricardo — Aurélio, não estou aguentando mais. Se você topar, o que eu quero mesmo é ir para o nosso ateliê. (achei gozado o Ricardo usar a expressão "nosso" ateliê, mas não estava com humor nem para sorrir) Senão acabarei vomitando.
Eu — Eu também, Ricardo. Vamos embora. Isso não é para nós.

Na saída da salinha encontramos o Alfredo. Vinha até nós quase com bom humor. Deve nos ter achado dois trapos. Eu pelo menos me achava um.

Eu — Alfredo, estamos muito cansados. (até me esqueci de segurança) Até passando mal. Vamos chamar um táxi e ir embora para o ateliê. Ele é o cara que pagou doze mil dólares pelas minhas telas e depois mandou o incendiário botar fogo nelas. Confirmo em corte. Para um juiz. Onde for necessário.
Ricardo — Eu também.
Alfredo — Compreendo. Mas vocês não vão de táxi não. Temos que ter certeza de

que não sobrou nenhum da quadrilha. Vou mandar levar vocês. Eu tenho que ficar até o fim. Saber onde estão os documentos originais do Gary e gravar a confissão dele.

Foi até o balcão central da Casa Azul e pediu um carro para nos levar. Fomos até a entrada e quase nem esperamos. Logo chegou um veículo dos *carabinieri* com dois deles uniformizados. Despedimo-nos do Alfredo e fomos. Em dez minutos chegamos. Entramos na embaixada e logo depois no ateliê. Cumprimentamos o segurança que assistia televisão. Ele se levantou e nos cumprimentou também. Fui logo dizendo que estávamos cansados e iríamos dormir. Nos preparamos e deitamos. Pedi ao segurança que apagasse a luz. Fiz isso com um tipo de voz e uma entonação que não era normal para mim. Percebi. Meu humor desintegrava-se. Eu me desintregava. Dormimos. Recordo ainda que minha última visão foram os borrões que pretenderam ser esboços. O sinal da minha impotência.

Quando acordei no dia seguinte, não me senti nem um pouco melhor. Pelo contrário, meu primeiro olhar foi para as telas raspadas. Triste visão para ser a primeira do dia. Em seguida vi o segurança. Sintoma maior de tudo o que vivi nos últimos tempos. Notei também o Ricardo que já preparava o café da manhã. O segurança ajudava preparando a mesa para três. Não tinha fome alguma. Permitindo que o masoquismo tomasse conta de mim, olhei novamente para os esboços. Sofri, como se depois de uma noite inteira de tentativas não tivesse conseguido fazer amor com uma bela mulher que amasse. Nem me levantei. O Ricardo percebeu o meu despertar. Me chamou para o café da manhã. Disse não estar com fome e fiquei jogado na minha cama. Com o olhar fixo nos esboços, pensava e tremia com a negra perspectiva do meu futuro. Logo eu que vivera momentos de glória graças às minhas cores, viveria agora pela ausência delas eternos instantes de uma trágica escuridão. Estava querendo mesmo era sumir dessa vida que agora, dada a minha incapacidade, estava impossível de ser vivida. Dia 15 de janeiro estava chegando. O Embaixador tinha adiado suas férias para estar presente no *vernissage* e eu ainda não tinha feito nenhuma tela. Pensando melhor, nenhum esboço sequer. É, sumir seria uma solução. Toca o interfone. Vou lá.

Frazão	— Aurélio, sou eu.
Eu	— (voz sorumbática) Como vai, Frazão?
Frazão	— Você quer vir jantar conosco hoje? Seremos só eu, a Leonor e uma sobrinha que chegou do Brasil.
Eu	— Claro, Frazão. A que horas?
Frazão	— Às oito está bem?
Eu	— Será um prazer, Frazão. Estarei aí às oito em ponto.
Frazão	— Se você quiser, traga o seu companheiro. É Ricardo, não é?
Eu	— É sim. Será um segundo prazer. Obrigado, Frazão.
Frazão	— Então está bem. Seremos cinco. *Ciao*.

Larguei o interfone e voltei para cama em frente aos esboços. O Ricardo estava à mesa tomando café da manhã com o segurança. Eles estavam bem. Interrompi.

Eu	— Sabe quem era, Ricardo?
Ricardo	— Foi o Embaixador, não foi? Eu notei.
Eu	— Foi ele sim. Nos convidou para ir hoje lá, jantarmos com ele, a esposa e uma sobrinha recém-chegada do Brasil. Topa?

Ricardo	— (levantando-se e vindo até a minha cama, com um susto no rosto) Eu também? Claro que topo. Mas por quê? Você acha que ele gosta de mim?
Eu	— Acho que sim. Senão por que ele convidaria você? Especificadamente o Ricardo.
Ricardo	— Mas você acha mesmo?
Eu	— Claro que acho, Ricardo. Ele convidou, não convidou? Para você jantar na casa dele e com a mulher dele presente, não foi?

Ele tinha a mania de pensar. E começou ali mesmo. Quando pensava, em geral falava em voz alta o seu pensamento. E foi assim que a coisa se deu.

Ricardo	— Mas como é que eu faço? Que roupa tenho que usar? Que horas será o jantar?

Subitamente o meu grande amigo italiano ficara ansioso. Seu rosto, seus gestos, suas perguntas demonstravam um nervosismo que chegava a ser infantil. Sorri. Até me esqueci dos problemas que estavam acabando comigo.

Ricardo	— Como é que eu faço, Aurélio? Me ajuda. Devo vestir o quê?
Eu	— Primeiro acalme-se. Coloque o que você quiser. Algo confortável, que agrade a você. Você não se lembra do seu discurso sobre a disciplina. Use para você agora.

Ricardo	— Mas não é isso, Aurélio. Eu não tenho nenhuma roupa boa.
Eu	— Eu por acaso tenho? Você acha que o Frazão já não sabe disso. Ele já nos viu em diversas ocasiões. Para o jantar podemos ir como ele nos conhece. Ele não está esperando nada especial da gente. Quero dizer, nenhum desfile de moda. Ele já sabe como nós nos vestimos. Acalme-se, Ricardo.
Ricardo	— Acalmar como? O que o meu pessoal vai dizer? Eu, jantar com o Embaixador brasileiro, sua esposa e uma jovem sobrinha na embaixada, com uma roupa qualquer? Vão me achar maluco.
Eu	— Ora, Ricardo, não conta pra ninguém. Ninguém precisa saber. E quem disse que a sobrinha é jovem?
Ricardo	— Peraí, Aurélio. Eu vou pensar. É sempre bom pensar primeiro.

Se afastou para pensar. Até deu a impressão que seria difícil pensar perto de mim. Andava de um lado para o outro. Seu nervosismo irradiava tensão.

Ricardo	— (pensava, falando alto) Comprar não. Tenho muita roupa lá em casa. Não preciso comprar nada. Então como é que faço? (se perguntava em voz alta)
Segurança	— (escolhendo as palavras) Porra, seu Ricardo, está claro. (olhamos para ele surpresos com a sua intervenção) Por que o senhor não dá um pulo na sua casa e pega o que quer?

Ricardo	— (explodindo com a própria alegria) É isso. Você é genial, garoto. É isso que tenho que fazer. Você não concorda, Aurélio?
Eu	— Se isso fizer você feliz, acho ótimo.
Ricardo	— (me participando, como se precisasse) Então vou lá. Vou ligar para um colega da cooperativa pra ele me levar lá. (alegre) Vou jantar com o Embaixador, sua esposa e sua jovem sobrinha (olhando para mim) bem-vestido.
Eu	— (reagi com naturalidade) Vai lá. Vai e volta elegante que quero ver.

Voltei para a certeza da minha impotência. Os miseráveis esboços que criara, ou melhor, não criara nada. Nem existiam mais os esboços. Eu os raspara dos tecidos sobre os quais pintaria as telas. Agora, parado ali, pensava no que fazer com as telas. Seus tecidos já tinham sofrido com a aplicação dos esboços e com a raspagem deles. Aparentavam estar destruídos. Cheguei próximo para ver melhor. Toquei neles.

Ricardo	— (para mim, excitado) Chamei o meu amigo Alberto. Imagina. Estava passando aqui perto. Já está chegando. Vou lá em casa pegar uma roupa pra hoje à noite. Volto logo. Você aguenta a minha ausência? (jocoso)
Eu	— Claro. Vai ser até bom para variar um pouco. (rimos)

Ainda da porta me pediu, caso eu tivesse alguma notícia sobre o Gary, que ligasse para o celular dele. Estava louco para saber das novidades. Concordei. Ele se foi. Fiquei com o segurança. Me lembrei. Isso! A segurança para o Ricardo. Falei com o nosso *carabiniere*. Lembrei a ele. Saiu desabalado. Foi providenciar antes que o Ricardo saísse. Tudo foi bem. Melhor ainda. Quando voltou me disse que um colega dele à paisana foi e voltará com o Ricardo. Pensei comigo mesmo que era melhor assim. O Alfredo ainda não desfizera a segurança por algum motivo. Então era melhor mantermos os cuidados. Satisfeito, voltei a analisar os tecidos. Fiz alguns testes. Esbocei alguns esboços. Cheguei à conclusão de que os tecidos resistiriam a um novo trabalho, cada um deles com direito a esboços e tudo. Agora devia esperar por inspiração ou voltar para a Escola Nacional de Belas Artes. Ainda por cima porque a imutável guilhotina estava se aproximando do meu pescoço. O Natal se aproximava a galope de renas voadoras, pior, o dia 15 de janeiro também. Para fazer as vinte e cinco telas grandes que substituiriam as minhas outras tantas incendiadas, eu teria que trabalhar muito. Teria que parar só para ir ao banheiro ou comer alguma coisa. Ainda bem que eu não era muito de comer enquanto trabalhava. Pensava nessas coisas sentado na cama. Caí para trás e adormeci. Cheguei a pensar no camelo. Vai ver que eu estava como o animal me enchendo de descanso, já que depois teria muito que trabalhar. Pelo menos contava com isso. Usaria o descanso acumulado.

Acordei com os movimentos da chegada do Ricardo. Não só vinha mais bem-vestido como ainda trazia uma mala de roupa. Nunca tinha pensado nisso, mas o Ricardo era vaidoso. Seu sorriso brilhava.

Ricardo	— Peguei de tudo pra qualquer emergência. O que você acha?
Eu	— (orgulhoso, nem percebeu que eu estivera dormindo, chegou até com dois maços de flores: um para a Embaixatriz e o outro para a jovem bra-

	sileira) Porra, Ricardo! Você parece um diplomata. Está chique à beça.
Ricardo	— Você ainda não viu nada. Preciso me ver com a gravata e o paletó também. Aí sim, você vai ver. O terno é lindo. (o Ricardo estava de calças e camisa por baixo do sobretudo)
Eu	— Acredito. Agora me deixa dormir mais um pouco.
Ricardo	— Mas Aurélio, está quase na hora.
Eu	— Que horas são?
Ricardo	— São cinco horas.
Eu	— Ah, meu Deus! Vê se não enche Ricardo! Falta muito.

Me atendeu. Calou. Virei-me e tentei dormir mais um pouco. Virei pra cá, virei pra lá. Não consegui. Tinha perdido o sono. Recorrente, a ideia da minha impotência entrou estuprando os meus pensamentos. Não suportava mais. Não ia embora. É, não dava para ficar deitado pensando no que me vinha machucando tanto. Me levantei. Bocejei e resolvi tomar um banho de noiva em dia de casamento. Roupa seria uma das duas a escolher: a uma ou a outra. Peguei minhas coisas, não disse nada e fui para o banheiro. Fui tomar banho para o jantar com o Frazão. Garanto que nunca tinha prestado muita atenção. Mas numa inesperada curva daquele banheiro havia uma insuspeita banheira e era das grandes. Testei a água. Tudo funcionava. Nem me lembrava da última vez que tinha tomado um banho de banheira. Resolvi tomar um. Deixei a água cair. Me despi e entrei. Tomei o tal banho. Uma delícia. Quando saí da banheira me senti a própria Cleópatra saída do banho de leite. Só que o leite ficou mesmo na anedótica história. Ou seria só história sem anedota alguma? Mas foi um banho para repetir. Fui ao espelho. Olhei meu rosto. Notei logo: a barba estava dia após dia cada vez mais escura. Claro maior também. É, ia deixar mesmo a barba crescer. Estava gostando dela. Me sequei, penteei o cabelo. Aproveitei penteei também a barba. Me vesti. Saí com a outra roupa.

Ricardo	— Desculpa, Aurélio. Até me esqueci. Trouxe um terno para você também. Com a pressa de chegar aqui até me esqueci. É melhor do que essa roupa que você está vestindo.
Eu	— Obrigado, Ricardo, pela sinceridade, (gozando ele, que se avermelhou) mas vou assim mesmo. É assim que me visto.
Ricardo	— (amuado) Porra, Aurélio. Não foi isso que quis dizer. Aliás, sempre achei que a roupa não faz o homem.
Eu	— Tá desculpado, Ricardo. Mas enquanto você está aí todo elegante, vestido de jovem nobre, eu estou só fantasiado de artista incapaz. O artista que o Frazão conhece. Sabe, meu amigo, a roupa faz sim o homem ou pelo menos sublinha o que ele pensa da vida.

É estranho. Tudo na vida é. Bastava tomarmos distância dos problemas, do que nos aflige, e as coisas que nos angustiavam quase passam a não existir. Por exemplo, sem ter novidades do Alfredo, do interrogatório, da Maria, do Gary, a lembrança deles era quase nenhuma. Eu por acaso estava imerso na minha incapacidade de trabalhar. O Ricardo pensava em que roupa usar e na jovem (quem sabe?) sobrinha do Embaixador. Lá pelas tantas tocou o meu recém-adquirido celular. Nem reconheci. Precisou o Ricardo me chamar a atenção. Atendi e era o Alfredo.

Alfredo	— Estou um trapo, Aurélio. Demorou mas acabou tudo. Tenho todas as confissões. Assinadas, sonoras e as visuais editadas, é claro. Imagine: os documentos do Gary estavam grudados debaixo de uma mesinha na sala da Maria. Ela não sabia. Mas o filho da puta do Gary até nisso pensou. Só ele sabia. Pensou que resistiria. Até que às porradas resistiu. Só não esperava era ter que encarar o lado romântico do Carlo. Para isso ele não estava preparado. Coitado do Carlo, teve que trabalhar duro mas no final venceram os bons. Agora ele está numa enfermaria secreta se refazendo e sarando das feridas. Só depois entrego ele ao Ministério Público. Ele e a Maria. O incendiário, o Roberto e os outros. Tudo acabado. O que você me diz?
Eu	— (após alguns segundos calado) Estou cansado de tudo, Alfredo.
Alfredo	— (sem entender minha reação) O que houve, Aurélio?
Eu	— Só isso. Estou cansado, Alfredo. Das torturas, dos gritos, das novas torturas e outra vez gritos. Agora só queria saber sobre os carros do Ricardo. Quando ficam prontos? Ele precisa trabalhar.

Alfredo	— (minha voz devia estar soando bem agressiva) Não tive ainda tempo de ver. Mas amanhã mesmo dou uma resposta. Mas é só isso que você quer saber?

Respondi com um profundo silêncio.

Alfredo	— (notou que não haveria resposta) Quando a gente vai ser ver?
Eu	— Por agora não vai dar, Alfredo. Estou dedicado ao *vernissage*.
Alfredo	— Está bem. Mas não se esquece de mim, de me convidar. Eu vou querer ir.
Eu	— Não vou esquecer. Pode deixar. Agora tenho que voltar ao trabalho. Até mais, Alfredo.

Desliguei o telefone. Do outro lado da linha ele devia estar estupefato comigo. Eu pelo menos estava comigo mesmo. Com o meu silêncio discursara mais que um político arrependido que justificasse o não justificável. Com a minha reação. Ou talvez com o meu cansaço. Quem sabe? Senti minha cara fechada. Fui com ela e o resto do corpo em direção ao meu quase trabalho. Em um quase transe sentei-me na cama e voltei a olhar o nada. Só saí desse estado quando o Ricardo, que respeitara meu silêncio total, chamou minha atenção para o horário.

Ricardo	— Aurélio, faltam dez minutos para as oito.
Eu	— (sem pestanejar) Então vamos.

Fomos. Subimos as escadarias. O Ricardo em estado de euforia contida. Eu como se subisse o cadafalso. Decidira. Iria acabar com todo o meu pesadelo. Contaria ao Frazão a minha impossibilidade de pintar outra vez. É! Contaria de vez o pesadelo da minha pictórica incapacidade.

Como sempre naquela embaixada de sonho, um garçom abriu as portas escancarando-as como o sorriso do Ricardo na sua impecável roupa. Entramos.

Frazão	— Pensei que vocês não viessem mais.
Ricardo	— (saído) Mas, Embaixador, são precisamente vinte horas.
Frazão	— Não liga não, Ricardo. É uma brincadeira que eu tenho com o Aurélio. (vira-se para mim, mudando o assunto) E o nosso *vernissage*, Aurélio, como está indo? Não tenho ido lá porque quero ter uma grande surpresa quando estiver pronto.
Eu	— (sorriso amarelo) Está indo.
Ricardo	— Uma beleza. O senhor precisava ver.

Como odiei o Ricardo naquela hora. Maldito taxista!

Frazão	— Venham. A Leonor está ali. E a minha sobrinha está para chegar.
Leonor	— Como está, querido?

Chegamos à Leonor. Abaixei-me e a beijei no rosto feliz. O meu estava fechado pela mentira do Ricardo. A ele a Embaixatriz estendeu a mão. Ele, sempre sorrindo, beijou a mão da Embaixatriz. Ela sorriu. Em suas mãos, pensei ter visto o seu terço imaginário.

Leonor	— (para mim) Já ouvi. Seu trabalho vai às mil maravilhas. Que bom.

Eu	— (sem graça) É, está indo.
Ricardo	— A senhora precisa ver. Tudo é maravilhoso. (de novo o mentiroso)
Frazão	— Não vejo a hora de ver suas novas telas, Aurélio. Se a primeira tentativa de *vernissage* foi o que foi, imagino as novas vinte e cinco telas.
Eu	— Frazão, precisamos conversar.
Frazão	— Claro, Aurélio.

Fomos interrompidos pela chegada pontual dos garçons com os carrinhos. O olhos do Ricardo faltaram pular das órbitas. Tudo apresentado como o Frazão exigia, sempre o melhor e da melhor maneira. Começamos a nos servir de salgadinhos e *drinks*. Eu esperava a hora de retomar a conversa interrompida. O Frazão nos fez sentar para degustarmos os salgadinhos quentes e os *drinks*. Por trás da poltrona onde eu e o Ricardo nos sentamos ouviu-se um barulho de porta. O Frazão levantou-se olhando para a porta seguido pelo olhar pressuroso do Ricardo que se levantou também. Eu, abatido d'alma, levantei-me mais devagar. Não sei por que olhava para o rosto do Ricardo que brilhava. Quando seus olhos viram quem chegava, amareleceram. Em contrapartida o meu coração quase parou quando vi quem era. Não sei dizer dos meus olhos porque não os via. Mas minha visão esquentou o meu olhar.

Vinha elegantérrima, bem maquiada, distinta e bela, não outra, não qualquer sobrinha. Era ela, a Telma. Me viu no momento em que a vi. Abriu um imenso sorriso. Respondi com aquele que meu pai falava tanto. Foram dois sorrisos que uniram duas almas de imediato. Um se destinava ao outro.

Frazão	— Essa, Aurélio, você já conhece. É a Telma Brandão.

Telma	— Não mais, titio. Não depois do divórcio. Eu agora sou solteira e me chamo Telma Frazão. (para mim) Que bom ver você, Aurélio. Há quanto tempo. (Veio a mim, me abraçou e me beijou o rosto com avidez. Obviamente correspondi à altura. Era melhor assim na frente do tio e tudo.)
Eu	— Que saudade, Telma. (abraçando-a também) Tenho pensado muito em você. Aliás nesse caso o muito foi pouco. (abaixando a voz) Você não me sai da cabeça.
Telma	— (voz baixa também) Duvido. Com tanta mulher bonita na Itália. E não vem me dizer que é na minha arte que eu não acredito. Aurélio, o tio Frazão me mandou as fotografias das suas telas que incendiaram. Retornei-as, a pedido dele, com os meus comentários. Só um gênio pintaria aquilo. São maravilhosas. Algo de muito raro. Ele me contou também do dia 15 de janeiro. Aí me programei para passar o natal com o casal e de quebra estar presente no seu *vernissage*. Não podia perder essa chance de rever você.

Só aí me dei conta da presença do Ricardo. Apresentei-os.

Telma	— Obrigada, Ricardo. Obrigada por ter salvo a vida do Aurélio. O titio me contou.

Ricardo — (que até então estivera com as feições sóbrias, abriu-se num imenso sorriso) Mas ele é meu amigo. O que eu poderia fazer?

Aquela frase de modéstia do Ricardo fez todos rirem. Eu e Telma terminamos o abraço e nos sentamos num sofá para dois. E enquanto o casal anfitrião se dedicava ao Ricardo, eu e Telma nos dedicávamos a nós mesmos. Os salgadinhos do Frazão foram servidos pelos garçons elegantíssimos. Após bebermos do melhor *scotch* imersos num papo bem gostoso, a Leonor pediu o jantar para daí a dez minutos. Bebemos, comemos e por umas duas horas esqueci completamente de todos os meus problemas. O jantar foi fantástico. Cada prato era melhor que o precedente. Os vinhos vinham da mais recôndita cave do Frazão. Nem o Ricardo demonstrava qualquer timidez à mesa. Metido na sua fatiota italiana, estava garboso o meu amigo taxista. Feliz com a atenção que recebia dos anfitriões. Até o desculpei daquela história do meu *vernissage* estar indo muito bem. Pensei na minha conversa interrompida com o Frazão. A Telma não parava de falar em geral mas principalmente para mim. Nem ouvi tudo. Coisa ou outra me escapou. Mas não agora. Ela dizia, apenas para mim, que seu ex não aceitara a confissão dela sobre nosso encontro. Sua vida tinha virado um inferno. Foi melhor mesmo o divórcio. Falava enquanto eu estudava a incrível mulher que ocupava toda a minha visão. Cada ângulo dela. E contava seu recente passado com entusiasmo. A partir da homologação passara a pensar em mim sempre e cada vez mais. Seguia a minha vida toda, pelo tio. Quando recebeu dele as fotografias viu quanto eu tinha crescido humana e artisticamente. Passou a gostar ainda mais de mim. Os atentados que eu sofrera, infelizmente, ela soube pela imprensa. O tio nunca dissera nada, ele sofria por ela. Enquanto eu ouvia tudo que ela falava, me percebi, pela primeira vez depois de tanto tempo, impotente de me sentir impotente. Como homem ou artista eu estava me sentindo pronto para todos os dias 15. Principalmente agora com a Telma sentada e sorrindo ao meu lado. Não tinha notado antes o seu sorriso. Como era charmoso, como eram gostosos os seus dentes. É, o desejo do homem Aurélio aconteceu antes do desejo do artista Aurélio.

Pedi licença a todos. Fui ao telefone e liguei para o Hotel Union. Um dos Gianni me atendeu. Quando me reconheceu só faltou gritar. É, pensando melhor não faltou nada. Pensaram lá no Hotel Union que de uma forma ou outra eu tivesse ido embora. Feliz com o meu reaparecimento e minha vontade de pagar a conta que devia, me informou que meu quarto estava livre e limpíssimo. Estava disponível a qualquer momento. Claro que eu podia ir naquela noite com a minha namorada. Ele estaria aguardando.

Terminado o telefonema voltei para a Telma. Por algum tempo ajudei a alimentar a conversa geral. Finalmente informei para que todos ouvissem.

Eu	— Vou levar a Telma para um giro por Roma à noite. Vocês nos desculpam?
Frazão	— Claro, Aurélio. A Telma está mesmo precisando. Desde que chegou praticamente ainda não saiu.
Leonor	— É bom mesmo. Depois dessa história do divórcio, ela precisa mesmo passear com gente jovem.
Telma	— E a minha opinião não vale?
Eu	— Claro que sim.
Telma	— Estou doida para sair. O Aurélio deve conhecer tudo o que é bonito e histórico aqui em Roma.
Eu	— A começar pelos meus paralelepípedos.

Todos riram. Levantamo-nos. Despedimo-nos. O Ricardo entre porrinho e alegria entendeu. Despediu-se e foi direto para o ateliê dormir. Cheguei a pensar que ele nem tivesse tirado o seu elegantíssimo terno para dormir.

Eu e a Telma aos passos saímos para a nossa noturna incursão romana. Caminhamos pelos pontos mais charmosos, mais bonitos, mais históricos. O frio aumentava. Sugeri um táxi, pegamos um. Estava gostoso dentro do carro. Pedi a via del Boschetto. Contei a ela a história da Messalina e as variações sobre tudo o que se sabia e como se tudo fosse verdade. Assim como me contaram. Contei sobre os sussurros dos meus amigos paralelepípedos, as histórias dos gladiadores e por aí foi. A cada vírgula, um beijo.

Chegamos ao Hotel Union. A Telma desde o início sabia e queria como eu o que acontecera naquele hotel em Copacabana. Cumprimentei o Gianni. Paguei o tempo que devia e com ela subi para o meu apartamento. Fui logo ligando o aquecedor. O quarto estava como sempre: simples, confortável, com as minhas coisas todas lá, inclusive as lembranças. (o Gianni deve, dada a sua alegria, ter pego as minhas coisas guardadas em algum depósito e as colocado lá em ritmo de urgência) Nos beijamos como se fosse a nossa noite de núpcias e aconteceu de tudo como se fosse uma outra primeira vez. Era. Só que agora tudo envolto em amor. Não estava com ela à caça de voto. Eu estava livre, nem de voto precisava. Ela estava livre também. Se entregava mais. Eu absolutamente apaixonado não poderia me entregar mais do que me dei. Foi tudo uma loucura só. No meio da noite tomamos um banho de chuveiro juntos. Eu a ensaboei, ela a mim. Voltamos para a cama. Nossas vontades unidas sempre à procura do prazer sublime. Foram várias as vezes que nos aprofundamos nele.

Saímos de lá depois do meio-dia seguinte. O Gianni já era o outro, o gêmeo. Também ficou feliz em me ver. Almoçamos no Giuseppe. Lá já estava semivazio. Ela adorou o ambiente familiar e o *fettuccine* da *signora*. Ele me cumprimentou com alegria no rosto. Comemos e estávamos mesmo precisando. Tudo um encantamento só. Telma estava feliz. Usava seu sorriso gostoso com um encanto único adornando suas perguntas ou respostas. Fomos de táxi para a embaixada. Entramos e aos beijos nos separamos. Ela subiu as escadarias. Eu fui direto para o ateliê. Estava feliz, lá não tinha ninguém. Nem o Ricardo, nem o segurança. Nem me importei com o porquê. Utopia pura. Me senti só com a minha felicidade. Só também na minha repentina solidão. Vi as telas por fazer. Não pensei duas vezes. Coloquei o avental e comecei os novos esboços. Me sentia forte. Potente. Veio na minha memória a data de 15 de janeiro. Aquilo, sim, me deu um apertão danado no estômago, mas de forma alguma medo. Me trouxe de novo à realidade. Mas a inspiração vertia como uma nascente branca e vestal. Fecunda. Fui em frente. O tempo passou. Já era de madrugada quando vi a hora. Tinha feito seis esboços que me agradaram. Naquele caminhar não ia dar. Eu tinha que trabalhar com mais rapidez. Trabalhei mais algumas horas até não aguentar mais. Dormi de qualquer maneira. Que dormi que nada, quase desmaiei. Acordei às oito da manhã. Tinha sonhado a noite toda. Parte com a Telma, um pouco com a pintura, outro pouco com a minha inspiração, e apesar de tudo tive pesadelos com o dia 15.

Já acordado, nem pensei em comer ou sei lá o quê. Parti para os esboços. Trabalhava como um louco. Como era do meu estilo, várias telas ao mesmo tempo. Fazia mais esboços e em alguns já começava a colocar as cores. Para quem não conhecia, meu estilo de trabalho era o caos absoluto. Através dele fui peregrinando com o já realizado ou o ainda por realizar. Tudo estava na cabeça. De vez em quando percebia longínquas batidas na porta ou um som distorcido de interfone. Não atendia nada. Ninguém. Trabalhava. Lá pelo quinto dia percebi que estavam mexendo na fechadura. Parei um instante. Não que tentassem abrir a porta, estavam tentando arrombá-la com ferramentas. Não estava entendendo nada quando afinal conseguiram. Eu ainda pintava. Entram todas as pessoas que eu conhecia do meu passado próximo. A começar pelo Alfredo, o Frazão com a Leonor e a Telma, o Ricardo, o Carlo e um outro *carabiniere*. Todos estavam preocupadíssimos. Quando me viram seus rostos demonstraram um horror unânime. Vieram até a mim. A Telma chorando veio correndo.

Telma	— Aurélio... Aurélio... O que você está fazendo? Que loucura é essa? Como você está magro. Suas olheiras estão negras.
Eu	— (em transe) Dia quinze... Está chegando o dia quinze... Não posso atrasar, não posso decepcionar o Frazão...
Frazão	— Mas, meu filho, não seria decepção nenhuma. Seria só um atraso. A gente adiava e pronto.
Eu	— Dia quinze... Alfredo, pra que essa arma?
Alfredo	— Que arma, Aurélio?
Ricardo	— (chorava) Meu amigo. O que você fez, Aurélio? Está tão magro. Tem tinta até na cabeça. Até sua barba está colorida.
Telma	— (chorava alucinadamente) Aurélio, você tem que descansar.
Eu	— Não posso. O dia quinze... Ele vem aí... Senão serei torturado... Os lanhos não... Só quero terminar minhas telas. Vou terminar as vinte e cinco, prometo.

Foi nesse momento que saí daquilo que era um transe maligno. Percebi que as pessoas me olhavam estarrecidas. Eu, na minha santa insanidade, realizei que tinha que me tranquilizar, senão me mandariam para um hospital ou sei lá o quê. Beijei a Telma e me dirigi ao Frazão.

Eu	— Frazão, eu estou com fome. Você pode mandar fazer algo... (fui interrompido pelo Ricardo)
Ricardo	— Deixa comigo. Pode deixar que eu faço. (dirigiu-se para a cozinha) Acho que dá pra fazer um *fettuccine* da fuga.

Foi também nesse instante que notei a Telma caminhando pelas telas semiprontas e uma ou outra quase. Me pareceu estupefata.

Telma	— Titio, vem cá. (o Frazão foi) Meu Deus, nunca vi nada como esse trabalho. Que perfeição! Que maravilha! Os traços, as cores. Titio, o Aurélio está no processo de reinventar a pintura pós-moderna. O que estamos testemunhando aqui é como se fôssemos os primeiros a vermos os primeiros quadros impressionistas. É uma revolução. O Aurélio está no processo de revolucionar o mundo da arte através da sua pintura.

Com exceção do Ricardo que cozinhava, todos se aproximaram dos esboços, das telas, até o Carlo. Claro, "todo italiano estuda arte ainda no básico". Os primeiros sem cores, as outras com as cores que eu adorava. Foi um tal de elogio atrás de elogio. A Telma se desgarrou do grupo.

Telma — Vem cá, Aurélio. É tudo de tirar o fôlego, meu amor. Mas agora vem tomar um banho enquanto o Ricardo prepara a sua comida.

Pediu licença. Me levou para o banheiro. Fechou a porta. Não sei como, mas logo viu a banheira escondida. Colocou a água para correr. Me despiu. Quando terminou, a água já enchia metade daquela banheira. Também era uma bica moderníssima. Me ajudou a entrar. Em seguida tirou a sua roupa e com um sabonete na mão entrou na banheira também. Eu não fazia nada. Ela, tudo e com carinho. Me lavou inteiro. Me senti muito melhor. Saímos da banheira. Usou a toalha e nos secou. Vestiu-se, entreabriu a porta e pediu ao Ricardo roupas limpas para mim. Com elas me vestiu. Finalmente saímos. Fora a óbvia magreza, o resultado foi incrível para o grupo que me aguardava. Na mesa, esperando por mim, um prato que o Ricardo estava enchendo de "fugas". Quando saí do banheiro com a Telma, não é que a turma me aplaudiu? Mas agora, depois do banho, eu despertara. Interrompi os aplausos.

Eu — Meus amigos, por favor, parem com isso. (olhei para o prato) Agora vou comer, descansar e vocês me darão licença que eu vou terminar meu trabalho.

Protestos. Metade sérios, metade brincalhões.

Eu — (argumentei) Sem ele, não existirei. Não serei coisa alguma. Eu quero existir! Quero ser!

Sentei-me e comecei a comer. Devagar, no meio de reclamações quanto à forma que eu trabalhava. Diziam que não era possível, que eu iria ficar doente. Não respondi nada. Parei de comer e calmamente cruzei os braços. Olhava para a Telma. Meu rosto deveria estar pétreo. Ela olhava para mim. Até que insistiu para que todos saíssem pois ela ficaria lá comigo. Voltei a comer. Naquele momento conheceram um Aurélio diferente. O firme, que sabia exatamente o que queria. Nem perceberam o sorriso do meu pai com uma pequena sombra de determinação. Naquele momento queria comer e ficar a sós com a Telma. Ela também ajudou, convidando todos a saírem, inclusive o tio. Finalmente a sós com aquela mulher que queria tanto, dei mais umas duas garfadas e me dirigi para as telas. Recomecei a trabalhar.

Telma — Mas você não pode, Aurélio. Tem que descansar.

Eu — (olhei fixo para ela) Eu te amo, Telma. Mas mesmo você não tem, nem terá, o direito de interromper o meu trabalho, a minha inspiração. Você pode ficar aqui. Até quero. Mas deixa eu terminar o meu trabalho! Agora vem cá!

Peguei-a com a minha mão e fomos para a cama. Trepamos. Mostrei todo o meu vigor. Só parei quando ela arfava de cansaço.

Telma — (percebendo o meu vigor suicida, sorria) Está bem, Aurélio. Fico quieta. Só olho. Agora deixa eu dormir. (dormiu como uma maja desnuda e profundamente)

Não disse nada. Virei-me, saí da cama e deixei a minha nua mulher entregue ao mais gostoso dos sonos.

Voltei para os esboços e telas e recomecei a trabalhar. A inspiração estava intacta, continuava a jorrar. Voltei a trabalhar com rapidez. Mais e mais telas começaram a aparecer. Jorravam como o meu amor jorrou dentro da Telma. Horas se passaram. Não parei de trabalhar. De repente percebo um ou outro movimento dela.

Telma	— Que horas são? (Não respondi, as luzes estavam acesas. Eu continuei a pintar.) Acho que vou lá em cima pegar alguma coisa para mim. Para poder mudar de roupa.
Eu	— (sem parar o trabalho, grunhi para ela) Vai e volta, amor.
Telma	— (sorriu) Claro que volto.

Ela foi. Não parei de pintar. Sabia exatamente aonde o meu trabalho estava me levando. Ao total deslumbramento. Pintei.

Nesse ínterim, a Telma voltou calada e ficou olhando, deu para perceber, com deslumbramento o amadurecer do meu trabalho. Tela após tela, cada uma foi ficando pronta. O tempo passava. Às vezes falávamos alguma coisa ou ela fazia algo para comermos. Eu apenas ciscava e imediatamente voltava a pintar. Pela roupa, percebi um emagrecimento agudo. Qualquer roupa que eu colocasse sobrava. A minha barba estava grande e eu só tomava banho quando a Telma me dava. E a cada banho fazíamos amor e feroz. Em seguida voltava a pintar. Tinha chegado ao estágio das pinturas. Me sentia fisicamente fraco na mesma proporção que artisticamente muito forte. Porra, por que o artista não seguia passo a passo o homem ou vice--versa? Os esboços estavam todos prontos. Agora seria só aplicar as tintas, ou melhor, as cores. A Telma estava literalmente deslumbrada. Um dia contei. Tinha feito vinte e uma telas e faltavam só quatro esboços a serem pintados. Isso foi logo depois do banho e do amor. Me sentia cada vez mais fraco.

Eu	— (tenso pela resposta) Querida, que dia nós estamos?
Telma	— Dia nove eu acho.
Eu	— Tenho então cinco dias para terminar. Me faz um favor, Telma. Me chama o Frazão.
Ela	— Por quê, se ainda faltam quatro telas?
Eu	— Tenho que avisar a ele. A embaixada tem algumas providências a tomar.

Ela foi ao interfone chamar. Chamou. Ele já vinha. Quando chegou se apavorou. Veio sozinho.

Frazão	— Meu Deus, Aurélio. Vou chamar um médico. Você está horrível, está doente.
Eu	— (direto) O médico pode esperar! Ainda tenho quatro telas para fazer. Vou fazê-las. Queria que você visse o progresso para poder mandar preparar o *vernissage*. E também ser a primeira pessoa a ver essas vinte e uma.

Ele, quase com medo, se aproximou delas. Seu rosto foi se iluminando. A cada tela dava a impressão de que mais luz se fazia no seu rosto. O Frazão estava feliz, repleto de luz e compreensão.

Frazão	— Parece um sonho. Que maravilhas você fez! A Telma tinha razão. Isso é uma reinvenção. É um renascimento.

Eu	— Você acha mesmo? Então me diz: ainda existem ecos lá no Brasil do tiro que você levou aqui?
Frazão	— Não param. Já virou algo histórico. Só estão aguardando a minha chegada para darem início às homenagens. A desculpa que eu dei, de estar esperando o *vernissage* para entrar de férias, caiu muito bem no meio artístico. A imprensa está até me chamando também de o Embaixador mecenas.
Eu	— Será que você me faria um favor?
Frazão	— Claro. O que eu poderia negar a você?
Eu	— Será que você poderia convidar o seu Ministro de Estado e o Embaixador di Lucca para o *vernissage* da imprensa especializada.
Frazão	— Bem, o di Lucca garanto. O Ministro vai depender da agenda dele. Sabe como é?
Eu	— Mas você convida?
Frazão	— Convido! Claro que convido.
Eu	— Pode preparar o *vernissage*. As telas estarão nas paredes da embaixada no dia quatorze. Mande preparar as paredes que eu colocarei as telas no dia quatorze e as iluminarei eu mesmo, pois o ângulo da luz é fundamental. No dia treze mande vir a turma da armação de telas.
Frazão	— Pode deixar. Dia quatorze tudo estará pronto. Todos convidados etc.

Eu	— Não se esqueça de dizer nos convites que esse é o meu segundo *vernissage*. O primeiro queimaram. Está bem? Outra coisa: você pode mandar preparar um *display* com as fotografias das minhas primeiras telas, como você fez naquele jantar? Queria mostrar ao público que este aqui, o segundo, não é um acidente. Já existiu um primeiro.
Frazão	— Claro, Aurélio. Pode deixar. Será feito. Agora está na hora de você me prometer algo também. Quero sua promessa de que você vai se alimentar bem e descansar muito. O mais que você puder.

Concordei e nos despedimos.

O Frazão foi. Ficamos eu e a Telma. Nos olhamos. Nos chegamos. Nos beijamos.

Telma	— Aurélio, você está fervendo!
Eu	— Pensa que eu não sinto? Não diz nada a ninguém. Não vou interromper meu caminho para o sucesso. Saindo da embaixada, logo na esquina tem uma farmácia. Compra para mim um vidro de aspirina. Mas jure que não vai dizer nada a ninguém. É só um resfriado. (botei a mão no bolso e tirei uma cédula) Por favor, compra e volta. Não me traia.
Telma	— Jamais faria isso.
Eu	— Quero ver.

Mal ela saiu, voltei a pintar. Pintei em êxtase. Foi quando comecei a tossir. Era intensa a tosse. Fui ao banheiro. A tosse continuava. Abri a bica da pia. A tosse continuava. Comecei então, a cada tosse, a botar sangue pela boca. Botei muito sangue. Finalmente a tosse deu uma parada. Lavei a boca e a pia. Em seguida, fui na minha maleta e troquei de camisa. Guardei a suja. Voltei para a tela que estava pintando. Recomecei e antes de terminar a Telma chegou com o vidro de aspirina. Tomei logo duas.

Eu — Telma, preciso de outro favor. Pede ao Frazão uma garrafa de *scotch* emprestada. Depois eu compro outra para ele.

Telma — Você está brincando comigo? Do jeito que ele é louco por você, eu nem posso propor uma coisa dessas. Mas vou lá pegar uma.

Pensei: cada vez que eu for tossir, viro uma talagada do *scotch*. Dessa maneira não tusso. Queimo a garganta. Voltei para a tela que estava terminando. Consegui terminar antes dela voltar. Assim que a Telma chegou pedi para nos servir duas doses: uma para mim e outra para ela. Ela aceitou. Serviu as doses. Me deu uma. Vinha com gelo. Pedi a ela que me servisse sem gelo. Não entendeu mas serviu. Virei a minha talagada. Caiu bem.

Eu — Terminei mais uma tela e ainda faltam quatro dias. Acho que esta noite merecemos descansar.

Telma — Até que enfim. Eu já estava ficando cansada só de ver você trabalhar.

Propus irmos comer fora. Nos aprontamos e fomos. Ela sugeriu um restaurante que era perto da embaixada e tinha conhecido com o Frazão. Ao chegarmos lembrou ao *maître* quem era. O homem imediatamente lembrou-se. Deu-nos uma mesa excelente. Tinha música ao vivo. O *maître* aproximou-se dos músicos e disse algo. A partir daquele momento o conjunto tocou tudo o que conhecia de música brasileira. Fizemos os nossos pedidos. O vinho era o preferido do Frazão. Foi um jantar delicioso. O vinho como não poderia deixar de ser era excelente. Despedimo-nos. Dei uma boa gorjeta para os músicos além da do serviço e voltamos para o ateliê. Ao chegarmos, a febre já tinha passado. Fomos para a cama e nos amamos profundamente. Acho que a Telma estava me amando mesmo. Foi uma noite inesquecível, como mais umas duas ou três seriam ainda até o *vernissage*. Faltavam três dias para o dia 15. Acordei bem cedo e vi que ela dormia. Só faltava a última tela que até adiantada estava. Fui diretamente para ela e comecei a pintar. Até me esqueci de colocar o avental. Nem pensava. Só pintava. Quando acordou, ela ficou horrorizada.

Telma	— Você está louco, Aurélio? Você está mais que adiantado. Não precisa pintar nu. Pelo menos se veste. (ela notou) Como você está magro! Conseguiu emagrecer ainda mais.
Eu	— Em dez minutos eu termino a última. Telma, algum tempo atrás eu disse a você que o artista tem que se dedicar à própria arte vinte e quatro horas por dia. Tem que fazer sua arte até dormindo. Não disse? Pois é, eu acredito piamente nessas premissas. Excluindo você, tudo é para mim, fora a minha arte, um mero e insignificante detalhe.

Telma	— Tudo bem, Aurélio. Então vamos tomar um banho e nos vestir.
Eu	— Vamos.

Nus, nos dirigimos ao banheiro. De repente me dei conta de que ia ter um acesso de tosse. Larguei o braço da Telma e corri para o armário. Lá peguei a garrafa de *scotch*. Virei pelo gargalo não uma, mas várias talagadas. O início do acesso de tosse arrefeceu.

Telma	— (gritava) Você está maluco! Para de beber. Nem café da manhã você tomou e está bebendo feito um bêbado.

Virei-me para ela ainda engolindo a última talagada. Estendi meu braço oferecendo-o a ela e indicando a direção do banheiro. E juntos fomos. Tomamos o famoso banho regado a sexo e nos vestimos. Ela foi preparar o café da manhã. Eu rapidamente me dirigi à tela que estava pintando quando ela acordara, a última. Pintava aparentemente como um desregrado. Em quinze minutos a tela ficou pronta. As vinte e cinco telas ficaram finalmente prontas.

Aplausos. Irônicos talvez, mas eram aplausos da Telma.

Telma	— (ainda sorria enquanto aplaudia) Você está totalmente maluco.
Eu	— (sorrindo e girando pra ela) É, sou maluco por você.
Telma	— Vem. Vamos tomar café. (virou-se em direção à mesa)

Foi aí que aconteceu. Não foi uma tosse. Nem foi um acesso delas. Foi uma explosão de sangue que imediatamente me sujou e a tudo em volta. As telas não. Menos as telas. A Telma veio correndo até mim. Eu não parava de tossir. Agora, no entanto, o sangue saía em menor quantidade.

Telma	— Meu amor, o que você fez? Que sangue é esse? Meu Deus, vou chamar o titio.
Eu	— Não, Telma. Nada disso. Você prometeu não me trair. (falava e passava o braço na boca) Não vai me trair logo agora que terminei as vinte e cinco telas. A tosse já passou. O que eu preciso agora é tomar uma chuveirada e botar a minha outra roupa. Por favor, querida, enquanto isso você poderia limpar o chão?
Telma	— (chorando muito disse que sim) Mas depois do *vernissage* vamos chamar um médico.

Concordei na hora com toda a ênfase. Garanti que depois do *vernissage* eu faria tudo que ela quisesse. A tosse passara. Me dirigi ao chuveiro. Me lavei inteiro. Coloquei a roupa na banheira. Ela entrou no banheiro com minhas roupas limpas. Me vesti. Sentamo-nos à mesa.

Eu	— Agora, amor, preciso chamar a equipe de moldureiros para colocar as telas nas molduras e pedir ao Frazão pessoal para levar os quadros lá pra cima à tarde. E nós vamos sair que eu preciso comprar uma roupa para o *vernissage*.
Telma	— Mas Aurélio, você já está melhor?
Eu	— Claro. A felicidade cura tudo, querida. Estou ótimo.

Providências tomadas, saímos. Fomos às compras. Entramos numa loja chique de roupa masculina. Bem recebidos, logo disse o que queríamos. O vendedor começou a trazer e fazer sugestões. Eu, que já vinha maturando uma ideia, disse a ele que queria dos sapatos pra cima tudo preto. Quanto ao estilo, a Telma determinaria. Satisfeita com a incumbência, ela começou a montar um conjunto elegantíssimo. De vez em quando eu servia de manequim. Tudo era de ótima qualidade e da última moda, achei eu. Terminada a compra fomos almoçar num restaurante novo. Foi um almoço pra lá de festivo. Teve até música. Eu me sentia realizado e naquele momento inteiramente dedicado à mulher da minha vida. Namorava. Achava ótimo namorar.

Voltamos cheios de bolsas para a embaixada. Entramos no ateliê. Nenhuma tela lá. Largamos as bolsas e fomos para os salões nobres da embaixada. Devidamente emolduradas (As minhas molduras eram de madeira simples e colocadas por dentro das telas. Foram feitas por um moldureiro romano. Ele obedecia às medidas que eu fizera antes e se apresentava com seis ajudantes. Fazia tudo muito rápido.) lá estavam elas, já colocadas nas paredes. Em frente a cada uma delas um ou dois apliques com *spots* a serem usados de acordo com a vontade do artista. Com a ajuda de alguns homens do Frazão o trabalho de iluminação não me tomou muito tempo. Ao meu lado a Telma dava gritinhos com a beleza de cada uma iluminada. Terminado o serviço, agradeci aos ajudantes e pedi a um funcionário que, em meu nome, chamasse o Embaixador. Ele veio com a Leonor que faltava rezar em voz alta.

Eu e a Telma os recebemos. O casal, que atendera com toda a rapidez o meu chamado, foi aos poucos diminuindo os passos. Depois o Frazão me disse: sucumbiram diante da beleza ambiental em que haviam entrado. Sentiram-se esmagados. Ele e a Leonor sentiram-se chocados pela beleza iluminada. Estavam quase em estado de choque.

Leonor	— Aurélio, só falta você me dizer: "fiz luz".
Frazão	— (bem mais do que surpreso) Mas Leonor, mesmo as telas mais escuras iluminam. Elas irradiam luz.
Leonor	— Como o italiano usa dizer, Aurélio: *sei uno divino*.
Frazão	— Eu estou sem palavras. Não sei o que dizer.
Telma	— Titio, você se lembra do que eu disse? O que você está vendo é simplesmente o renascimento do pós-moderno. O renascimento do futuro.
Eu	— Ainda bem que vocês gostaram. Eu agora queria descer com a Telma para descansar.
Frazão	— Só mais um minuto, Aurélio. A tabela de preços. Tenho que dar a tabela de preços para a gráfica agora, senão acaba não dando tempo.
Eu	— Todas são do mesmo tamanho. A sua, Frazão, você escolhe, não aceito um tostão. Todas as outras vinte e quatro terão o mesmo preço. Custarão dez mil euros cada uma.
Frazão	— (atônito quanto ao preço e ao mesmo tempo feliz) Tem certeza? (silenciei) Bem. (hesitante) Você é quem sabe. As vinte e quatro custarão dez mil euros cada uma.
Eu	— Agora me desculpem, tenho que descansar. Amo vocês dois. (Tratei os dois como um pai trataria dois filhos que ama muito. Eles eram o Embai-

xador e a Embaixatriz e eu os tratei com amor paterno apesar dos meu vinte e cinco anos.)

Não me sentia nem um pouco menino. Estava me achando, conforme a Leonor colocou, um divino e para um divino os outros seres humanos eram crianças. Eu tinha dado vida a vinte e cinco maravilhosas telas buriladas pelas minhas cores, pelos movimentos que eu criara. Adoráveis crianças. Telma me pegou pela mão e descemos. No ateliê desabei na cama. A Telma sentou-se à mesa.

Telma	— Você está mesmo maluco, Aurélio. Dez mil euros. É a sua primeira mostra!
Eu	— (sério e tranquilo) Segunda, Telma, segunda mostra. A primeira queimaram como se fosse um herege na época da Inquisição. Você tem o direito de achar o que quiser. Mas uma coisa eu garanto: venderemos todas amanhã mesmo. Uma por uma, todas elas.

Falei o que falei para a Telma com uma certeza que para ela soou matemática. A própria Telma começou a acreditar. Diferente de mim. Não é que eu acreditasse. Eu sabia.

Nada de tosse. Fomos dormir. Amanhã seria o dia. Me lembro de ter dormido bem.

Quando acordei, vi pela translúcida cortina que o sol estava no auge que se permitia na Itália àquela época do ano. Olhei para o relógio, eram onze horas da manhã. Ouvi o chuveiro. Hoje não teríamos banho de banheira. Não faríamos sexo. O chuveiro é desligado. Pouco depois surge a Telma. Se enxugava.

Telma	— Que bom. Você conseguiu descansar. O dia vai ser longo.
Eu	— Não. Não vai não. Para mim não. Vou ficar aqui deitado até a hora do *vernissage*. Sabe Telma, quando se está tranquilo e deitado, o tempo passa rápido.
Telma	— Vou sair. Vou ao cabeleireiro com a Leonor.
Eu	— Estarei aqui quando você voltar.
Telma	— Quer que eu prepare alguma coisa para você comer?
Eu	— Você me conhece. Quando acordo raramente tenho fome. Não precisa não. Mas mesmo assim obrigado. Quero mesmo é você de volta.

Sorriu. Se arrumou, me beijou e foi. Eu me deixei ficar lá. Levemente pensei em todos que na Itália tinham passado pela minha vida.

Ao Monteiro, dediquei mais tempo para pensar sobre ele. Voltou ao Brasil acompanhado por um médico. Ainda não tinha se recuperado. Pelo menos para manter sua posição na embaixada. Falava pouco, poucas palavras e todas elas ligadas à Helena. Pobre Monteiro, pensei. Onde estaria? Estaria com a família ou em algum hospital?

O Ricardo, antes de ir passar o Natal com a família em Nápoles, ligara pra me desejar Boas Festas. Jurou que estaria em Roma no dia 15. Não perderia de jeito algum o meu segundo *vernissage*.

O Frazão e a Leonor continuavam aguardando a mostra para saírem de férias para o Brasil e aí então o Embaixador ser glorificado em vida pela grande atuação dele à frente da embaixada brasileira em Roma e pela sua imensa dedicação à arte brasileira.

Os federais brasileiros foram embora logo que o Alfredo resolveu o caso.

O Alfredo, num telefonema, agradeceu o convite para o *vernissage* e me garantiu a presença. Aproveitou para me informar que o Ricardo já fora pegar o primeiro táxi que ficou pronto. Agradeci. Não perguntei pela Maria e menos ainda pelo Gary.

Cochilei. Não sonhei nem nada. Acordei com a Telma voltando. Olhei para o relógio. Eram seis da tarde. O *vernissage* estava marcado para as sete horas. O Frazão me garantiu o di Lucca e outros diplomatas de diversas embaixadas. O Ministro de Estado tentaria vir mas ainda estava em Paris. É, não se poderia ter tudo na vida.

Telma	— O que você esteve pensando todo esse tempo?
Eu	— Que tempo? Você pode não acreditar, mas dormi.
Telma	— Dorminhoco. O que você achou? (exibindo o cabelo)
Eu	— De qualquer maneira eu acho você sempre bonita. Mas este corte, reconheço, ficou excelente em você.
Telma	— A que horas você quer ir?
Eu	— Vamos sair daqui às sete e quarenta e cinco. Daqui do ateliê não vamos precisar de tempo para chegarmos atrasados.
Telma	— O que é que você disse?
Eu	— Nada de mais. Foi uma coisa que me disseram uma vez. Besteira. (me levantei) Vou tomar um bom banho de banheira.
Telma	— Enquanto isso vou me preparar.

Fato: não teríamos sexo antes do *vernissage*. Fui para o banheiro. Liguei a água da banheira e me despi. Quando entrei na banheira aconteceu. Vomitei sangue outra vez. Melhor dizendo, da minha boca saiu uma explosão de sangue. A água tornou-se rósea e começou a escurecer nos diversos tons de vermelho. A Telma entrou no banheiro e me puxou. A tosse parou.

Telma — Não dá pra esperar até amanhã! Você tem que ver um médico agora!

Eu — A tosse parou, Telma. Não me traia. Você me prometeu.

Telma — Mas assim você acaba morrendo lá em cima, durante a sua mostra.

Eu — Você pode querer morte mais bonita, mais significativa? Nasci para a glória, Telma. Morrer apresentando o melhor *vernissage* de todos os tempos é a maior de todas as glórias para artistas como nós. Você não acha?

Telma — Não posso deixar você morrer! O que seria de mim?

Eu — Vai me trair, Telma? (ela começou a chorar) Não vai me entregar a algum médico maluco. Fique tranquila. Não morro tão cedo. Já passei por muita coisa. Tentaram me matar muitas vezes. Nunca conseguiram. Antes era importante não morrer porque eu não deixaria coisa alguma realizada. Seria como se eu não tivesse existido. Depois de hoje, não faria mal algum morrer. Deixaria marcada com cores a minha passagem pela vida. Mas não vou morrer não. Pare de chorar, Telma. Estou feliz com o *vernissage* e você deveria estar também. Vai se preparar. Pare com esse choro. Eu vou tomar meu banho. Vamos tentar chegar não muito tarde. Não acredito naquilo que me disseram de ter tempo para chegar atrasado.

Fui para o banheiro. Ela foi se maquiar. Abri a tampa da banheira. Fui para o chuveiro. Me lavei bem. Tirei todo o sangue que havia caído sobre mim. Quando finalmente cada um ficou pronto ficamos de frente, um para o outro. Admiramo-nos. Nos gostamos.

Ela	— (surpresa) Como você fica bem de preto, Aurélio! (sincera) Apesar do preto emagrecer você ainda mais. Essa echarpe branca é linda. Você com ela está parecendo um belíssimo pintor impressionista da *Belle Époque*.
Eu	— Você notou, Telma, que apareceram fios brancos na minha barba só para combinar com a echarpe? E você, amor, nua ou vestida, sempre fascinante. Estamos na hora. Vamos?
Ela	— Que horas são?
Eu	— Sete e quinze. É, talvez possamos esperar uns minutos ainda. Vamos brindar à vida? (ao olhar a dúvida dela) Só um cada um. Sei que lá encima vai ter muita bebida. Mas eu quero esse drink entre nós dois, sem que ninguém veja.

> Ela — À vida com você eu brindo. Brindo com meu amor e alegria.

Fui ao armário e servi dois copos do *scotch* do Frazão. Bebemos devagar. Quase amamos os copos como se fossem objetos sexuais. Terminamos. Nos demos as mãos e saímos.

A Telma estava orgulhosa da minha aparência. Uma multidão ainda subia as escadarias daquele belíssimo *Palazzo*. Não conhecia ninguém. Não houve uma alma sequer que me reconhecesse. Me desculpei comigo mesmo, talvez fosse a barba que já houvesse crescido muito. Estavam todos ali para ver minhas telas. Ainda assim eu não era ninguém. Ninguém sabia quem eu era. Continuamos a subir. Aos poucos eu me cansava mais e cada vez mais. Me apoiei na Telma. Claro que ela notou. Preocupou-se. Me esforcei para não demonstrar o que sentia. Foi a primeira vez que percebi um desconforto nos pulmões. Chegamos nos portões dos salões. Não havia porteiros.

Os portões estavam escancarados.

> Eu — Deus do céu, querida! Como tem gente. Está parecendo a entrada de um estádio de futebol numa disputa de final de campeonato.

Entramos no salão. Com a iluminação preparada na véspera e a exibição das telas propriamente dita, o estupor era geral. Toda aquela gente disputava espaço para se aproximar daquilo a que eu dera quilos e mais quilos do meu corpo para realizar. As minhas telas.

> Telma — (ainda rindo do meu comentário anterior) É espantoso! Nunca vi nada igual. Quanta gente! Aurélio, ali tem

uma cadeira. Descanse um pouco. Vou procurar o titio.

Concordei e me sentei. Ninguém olhava para mim. Senti aquele opressivo cheiro de suor tão típico quando os ambientes europeus estão lotados. Eu, sou obrigado a dizer, estava doido para ser reconhecido. Para ver um rosto amigo ou pelo menos conhecido. Mas nada, nenhum. Comecei a ver finalmente um garçom e outro que conhecia da embaixada. Um deles me reconheceu. Porra, finalmente alguém! Abriu um sorriso e esquecendo toda a cerimônia tão exigida pelo Frazão veio até mim. Me deu os parabéns e me ofereceu um *scotch*. Pelos parabéns e pelo *scotch* que solicitei sem gelo, agradeci. Ele fez um gesto com a cabeça para um colega que chegava e servia os já famosos salgadinhos do Frazão. Me deu os parabéns. Sorri também, agradecendo. Me lembrei: conhecia esse segundo, que me estendeu a bandeja de salgadinhos, do dia da feijoada. Peguei logo dois, estava com fome. Terminava o segundo quando apareceu a Telma. Guiava o Frazão e a Leonor com o seu terço imaginário até onde eu estava sentado. Levantei-me para beijar a Leonor. Com a chegada do Embaixador e a mulher junto a mim, vieram logo dois fotógrafos.

Frazão — (para os profissionais) Esse é o maravilhoso autor dessas obras que estão sendo expostas.

Falou normalmente, mas as pessoas adjacentes se maravilharam. Alguns começaram a me pedir autógrafos. Os *paparazzi* chegaram. Começaram também a pipocar seus *flashes* em minha direção. O público começou a perceber que eu era alguém. Começaram a me circundar limitados, é claro, pela parede atrás da cadeira onde eu estava. Comecei até a sentir medo. Os seguranças do Frazão vieram. Ele ordenou que me ajudassem e o seguissem. Fomos todos para um canto mais livre para ao menos eu poder respirar. Providenciaram outras cadeiras para mim, a Leonor e a Telma. O Frazão, iluminado e feliz, começou a chamar seus diplomatas, os conhecidos e outros que para mim eram totalmente desconhecidos. Todos queriam me cumprimentar.

O Ricardo apareceu com o Alfredo, este sendo acompanhado por um jovem *carabiniere* vestindo o seu uniforme de gala. Estavam entre entusiasmados e quase descrentes com o imenso sucesso da exposição. Me dirigi aos meus amigos.

Eu	— (alegre) Meus amigos, o que é que vocês estão achando?
Ricardo	— (como torcida) Você conseguiu, Aurélio. Conseguiu!
Alfredo	— Está magnífica. Essa mostra vai entrar para a história de Roma.

Abraçamo-nos.

Eu	— Roma já tem muita história, Alfredo. Não vai precisar de um pintor brasileiro para aumentar a história dela não. (no entanto, sorri)
Ricardo	— Mas o importante é que agora você tem tudo para ser feliz.
Eu	— É, Ricardo? Quem foi que lhe garantiu isso sobre a felicidade da vida? Meu querido amigo, a vida não se resume a ser ou não ser feliz. Tem mais, muito mais. A vida é formada por labirintos e povoada por minotauros. Mais labirintos de felicidade e carências. De necessidades e amores,

desamores e alegrias. Mas hoje posso dizer: eu estou feliz.

De repente, em frente a uma tela do outro lado do salão, vi o Arruda em meio a uns homens engravatados que discutiam sobre quem seria o feliz comprador da tela próxima a eles. Outros eventuais clientes cercaram o Arruda também. Imediatamente o Frazão mandou seus seguranças ajudarem o diplomata encarregado das vendas das telas. Sem que ninguém esperasse, a confusão começou a disseminar-se. Educada aqui ou lá, confusa lá ou acolá. Tudo por causa das aquisições das telas. Eu discretamente olhei para a Telma com aquele olhar de "não disse?". De uma forma ou outra, o Arruda esteve à altura de tudo aquilo. O Ricardo e o Alfredo aproximaram-se do meu mais chegado grupo de amigos. Logo eles tão ligados a mim. Sei lá, passaram-se umas duas horas. À *la* Frazão, o coquetel continuava a toda, não faltava nada e os garçons se moviam agora com mais facilidade. O público já começava a sair. E com as paredes mais visíveis, reconheci o resultado do meu trabalho como se visse as minhas queridas telas pela primeira vez. As telas sugeriam revolução e eram lindíssimas. Seus proprietários viriam buscar após o período da exposição, que seria de uma semana. Amanhã seria a abertura para o grande público. Sobrando apenas a iluminação geral do salão e as particulares que iluminavam as telas, notei que estávamos envoltos em uma extremada beleza. Eu me encontrava de certa maneira tenso, pois dissera à Telma que todas seriam vendidas hoje mesmo, uma por uma, e aguardava o Arruda com o resultado comercial. O Arruda chegou até nós praticamente desarrumado, suado e com seus cabelos em polvorosa. Nada a ver com o diplomata elegante e distante que eu estava habituado a ver.

Arruda — (atropelava as palavras) Vocês não vão acreditar. Todas as vinte e quatro foram vendidas em menos de uma hora e meia. Só faltou sair briga. O resto do tempo gastei com os papéis, recibos etc.

Os jornalistas de cultura e da imprensa especializada que nos cercavam ouviram a informação. Imediatamente começaram todos ao mesmo tempo a fazer perguntas, as mais variadas. Através das perguntas se percebia que eram unânimes em ter reconhecido que as telas eram geniais. Portanto (pensei) eu era um gênio sem precisar do fôlego da Maria. Respondia as perguntas com vagar, dando às respostas um certo mistério como se poderia esperar de um gênio. Ansioso, o Arruda não conseguia conter-se com um grande envelope que tinha nas mãos. Quase gago estendeu o envelope para mim.

Arruda	— (olhava para mim e para o Frazão ao mesmo tempo) Aí no envelope está o produto das vendas. (tentava ser discreto) Aurélio... entre cheques e dinheiro vivo tem um total de duzentos e quarenta mil euros.
Eu	— (olhando para os meus amigos que estavam espantados) Por que esses rostos surpresos? Eu não esperava outra coisa.
Telma	— À tarde o Aurélio me disse que venderia todas as telas hoje. Não sobraria nenhuma.

O primeiro abraço foi do Frazão, os beijos, da Leonor e da Telma. Seguiram-se os abraços do Ricardo, do Alfredo, do Arruda e, do círculo dos conhecidos, o do di Lucca.

Di Lucca	— (quase no meu ouvido) vou confessar a você e só a você, Aurélio: nunca vi nada tão deslumbrante. Não resisti. Comprei uma para mim. Será que depois você me faria um favor? Eu sei. Já tem sua assinatura na frente da minha tela. Mas será que você me daria um autógrafo nas costas dela? É uma mania que eu tenho.
Eu	— Será uma honra di Lucca (enchendo seu ego) Para mim, será uma honra.
Di Lucca	— Não diga isso, Aurélio. A honra será toda minha.

Todos me cumprimentavam, com um maior ou menor pingo de inveja. Os jornalistas escreviam sobre o ineditismo daquela quantia, conseguida em um só dia por um jovem pintor brasileiro e no seu primeiro *vernissage* na Itália. Me filmaram, gravaram, entrevistaram. Eu, falando coisas mais ou menos sem nexo para parecer mais genial ainda, os brindava com o sorriso do meu pai (sempre de mãos dadas com a Telma).

Tinha comigo, dentro do envelope, duzentos e quarenta mil euros. Era dinheiro à beça. Pedi à Telma para colocar o envelope na sua bolsa. Ela sorrindo colocou. Tive uma primeira ameaça de tosse. Com o envelope ainda na mão, ela percebeu e se petrificou. Mas consegui segurar. Pedi a um garçom, que a mando do Frazão parara por ali, uma dose de *scotch* sem gelo. Não sabendo mais beber de outra maneira, dei uma grande talagada acabando com o *scotch* de uma só vez. Ninguém notara nada, só a Telma. Todo mundo aceitou uma dose também. Para a Leonor, o garçom tinha uma garrafa de vinho do porto. Após eu ter pedido uma segunda dose, o Frazão levantou seu copo para um brinde.

Frazão	— Para o Aurélio, sua obra e uma longa vida de sucesso. (todos levantaram seus copos)
Eu	— (com meu copo levantado) E por que não a minha morte também? Após a glória desta noite, não seria lindo?

Não beberam. Os copos pararam no ar. Ninguém entendeu nada. Se entreolhavam. Principalmente os mais chegados, os amigos.

Ricardo	— (o que sentiu mais) O que é isso, meu amigo? Por que falar em morte numa noite dessas?
Eu	— Mas Ricardo, quem pode querer mais do que isso? Não vamos todos morrer? Por que não em seguida a tudo o que vivi hoje? Depois de tanto que sofri e trabalhei. Morrer em estado de glória. Aliás, pensando bem, crucificado seria bom também. Assim, além de ser lembrado pela minha obra, seria também lembrado pela forma que morri. Como morri. E, então, todas as vezes que alguém visse uma cruz pensaria no Aurélio Salles.
Telma	— (assustada) O que há com você, Aurélio? O que é que você está dizendo? (me abraça e encosta seu rosto em mim — horrorizada) Aurélio você está ardendo em febre! Você está delirando.

Foi aí que pensei. Por que todo ser humano sempre tem que explicar o óbvio? Meu delírio estava tão claro. Por que explicá-lo?

Eu	— Não disse, Telma? Todas hoje. (falei quase no ouvido dela) Eu tinha certeza.
Telma	— Titio, o Aurélio está muito doente.
Eu	— Nada, Frazão. É só um resfriado.
Telma	— (excitada) Ele tem tossido sangue.
Frazão	— Deus meu, por que você não me disse antes?

Foi aí que a tosse veio mesmo e com ela uma avalanche de sangue. Só que agora a tosse não parava, apesar de a quantidade de sangue que saía da minha boca ir diminuindo. Me senti esvair. Minha fraqueza voltou galopante. Meu corpo relaxava. Cedia. Comecei a cair. A queda parou junto com a tosse. Vi (minha visão continuava perfeita) o Ricardo e o Alfredo me segurarem. Vagarosamente me colocaram deitado num sofá. Imaginei: devem estar me achando levíssimo. A Telma e a Leonor, com seu terço imaginário nas mãos, choravam. Os *paparazzi* entraram em ebulição. O Alfredo, o outro *carabiniere* e os seguranças do Frazão os afastaram com energia. O Alfredo e o seu *carabiniere* ficaram enquanto os seguranças levaram os *paparazzi* para fora da embaixada.

Alfredo	— (para o *carabiniere* que estava com ele em uniforme de gala) Chame imediatamente uma ambulância nossa. Diz que o *dott*. Rossi mandou vir com toda a urgência para a embaixada brasileira e com os batedores a toda velocidade.
Frazão	— Mas *dott*. Rossi, o Aurélio tem que ser tratado pelo nosso serviço médico.
Alfredo	— (impaciente) Depois, Embaixador, depois. Agora é uma questão de urgência. O senhor pode mandar o seu

serviço médico tratar dele logo depois do primeiro atendimento.

A Telma veio até mim. Com um lencinho começou a limpar a minha boca. Chorava a Telma. A Leonor mais recuada me lembrou uma santa que chorava e rezava ao mesmo tempo. O Arruda também vi. Estava lá parado. Só olhava. O di Lucca devia estar pensando no autógrafo atrás da tela. O Frazão segurava o choro com os olhos úmidos. Meus pulmões voltaram a arder de novo. Agora sim, eles ardiam. Aquela ardência doía. Queimava. Tive vontade de tossir outra vez. Resisti. O Ricardo sempre perto.

Ricardo	— Meu amigo, o que é que você tem? Que sangue todo é esse?

Não consegui articular uma resposta.

Telma	— É a terceira vez que acontece isso. Mas ele me fez prometer não contar para ninguém. Queria expor a sua obra. Ele sabia que sua doença poderia afastá-lo dessa noite. Não contei.
Frazão	— Mas devia, Telma. Devia ter contado.
Telma	— O senhor viu o Aurélio? Estava embriagado de felicidade. Era impossível negar-lhe qualquer coisa. Ele me pediu para não o trair. Não traí.

Interrompi o Frazão. Voz eu não tinha. Só gestos. Peguei, com as últimas forças, a mão da Telma. Trouxe-a para a minha boca e, com o resto de sangue que tinha na garganta, selei com um beijo rubro o amor que lhe dedicara. Ela me fez viver de novo. Enquanto mulher, a Telma tinha me guiado de volta à vida. Como artista, foi minha musa inspiradora. É, a Telma merecia. Por sua razão de ser, voltei a viver, a pintar, a amar. Graças a ela, vivi aquele maravilhoso *vernissage* de hoje. O meu segundo que queimava as imaginações e não era queimado. E por mais que fosse o segundo era maior que o primeiro. Era um imenso idioma de cores pontilhado de sussurros. Queria gritar sobre os méritos da Telma. Mas só o beijo rubro consegui. Deixando cair a minha própria mão agora vazia, parti para a cruz que em meu delírio imaginara e desejara. Queria viver agora a eterna glória. Só. Abençoada em mim.

Enfim.